dtv

Mitten in die Auseinandersetzungen einer Großkellerei und einer jungen engagierten Kooperative platzt der deutsche Journalist Henry Meyenbeeker, der für eine seiner Reportagen in Spaniens berühmteste Weinregion gereist ist. Als kurz darauf der Önologe der Kooperative, Jaime Toledo, bei einem Autounfall ums Leben kommt, ist Meyenbeeker alarmiert. Zunächst deutet nichts auf ein Verbrechen hin. Der Journalist läßt jedoch nicht locker. Je tiefer er gräbt, desto mehr Menschen bringt er gegen sich auf. Geht es um Wein oder um ganz andere Dinge? Bald wird die Rioja für ihn zur tödlichen Arena. Und der Tag des Stierkampfs rückt immer näher ...

Paul Grote, geboren 1946 in Celle, arbeitete 15 Jahre lang für Presse und Rundfunk in Südamerika. Dort lernte er die professionelle Seite des Weins kennen und machte den Weinbau bald zum Thema seiner Veröffentlichungen. Seit 2003 lebt Grote wieder in Berlin und widmet sich der schriftstellerischen Arbeit und der Ausrichtung von Weinseminaren. ›Rioja für den Matador‹ ist der dritte Roman seiner europäischen Weinkrimi-Reihe.
Weitere Informationen: www.paul-grote.de

Paul Grote

Rioja für den Matador

Kriminalroman

Deutscher Taschenbuch Verlag

Von Paul Grote
sind im Deutschen Taschenbuch Verlag erschienen:
Verschwörung beim Heurigen (21018)
Der Portwein-Erbe (21082)
Der Wein des KGB (21160)
Der Champagner-Fonds (21237)

Dieser Roman ist Juan Carmona Rivera gewidmet,
geboren am 17. 6. 1925,
gestorben am 5. 12. 1941 in Mauthausen.

Ausführliche Informationen über
unsere Autoren und Bücher
finden Sie auf unserer Website
www.dtv.de

Originalausgabe 2006
8. Auflage 2011
© 2006 Deutscher Taschenbuch Verlag GmbH & Co. KG,
München
Umschlagkonzept: Balk & Brumshagen
Umschlagfotos: Paul Grote
Gesetzt aus der Minion 10/12·
Gesamtherstellung: Druckerei C. H. Beck, Nördlingen
Gedruckt auf säurefreiem, chlorfrei gebleichtem Papier
Printed in Germany · ISBN 978-3-423-20930-4

Caminante, no hay camino
Se hace camino al andar.

Wanderer, es gibt keinen Weg
Der Weg entsteht beim Gehen.

Antonio Machado

Prolog

»Umbringen könnte ich den Typen, einfach umbringen. So was Abgebrühtes. Eiskalt bügelt der jeden Einwand ab!« Wütend schlug Dorothea die Tür hinter sich zu – die dünnen Bürowände wackelten gefährlich. Die Redakteurin stellte die Kaffeetasse mit so viel Schwung auf ihrem Schreibtisch ab, dass der Kaffee überschwappte und sich über die Manuskripte ergoss.

Henry Meyenbeeker sah auf. »Wenn er eure Argumente nicht abbügeln könnte, wäre er nicht der Chefredakteur.«

Hektisch suchte Dorothea nach Papiertaschentüchern, riss eine Schublade nach der anderen auf, was den Kaffee wieder überschwappen ließ und die Weinflaschen auf dem Schreibtisch in heftiges Schlingern versetzte. Sie griff nach einer schwarzen Flasche, die auf die Tasse zu fallen drohte – und erwischte sie im letzten Moment: Es war ein Riesling von Reinhard Löwenstein, Jahrgang 2003, Rotschieferlage, über den sie heute noch einen Artikel zustande bringen musste.

Grinsend beobachtete Henry die verzweifelten Bemühungen seiner Kollegin. Es sah ganz so aus, als hätte er für diese mehr Verständnis als für ihre Worte.

Drohend wandte sich Dorothea ihm zu: »Weißt du, was mich am meisten aufregt?«, zischte sie bissig.

Henry schüttelte mit gespielter Unschuld den Kopf.

»Du regst mich auf! Du – und dein verdammtes Phlegma!

Diese Gelassenheit, ekelhaft! Sitzt hier wie Buddha persönlich, nicht so fett, aber mit demselben Grinsen, als ginge es dich nichts an, dabei geht es um dich! Los, sag was, wenigstens jetzt. Du weißt, dass alle wollen, dass du …«

»Genau da liegt das Problem.« Henry verzog jetzt gequält das Gesicht und verfolgte, wie der Kaffee sich unter Plastikhüllen immer neue Wege auf dem Schreibtisch suchte. »Alle wollen, dass ich diesen Job mache. Dabei darf jemand, der beliebt ist, niemals Chef werden. Chefs muss man fürchten, hassen, beneiden, bewundern vielleicht, aber so jemand darf um Himmels willen nicht beliebt sein.«

Dorothea bemerkte, dass sie auch ihr hellgraues Kostüm bekleckert hatte, was sie noch wütender machte: »Dich bringt wohl gar nichts aus der Ruhe, was? Du hast ein so dickes Fell wie ein Wildschwein. Eine Zehn-Zentimeter-Schwarte mit Borsten, und was darunter ist, weiß niemand.«

Henry lehnte sich zurück und verschränkte die Hände im Nacken. »Das könnte der einzige Grund sein, der mich nach Ansicht der Geschäftsleitung geeignet erscheinen lässt. Ansonsten tauge ich nicht dafür. Stell dir vor, ich müsste dich entlassen, weil du die Manuskripte wichtiger Weinautoren mit Kaffee bekleckerst und Weinflaschen runterwirfst. Ich müsste mir den Redaktionsklatsch anhören … ich weiß, dass Olaf ständig an meinem Sessel sägen würde. Fischer sagt nie, was er wirklich denkt, und plötzlich fällt er mir in den Rücken. Wer hat den eigentlich in die Redaktion geholt?«

»Muss man immer gleich das Schlimmste annehmen?«

»Was schief gehen kann, Dorothea, das geht auch schief.«

»Lao-Tse?«, fragte sie bissig.

»Nein, Murphys Gesetz. Der Verlag braucht einen Chef, der konsequent sein kann, flexibel, rational gesteuert und karrierebewusst. Du kannst es opportunistisch, gefühlskalt und egozentrisch nennen. Mit solchen Eigenschaften wird Auflage gemacht. Aber nicht mit mir. Ich bin Reporter, ich will schreiben.«

»Du bist so widerlich edel, dass es weh tut«, warf Dorothea ein.

»Ach! Glaubst du, nur meinetwegen würde die Welt anders ticken? Du bist lange genug im Geschäft, meine Liebe, du weißt genau …« Henry verstummte, denn Schlussredakteur Olaf Winter, genannt das Nilpferd, schob seinen Bauch in den Raum; etwas später folgte der Rest.

Winter strich sich über den rasierten Schädel und tat, als ignoriere er die Anwesenheit des Chefreporters der Zeitschrift ›Wein & Terroir‹. »Was ist? Hast du ihn überzeugt?«, fragte er und blickte zurück in den Flur, bevor er die Tür schloss.

»Nur Mut, Olaf, da lauscht niemand.« Henry wippte auf seinem Stuhl und sah Dorothea herausfordernd an.

»Ein Kollegenschwein ist das«, murmelte sie so laut, dass Henry es hören musste, und wurde lauter: »Er will nicht. Angeblich muss er nach Spanien, in die Rioja, sich bei den Winzern einschmeicheln und die besten Weine abstauben – Gran Reservas für seinen feinen Keller – und uns überlässt er den Hyänen.«

Winter plumpste auf Meyenbeekers Schreibtisch; die Rahmenkonstruktion ächzte: »Ist dir bewusst, dass dich die Geschäftsleitung gehen lässt, weil sie dich aus dem Weg haben will?«

Henry sah den Kollegen provozierend an. »Na und? Ich selbst habe das Thema vorgeschlagen und den Zeitpunkt für die Reise auch. Bei LAGAR laufen Sachen, die wohl nicht koscher sind. Die Kooperative ist im Aufbau, daher extrem verletzlich, und da will ihr irgendjemand das Wasser abgraben. Der Önologe hätte nicht persönlich um Hilfe gebeten …«

Damit hatte Henry Dorothea nur neue Argumente gegeben: »Du Held. Und dein Engagement für uns? Hier, wo es um deinen eigenen Arsch geht, kneifst du!«

Zur Bestätigung nickte Olaf Winter wie der elektrische

Sarotti-Mohr im Schaufenster eines Schokoladengeschäfts. Er hörte gar nicht mehr auf zu nicken, es fehlte ihm nur noch das Tablett in den Händen.

Meyenbeeker zuckte mit den Achseln. Er verstand die Reaktion einiger Kollegen durchaus. Gleichzeitig war einigen anderen nur deshalb an seinem Aufstieg gelegen, weil sie ihren eigenen damit verbanden. Doch die Herausgeber würden ihn niemals als Chefredakteur akzeptieren. »Journalisten sind dazu da, die Rückseiten der Anzeigen vollzuschreiben.« Das war die Devise der Geschäftsleitung, und der musste auch er notgedrungen folgen. Zwar schützte ihn seine Rolle als Chefreporter – seine Berichte wurden gelesen, das war seine Rettung –, aber nahm man ihn wirklich ernst? Themen, die er in der Konferenz vorschlug, stießen auf Ablehnung, waren sie doch eher brisant als Mainstream. Er fühlte sich nicht berufen, Massenweine schönzureden und Manager zu zitieren, denen es egal war, ob sie Waschmaschinen oder Wein verkauften.

»Holt eure Kohlen selbst aus dem Feuer«, sagte er und wippte weiter. »Wenn die Redaktion sich einig wäre, hätte der Verlag auch eine Linie, aber irgendeiner schießt immer quer, kriegt mehr Geld, bessere Spesen – und schwups ist Ruhe.«

Dorothea hatte sich gesetzt und nippte an dem Rest Kaffee. »Und in deiner spanischen Genossenschaft ist alles anders?«

Henry zuckte die Schultern. »Jaime Toledo, der Önologe von LAGAR, hat nichts von internen Schwierigkeiten verlauten lassen. Angeblich kommen die Angriffe von außen.«

»Das Schlimmste sind immer die Feinde im Inneren«, bemerkte Olaf Winter wichtigtuerisch.

Henry wunderte sich, dass gerade er das sagte, wo er bereits zweimal umgefallen war, als es darum gegangen wäre, Rückgrat zu zeigen.

»Das Schlimmste sind die lieben Kollegen – willst du

sagen«, bemerkte Dorothea ironisch, als ihr Telefon klingelte. Sie hob ab, meldete sich und sagte dann zu Henry: »Du sollst ins Sekretariat kommen. Dein Ticket nach Bilbao ist da. Billigflieger, 99 Cent, der Leihwagen steht bereit.« Mit gespieltem Erstaunen riss sie die Augen auf. »Wirst du doch Chefredakteur? Man stellt dir einen Mercedes zur Verfügung.«

Bislang war Henry ruhig geblieben, aber jetzt sprang er ärgerlich auf. »Was soll der Unsinn? Mit so 'ner Kiste kann ich mich bei keiner Kooperative sehen lassen.«

Dorothea lachte spöttisch, und ihre Worte bekamen einen bösen Unterton: »Ja, ja, immer das passende Mäntelchen für die Reportage umhängen.«

»Ach, leckt mich doch alle!«, zischte Henry, war mit drei Schritten an der Tür und knallte sie hinter sich zu. Die Wand wackelte, er hörte Glas klirren. Drinnen war ein Bild heruntergefallen, das Porträt eines alten, vertrockneten Winzers. Der Mann hatte so etwas Verschlagenes im Blick. Erschrocken zögerte Henry einen Moment. Obwohl er das Bild nicht leiden konnte, war das ein verdammt schlechtes Omen.

1.

Henry Meyenbeeker

»Es ist nicht mehr weit«, sagte die Frau hinter dem Tresen und blieb im Durchgang zur Küche stehen. »Du fährst nach links«, sie zeigte auf die Straße vor der Bar, »da vorn gabelt sich die Landstraße – auf keinen Fall rechts abbiegen, sonst kommst du nach Labastida –, also geradeaus, vielleicht noch fünf Kilometer durch den Wald, bis zum Steilhang der Sierra, da hast du das gesamte Tal vor dir, na ja, eigentlich eher unter dir. Dort ist ein Aussichtspunkt, ¿verdad? Die Leute fahren extra deshalb hin. Die Sierra fällt fast senkrecht ab, etliche hundert Meter. Wenn du unten am Fuß der Serpentinen bist, sind es höchstens noch zehn Minuten bis nach Laguardia, alles klar?«

Henry bedankte sich, eigentlich hatte er es gar nicht so genau wissen wollen, aber die Wirtin hatte anscheinend niemand anderen zum Reden. Er bezahlte den Kaffee und die *madalenas*. Er liebte die kleinen runden Kuchen und steckte gleich noch zwei ein. An der Tür machte er den Jugendlichen Platz, die johlend in die Bar drängten. Er verstand kein Wort von dem, was sie sprachen, absolut nichts, es war ein Drama mit den Basken. Selbst wenn er konzentriert hinhörte, konnte er nicht einmal raten, worum es ging. In Vitoria-Gasteiz hatte er geschwitzt, um die richtige Straße von der Provinzhauptstadt hierher zu finden, weil er sich für die schönere statt für die schnellere Strecke entschieden hatte. Aber bis er die spanisch-baskische Beschriftung der Schilder gelesen und begriffen hatte, war er längst an der Straße vorbei, wo er hätte abbiegen müssen.

Vor anderthalb Stunden bereits hatte er hier sein wollen, in … wie hieß das Nest? Urizaharra? Wer konnte sich so einen Namen merken? Auf Spanisch hieß das Peñacerrada, das war um einiges leichter, außerdem waren ihm die Buchstabenfolgen und Silben vertrauter. Aber Baskisch, *euskara*, wie sie es nannten? Dagegen war *català*, das in Katalonien um Barcelona herum gesprochen wurde, geradezu simpel.

Anderthalb Stunden Verspätung – die Verabredung mit Jaime Toledo konnte er für heute streichen. Morgen war auch noch ein Tag, *mañana* eben. Er würde den Önologen, der die Weinbauern der Kooperative LAGAR in Fragen des Weinbaus und der Kellerwirtschaft beriet, dann eben morgen auf der Baustelle ihrer neuen Kellerei aufsuchen.

Henry warf den Jugendlichen einen Blick hinterher, vielleicht ein wenig neidisch auf die Frechheit, mit der sie drängelten, sich lautstark unterhielten, sich über alle möglichen Regeln hinwegsetzten, was er sich kaum noch gestattete und was er sich insgeheim verübelte.

Nachdenklich öffnete er die Wagentür und schrak zurück. Ein Hitzeschwall kam ihm entgegen, als hätte er die Tür eines Backofens heruntergeklappt. Der Wagen hatte sich in der Sonne aufgeheizt, er würde hier stets nach Schatten suchen müssen. Henry riss die anderen Türen weit auf. Nach einer Weile war es im Inneren des Autos erträglich. Er fuhr mit offenen Fenstern los; von der Klimaanlage bekam er Halsschmerzen. Henry liebte die Hitze. Temperaturen auch über dreißig Grad bekamen ihm bestens, er fühlte sich agil, leistungsfähig, aber heute machte ihm der Klimawechsel zu schaffen. Nach dem verregneten Sommer und der Kälte Anfang September in Wiesbaden musste er sich erst an die hohen Temperaturen gewöhnen. Dabei wehte hier oben auf der 1300 Meter hohen Sierra ein angenehm kühles Lüftchen.

Henry befolgte die Anweisungen der Wirtin, um nicht an der falschen Stelle abzubiegen.

Schlagartig endete der Baumbestand. Henry kam auf einem Schotterstreifen neben der Straße zu stehen: Es war, als würde der Vorhang einer Bühne aufgezogen. Die Rioja bot einen erstaunlichen Anblick. Viele hundert Meter unter ihm breitete sich ein weites, lang gestrecktes Tal aus, eine Kulturlandschaft mit Feldern und Weingärten und dunklen Waldstücken am Horizont – und in der Mitte der Ebro. Die Dörfer auf den Hügelkuppen, verbunden durch Landstraßen und helle, sandige Wege, waren gut auszumachen. Eine Eisenbahnstrecke schlängelte sich am Flussufer entlang, mal sichtbar, mal verborgen hinter Galeriewäldern. Und die andere Seite des Tals begrenzte die Sierra Cebollera mit knapp 2000 Metern. Dort entsprang der Rio Duero, der dem Ribera del Duero, einem berühmten Wein, als Herkunftsbezeichnung diente.

Atemberaubend war dieser Anblick, überraschend, faszinierend die Weite des Tals. Henry hatte die Rioja gänzlich anders in Erinnerung. Beim letzten Besuch war er von Süden gekommen, hatte die Autobahn über Zaragoza genommen und war dem Lauf des Ebro flussaufwärts gefolgt. Es war März gewesen, windig, knochentrocken und eisig kalt. Er hatte die falsche Kleidung eingepackt gehabt und entsetzlich gefroren. Trocken war es jetzt auch, aber zumindest die Weinberge und Bäume waren so grün wie die Auen am Ebro.

Henry stellte den Motor ab, stieg aus, lehnte sich an den Wagen und betrachtete die Landschaft. Er hörte den Wind in den Bäumen, sah Vögel unter sich kreisen und genoss die roten Strahlen der Abendsonne, die sich rechts auf das Gebirge legten.

Er freute sich auf diese Reportage. Der Sachverhalt, um den es ging, war leicht zu durchschauen, die Fronten schienen geklärt. Er machte diese Berichterstattung ein wenig aus Sympathie gegenüber der Kooperative, die vor zwei Jahren gegründet worden war. Ihm gefielen Gemeinschaftsprojekte, und es sollte endlich mal wieder eine Story nach seinem Geschmack werden: kein stromlinienförmiger Bericht über ein aufstrebendes Weingut, das jeder Weinliebhaber kennen sollte, dessen Weine aber nur für wenige erschwinglich waren. Der Gefälligkeitsjournalismus, der immer auf die Anzeigenkunden schielte, hing ihm zum Halse raus. Es würde endlich wieder eine Reportage werden, wie er sie früher geschrieben hatte: direkt, klar, informativ und bissig.

Ihm wurde klar, weshalb er sich so entspannt fühlte. Die Redaktion war weit weg. Keine Debatten über Chefredakteure, keine diplomatischen Verrenkungen, keine Mauscheleien, kein plötzliches Schweigen, wenn der Falsche auf den Flur der Redaktion trat und zwei Kollegen im Gespräch entdeckte. Niemand würde hier über die Zukunft des Blattes spekulieren. ›Wein & Terroir‹ ging es finanziell gut, das Anzeigenaufkommen stieg, wie auch die Leserschaft. Niemand sägte an seinen Stuhlbeinen, er musste nicht auf jedes Wort achten, sich nicht ständig kontrollieren oder der Geschäftsleitung beweisen, dass er der geeignete Mann für den Chefsessel war. Niemand wusste besser als er selbst, dass er sich nicht dazu eignete, aber das durfte er niemals offen zugeben! Man war zur Karriere verdammt. Wer sich zufrieden gab, zeigte mangelndes Interesse. Nur die Bissigen wurden gebraucht, und mit wem es nicht aufwärts ging, mit dem ging es abwärts.

Henry hörte hinter sich einige Wagen vorbeikommen, er schaute ihnen nach, sah die Bremslichter aufleuchten, unten, wo die Straße sich dem Tal zuneigte. Weiter links, ganz unten, blinkte etwas, er sah den rötlichen Reflex auf einem Felsvorsprung. Zuerst hatte er es für den Widerschein von Rücklichtern gehalten, dann für den rötlichen Schimmer des Abendrots auf einem glatten Felsen, aber dann fiel ihm auf, dass das rötliche Licht in regelmäßigem Abstand über die Felsen strich. Er bekam Hunger und beschloss weiterzufahren. Außerdem wollte er nicht zu spät ins Hotel kommen – hoffentlich wurde die Reservierung lange genug aufrecht gehalten. Er ließ den Motor an, bemerkte im Rückspiegel einen Lkw und gab Gas, um nicht die gesamte Bergstrecke im Dieselqualm hinter ihm herschleichen zu müssen. Die Reifen drehten durch, aber er kam noch vor dem großen Fahrzeug weg.

An der schrägen Felswand hielt sich nur spärliche Vegetation. Verkrüppelte Bäume wuchsen aus Felsspalten, trockener Ginster, Steineichen und Kiefern gediehen auf weniger geneigten Flächen. Zypressen wechselten sich mit Agaven ab, deren meterhohe Blütenstände langsam vertrockneten. Dann begannen die Serpentinen. Die Straße war zwar gut, doch die Haarnadelkurven zwangen Henry dazu, bis in den ersten Gang hinunterzuschalten. Als er dort oben gestanden hatte, war ihm nicht aufgefallen, dass nicht ein einziges Fahrzeug heraufgekommen war, doch jetzt bemerkte er, dass jeglicher Gegenverkehr fehlte. Diese Straße war zwar nicht die schnellste, aber zumindest die kürzeste Verbindung zwischen Logroño, der Provinzhauptstadt von La Rioja, und Vitoria-Gasteiz als Hauptstadt der Provinz Álava. Also musste es – da war doch nichts passiert? Das würde ihm gerade noch fehlen, wenn er jetzt hier oben am Berg festsitzen würde, den Lkw im Nacken. Der war so dicht aufgefahren, dass Henry sogar den Schnurrbart des Fahrers erkennen konnte.

Wieder blitzte es unten rot auf; jetzt kam auch noch ein blauer Reflex dazu, der verdächtig an ein Blaulicht der Polizei erinnerte. Das Ende des Staus lag hinter einer Art Felsentor, zwei gewaltigen Blöcken, die sich oben aus der Felswand gelöst hatten und hier liegen geblieben waren. Henry fluchte, fuhr so weit nach rechts, wie es die Leitplanke zuließ, neben der es steil abwärts ging, und stellte den

17

Motor ab, wie auch die Fahrer vor ihm. Der Lastwagen hing an seiner Stoßstange und nahm dabei fast die gesamte Breite der ohnehin schmalen Straße ein. Eine Unverschämtheit. Was sich hinter dem Lkw abspielte, konnte Henry wegen des breiten Aufbaus nicht sehen. Zum Wenden war es zu spät, an dem Zehntonner kam er unmöglich vorbei; der Fahrer hatte sich so idiotisch hingestellt, dass auch der Gegenverkehr kaum passieren konnte.

Es musste sich um einen schweren Unfall handeln, denn zu den beiden rotierenden Lichtern gesellte sich jetzt ein drittes, und unten am Fuß der Sierra, wo die Straße auslief, war weiteres Blaulicht im Anmarsch und blockierte den Zugang zur Passstraße. Wieso hatten sie die Straße nicht oben kurz hinter Urizaharra oder Peñacerrada gesperrt? Dann hätte er abbiegen können und sich die Warterei erspart.

Nachdem Henry die Straßenkarte mühsam wieder zusammengefaltet hatte, stieg er aus, um sich die Beine zu vertreten. Er warf einen Blick über die Leitplanke – und fuhr erschrocken zurück. Es ging senkrecht in die Tiefe. Henry spürte sofort das entsetzliche Ziehen im Bauch, es zog ihn förmlich nach unten, und er machte einen raschen Schritt zurück. Seine Höhenangst hatte er bislang stets mit Erfolg überspielt und sich eine Sammlung von Ausreden angelegt, um sich elegant von jedem Abhang zurückzuziehen. Er sah sich nach dem Lastwagenfahrer um. Der saß auf der Leitplanke über dem Abhang und rauchte eine Zigarette.

»Wissen Sie, was da vorn passiert ist?«, fragte Henry laut, als ihm einfiel, dass der Fahrer das so wenig wissen konnte wie er, außer er besaß CB-Funk. Aber wenn er den abgehört hätte, wäre er kaum in den Stau gefahren.

»Da passiert alle naselang was, die Leute fahren wie die Bekloppten. Sie lieben es zu sterben. Was glaubst du, in welchen Situationen ich überholt werde, nur um eine Minute früher zu Hause zu sein, und dabei kommt man am Ende nie an ...«

Henry zuckte, als er das vertrauliche Du hörte. Diese Distanzlosigkeit störte ihn, und er musste sich erst wieder daran gewöhnen. Er hob zustimmend die Hand und wandte sich ab. Ihm fehlte der Nerv, sich die Ansichten eines Lastwagenfahrers über den Straßenverkehr anzuhören. Die Straße, die er entlang der Autoschlange bergab schlenderte, führte in einer scharfen Linkskurve durch das Felsentor. Etwa einhundert Meter dahinter war der Wagen in einer Kurve von der Straße abgekommen, unglücklicherweise genau an jener Stelle, an der die Leitplanke fehlte. Schicksal? Zufall? Eine negative Fügung, oder war alles vorbestimmt?

Der Wagen hatte sich auf dem schrägen Hang mehrmals überschlagen, hatte dabei eine Spur wie ein Pflug hinterlassen und war zuletzt von kräftigen Büschen aufgefangen worden. Wo war der Fahrer ...?

Weiter vorn bei den rotierenden Lichtern stand der Notarztwagen. Schaulustige sahen den Feuerwehrleuten und dem Notarzt zu, die sich am Hang abgeseilt hatten und an einem leblosen Körper hantierten. Wahrscheinlich war der Fahrer aus dem Wagen geschleudert worden. Am Straßenrand kommentierte eine Gruppe von Autofahrern das Geschehen. Die Männer machten auf Henry einen merkwürdig unbeteiligten Eindruck.

»Da ist jemand abgestürzt, in der Kurve ...«, sagte Henry, um ein Gespräch zu beginnen.

»Wo sonst«, meinte einer der Männer lakonisch. »Hier gibt's ja nichts anderes als Kurven.«

»Der Fahrer hat gepennt«, meinte ein anderer. »Der Wagen ist außer Kontrolle geraten.«

»Der war zu schnell oder abgefahrene Reifen. Da rutscht man sonst wohin. *Qué mala suerte,* so ein Pech auch, dass genau da die Leitplanke aufhört.«

»Die hätte dem auch nicht geholfen, schau dir bloß an, wie verrostet die anderen sind.«

»Mitnichten, mein Freund, das ist letztes Jahr alles erst erneuert worden. Man muss die Regierung nicht schlechter machen, als sie ist. Ich arbeite bei der Verwaltung, ich weiß das genau.«

»*Perdona,* aber weshalb fehlt dann das Stück, wo der Wagen abgestürzt ist?«, wollte eine junge Frau wissen, die sich ihre langen, schwarzen, vom Wind durcheinander gewehten Locken aus dem Gesicht strich.

»Vielleicht hat ihnen genau das Stück gefehlt, vielleicht wollten sie Feierabend machen und haben das letzte Stück nicht angeschraubt, so was gibt's!«, meinte einer der wartenden Fahrer.

»*Completamente absurdo*«, meinte ein dritter, »die dachten, dass hier nichts mehr passiert, am Ausgang der Kurve.«

»Wer soll das gedacht haben?«, fragte die Schwarzhaarige, und Henry betrachtete sie genauer. Eine gut aussehende Frau.

»Na, die Arbeiter eben, die das gebaut haben.«

»Aber das sieht man doch«, sagte die Frau, »dass die Kurve nicht zu Ende ist, da ist der Wagen ja erst drei Viertel durch. Außerdem treffen Ingenieure diese Entscheidungen und nicht die Arbeiter.« Die Weise, in der sie es sagte, ließ keine Widerrede zu. Sie beugte sich über ihre weiße Lederhandtasche und kramte darin herum. Nach einer Weile zog sie eine Zigarette aus der Schachtel und zündete sie mit einem goldenen Feuerzeug an. Dabei blitzten die vielen Ringe an ihren Fingern. Als sie den ersten Zug nahm, trafen sich ihre Augen. Henry atmete tief durch …

Der Arzt und die Feuerwehrleute waren bei dem leblosen Körper angelangt, und aus den Handzeichen, die sie ihren Kollegen nach oben gaben, wurde deutlich, dass da nichts mehr zu machen war. Kurz darauf wurde eine Wanne nach unten gelassen, und die drei Feuerwehrleute bargen den Toten.

Die junge Frau schien die Einzige zu sein, die der Unfall zu einer emotionalen Reaktion veranlasste, zumindest beobachtete sie das Geschehen am Hang mit Interesse und knetete nervös ihre Hände. Henry beobachtete sie aufmerksam; sie gefiel ihm (viel zu jung für mich, dachte er), und er fragte sich, ob die Ringe nicht störten beim Kochen, Saubermachen oder Tippen. Eine Intellektuelle hatte er bestimmt nicht vor sich, eher den Typ, der zupackte, aber das verhinderten wohl die Ringe.

Sie fing seinen Blick auf, als sie sich die Lippen nachzog und über den Rand ihres goldenen Handspiegels schaute. Es war ihr aufgefallen, dass sie beobachtet wurde, und sie sah Henry geradeheraus an. Was willst du von mir?, schien sie zu fragen. Er hielt ihrem Blick stand. Zuerst war er überrascht, dann wurde daraus Neugier und zuletzt eine Art unbewusstes Kräftemessen; wer zuerst wegsah, hatte verloren oder zu wenig Interesse. Henry musste grinsen, und auch ihr huschte ein Lächeln übers Gesicht. Unwillkürlich rückte sie von der Gruppe ab, was als Aufforderung verstanden werden konnte, ihr ein wenig näher zu kommen.

Henry trat auf sie zu, gespielt absichtslos, als suche er Gesellschaft, aber keinesfalls die der Frau allein, nein, wie konnte nur jemand auf diese Idee kommen? Er mit Anfang vierzig und sie mit Ende zwanzig? Niemals. Am Ende stand er neben ihr und sah der Bergungsmannschaft zu.

»Wie schrecklich, nicht wahr?«

»*Sí, realmente.*«

Die Wanne mit der Leiche war oben angekommen, und Uniformierte beugten sich über den Toten. Ein weiterer Mann mit einem Drahtseil und einer Werkzeugkiste ließ sich jetzt hinunter, um das Auto vor dem Abrutschen zu sichern. Der Kranwagen kam in Sicht, hielt weiter unten. Inzwischen war auch die Guardia Civil eingetroffen, die mit ihren Geländefahrzeugen mehr an Paramilitärs als an eine zivile Polizei erinnerte.

»Trifft es eigentlich immer die Falschen?«, hörte Henry die junge Frau neben sich murmeln und wandte sich ihr zu: »Was meinen Sie?«

»Ach nichts, ich habe nur laut gedacht«, sagte sie, ohne ihn anzusehen. »Ich frage mich nur, warum und wann es einen erwischt. Irgendwann auch uns, oder?« Jetzt blickte sie lächelnd zur Seite.

»Wir haben Zeit«, antwortete Henry, falls sie vom Tod sprach, und nicht von dem, was ihn viel mehr bewegte. »Sie bestimmt deutlich mehr als ich.«

»Woher willst du das wissen? So alt bist du doch gar nicht, dass du das Kokettieren nötig hättest.« Dabei musterte sie Henry von Kopf bis Fuß. Diese Frau erregte ihn, ihm wurde fast ein wenig flau. Wer war sie? Spielte sie? Waren die verzögerten Bewegungen echt, war die Handbewegung, mit der sie auf die Rettungsmannschaft zeigte, nun lasziv oder provokant? Störte sie der Wind im Haar tatsächlich oder wollte sie damit nur Interesse erregen? Und wenn, egal, er hatte Lust auf ein Spiel und sei es auch eins mit dem Feuer.

Die Männer aus der Runde rochen den Konkurrenten, knurrten, fletschten die Zähne, giftig, dass ihre Versuche gescheitert und sie abgemeldet waren.

»*Hola,* Victoria, ich glaube, das da unten ist der Wagen von Raúl.« Es war ein Versuch von dem Längsten aus der Runde, sie mit einem Appell an irgendeine Gemeinsamkeit zurückzugewinnen.

»Längst gesehen«, antwortete sie schnippisch und wandte sich ganz Henry zu. »Du bist nicht von hier, *¿verdad?*«

»Das ist nicht schwer zu erraten. Aber woran haben Sie es bemerkt, an meiner Sprache, meinem Aussehen oder meiner Kleidung?« Und schon waren sie im Gespräch ...

»Ich habe dich noch nie gesehen, und hier kennt jeder jeden, die Rioja ist leicht überschaubar. An der Sprache merkt man es natürlich auch. Wenn der südamerikanische

Akzent nicht wäre, würde ich auf Nordeuropa tippen. Schweizer vielleicht, Belgier? Jetzt bin ich ganz verwirrt«, sagte sie und lächelte gewinnend. Damit war klar, dass sie sich auf das Spiel eingelassen hatte.

»Deutschland«, sagte er, holte Luft, um noch anzufügen, aus welcher Stadt und ob sie die kenne, aber es war interessanter, Fragen zu stellen, denn wer fragte, bestimmte den Verlauf des Gesprächs.

»Wann glauben Sie, dass es weitergeht, Señora?«

»Schwer zu sagen. Ich fahre hier häufig lang, bestimmt einmal die Woche, zu meiner Schwägerin. Sie hat drei Kinder, zwei Söhne und eine Tochter, einmal jede Woche nehme ich ihr die Kinder ab, dann hat sie frei. Felipe ist erst jetzt in die Schule gekommen …«

»So alt ist der schon«, mischte sich der Lange wieder ein. Er konnte nicht aufgeben oder wollte es den anderen zeigen. »Ich dachte, Victoria, er ist erst vier, höchstens fünf …«

Victoria drängte Henry unauffällig ein wenig zur Seite. »Es ist schrecklich, hier herumzustehen und nicht zu wissen, wann es weitergeht. Wo steht dein Wagen?«

Henry wies auf das Felsentor. »Gleich dahinter, eingekeilt. Ein Lkw blockiert die Fahrbahn, ich kann nicht wenden. Dabei hätte man eine andere Strecke nehmen können …«

»Ja, über Labastida und Haro und von dort zur Autobahn nach Logroño. Na ja, jetzt ist es zu spät.« Victoria deutete nach rechts auf eine Ansammlung von Häusern in der Ferne. »Das ist Labastida, und dahinter liegt Haro mit seinen alten, bekannten Kellereien: Rioja Alta, Bodegas C. V. N. E. und López Heredia. Das sind die Klassiker. Früher war Haro die wichtigste Stadt für die Weine der Rioja.«

»Und welche ist es heute?« Henry fragte sich, ob sie wohl auch im Weingeschäft tätig war.

»Heute ist alles anders, es hat sich verteilt. Wo musst du hin? Ist es noch weit?«

»Nein, nur nach Laguardia.« Henry wies mit dem Kopf

nach links, wo eine kleine mittelalterliche Stadt auf einem Hügel das Land zwischen Sierra und Fluss beherrschte. Laguardia schien so nah, dass man die Zufahrtsstraßen und die Stadttore erkennen konnte, und am Burghügel zogen sich die Weingärten hinauf. »Ich habe im Villa de Laguardia ein Zimmer reserviert. Und – wo willst du hin?« Das Du kam ihm schwer über die Lippen.

»Ich lebe in Logroño, ich habe da ein Appartement. Das Leben auf dem Land ist langweilig, jeder kennt jeden ...«, sie verdrehte ihre ausdrucksvollen dunklen Augen, »... es sind nur ein paar Kilometer, die Stadt liegt hinter dem Hügel, man kann nur ihren Lichtschein sehen. Warst du schon einmal dort?«

Mehr als das hatte Henry nicht über sie in Erfahrung bringen können. Kaum hatte er das Wort Reporter ausgesprochen, war sie zurückgeschreckt, als hafte diesem Beruf etwas Anrüchiges an. Obwohl er bei ihr mehr als Sympathie zu spüren meinte, war es ihm nicht gelungen, Victoria für eine Verabredung zu gewinnen oder herauszufinden, womit sie ihr Geld verdiente oder wo sie arbeitete – keine Telefonnummer, keine Adresse. Hätte sie sich mit ihm verabredet, wenn die Männerrunde nicht alles mitbekommen hätte? Unter den Ringen an ihren Händen war nicht einer ohne Stein, also war sie zumindest nicht verheiratet, was ihn verwunderte, aber Spanien hatte sich in den vergangenen Jahrzehnten sehr gewandelt, auch die Frauen. Vieles gaben sie zugunsten eines Berufs auf, zugunsten von Freizeit und Vergnügen.

Vermutlich verstand sie einiges vom Wein, die Begriffe, die sie verwendet hatte, als sie über das Land unter ihnen sprachen, ließen darauf schließen. Wer vom Weinbau keine Ahnung hatte, wusste nichts von den unterschiedlichen Reifezyklen der hier angebauten Rebsorten, geschweige denn von aktuellen Traubenpreisen. Andererseits hatten die meisten Menschen in der Rioja von jeher eine starke Affinität zum Wein, einen Großvater, der ihn anbaute, einen Schwager in der Exportabteilung einer Kellerei oder eine Freundin, die zumindest mit einem Kellermeister verheiratet war. Aber Victoria hatte sich bedeckt gehalten und aufmerksam die Bergung des Toten verfolgt.

Es war völlig dunkel, als der Stau sich auflöste und Henry endlich die Unfallstelle passieren konnte, den Lastwagen noch immer gefährlich im Nacken. Ein Polizist winkte schwungvoll den Verkehr vorbei, der neben ihm abgestellte Wagen trug die Aufschrift ERTZAINTZA. War es den Basken so wichtig, dass ihre Polizeiwagen die Aufschrift in ihrer Sprache trugen? Der Wagen daneben, ein Geländefahrzeug der Guardia Civil, war wie üblich grün und weiß gestrichen. Ein Uniformierter mit Schirmmütze auf dem Kopf stand regungslos davor. Misstrauisch und als würde er die Nase rümpfen, musterte er Henry und blickte mit gesenktem Kopf in den Wagen. Dann war die Straße endlich frei.

Victoria hatte eine Viertelstunde vor ihm den Schauplatz des Dramas verlassen, und er hoffte, dass man seine Reservierung aufrechterhalten hatte, obwohl die Garantie für das Zimmer nur bis um 20 Uhr galt. Zu allem Unglück begann der Wagen zu rucken. Der Motor stotterte, als bekäme er zu wenig Benzin, oder lag es an der Zündung? Der Leihwagen hatte noch keine 10 000 Kilometer auf dem Tacho. Knappe fünfzehn Minuten später erreichte Henry Laguardia.

Die Straße führte links am Ort vorbei; rechts tauchte hinter einer Kreuzung eine Tankstelle mit Werkstatt auf, ein bisschen weiter weg lag das Hotel am Ortseingang. Der Empfangschef entschuldigte sich, aber alles Reden nutzte nichts, Henry war zu spät, sein Zimmer anderweitig vergeben. Man sei mitten in der Weinlese, und ein anderes war in diesem Haus heute nicht zu bekommen. Morgen könne er gern wieder vorbeischauen, die Reservierung gelte ja für eine Woche. Man sah sich außerstande, ihm bei der Suche nach einer anderen Unterkunft behilflich zu sein, und schickte Henry nach Logroño. Das sei nicht weit, und dort fände sich immer etwas, meinte der Empfangschef.

Henry war es völlig egal, welche Art von Hotel er heute finden würde, die Hauptsache war ein sauberes Bett, möglichst in der Nähe, eine Dusche und kein Lärm.

»Da habe ich eventuell was für dich, in dieser Jahreszeit könnte es allerdings schwierig werden, die Weinfreaks kommen nämlich immer zur Lese in die Rioja. Dabei stören sie nur, und in den Bodegas kann sich kein Schwein um sie kümmern, niemand hat Zeit«, meinte der Tankwart, der sich über den Motor von Henrys Wagen beugte. »Eine Verwandte hat oben ein Hostal. Mir gefällt's, Biazteri heißt es, in der Calle Mayor, gegenüber vom Konvent der Kapuziner. Da kommst du sogar mit dem Wagen hin – den musst du allerdings hier lassen, ich kümmere mich darum.«

»Jetzt, um diese Zeit?«, fragte Henry verblüfft.

»Wieso nicht? Ich arbeite gern in der Nacht, da habe ich meine Ruhe. Ich rufe mal oben an, ob sie …«

Sie hatten ein Zimmer frei, das Doppelzimmer konnte Henry sogar zum halben Preis bekommen, da er es ja allein benutzte – oder habe er noch jemanden bei sich?, fragte der Monteur augenzwinkernd über die Schulter. Henry dachte an Victoria und winkte ab.

»Kannst meinen Wagen nehmen, um dein Gepäck raufzubringen, aber du musst ihn wieder herbringen. Du kriegst oben wahrscheinlich keinen Parkplatz, aber kurz abstellen kannst du ihn auf jeden Fall. Da macht niemand Theater.«

Henry lud sein Gepäck und die Aktentasche mit den Arbeitsunterlagen und dem Recorder in den kleinen Seat des Mechanikers und fuhr durch die Weinberge hinauf. Die Straße war so angelegt, dass man jeden ungewollten Besucher mit einem Hagel von Steinen hätte eindecken können. Zuletzt stand Henry vor einem Tor der alten Umfassungsmauer, in die mehrere Karlistenkriege Breschen und später der Fortschritt Fenster hineingeschlagen hatten. Die Mauer war wuchtig und mindestens zwei Stockwerke hoch. Viereckige Laternen verbreiteten ein schummeriges Licht. Fast unheimlich wirkte das Städtchen.

Er fuhr durch einen der Rundbögen und stellte den Wagen direkt dahinter neben der Iglesia San Juan ab. Es war Millimeterarbeit, in der schwarzen Nische zwischen zwei Stützpfeilern der Kirche zu rangieren; die weichen Schatten unterschieden sich kaum von den harten Mauern.

In der nächtlichen Stille wirkte Laguardia wie aus der Wirklichkeit herausgelöst. Laut hallten die Schritte in den schmalen Gassen zwischen hohen Häusern aus alten Sandsteinquadern. Dunkle Nischen neben wuchtigen Holztüren, niedrige Tore in glatten Mauern, selten von einer Palme überragt. Schmale Fenster und Vorsprünge, davor kleinen Balkone mit schmiedeeisernen Gittern.

Das Verbot von Autos und Mopeds verstärkte das Gefühl, sich durch eine Traumwelt zu bewegen, zurück in ein Spanien, das es längst nicht mehr gab. Der Hall seiner Schritte, das Echo in den gepflasterten Gassen, erinnerte Henry an das Händeklatschen von Musikern, die einen Flamencotänzer begleiteten, dessen Absätze in trockenem Stakkato auf den Boden knallten.

Es waren nur wenige Schritte zum Hostal, einmal nach rechts, einmal nach links, einige Stufen hinab, es lag genau an einer Ecke. Man gelangte von der Calle Mayor ins Restaurant und durch einen zweiten Eingang in die Bar mit Rockmusik, Stimmengewirr und Zigarettenqualm. Der Junge hinter dem Tresen schickte ihn nach hinten ins Restaurant, wo die Hotelbesitzerin ihn empfing und sich entschuldigte, dass sie ihm nicht den Komfort eines 4-Sterne-Hotels bieten könne. Dafür gab es zwei weitere Zugänge, die in einem schmalen Durchgang mündeten, der die Calle Mayor mit der parallel dazu verlaufenden Calle Paganos verband.

Ein wahrer Fuchsbau. Das gefiel Henry, man verschwand in einem Eingang, durchquerte die obere Etage, stieg eine andere Treppe wieder hinab, kaum auf dem Hof heraus und durch einen Gang auf die nächste Straße.

Das Zimmer war schlicht und bequem, nur ein Kühlschrank fehlte, aber es gab ja die Bar unten. Als Henry seinen Koffer auf die Ablage gelegt hatte, zog er die Jalousie auf. Keine zwei Meter von seinem Fenster lag das nächste Haus; die Balkontür stand offen, im Zimmer dahinter saß eine Familie beim Essen. Ein bisschen zu intim, zu viel Nähe vielleicht, aber die Familie grüßte freundlich herüber, Henry wünschte guten Appetit und bekam Hunger.

Die Chefin versprach, ihm trotz der vorgerückten Stunde noch etwas zu essen zu machen, wenn er von der Tankstelle wieder heraufkäme, aber nur, weil er ein Freund von Daniel sei. Henry nahm an, dass das der Mechaniker war. Wenig später war er wieder an der Tankstelle und dankte dem Tankwart. Er hatte richtig geraten, es war der Name des Mannes, der gerade die Benzinleitung wieder einbaute.

»Was willst du eigentlich hier?«, fragte dieser und wischte sich mit der öligen Hand den Schweiß von der Stirn. »Bist kein Tourist, oder?«

»Nein, Reporter, ich schreibe über Kooperativen.«

»Und über welche? Wir haben eine Menge hier.«

»Sie ist neu, erst vorletztes Jahr gegründet worden.«

»Dann kann es sich nur um LAGAR handeln.«

»So ist es«, antwortete Henry. »Morgen früh treffe ich den Önologen Jaime Toledo.«

Daniel ließ die Motorhaube herunterkrachen, richtete sich auf und blickte Henry ernst an. »Na, viel Spaß dabei.« Er lachte. »Viele Freunde wirst du dir dabei nicht machen ...«

Dann nahm er einen Lappen und wischte sich die Hände ab.

2

Jaime Toledo

»Sie wollen LAGAR fertig machen! Nur einige Beispiele: Wer
uns Baumaterial liefert, kommt auf die schwarze Liste. Wer
für uns arbeitet, kriegt von ihnen keine Aufträge mehr, egal
ob Elektriker oder Installateur. Jetzt haben wir Ärger mit
der Bank, das ist ein offenes Geheimnis. Und mich würden
sie am liebsten aus dem Weg räumen. Weißt du, wie sie
mich nennen? *El cabecilla*, den Rädelsführer. Eigentlich
könnte ich stolz darauf sein. Dass die Sache mal so ausgeht,
hätte ich nicht gedacht.«

Jaime Toledo war sichtlich um Fassung bemüht. Er biss
die Zähne zusammen, wobei seine Wangenknochen in dem
ohnehin mageren Gesicht noch deutlicher hervortraten.
Seine Augen waren zusammengekniffen, und Henry fragte
sich, ob es an seiner augenblicklichen Verfassung lag oder
ob er kurzsichtig war, denn vor ihm auf den Kacheln des
Labortisches lag eine Brille. Der Önologe wirkte übernäch-
tigt und gehetzt.

»In der Rioja Alavesa wirst du davon kein Wort hören«,
fuhr er fort. »*Bueno*, die Trauben unserer Mitglieder wollen
sie haben. Noch lieber wären ihnen unsere Weinberge. Wovon die Weinbauern dann leben, interessiert sie 'n Dreck.
Aber wir brauchen die Trauben für unsere Produktion.
Andererseits – die Preise sind hoch, hundertdreißigtausend
Euro gibt's pro Hektar. Das reizt einige, *claro*. Unsere Weinberge sind hervorragend, exzellente Böden, locker, kaum

noch Rückstände von Spritzmitteln. Die meisten Weinstöcke haben genau das richtige Alter, mit sehr gehaltvollen Trauben, ¿comprendes?, bei guten Erträgen, nicht wie sonst bei alten Rebstöcken. Dafür sind die Trauben kleiner, die Schalen dicker, der Extrakt an Farbe und Geschmack dadurch höher ...« Es klopfte, Toledo drehte sich um: »¿Sí? ¡Adelante!«

Ein Arbeiter streckte den Kopf zur Tür herein: »Jaime, Ramón ist da, mit den Trauben, Ramón Perelló, draußen, mit einem Hänger Tempranillo.«

Unwillig sprang der Önologe von seinem Barhocker, der ihm als Sitzgelegenheit diente. »Der sollte doch erst morgen kommen. Ich hatte ihm gesagt, er soll erst morgen lesen! Hört denn hier keiner mehr zu?« Ärgerlich warf er einen Stapel Listen mitten zwischen die Pipetten, Reagenzgläser und Messgeräte, hinter denen sich in heillosem Durcheinander beschriftete Plastikschüsseln mit Trauben stapelten. »Me cago en Dios ... nie kann man hier was zu Ende machen, immer kommt einer, der irgendetwas will. Un momento, por favor.«

»Soll ich ein andermal wiederkommen?«, fragte Henry.

»Ach, das ändert auch nichts.« Toledo griff sich fahrig ins lange, glatte Haar, setzte die Brille auf und ging zur Tür. »Es ist einfach zu viel, der Lesebetrieb und gleichzeitig sind wir in der letzten Phase beim Bau der Kellerei.« Er winkte müde im Hinausgehen, ohne sich umzusehen.

Total überfordert, dachte Henry; anscheinend zu viel Arbeit, die gesamte Verantwortung für die Kooperative, dann die Bedrohung, von der er eben gesprochen hatte, und Streit in den eigenen Reihen. Er musste sich während der Lese um viele unterschiedliche Weinberge in gänzlich verschiedenen Lagen kümmern, wie er erzählt hatte. Eine falsche chemische Analyse konnte den gesamten Jahrgang verderben. Und dann die Mitglieder von LAGAR, von denen jeder seinen eigenen Kopf durchsetzen wollte, und zusätzlich war ihm auch noch die Bauleitung der Kellerei in die Hände gelegt worden.

Jaime Toledo machte einen kompetenten Eindruck, wie Henry nach dem kurzen Gespräch befand. Der Önologe, Fachmann für Weinbau und Kellerwirtschaft, den er bis vor einer Stunde lediglich vom Telefon her gekannt hatte, wirkte sehr routiniert und war gut ausgebildet. Er hatte in Bordeaux studiert und mit vierunddreißig Jahren bereits zehn Jahre praktische Erfahrung gesammelt, zum einen bei Bodegas hier in der Rioja Alavesa, die zum Baskenland gehörte, zum anderen bei einer Kellerei in Rioja Alta, drüben auf der anderen Seite des Ebro und im Penedès. Er selbst stammte aus Rioja Baja, aus Calahorra, dem östlichsten und auch wärmsten Teil dieser D. O., der *denominación de origen,* wie man die spanischen Herkunftsgebiete nannte. Nur bei der Rioja war an das Kürzel D. O. noch ein »Ca« gehängt worden, was so viel wie »qualifiziert« bedeutete und die Besonderheit der Weine unterstrich.

Jemanden ohne Toledos Begabung und Wissen und ohne entsprechende Durchsetzungskraft hätten die zwanzig Gesellschafter der Kooperative LAGAR niemals zu ihrem Önologen und Geschäftsführer gemacht. Also musste er auch über diplomatisches Geschick verfügen, um zwanzig *cooperativistas* bei Laune und in Schach zu halten.

Henry hätte nicht mit ihm tauschen wollen, nicht einen Tag. Es würde noch schwieriger werden, wenn sie mit ihren Weinen auf den Markt gingen, denn bis heute war nicht ein einziger Jahrgang fertig; der erste reifte gerade in den Kellern, und der größte Teil des neuen Jahrgangs hing wohl noch als Traube an den Rebstöcken.

Jaime Toledo hatte bis jetzt keine Zeit gefunden, ihm den Betrieb vorzuführen. Und in Bezug auf die Drohungen und Anfeindungen war sich der Önologe bislang nur in Andeutungen ergangen. Henry durfte ihn nicht drängen, es musste sich erst ein vertrauensvolles Verhältnis einstellen, bevor

Toledo heikle Fragen beantworten würde. Er hatte ihm nicht einmal gesagt, wer den Aufbau von LAGAR behinderte, wer sie »fertigmachen« oder ihn aus dem Weg haben wollte.

Die Gründe dafür konnte er sich denken, es war eigentlich immer dasselbe: Konkurrenz, Absatzmärkte, Streit um Kunden oder Lieferanten, Betriebsspionage, abgeworbene Mitarbeiter, Einflussgebiete und persönliche Eitelkeiten. Es war etwas handfester, anders als der zermürbende Kleinkrieg in der Redaktion, die Ungewissheit über den zukünftigen Weg von ›Wein & Terroir‹. Allerdings war es einfacher, etwas im Aufbau Befindliches zu zerstören, als einen funktionierenden Apparat zum Stillstand zu bringen, dessen Menschen aufeinander eingespielt waren. Eine junge Pflanze ließ sich leichter ausreißen als ein tief verwurzelter Weinstock.

Atemlos kam Toledo mit einer neuen Plastikschale voller Trauben zurück und machte sich sofort an die Analyse ihres Säurewerts und des Zuckergehaltes. Auch die physische Reife musste geprüft werden, die Farbwerte und der Extrakt. Danach war der pH-Wert dran – wichtig für die Beurteilung der chemischen Vorgänge, insbesondere der Wirksamkeit der Enzyme, was sich auf den Geschmack des Weins auswirkte.

»Sollen wir lieber ins Dorf fahren und erst mal einen Kaffee trinken«, fragte Henry, um den Önologen abzulenken.

»Unmöglich! Ich kann hier keine Minute weg. Keine Sorge, wir kriegen das hin. Am besten, du weichst mir nicht von der Seite, irgendwann finden wir Gelegenheit zum Reden, so wie jetzt. Wir müssen eine finden. Die Situation verschärft sich von Tag zu Tag. Außerdem wird der Wein dann reif, wann er will.«

»... Chemiker werden auch das eines Tages hinkriegen«, unterbrach Henry.

»Ach, wie beim Gemüseanbau in Andalusien an der Küste? Weinanbau unter Plastikplanen? Drei Ernten pro Jahr? Schon möglich, irgendwann, aber das ist momentan nicht unser Problem.« Der Önologe schaltete sein Handy ab und legte es vor sich auf die Kacheln.

Henry fand ein Stück Pappe, das er als Unterlage verwenden konnte, um sich auf den Tisch zu setzen, denn die Kacheln waren kalt. »Wie bist du eigentlich auf mich gekommen? Es gibt viele Weinjournalisten und auch entsprechend viele Zeitschriften.«

»Ganz einfach.« Toledo leckte an einem Kugelschreiber, der nicht schrieb. »Ich habe in Bordeaux diesen Gaston Latroye kennen gelernt, einen Winzer aus St.-Émilion. Der hatte einen deutschen Freund, Bongers, Michael oder Martin mit Vornamen, aus Frankfurt. Ich bin mal da gewesen, als dieser Weinhändler zu Besuch war, ein sympathischer Kerl. Als bei uns die Schwierigkeiten anfingen, habe ich gedacht, wir müssten die Öffentlichkeit darüber informieren. Man sät Zwietracht, man gräbt uns das Wasser beziehungsweise jetzt auch das Geld ab – ich erkläre dir das später im Detail, und du kriegst auch die entsprechenden Dokumente. Hier bei uns wirst du kaum einen Journalisten finden, der darüber schreibt, vor allem niemanden aus dem Weinbereich. Die meisten haben Aktien in den Bodegas, kriegen ihr Weindeputat, werden eingeladen; man stopft ihnen den Mund – mit leckeren Sachen, ¿comprendes? Es kann also nur übers Ausland laufen, habe ich gedacht, damit es zurückschlägt und unsere Presse aufmerksam wird. In dem Zusammenhang habe ich mich an diesen Bongers erinnert.«

»Ist die Sache wirklich so brisant?« Henry überlegte bereits, wie er der Redaktionskonferenz die Reportage verkaufen konnte, damit sie überhaupt ins Blatt kam. Auch zu Hause wollte sich niemand die Anzeigenkunden vergraulen.

»Sie ist brisant, ja, es geht um eine neue Qualität in den Auseinandersetzungen. Du kennst den Spruch, dass der Krieg die Fortsetzung der Politik mit anderen Mitteln ist?

Und ich sage dir: Wirtschaft heute ist die Fortsetzung des Krieges mit anderen Mitteln. Die Methoden, die hier in unserem Fall angewendet werden, sind meines Erachtens illegal.«

»Wieso geht ihr nicht vor Gericht?«

»Bring du mal zwanzig Leute zu einer gemeinsamen Entscheidung. Genau da liegt ein Teil des ... Verdammt, was ist denn jetzt wieder los? Kann man denn nie ...?«

Die Tür zum Labor oder zu dem, was es bis jetzt davon gab, wurde aufgestoßen, Henry sah zunächst nur den Rücken eines Mädchens, das sich in der Tür drehte, und dann erst das Tablett mit den Pappbechern dampfenden Kaffees. Daneben lagen zwei Stück Kuchen.

Toledo sprang auf. »*Perdona*, Luisa, so war das nicht gemeint. Herzlichen Dank, stell das Tablett bitte hierher. Sie ist so fürsorglich. Aber kein Zucker, oder? Ich hasse Zucker im Kaffee.«

Das Mädchen schüttelte lächelnd den Kopf, stellte schüchtern das Tablett ab, ging wortlos hinaus und schloss unhörbar die Tür.

»Ach, sie ist goldig«, seufzte Toledo. »Man wird im Stress so ungerecht. Luisa, die Tochter eines unserer *compañeros*, unserer ›Genossen‹. Damit haben wir auch zu kämpfen. Sie beschimpfen uns als ›Rote‹, nur weil wir zusammenarbeiten, im ›Kollektiv‹, wie sie sagen.«

»Zieht das immer noch?«, fragte Henry.

»Das wundert dich, was? Gegen Rote haben sie im Bürgerkrieg gekämpft. ›Kollektiv‹, das heißt Enteignung, Kommunismus, da kommen ekelhafte Erinnerungen hoch. Dabei gibt es jede Menge Kooperativen. Aber uns diffamieren sie damit.«

»Was war denn nun mit diesem Bongers?« Diese Frage interessierte Henry besonders, denn sie betraf ihn persönlich.

»Ich wollte über ihn Kontakt zu einem verlässlichen deutschen Journalisten, Deutschland ist als Markt für Rioja-Weine sehr wichtig, die Deutschen mögen unsere Weine, deshalb rief ich bei Gaston an. Da war dieser Bongers am Telefon; der hatte das Weingut bereits übernommen und hat mir alles berichtet, das mit dem Mord und dem gefälschten Grand Cru vom Château Haut-Bourton und so weiter. Bongers sagte, du hättest darüber geschrieben, sehr korrekt, wie er meinte, nicht so sensationsgeil wie andere Blätter. Außerdem hättest du nichts dazugedichtet, nichts weggelassen. Reicht das?«

»Allerdings. Freut mich, das zu hören.« Henry schnüffelte an dem *café con leche,* der ihm noch zu heiß war. »Jetzt wieder zu euch, zu dir. Seit wann existiert eure Kooperative?«

»Gründungstag war der erste Mai vorletzten Jahres.«

»Noch eine Provokation? Der Tag der Arbeit. Kein Wunder, wenn man euch für Rote hält ...!«

»Die Bank hat uns wegen bestimmter Zinsvorteile dazu geraten und wegen des Baubeginns für die Fundamente und Tanks, sie mussten zur Ernte im letzten Jahr fertig werden. Du wirst es beim Rundgang sehen, wir arbeiten wieder mit gemauerten Tanks. Die Gründe erkläre ich dir später. Also, der Ärger war vorprogrammiert. Jeder wusste, dass es dazu kommen würde, nur hat niemand darüber geredet. Die *compañeros* haben ihr Leben lang Wein angebaut, Tempranillo, klar, unsere wichtigste rote Rebsorte, 90 Prozent aller Rebflächen sind damit bestockt; dann Garnacha und ein wenig Mazuelo, also hauptsächlich rote Rebsorten. Graciano ist so gut wie vorbei, die Rebe stellt nicht mal mehr ein Prozent der Gesamtmenge in der Rioja.«

»Gibt es Verträge zwischen den Kellereien und den Weinbauern über die Lieferung der Trauben?«

»Nein«, Jaime Toledo winkte ab, »lediglich Absprachen, aber keine schriftlichen Verträge oder gar Kündigungsfristen. Alle wussten, wer zur Kooperative gehört, und mit Baubeginn war klar, dass wir unsere Trauben behalten, um unseren eigenen Wein zu machen. Also konnten sich die Käufer beizeiten andere Lieferanten suchen.«

»Das ist normal. Und die Käufer machen jetzt Ärger?«

»So ist es«, sagte Toledo und las an einem Röhrchen oder Thermometer einen Wert ab und trug ihn in eine Tabelle ein. In dem Moment erlosch die Neonröhre an der Decke, und durch die Glasbausteine in der Wand zum Korridor hin fiel nur noch ein Schimmer ins Labor.

»Teufel noch mal! Was ist denn jetzt wieder passiert? *¡Que diablo!*« Toledo sprang auf, schaltete das Mobiltelefon ein und rannte los. Henrys Blick fiel auf die lose aus der Wand hängenden Kabel. Das hier war keine fertige Bodega, das war eine Baustelle, man konnte es sich aber nicht erlauben, die Produktion ruhen zu lassen.

»Komm mit«, rief Toledo von der Tür aus, »es kann länger dauern. Hoffentlich ist's nur 'ne Sicherung. Dann muss ich mit dem Mann reden, der eben die Trauben geliefert hat. So geht das nicht. Wie die sich das vorstellen …«, schimpfte er.

Es war tatsächlich ein Kurzschluss, hervorgerufen durch einen defekten Betonmischer, wie sich herausstellte. Glücklicherweise war gerade der Elektriker verfügbar.

»Unser Vorteil ist gleichzeitig unser Problem. Die Gesellschafter sind nicht nur Weinbauern, mit einem Hektar hier, einem dort und zweien auf der anderen Seite des Dorfes. Jeder hat einen Beruf, als Bauhandwerker, Elektriker, arbeitet in einer anderen Kellerei, beim Staat oder in der Verwaltung; wir haben einen Tischler, Metallarbeiter, und alle helfen, nach Feierabend oder am Wochenende, auch die jungen Leute, besonders die sind engagiert, so wie das Mädchen eben, Luisa, die den Kaffee gebracht hat. Die macht die Büroarbeit, jeder sieht seine Chance, packt an – das macht Spaß.«

»Das heißt, ihr schafft eure eigenen Arbeitsplätze?«

»Wer auf Politiker wartet, ist verloren. Die interessieren sich nur für ihren eigenen Posten. Schwierig wird es nur dann, wenn jemand Verantwortung übernehmen muss, wenn was kaputtgeht; neuerdings halten zwei oder drei den anderen ihre Arbeitsleistung vor. Deshalb werde ich das System ändern. Wenn der Laden erst auf festen Beinen steht – *la puta que te parió* ... da kommt Jesús ...«

Dem Önologen war keine Pause vergönnt. Ein Traktor mit einem älteren Mann am Steuer und einem mit Trauben beladenen Anhänger tuckerte auf das Gelände und fuhr schnurstracks zur Wiegeanlage. Toledo war schon wieder auf 180, Henry hingegen gefiel, was er sah, denn es gab ihm ein unverfälschtes Bild der Situation.

»Ich habe dir gesagt, dass wir diese Trauben hier nicht haben wollen.« Toledo stand mit in die Hüften gestemmten Armen vor dem Traktor und schrie gegen den Motorlärm an.

»Für was ist mein Sohn eigentlich Mitglied, wenn ich seine Trauben hier nicht abladen darf?«, brüllte der Treckerfahrer zurück.

»Weil der Kontrolleur vom *Consejo Regulador* noch nicht da ist und weil die Trauben nicht gut genug sind!«

»Was?«

»Mach die Maschine aus und komm runter!«, rief der Önologe und winkte den Mann zu sich.

»Keine Zeit, wir haben noch viel mehr zu lesen ...«

»Diese Trauben lädst du hier nicht ab, wir haben das beschlossen! Dein Sohn weiß das. Komm aus der Sonne, die Gärung setzt sonst ein; fahr die Trauben da rüber in den Schatten, und wir reden weiter.«

»Geht das hier jeden Tag so?«, fragte Henry, dem derartige Situationen fremd waren.

»Alle haben die Verträge unterschrieben. Wir wollen Qualität produzieren, wir wollen mit unserem Wein Geld verdienen, wir wollen die Wertschöpfungskette in der Hand

behalten und die Trauben nicht wie früher an die Groß-
kellereien abgeben. Aber wenn es konkret wird, wenn sie die
Trauben loswerden wollen, die nicht ihrem eigenen Stan-
dard entsprechen, sind alle Vorsätze vergessen – Bauern
eben, Bauern ...«

Missmutig zog der Önologe eine zerdrückte Zigaretten-
schachtel aus der Hosentasche, nahm eine platt gesessene
Zigarette heraus und zündete sie an. Unter Henrys miss-
billigendem Blick zuckte er mit den Achseln. »Hab wieder
angefangen. Die Nerven, *¿comprendes?*« Dann ging er zurück zum Hauptgebäude.

Links stand ein dreistöckiger Rohbau, rechts angelehnt
die Halle mit den Tanks, wo die Trauben abgeladen wurden.
Die Gebäude reichten drei Etagen tief in den leicht abfallen-
den Hang. Die Mauern waren unverputzt, die Fenster mit
Plastikfolie abgedeckt und mit Holzlatten gesichert. Die
Bereiche für Rasen und Rabatten hatte man zwar abgesteckt,
doch überall waren Bauschutt, Zementsäcke, Schalbretter
und Kabelrollen verstreut. Allerdings waren die Schächte an
der Giebelwand der Halle, wo die Trauben abgekippt wurden, perfekt gekachelt und makellos sauber.

Der Treckerfahrer machte sich ans Abladen seiner Fracht,
bis ein weiterer »Genosse« auf ihn einredete. Der Alte gab
jedoch nicht auf. Er griff in die Brusttasche seiner blauen
Drillichjacke und zog einen Zettel heraus. »Hier, der Beweis:
Das sind die Trauben meines Sohnes, früher war das mein
Weinberg. So, und ich habe mich an die Vorschriften gehalten.«

»Das streitet niemand ab, Don Jesús.« Dieses Mal hob
Toledo flehend die Hände. »Aber die Weine von dieser Parzelle haben nicht die vorgeschriebenen Säurewerte, auf die
wir uns geeinigt haben. Ich habe es selbst analysiert.«

»Dann hast du dich eben geirrt ...«

»Nein! Ich irre mich nicht!«

»Nur Gott irrt nicht.«

»Ach – tatsächlich?«

»Mach's noch mal, ich will dabei sein. Wer weiß, was du in deiner Hexenküche wirklich anstellst.«

»Du tust ja gerade so, als ob das alles hier für dich neu wäre. Nein, *compañero,* so Leid es mir tut ...«

»Wenn du die Trauben nicht nimmst, kriegst du nie wieder welche.«

Henry zog Jaime zu sich: »Warum rufst du den Sohn nicht direkt an?«

»Weil das ein Trick ist. Jesús González kennt unsere Vereinbarungen. Der Sohn schickt den Vater vor, und der Alte tut so, als sei er ein bisschen blöde. Schon mal was von Bauernschläue gehört?«

Henry hoffte, dass die Männer ein Ende fanden, denn so kam er nicht weiter. Was lief hier wirklich ab? Wer oder was steckte hinter den Schwierigkeiten der Kooperative?

»Dann suche ich mir eben einen anderen Käufer«, räsonierte der Alte und kletterte auf den Trecker, »und ich weiß auch, wen!«

»Schon klar. Ich werde dich nicht daran hindern«, gab der Önologe bissig zurück, am Ende mit seiner Geduld.

»Es wird dir leid tun, Jaime Toledo, das verspreche ich dir. So hat mich noch nie jemand abgefertigt.«

»Es steht jedem von euch frei, die Trauben, die wir nicht verarbeiten wollen, anderweitig anzubieten.«

»Worauf du dich verlassen kannst – und zwar zu einem besseren Preis!«

»Viel Glück dabei, den Weg kennst du sicher noch, wie ich annehme ...«

Vergeblich hatte Henry versucht zu erfahren, wer konkret etwas gegen die Kooperative unternahm und was die Gründe dafür waren. Jaime Toledo hatte angedeutet, dass es die Bodega war, der die *cooperativistas* bislang ihre Trauben verkauft hatten. Ihr fehlte jetzt der Rohstoff für ihren Wein, nur so ließ sich der Konflikt erklären. Aber im letzten Jahr, als die Weinbauern ihre Trauben zum ersten Mal selbst verarbeitet hatten, war es nicht zum Eklat gekommen. Was hatte sich verändert?

Aber kaum begann Jaime Toledo einen Satz, klingelte wieder das Telefon. Trauben wurden zur Analyse gebracht, eine Lieferung Zement blieb aus, und als Leute für die Arbeit am Sortierband fehlten, gab Henry sich geschlagen. Jaime und er verabredeten sich für den Abend in Toledos Wohnung, oben in Laguardia. Henry sollte um 21 Uhr zum Essen kommen, wobei Toledo grinsend offen ließ, ob er nach dem Essen noch gesprächsfähig war oder nicht vielmehr sofort einschlafen würde. Der Humor war ihm glücklicherweise noch nicht ganz abhanden gekommen.

Es war fast Mittag, als Henry die Baustelle in Elciego verließ. Jaime Toledo wollte ihm am nächsten Tag alles zeigen, auch die Baupläne, Geheimnisse gäbe es nicht. Es würde interessant sein, den Gebäudekomplex, der nach den Erfordernissen moderner Weinbereitung angelegt worden war, zu besichtigen und einige Fassproben zu machen. Nach einem knappen Dreivierteljahr im Barrique ließ sich über den Wein schon etwas sagen, wenn auch *Crianza* genannte Weine erst nach einem Jahr Fassreife abgefüllt werden durften und noch weitere zwölf Monate auf der Flasche reifen mussten.

Henry hatte Weine in ihrem Anfangsstadium kennen gelernt, während des Ausbaus im Barrique und nach der Abfüllung. Mittlerweile konnte er ihre Entwicklung bedingt vorhersagen, und bei lagerfähigen Kreszenzen ließ sich die Veränderung über Jahre verfolgen. Die meisten Winzer waren nicht kleinlich; oft wurde Henry der Wein nach dem Besuch des Weingutes förmlich aufgedrängt, wobei er sich angewöhnt hatte, nur solchen Wein als Geschenk zu akzeptieren, über den er mit gutem Gewissen schreiben konnte.

Wenn er jedoch den Verdacht hatte, dass ihn jemand beeinflussen wollte, schlug er jede Flasche aus. Kollege Olaf Winter hatte in der Redaktion lauthals verkündet, dass er nur darauf warte, wann das »Geschenk« interessant genug sei, um auch Henry zu kaufen.

Fünf Jahre als Weinjournalist waren nicht viel, aber Henrys ausgeprägter Geschmackssinn und seine Begeisterung für gute Weine kamen ihm zu Hilfe. Außerdem war Wein schon immer sein Hobby gewesen, und die Ausgaben für den Weinkeller hatten für ständigen Streit mit seiner Ex-Frau gesorgt. Als Reporter war er um die ganze Welt gereist, manchmal war es öde gewesen, manchmal spannend, hochinteressant oder gefährlich, so gefährlich für Außenstehende, dass seine Frau in ständiger Angst um ihn gelebt hatte. Manchmal war er zwischen zwei Reisen nur einen Monat zu Hause gewesen, dann wieder hatte er von einem Tag auf den anderen aufbrechen müssen. Also wurden Freunde ausgeladen, Familienfeiern abgesagt, gemeinsame Vorhaben aufgegeben – Gisela hatte das nicht verkraftet. Er nahm es ihr nicht übel, wie auch? Sie hatte sich geängstigt, mit ihm gefühlt, war viel allein gewesen – und sie hatte ihn bedrängt, sich eine Stellung zu suchen, bei der er zumindest in Europa bleiben konnte. Wieso musste es wieder der Kosovo sein, wieso eine Reportage in Weißrussland? Weshalb hatte er über illegalen Holzeinschlag in Finnland recherchiert? Um sich von Holzfällern verprügeln zu lassen? Frauen, das war sein Fazit, liebten Abenteurer, aber mit deren Abenteuern konnten sie meist wenig anfangen.

Zu ›Wein & Terroir‹ hatte ihn ein Freund gebracht: ein guter Job als Reporter; Reisen ja, aber gefahrlos; interessante Menschen, Abwechslung – aber da war es bereits zu spät gewesen und die Liebe fast auf dem Nullpunkt angekommen. Respekt empfanden sie allerdings noch immer füreinander. Gisela hatte ihn verlassen, zugunsten eines Finanzbeamten der höheren Laufbahn, äußerlich ein Draufgänger, der seine Abenteuer im Fitnessstudio auslebte. Henry brauchte nur das Wort Finanzamt zu hören, um einen dicken Hals zu bekommen.

Der Bestand an Flaschen in seinem Weinkeller hatte nach der Trennung deutlich abgenommen, aber nach einem Jahr hatte Henry sich allmählich besonnen, sich stärker in der Redaktion und im sozialen Leben der Kollegen engagiert und seine Reisetätigkeit ausgebaut. Er war nicht glücklich, aber er fühlte sich einigermaßen im Gleichgewicht. Vielleicht brachte ihm eine Reportage wie diese alte, verloren geglaubte Zeiten zurück?

In der Rioja wollte niemand dahin zurück, obwohl die Geschichte des Weinbaus sogar vor dem Einmarsch der Römer begonnen hatte und die von Elciego bis ins 9. Jahrhundert zurückreichte. Zu jener Zeit hatte das Dorf noch San Andrés de la Ribera geheißen. Henry fuhr hinunter zum Ebro, stieg aus und setzte sich ans Ufer, ohne zu wissen, was er den Nachmittag über tun sollte. Der Wagen lief wieder ohne Stottern, er hätte also die Gegend erkunden können, blieb aber lieber am Fluss, im Schatten der hohen Pappeln.

Damals, vor mehr als tausend Jahren, hatte ein Blinder hier eine Herberge betrieben, und jeder, der über den Ebro wollte, war zwangsläufig bei ihm vorbeigekommen. Das Mitgefühl für seine Mitmenschen und die Freundlichkeit, mit der er sie bedient hatte, machte den Blinden berühmt. Nach und nach bauten auch die Bewohner des oberhalb liegenden Ortes ihre Häuser hier unten in der Nähe der Herberge und gründeten ein neues Dorf, was sie zu Ehren des freundlichen Mannes Elciego nannten, was so viel hieß wie »der Blinde«.

Als Legende machte sich seine Geschichte hervorragend. Oder war das nur die Sicht des zynischen Journalisten?

Im Grunde genommen war das, was Henry über LAGAR

gehört hatte, beileibe nichts Besonderes. Aber hier, am Flussufer, mit einigem Abstand zu dem Gespräch, kam ihm zum ersten Mal in den Sinn, dass er bei Jaime Toledo etwas wie Angst gespürt hatte. Das mit den Drohungen konnte er nicht beurteilen, der Alte auf dem Trecker hatte das kaum ernst gemeint. Ich werde mit vielen Leuten sprechen müssen, sagte sich Henry seufzend, die *cooperativistas* befragen, ihre Freunde, ihre Gegner. Ich muss von innen wie von außen an die Sache herangehen, um ein objektiveres Bild zu bekommen, und ich muss mir über meine eigene Stellung hier klar werden. Zwanzig »Genossen« – zwanzig Meinungen – zwanzig unterschiedliche Vorstellungen, wie man eine Kooperative aufbaut. Dabei befand Lagar sich in guter Gesellschaft, zumindest hinsichtlich der Lage.

Henry betrachtete den Neubau an der Ecke, an der die Straßen aus Cenicero und Lapuebla in der Ortsmitte aufeinander trafen – und den »Schrotthaufen« daneben, ein scheinbar zusammenhangloses Gebilde aus Formen und Flächen – wild aneinander geklebte und verstrebte Gebäudeteile, zusammengesteckte Rutschbahnen, fliegende Teppiche aus Metall in Rosa, Silber und Gold, dazu abgerissene Pfeiler, sich gegenseitig auffressend – metallurgischer Kannibalismus. Es sah tatsächlich aus wie Industrieschrott. Einstürzende Neubauten waren nichts dagegen. Eine Allegorie? Er erinnerte sich dunkel, ein ähnliches Gebäude gesehen zu haben, und zwar – ja genau, beim Besuch badischer Winzer in Weil am Rhein: das Vitra Design Museum; derselbe Architekt hatte auch das Guggenheim Museum in Bilbao entworfen, das Henry jedoch im Vergleich zu dieser Baustelle als klar und funktional gegliedertes Ensemble erschien. War hier nicht früher die Bodega Marqués de Riscal gewesen?

Henry fragte einen Passanten: »Was soll dieser ...« – Henry zögerte, um sich nicht zu blamieren, aber es rutschte ihm doch heraus –, »... der Schrotthaufen da, was ist das?«

»Wie haben Sie das genannt?« Der Mann dachte einen Moment nach, runzelte die Stirn und blickte Henry entgeistert an.

»Finden Sie nicht, dass dieses, äh, Gebäude, das reine Chaos ist? Sehen Sie das anders?«

»Allerdings«, empörte sich der Angesprochene aufbrausend. »Das ist Titan, reines Titan – der Neubau von Marqués de Riscal, von Frank Gehry entworfen, einem weltberühmten Architekten!«, lautete die ehrfurchtsvolle Antwort des sichtlich beeindruckten Mannes, und Empörung schwang ob der Respektlosigkeit mit. »Ein Kanadier«, fügte er hinzu, als hätte dies etwas zu bedeuten.

»Es wurde im Windkanal getestet!«, rief er Henry nach.

Henry zuckte zusammen, er hatte den Stolz eines Spaniers verletzt, oh nein, schon wieder falsch: den eines Basken. Er konnte nur hoffen, dass man ihm verzieh. Im Stillen aber lachte er in sich hinein. Das »Ding« musste tatsächlich im Windkanal getestet werden, denn der nächste Tornado würde es abräumen. Was hätte der Blinde von Elciego dazu gesagt?

Die Baustelle von LAGAR hatte ihm besser gefallen; er mochte das Schlichte, die klare Beziehung zwischen Form und Inhalt.

Der wirkliche Marqués de Riscal war tatsächlich ein Neuerer gewesen; 1860 hatte er hier die erste Kellerei nach Bordelaiser Vorbild bauen lassen und die dortigen Methoden der Weinbereitung in der Rioja eingeführt. Und jetzt das? Na ja, der Marqués war lange tot, es lebe der Marqués …

Bodegas Allied Domecq, ein spanisch-englischer Konzern, gerade aufgekauft von Pernod-Ricard, hatte eine seiner drei Rioja-Bodegas auch hier, drüben an der Straße nach Villabuena. Henry fuhr in der Rioja quasi von einer Bodega über die Straße in die nächste. Rechts und links davon wuchs der Wein. Die Bodega Siglo hatte bei ihrer Gründung nicht zum Konzern gehört, und sie war mehr ihrer Flaschen wegen als wegen des Weins berühmt geworden – durch einen simplen Trick.

Als die Kellerei irgendwann den Besitzer gewechselt hatte, fanden sich in den Gewölbekellern viele Flaschen, allerdings voller Flecken vom kalkhaltigen Tropfwasser, die sich nicht abwaschen ließen. Der Wein war in Ordnung, nur in dreckigen Flaschen konnte man ihn nicht anbieten. Da verfiel jemand auf die Idee, jede einzelne in einen kleinen Jutesack zu stecken – bis heute ein gelungenes Markenzeichen.

»Wenn man es vermag, aus Dreck Erfolg zu machen, hat man was von Marketing verstanden«, meinte Juan Jesús Valdelana verschmitzt. Seine Bodega befand sich in der Ortsmitte von Elciego an einer gefährlichen Kreuzung. Henry hatte gehalten, weil er diese Bodega architektonisch interessant fand. Sie erinnerte an eine Scheune, ein Fachwerkhaus oder ein Lagerhaus der Hamburger Speicherstadt – allerdings nur dreistöckig und mit einer Straße statt eines Kanals davor. Dass die Gewölbe zehn Meter tief reichten und während der Regentschaft von Isabella und Ferdinand II. gebaut worden waren, erfuhr er erst, als Valdelana ihn dorthin führte.

Der Winzer war in puncto Marketing auch kein Waisenknabe, er bediente sich des Blinden vom Flussufer. Niemals zuvor hatte Henry eine Flasche in der Hand gehabt, bei der der Weintyp und die Alterungsstufe wie *Crianza* oder *Reserva* auf dem Etikett in Blindenschrift angegeben waren. Valdelana reichte ihm dazu ein ebenfalls in Blindenschrift geprägtes Blatt Papier. Henry fuhr mit den Fingern über die hoch stehenden Punkte, waagerecht, senkrecht, aber vergeblich, eine Systematik konnte er nicht ertasten. Er probierte es mit mehr oder weniger Druck – weniger war besser. Den Verlauf von Zeilen hatte er bald herausgefunden, aber Buchstaben oder gar Wortzwischenräume? Es war verlorene Mühe, und er öffnete die Augen. Es gehörte Übung und ein perfekter Tastsinn dazu, das 6-Punkte-System des französischen Blindenlehrers Louis Braille zu erlernen. Beim Wein waren es Übung und Geschmackssinn.

Valdelana hatte es leicht gehabt, er stammte aus einer Winzerfamilie. Er hatte genügend Weinberge und verarbeitete ausschließlich Lesegut aus eigenem Anbau, was die wenigsten Bodegas in Rioja konnten; sie mussten die Trauben von den Weinbauern dazukaufen.

»Da liegt ihr großes Problem!« So sah es Valdelana. »Nur zehn Prozent der Weinberge befinden sich in den Händen der großen Kellereien, das sind nicht einmal 10 000 Hektar. Der weitaus größte Teil unserer Anbaufläche von 66 000 Hektar teilt sich in Parzellen von einem oder sogar einem halben Hektar – auf 18 000 Weinbauern verteilt. Mit denen muss sich eine große Kellerei auf Gedeih und Verderb arrangieren. Wer allerdings eigene Weinberge besitzt, so wie wir, der kann glücklich sein – der kriegt den Wein, den er will.«

Mit den Weinen von 50 Jahre alten Rebstöcken hatte Valdelana etliche Preise gewonnen, besonders mit seinem Jungwein, dem *Joven,* der mehrmals als bester der gesamten Rioja prämiert worden war. Dieser Tropfen, natürlich trank Henry ein Glas davon, verband die Eigenschaften eines jungen, frischen Weins mit der Grandiosität eines gereiften, opulenten und lange Zeit gealterten. Hier zeigte sich klar die Qualität alter Reben, von denen auch Jaime Toledo am Morgen gesprochen hatte und von denen viele Hektar im Besitz der Kooperative waren.

Noch ein anderes Schätzchen hatte Valdelana vorzuweisen: einen weißen Malvasía, eine im Verschwinden begriffene weiße Rebsorte.

Der Malvasía strahlte in goldgelber Farbe, war dunkler und dichter als ein Mosel-Riesling oder ein Grauburgunder aus Baden. Die Aromen waren sofort da, sehr komplex, das hieß vielschichtig, umfassend. Die Eigenschaften traten allein hervor und waren kaum voneinander zu trennen: Aprikose, Pfirsich, sommerlich weiße Blüten. Die Monate im Barrique und die Zeit auf der Hefe hatten den Wein reif werden lassen, ihm aber nicht die Säure und damit seine Frische genommen. Mineralisch war er nicht.

Als Henry probierte, lief in seinem Kopf das gewohnte Schema ab, den Wein für andere zu beschreiben, es war ihm mittlerweile zur zweiten Natur geworden. Selten genug genoss er einen Wein »nur so«. Immer musste er sich dazu äußern. Wenn er Freunde zum Essen einlud oder selbst eingeladen war, wenn er bei Winzern Weine verkostete, immer stand die Frage im Raum, wie er als Experte den Wein bewertete – oder bildete er sich das nur ein? Er freute sich auf den Abend, wenn ihm bei Jaime Toledo »nur so« ein Rioja zum Essen gestattet war. Aber auch sie würden wie immer auch über den Wein reden …

Marta Toledo erinnerte Henry in ihrem Umstandskleid an Marie Antoinette. Die schwangere Ehefrau des Önologen trug eine Art Reifrock in fröhlichem Rot, Gelb und Grün und um die Schultern hatte sie einen breiten Seidenschal gelegt, denn in den alten Häusern Laguardias war es kühl, besonders nachts. Seit einer halben Stunde saß Henry im Wohnzimmer, vor sich einen Rioja aus dem letzten Jahr, gekeltert von Toledos Vater, und starrte auf den Bildschirm. Eine Runde von Politikern war wie üblich in Scheingefechte verstrickt. Heute ging es mal wieder um die baskische Separatistenorganisation ETA und ob Demokraten mit Terroristen verhandeln sollten. Die ETA-Debatte interessierte Henry nicht, er würde sich hüten, seine Meinung zu äußern: Er war im Baskenland. Doch worin, verdammt, unterschieden sich Basken und Spanier?

Jaime Toledo war kein Baske, aber seine hübsche Frau. Henry streckte die Beine unter den Tisch und dachte an die Frau vom Berghang, sah ihre blitzenden Augen vor sich und die Hand mit den vielen Ringen beim Kampf gegen den

Wind im Haar. Victoria war für eine Spanierin recht groß, oder war sie Baskin? Egal – sie war reizvoll gewesen, in ihrem elegant auf Taille geschnittenen Jeansanzug, dessen Stoff gerade so verwaschen war, dass sie sich damit überall sehen lassen konnte. Es wäre ein riesiger Zufall, wenn sie einander wieder über den Weg laufen würden.

Wo blieb Toledo? Er hatte angekündigt, dass es spät werden könne; er hatte die Kellerei gegen 17 Uhr verlassen, das war fünf Stunden her. Henry wurde unruhig, er hatte Hunger. Marta Toledo wollte mit dem Essen warten und hatte, mittlerweile auch mit sorgenvollem Gesicht, Oliven, *queso manchego* und *jamón serrano* auf den Tisch gestellt. Der Schinken war köstlich, leicht nussig und fein, aber Oliven, Käse und Schinken waren kein Abendessen.

Auf Interviewpartner zu warten war Henry zur Gewohnheit geworden. Er starrte vor sich hin. Der Unfall von gestern kam ihm in den Sinn und der Umstand, dass niemand über den Toten gesprochen hatte. Man hatte nicht einmal gefragt, wer es gewesen war. Er suchte nach der Fernbedienung, denn die Politiker redeten zu laut, traf jedoch den falschen Knopf und landete bei einer Spielshow. Das war also das vereinte Europa: Überall derselbe Schwachsinn im TV. Wo blieb dieser Önologe? Er hätte anrufen und Bescheid geben können. Bei Lagar hatte man gesagt, er sei nach einem Anruf weggefahren, um noch etwas Dringendes zu erledigen.

Im Nebenzimmer wurden Stimmen laut. Marta und ihre Mutter machten sich ebenfalls Sorgen, und beide kamen, um sich zu entschuldigen. Die angehende Mutter quälte sich ein Lächeln ab, glich dabei aber eher einem kleinen Mädchen, das kurz vor dem Weinen stand.

»Er ist sonst nicht so, eigentlich meldet er sich immer. Vielleicht warten wir noch ein wenig mit dem Essen?«

»Machen Sie sich meinetwegen keine Gedanken«, versuchte Henry die Frau zu beruhigen. »Er hat angekündigt, dass es später werden kann.«

»Er kommt sicher gleich«, versicherte ihm die Mutter, eine rundliche, freundliche Frau, die in ihrem Leben sicher oft hatte warten müssen. »Keine Ahnung, weshalb er nicht anruft. Möglich, dass sein *móvil* kaputt ist.« Sie war die Ruhe selbst und versuchte, die Besorgnis ihrer Tochter zu zerstreuen. »Bei seinem Beruf kann so viel dazwischenkommen, besonders jetzt, wo die Situation so heikel ...« Sie brach mitten im Satz ab und blickte Henry fragend an, ob er wohl gemerkt hatte, dass sie sich fast verplappert hatte. Also wussten auch andere, dass mit der Bodega etwas nicht stimmte.

Um 22 Uhr verabschiedete sich Henry. »Ich werde Jaime morgen in der Bodega oder wo auch immer aufsuchen, dann sehen wir weiter, alles kein Problem, *¿verdad?*«

Marta Toledo stand schwerfällig auf, um Henry zur Tür zu begleiten, aber ihre Mutter hielt sie zurück und ging mit Henry nach unten. Auf der Treppe entschuldigte sie sich zum wiederholten Mal.

»Es muss was Außergewöhnliches geschehen sein. Sonst ist mein Schwiegersohn die Zuverlässigkeit selbst.«

Sie durchquerten den niedrigen Flur des im 17. Jahrhundert gebauten Hauses, das zwar modernisiert, aber in den Grundzügen erhalten war, und Henry zog den Kopf ein, um nicht gegen die niedrigen Deckenbalken zu stoßen. Martas Mutter öffnete die schwere alte Holztür zur Straße – und fuhr erschrocken zurück. Vor ihnen im Halbdunkel standen zwei Polizisten ...

3.

Simón Ortega Escobar

Die beiden Uniformierten fühlten sich sichtlich unwohl, traten von einem Bein aufs andere und warteten darauf, dass der andere das Wort ergriff.

Es ist etwas passiert, dachte Henry, etwas Schreckliches, sonst kreuzt die Polizei nicht um diese Zeit auf ...

Im Nebenhaus ging quietschend eine Haustür auf, und jemand trat auf die Gasse; im Haus gegenüber klapperte im zweiten Stock eine Verandatür, und ein Vorhang flatterte im Wind. Etwas weiter oben in der Gasse wurde ein Rollladen hochgezogen ... Henry warf einen Blick zur Seite, sah das Gesicht von Toledos Schwiegermutter im Zwielicht der Straßenlaternen und der Flurbeleuchtung, das tiefe Schatten auf die Falten des alten, jetzt gelben Gesichts der gar nicht so alten Frau warf. Langsam öffnete sich ihr Mund, das Kinn sackte herunter, die Lippen zuckten, als wollte sie etwas sagen, aber die Worte blieben ihr im Hals stecken. Sie – Henry hatte ihren Namen vergessen, oder war sie ihm überhaupt vorgestellt worden? – griff mit einer Hand an den Hals.

»*Señora*, bitte, dürfen wir reinkommen?«, fragte der jüngere Polizist, um das Schweigen zu brechen. »Nur einen Moment, Doña Marta?«

»*Por favor*«, krächzte die Angesprochene, »aber ich bin nicht Marta, ich bin Doña Teresa, die Schwiegermutter von – Sie wollen doch zu Jaime?«

»Ja, äh, nein, zu seiner Frau. Es ist wegen ihres Mannes, wir müssen ihr leider eine, äh, traurige Nachricht bringen.«

»Was ist mit ihm? Was ist passiert?«

Henry trat an die Seite von Doña Teresa, um sie notfalls zu stützen, denn sie war trotz des gelben Lichts von draußen so weiß geworden wie die Wand.

Die Polizisten bückten sich im Türrahmen und traten in den Flur. Oben an der Treppe waren Martas Schritte zu hören. »*Mamacita*, ist Jaime gekommen? Mit wem redest du da? Ist der Reporter schon weg?«

»Ist das seine Frau?«, fragte der jüngere Beamte, der etwas beherzter auftrat.

»*Por Dios*, ja! Nun sagen Sie doch endlich, was los ist!« Toledos Schwiegermutter sah ihn mit weit aufgerissenen Augen an. »Ist er . . .?«

»Er hatte einen Autounfall, oben bei Puerto de Herrera, an der Sierra.« Der Polizist flüsterte beinahe. »Ja, der Wagen ist abgestürzt, hat sich mehrmals überschlagen. Jaime Toledo ist – dabei umgekommen.«

»*Dios mío*, sie ist schwanger! Sie bekommt ein Kind . . . *Dios mío*, mein Gott, wie soll ich ihr das sagen«, stöhnte Toledos Schwiegermutter laut und wiederholte es so wütend wie einen Vorwurf: »Sie bekommt in zwei Monaten ein Kind!«

Um den Kloß im Hals loszuwerden, räusperte sich Henry und sagte: »Ist da nicht erst gestern jemand verunglückt? Ich war da oben, gestern . . .«

Der Beamte sah beschämt zu Boden, als trage er eine Mitschuld an dem Unfall. »Die Sierra de Cantabria, ja, das ist die steilste Stelle mit den Serpentinen.«

Seinen Kollegen interessierte das alles jetzt nicht mehr, die Nachricht war überbracht und damit der Fall erledigt. Aufmerksam musterte er die Elektroinstallation im Flur und den auf der linken Seite angebrachten Sicherungskasten, bis er von seinem Kollegen einen Rippenstoß erhielt und wieder die dem Anlass entsprechende Miene aufsetzte.

»Bleib oben, mein Kind, wir kommen rauf, schone dich lieber.« Die Worte normal klingen zu lassen kostete Toledos Schwiegermutter ungeheuer viel Überwindung. Henry fragte sich, wie viele Menschen sie schon zu Grabe getragen haben mochte, Freunde, Verwandte, den Mann vielleicht? Möglicherweise sogar eigene Kinder? Und jetzt den Schwiegersohn. Er wusste nicht, was das wirklich bedeutete, er hatte keine Kinder, und seine Eltern lebten noch, die Mutter war 65 Jahre alt, der Vater gerade 70 geworden.

Steif und starr lehnte Marta oben an der Wand im Flur und sah den Heraufkommenden entgegen. Sie wollte nichts wissen, nichts über die Umstände erfahren, das Einzige, was sie mühsam herausbrachte, war: »Kann ich ihn noch einmal sehen?« Dann blickte sie an sich herunter auf den bereits weit vorstehenden Bauch und sackte zusammen. Henry und der junge Polizist fingen sie auf und trugen sie ins Wohnzimmer. Zehn Minuten später war der Arzt da; eine halbe Stunde später wimmelte das Haus von Leuten, Nachbarn, Freunden – und obwohl sie einen längeren Weg hatten in Kauf nehmen müssen, waren auch einige *cooperativistas* gekommen.

Niemand klagte oder fragte, wie es weitergehen sollte, jetzt, wo ihr Önologe tot war, ihr Bauleiter, ihre »Mutter«, ihr Geschäftsführer, ihr Blitzableiter und Schlichter. Er war der Motor gewesen, die Klammer, die vieles, wenn nicht alles zusammengehalten hatte, wie Henry kurz darauf erfuhr, nachdem sich die »Genossen« verabschiedet und das Treffen in die nächste Bar verlegt hatten. Als sie jedoch mitbekamen, wer Henry war und weshalb er sich hier aufhielt, gingen einige auf Abstand.

»Wir reden ein andermal weiter. Man muss die Vorgeschichte kennen. Ich kann dir da eine ganze Menge erzählen. Morgen sehen wir weiter …«, hieß es immer wieder.

Der Eindruck drängte sich auf, als wollte niemand im vertraulichen Gespräch mit Henry gesehen werden. Nur ein kleiner Mann mit wachen Augen, dem der Todesfall offensichtlich nicht die gute Laune hatte nehmen können – Emilio wurde er genannt – kümmerte sich nicht darum und fragte ihn über die Zeitschrift aus, bei der er arbeitete, und ob er für die Kooperative Chancen auf dem deutschen Markt sähe.

Wenn das Misstrauen der Allgemeinheit ihm gegenüber so groß war, möglicherweise auch die Ablehnung, blieb Henry nichts anderes übrig, als sich die »Genossen« einzeln vorzunehmen, jeden für sich, bis er wusste, was hier gespielt wurde, jetzt, wo Jaime tot war. Unfassbar, wie schnell sich das Leben änderte.

Die Aufgabe schien kompliziert zu werden. Er stand nicht mehr einem Einzelnen gegenüber, sondern einer Gruppe unterschiedlichster Menschen. Die Einzelgespräche würden viel Überzeugungsarbeit erfordern, überall galt es Vertrauen zu schaffen, und ein erheblicher Mehraufwand an Zeit und Mühe erwartete ihn. Oder hatte sich mit dem Tod von Jaime Toledo die Reportage erledigt? Morgen, *mañana*, würde man sehen. Besser, er ging zu Bett, es war bereits nach Mitternacht.

Laguardia war im dämmrigen Licht der Laternen erstarrt. Kaum ein Laut durchbrach die Stille zwischen dreihundert Jahre alten Häusern. Unheimlich wirkte die mittelalterliche Szenerie; die Gassen ohne Bäume erinnerten an ein Bühnenbild, an eine Theaterkulisse, extra für dieses Stück gebaut, und es entstand ein bedrückendes Gefühl von Enge. Lediglich aus einem Innenhof ragten Palmwedel über einen Torbogen, und an einer Ecke stand ein Kübel mit Rosen. Henry wusste nicht, wo er war, aber es durfte nicht schwer sein, sich zurechtzufinden. Laguardia war eigentlich keine Stadt, sondern mehr eine schmale Festung auf einem Bergrücken. Es gab lediglich drei lange, parallel verlaufende Straßen mit einigen Querverbindungen, nicht mehr als fünf Häuser breit. Wenn er sich richtig erinnerte, war sein Quartier unten, gleich neben der Iglesia de San Juan Bautista.

Eine schwarze Katze huschte von links nach rechts über den Weg und verschwand in einer Mauernische. *Von links nach rechts bringt was Schlecht's,* schoss es ihm in den Sinn, und sofort ärgerte er sich darüber. Er wollte den Gedanken wegdrücken, aber rational ließ sich nichts dagegen machen. Wie konnte man nur diesen verdammten Aberglauben loswerden? Mit der Katze war es dasselbe wie mit Freitag, dem 13. An diesem Tag passierte garantiert ein Unglück. An den anderen Tagen, an denen sich vielleicht ein viel größeres Malheur ereignete, merkte er sich nicht einmal das Datum. Absurd, völlig absurd. Plötzlich erinnerte er sich wieder an das Bild an der Bürowand. Was kam da auf ihn zu? Zwei Tote.

Der beste Platz, um alle *cooperativistas* oder *compañeros,* wie sie sich selbst nannten, zu treffen und sich bekannt zu machen, war für Henry zweifelsohne die Kellerei. Dort war für den frühen Morgen ein Treffen angesetzt, um weitere Schritte zu besprechen, und dort würde jeder, der morgens keine Zeit hatte, irgendwann im Laufe des Tages seine Trauben abliefern.

Henry fuhr sofort nach dem Frühstück hinunter nach Elciego. Er trug Jeans, ein kurzärmeliges kariertes Hemd und darüber die verwaschene grüne Tuchjacke mit den ausgebeulten Taschen, in denen er alles unterbringen konnte, von Notizbüchern und Kameras über Bleistifte und Stadtpläne bis zum obligatorischen Mobiltelefon. Er hoffte, sich auf diese Weise nicht zu sehr von seinen Gesprächspartnern zu unterscheiden. Die runden Gläser seiner Brille verliehen ihm jedoch etwas leicht Intellektuelles. Mit Wasser und Kamm hatte er versucht, seine braunen Locken zu bändigen, aber kaum hatte er die Seitenfenster des Wagens heruntergelassen, um den Duft des Landes am Ende des Sommers einzuatmen, war die Frisur wieder dahin. Er schaffte es grundsätzlich, ungekämmt auszusehen. Egal, er hatte sich jetzt um weit wichtigere Dinge zu kümmern.

Es stand die Sache im Raum, deretwegen er die lange Reise auf sich genommen hatte. Aber sein Informant war tot. Wie sollte es weitergehen? Sollte er abreisen? Nein, das wäre Toledos Familie gegenüber nicht fair; sie hatte den Ernährer verloren, die Frau ihren Mann, das ungeborene Kind den Vater, den es nie würde kennen lernen können. Ungeachtet dessen reiften die Trauben und mussten gelesen werden, kam ein Lkw von der Tischlerei mit Fensterrahmen, mussten in der Bodega Rohre verlegt werden. Wer würde jetzt die Arbeiten koordinieren, wer die Trauben prüfen und die Analysen vornehmen? Und wer besaß genug Autorität zu entscheiden, welche Trauben akzeptiert wurden? Was Henry gestern mit dem Alten erlebt hatte, der sein schlechtes Lesegut der Kooperative hatte untermogeln wollen, warf ein interessantes Licht auf die augenblickliche Situation. Wem hatte er sie anschließend verkauft? Wer kaufte, was die Kooperative nicht wollte?

Henry war gespannt, wie die *compañeros* die anstehenden Aufgaben erledigen würden. Jetzt zeigte sich, ob Lagar tatsächlich eine Kooperative war, ob die Männer sich zur Zusammenarbeit bereit und fähig zeigten.

Er selbst befand sich in der angenehmen Situation des Zaungastes, des unbeteiligten Beobachters. Je mehr Schwierigkeiten auftauchten, desto besser für ihn: das hieß mehr Material für seine Reportage. Die würde jedoch anders ausfallen als gedacht, oder? Sollte er sich lieber klein machen, unsichtbar werden und nur zuhören? Meistens traten die wichtigen Dinge von ganz allein ans Licht.

Luisa war vollkommen verheult; der Tod des Önologen ging ihr nahe, sie hatte ihn gut leiden mögen, sehr gut sogar, wie sie sagte. Der Kaffee, den sie Henry brachte, schmeckte jedoch trotz ihrer Trauer so vorzüglich wie gestern, und Henry bat sie, sich zu ihm auf die Treppenstufen zu setzen, bevor die Mitglieder der Kooperative eintrudelten.

»Viel Zeit habe ich nicht«, sagte sie vorsichtig, hockte sich einen halben Meter von ihm entfernt auf die Steine und schlang die Arme um die Knie. Ganz geheuer schien ihr der deutsche Reporter nicht zu sein. »Ich habe viel Arbeit, noch viel mehr, jetzt wo ...« Sie schluckte die Tränen hinunter. Sie schämte sich, dass sie weinen musste.

Henry plauderte mehr mit ihr, als dass er sie ausfragte. Er erkundigte sich nach ihrer Familie, wo sie wohne, wie oft sie hier sei, welche Arbeit ihr am meisten Spaß mache und welche Aufgabe sie in der Bodega am liebsten übernehme. Langsam fasste sie Zutrauen und berichtete von Toledos Sorgen in den letzten Tagen. Von den Lieferanten für das Baumaterial seien einige grundlos abgesprungen, aber am schlimmsten seien die Querulanten unter den Mitgliedern. Obwohl es nur drei oder vier seien, brächten sie alles in Unordnung. Jeden Tag fänden sie einen anderen Grund, an der Arbeit herumzumäkeln. Egal, worum es sich handelte, sie stänkerten. Angefangen hätte es vor sechs Monaten, bis dahin seien sich alle einig gewesen, ihr Vater, der dazugehöre, eingeschlossen.

»Und der hat nicht gemeckert?«

»Nein, er findet die Kooperative wunderbar. Der ist richtig scharf darauf, endlich eigenen Wein zu machen, statt die Trauben zu verkaufen. Es ist viel interessanter. Wir haben fünf Hektar Weinberge, das ist mehr, als viele andere haben, aber für eine eigene Bodega ist es nicht genug. Als Kooperative allerdings können wir es schaffen.«

Wieso es zu dem Stimmungsumschwung gekommen sei, konnte Luisa nicht sagen. Sie hatte lediglich mitbekommen, dass einige dauernd schimpften und die Stimmung verdarben, und dass sie an den Regeln herumkrittelten, die sie selbst aufgestellt hatten, war ihr unverständlich. »Es waren dieselben, die auch an Jaime herumgemeckert haben, echt mies, ihn so runterzumachen, er hat sich so viel Mühe gegeben. Hat nie die Geduld verloren, immer alles wieder von vorne erklärt. Und bei jedem Streit ist er dazwischengegangen.«

»Worum ging es denn da normalerweise?«

Das Misstrauen war noch immer nicht ganz aus dem Gesicht des Mädchens verschwunden, Luisa zögerte mit der Antwort. »Ich weiß nicht, ob ich dir das sagen darf, ich warte lieber, bis mein Vater hier ist, der weiß alles, der kann es dir ja sagen. Nur ...«

Henry wagte einen Schuss ins Blaue. »Ging es um die Trauben – und wem man sie verkauft?«

Zögernd nickte sie. »Hat Jaime dir das erzählt? Manche wollten die woandershin verkaufen, an die andere Bodega, wie früher ... *Oh, ahí viene mi papá,* da kommt mein Vater, ich muss auch los, die Wiegelisten für den Kontrollrat fertig machen. Die vom *Consejo Regulador* sind gnadenlos.« Damit sprang das Mädchen auf und verschwand in der Bodega, während der Wagen ihres Vaters auf den Hof rollte; mit ihm stiegen noch zwei weitere Weinbauern aus.

Luisas Vater gehörte den Worten des Mädchens zufolge zu den loyalen und engagierten Mitgliedern, also nahm Henry ihn beiseite. Er erzählte ihm von der Kontaktaufnahme des Önologen und von ihrem gestrigen Gespräch.

»Ich würde dir gern entgegenkommen, aber lass uns erst die Versammlung hinter uns bringen«, sagte Pedro Arroyo Sánchez. Luisas Vater hatte sich den Vormittag freigenommen, sonst arbeitete er als Küfer bei einer Kellerei in Haro; er war einer der wenigen, die noch die Kunst des Fassbaus in einer Bodega ausübten. »Vielleicht fliegt nachher alles auseinander, und wir sind im Eimer. Jaimes Tod ist eine Katastrophe für uns – menschlich wie geschäftlich.«

Die menschliche Seite verstand Henry ohne weitere Fragen, obwohl er keinerlei freundschaftliche Gefühle für Jaime

Toledo hegte, höchstens Mitleid mit seiner Frau, aber Sentimentalitäten hielt sich ein Reporter besser vom Leib. Ihn interessierte das Geschäftliche, da lag der Stoff für seine Reportage, das Dynamit. »Gibt es zu wenig Önologen bei euch, mangelt es daran?«

Henry hatte die Frage durchaus ernst gemeint, sein Gegenüber jedoch sah darin nur die Kaltschnäuzigkeit des abgebrühten Reporters, der sich kaum um das Schicksal der Menschen scherte, über die er schrieb.

»Niemand ist ersetzbar«, sagte Luisas Vater aufgebracht. »Jaime war ein Freund, wenn du das verstehst! Und was das Geschäftliche betrifft – wir sind alle verschuldet, das wird er dir wohl erzählt haben, oder? Sollte das Projekt kippen, sind wir unsere Weinberge los. Dann gehört alles Gonzalo Benigma, *bueno,* nicht ihm persönlich, aber seiner Bank in Logroño. Er ist Mehrheitsgesellschafter. Ihm haben wir unsere Weinberge verpfändet, um die Bodega zu bauen. Reicht das?«

Rechts vom Rohbau waren neben einem Container für die Bauarbeiter unter einer Plane im Schatten Tische und Bänke aufgestellt. Nach und nach trudelten die *cooperativistas* ein. Henry ärgerte sich über die verpatzte Kontaktaufnahme mit Pedro Arroyo Sánchez und ließ sich missmutig ein wenig abseits nieder. Als alle saßen, stand ein dicklicher Mann auf, ungefähr in Henrys Alter, mit zerfurchter Stirn und schütterem, dunklem Haar, der sehr ernst in die Runde blickte:

»*Señores, compañeros!* Als Präsident der Kooperative LAGAR eröffne ich die außerordentliche Sitzung entsprechend unserer Statuten. Die Versammlung haben wir auf Grund der leider bekannten Umstände einberufen ...«

Simón Ortega Escobar gab einen Überblick über Jaime Toledos Unfall. Er sei aus bisher ungeklärter Ursache von Vitoria-Gasteiz kommend unterhalb vom Puerto de Herrera verunglückt und hätte sich die Halswirbelsäule gebrochen.

Unglücklicherweise sei er genau an dem Punkt von der Straße abgekommen, an dem die Leitplanken endeten. Über die Gründe wisse die Polizei noch nichts. Jedenfalls sei er sofort tot gewesen, was man darauf zurückführe, dass er nicht angeschnallt gewesen sei. Bei einem Unfall tags zuvor, merkwürdigerweise an genau derselben Stelle, sei schon jemand gestorben.

»Selbstverständlich«, fuhr der Präsident fort, »wird die Witwe, die ja schwanger ist, wie ihr alle wisst, von uns in jeder Weise unterstützt. Wir werden unsere Verantwortung ernst nehmen und ihr einen Arbeitsplatz in der Verwaltung schaffen, der es der jungen Mutter später ermöglicht, sich in entsprechender Weise um ihr Kind zu kümmern. Das sind wir Jaime schuldig.« Einzelheiten seien in diesem Moment nicht von Bedeutung, fuhr er fort.

»Und jetzt, *compañeros,* fordere ich euch auf, euch im Andenken an unseren Vizepräsidenten und Freund zu erheben, im Gedenken an unseren Önologen, unseren *compañero* und an einen außergewöhnlichen Menschen!«

Unter den knapp zwanzig Anwesenden gab es Männer, die sofort aufsprangen, andere brauchten etwas länger, und drei, nein, es waren vier, wie Henry bemerkte, quälten sich hoch, weil es der Anstand erforderte. Es gab also drei Gruppen: die Freunde, die Indifferenten und die Feinde. Es war wie überall, dachte er und merkte sich die Gesichter.

Als alle wieder saßen, nickte der Präsident Henry zu: »Wir haben einen Gast; er wurde, wie ich seit gestern weiß, von Jaime eingeladen, um über unsere Kooperative für eine deutsche Zeitschrift zu berichten. Vielleicht hat der eine oder andere Einwände dagegen vorzubringen, aber vielleicht stellst du dich erst einmal selbst vor.«

Henry folgte der Aufforderung, erläuterte kurz die Konzeption von ›Wein & Terroir‹ als einem Blatt mit informativem Anspruch, das sich der Aktualität des europäischen Qualitäts-Weinbaus und der Philosophie des Terroirs verpflichtet fühlte. Er berichtete von seiner ersten Reise vor drei Jahren in die Rioja und erklärte, wie und weshalb es zum Kontakt zwischen ihm und Jaime Toledo gekommen war.

Ein Ruck ging durch die Versammlung, ähnlich wie in dem Moment, als die Männer sich zur Schweigeminute erhoben hatten. Die zuerst aufgestanden waren, rückten auch jetzt zusammen, die sich anstandshalber hochgequält hatten, es waren vier, schlossen auf und beäugten Henry voller Argwohn. Die Mehrheit indes sah sich von zwei Seiten bedrängt.

Es war eine kaum wahrnehmbare Bewegung gewesen, aber doch so deutlich, dass eine gewisse Unruhe bemerkbar wurde. Also schien es Henry geraten, kein Wort mehr darüber zu verlieren, was der Önologe ihm über schwelende Konflikte gesagt hatte. Außerdem – was wusste er eigentlich? Nichts! Nichts hatte ihm Jaime gesagt.

Von dem Gesicht des Weinbauern, der die Stimme erhob, sah man wenig, weder Mund noch Kinn oder den Hals. Man konnte den Eindruck gewinnen, dass der kräftige, fast vierschrötige Mann sich hinter seinem rötlichen Vollbart versteckte. Er kniff die Augen zusammen, fixierte Henry und wandte den Kopf mit einem Ruck dem Präsidenten zu. »Ich bin dagegen!«

Einen Moment lang herrschte betretenes Schweigen, bis Gelächter laut wurde und jemand aus der Runde ein wenig süffisant fragte: »Wogegen denn diesmal, Manuel González Silvero? Gegen was denn heute?«

Manches war so simpel. In der Versammlung den gesamten Namen auszusprechen reichte völlig aus, um den Charakter der Konfliktparteien mitzukriegen. Hier standen sich der Klassenprimus und der einfach Gestrickte, der sich nur mit seinen Fäusten Respekt verschaffen konnte, gegenüber. Lag da eine historische Feindschaft vor, eine, die womöglich bis auf den Schulhof zurückreichte?

Der Angesprochene ließ sich nicht beirren; ein Brocken,

der sich einmal in Bewegung gesetzt hatte, war nicht einfach zu bremsen. »Ich bin dagegen, dass dieser Reporter bleibt. Wir haben wichtige, vertrauliche Dinge zu klären, die keinen außer uns was angehen. Wir haben keinen Önologen mehr, wir brauchen dringend, ja – eigentlich noch heute – Ersatz, einen neuen ...«

»... aber nicht deinen Neffen, damit das klar ist«, warf jemand ein. »LAGAR wird kein Familienbetrieb!«

Der Bärtige überhörte den Zwischenruf. »Wir brauchen jemanden für die Bauleitung, und dieses Mal keinen, der alles an sich reißt wie Jaime.«

»Er hat das nicht an sich gerissen«, korrigierte der Präsident, »wir, *compañeros,* wir haben es ihm übertragen, ihn damit beauftragt. Lies das Protokoll, Manuel!«

»Schlimm genug, diese Ämterhäufung, wir brauchen einen Unabhängigen ...«

»... einen, den du beeinflussen kannst, *barbudo.«*

Der Einwand war zu schnell gekommen, als dass Henry mitbekommen hätte, wer es gesagt hatte. Das Streitgespräch zeigte, dass es eine Frontlinie gab, einen Graben innerhalb der Kooperative. Das komplizierte die Lage. Meistens waren die Konflikte im Inneren wesentlich vielschichtiger und schwieriger zu lösen, sie konnten gemeinsames Handeln und den Auftritt nach außen unmöglich machen. Hier taten sich Risse zu Gräben auf.

»Das ist absoluter Quatsch. Ich bestimme gar nichts ...«

»... würdest du aber gern ...«, murmelte jemand, jedoch so laut, dass alle es hören konnten; einige lachten sogar.

Manuel González Silvero, wenn Henry den Namen richtig verstanden hatte, oder der Bärtige, *el barbudo,* wie er ihn später zu nennen pflegte, ließ sich nicht provozieren.

»Wir reden heute über Interna, das weiß jeder. Und jeder weiß, was wir von der Presse zu halten haben. Die Angebote dieser Herren Reporter erleben wir zur Genüge. Wenn wir zahlen, dann schreiben sie über uns. Wann erscheint denn mal was, wo man guten Gewissens seine Unterschrift druntersetzen kann …?«

»Was höre ich da von Gewissen?«

Es war der Kleine aus der Bar, der Henry gestern aufgefallen war, weniger durch seine Worte – er hatte fast den ganzen Abend über nur zugehört – als vielmehr durch sein ewiges Grinsen und die flinken Bewegungen. Emilio Sotos hieß er. Henry hatte seinen Block aus der Jackentasche gezogen – der Bärtige kniff die Augen noch weiter zusammen und sah misstrauisch herüber (vielleicht war er nur kurzsichtig) – und notierte die ersten Namen. Dahinter folgten in Stichworten Aussehen und Charakter, soweit sich das beurteilen ließ, und Ansichten. Mit der Sprache hatte er keinerlei Probleme, solange niemand baskisch sprechen würde.

Es erhob sich vielstimmiges Gemurmel, und der Präsident versuchte sich laut Respekt zu verschaffen, während Henry diesen Emilio Sotos beschrieb. Erst nach einer Weile begriff Henry, dass das Grinsen zu seinem normalen Gesichtsausdruck gehörte. Niemals hätte man ihm dabei etwas Böses zugetraut; allein sein Anblick verbreitete gute Laune, und Henry fühlte sich davon angesteckt. Sogar bei der Zusammenfassung dessen, was jetzt auf die Kooperative zukam, verschwand das Lächeln nicht aus dem Gesicht.

So wie es aussah, hatte Jaime Toledo bereits vor Henrys Ankunft Emilio Sotos über seinen Plan informiert, einen Journalisten einzuschalten. Emilio Sotos stand auf.

»Stell dich auf die Bank, Emilio, besser auf den Tisch, sonst sieht dich keiner«, frotzelte jemand an der Seite des Bärtigen.

»*Perdona*, Manuel. Das mit dem Gewissen, das nehme ich zurück, bis wir geklärt haben, ob dein Vater gestern Abend Trauben zu Peñasco gebracht hat.«

Der Angesprochene sprang auf: »Das lasse ich mir nicht gefallen. Ich kann verkaufen, an wen ich will!«

»Laut Vertrag in den ersten fünf Jahren nur an uns!«

»Ihr spioniert mir nach, so eine Frechheit, Verleumdung ist das ...«

»Gar nicht nötig. Es lässt sich alles nachweisen, jede Fuhre ist registriert, jedes Kilo, vom Weinberg bis zur Flasche. Darum geht es auch nicht. Es geht um Vertrauen. Jaime hatte unser Vertrauen. Wir alle wissen, was wir ihm verdanken, und wir alle wären ohne ihn weder hier noch wären unsere Weinberge in dem Zustand ...«

»... schöner Zustand ...«, murmelte jemand, der nicht gesehen werden wollte.

»Ja, schöner Zustand, sag es laut! Hervorragend, wir haben mit die besten Trauben in der Rioja Alavesa. Alle Bodegas wollen sie haben. Aber der Zustand unserer Kooperative lässt zu wünschen übrig. Da haben Leute von außen, von innen will ich im Moment gar nicht reden, ihre Finger mit drin ...«

»Das hat man davon, wenn man Journalisten einlädt ...«, unterbrach der Mann, der rechts vom Bärtigen saß und diesem ermunternd auf die Schulter klopfte.

»Jaime war Vizepräsident, damit war ihm die Öffentlichkeitsarbeit anvertraut«, sagte der Präsident ärgerlich. »Er hat nichts getan, was unseren Statuten zuwiderlief. Wir wissen, dass es ohne Öffentlichkeitsarbeit nicht geht. Die großen Bodegas halten sich Abteilungen, die nichts anderes tun.«

Henry begriff, dass er sich schleunigst aus der Schusslinie bringen musste, wenn er sich nicht mögliche Sympathien verderben wollte, und stand auf: »Bitte, *señores,* ich gehe sofort; ich möchte Ihnen keine zusätzlichen Komplikationen bereiten. Sie haben Wichtigeres zu tun ... Ich kenne die Problematik Ihres Berufes durchaus. Ich bleibe einige Zeit in der Rioja, und wenn der Präsident zu einem Interview bereit ist ...« – dabei sah er Simón Ortega Escobar an –, »... würde ich mich darüber freuen. *Señores – que tengan un buen dia ...*« Damit verbeugte sich Henry, steckte das Notizbuch ein und wandte sich zum Gehen.

»*Un momento, por favor*«, rief ihm jemand nach. »Wo kann man dich erreichen?«

»Er wohnt im Hostal Biazteri, in der Berberana, in Laguardia«, sagte Emilio Sotos so laut, dass alle es hören konnten. »Wie ist deine Telefonnummer? Hast du ein *móvil*?«

Phantastisch, dachte Henry und gab laut die Nummer weiter. Er bemerkte, wie einige mitschrieben oder den Nebenmann aufforderten, sich die Nummer zu notieren. Besser hätte es nicht funktionieren können. Er ging genau im richtigen Moment, hatte sie von einem Problem befreit, seinen Respekt gegenüber der Kooperative bewiesen, und wer ihm etwas zu sagen hatte, wusste, wo er zu erreichen war.

Die kurvenreiche Straße nach Laguardia führte aus dem Tal des Ebro bergauf durch die Weinberge. Das Terrain war sehr wellig, die Kurven waren eng, die Steigungen manchmal erheblich. In der Alavesa, dem höchst gelegenen Teil der Rioja, arbeiteten Pflücker. Die Weingärten lagen verstreut, sie waren klein und nirgends so flach und weit, dass sich der Einsatz einer Erntemaschine gelohnt hätte; das war eher in den Niederungen am Ebro möglich, oberhalb von Laguardia, wo das Gelände sanft in Richtung auf die Felsenkette der Sierra anstieg, oder weiter westlich im trockenen Flachland der Rioja Baja.

Neben der Topographie komplizierte die Buschziehung, die statt der Drahtrahmenziehung die Norm war, den Einsatz von Erntemaschien. Vier Büsche Tempranillo an der schmalsten Stelle des Weinbergs und fünfzig Büsche an der breitesten, dicht belaubte Zweige, weit gespreizt, vom Gewicht der reifen Trauben bis fast auf den Boden heruntergezogen.

Garnacha wurde auch als Busch gezogen und nicht in Reihen am Drahtrahmen. Garnacha war nach Tempranillo die beliebteste Rebsorte der Rioja, aber mit einer Anbaufläche von 8000 Hektar trug sie lediglich mit 15 Prozent zur Erntemenge bei. Garnacha ertrug die Trockenheit, war ziemlich resistent gegen Faulschimmel; die Trauben sammelten viel Zucker an, dadurch war ein hoher Alkoholgehalt gewährleistet, aber sie waren säurearm, was den Wein schwer machte.

Henry kannte Garnacha aus dem südlichen Frankreich als Grenache, wo sie zusammen mit den Rebsorten Mourvedre, Shiraz und auch Carignan zu Cuvées assembliert wurde. Aus dem klassischen Wein der Rioja, dessen übliche Mischung auch einen geringen Anteil Mazuelo-Trauben enthielt, verschwand sie immer mehr – zugunsten von Tempranillo. Vielleicht wurde Mazuelo unbeliebter, weil sie nicht so opulent war, nicht sofort überzeugte – in einer Zeit, in der immer mehr Wert auf so genannte »Knaller« gelegt wurde, wie Henry diese Weine nannte: Man entkorkte die Flasche – und peng, sofort breitete sich der Duft aus, schwer, voll und dicht, eher kompakt, vielleicht wie Beerenmarmelade, aber ohne größere Spur von Eleganz und Finesse.

Henry hielt an, um zu sehen, was an der Straße geerntet wurde, denn im Grün der Blätter bewegten sich Pflückerkolonnen auf ihn zu: gebückte Frauen mit Kopftüchern, die Haut gegen die bissigen Strahlen der Sonne bedeckt, Männer mit Basken- oder Baseballmützen, Gartenscheren in den Händen, vor sich geflochtene Körbe, deren Inhalt in die mit Plastikbahnen ausgeschlagenen Anhänger gekippt oder die gefüllt in die Anhänger gestellt wurden.

Neugierig griff Henry nach einer Beere. Sie war klein und dickschalig, gut für den Wein, aber nichts zum Essen. Henry probierte, spuckte die Schale wieder aus; eine andere zerrieb er zwischen den Fingern, um die Farbe zu betrachten. Ein Urteil darüber zu treffen, ob diese Traube bereits die Reife erlangt hatte, um gelesen zu werden, war schwierig, außer der Kern löste sich leicht vom Fruchtfleisch, wie bei einem reifen Pfirsich. Ihm fehlte die Praxis. Die Entscheidung über das Lesegut würde er noch lange den Experten überlassen müssen, was nicht hieß, dass jeder Weinbauer ihm darin überlegen gewesen wäre, denn die meisten hatten sich mittlerweile an der Masse orientiert statt an der Klasse – bezahlt wurde schließlich nach Kilo und weniger nach Qualität.

Laguardia rückte näher, der Hügel, ja fast Berg, mit der Stadt, und Henry musste einen Gang herunterschalten. Drohend lag die Sierra de Cantabria dahinter – grauer, senkrecht abstürzender Fels, eine vierzig Kilometer lange Barriere, der Grat wie Zinnen, gezackt, verwittert und zerrissen. Sie wuchs in den Himmel wie eine gewaltige anwachsende Welle, die sich in wenigen Momenten brechen und alles verschlingen würde. Zwei Menschen hatte sie bereits unter sich begraben, seit er angekommen war: den Unbekannten am Tag seiner Ankunft, und am Abend darauf Jaime Toledo. Kaum war er in sein Leben getreten, war er schon wieder daraus verschwunden.

»Weiß man, wer der andere Tote war und weshalb er verunglückt ist?« Henry wartete mit der Brieftasche in der Hand an der Tankstelle, um die Reparatur der Benzinleitung zu bezahlen.

»45 Euro macht das. Wer der andere war? Der kam aus Soria, aus der Nachbarprovinz. Ein Vertreter. Der ist nicht zum ersten Mal hier langgefahren.« Der Mechaniker blickte auf den 50-Euro-Schein, den Henry ihm hinhielt, und wischte sich die Finger an einem öligen Tuch ab.

»Ist gut so«, sagte Henry.

»Nee, nee. Fünf Euro kriegst du wieder.«

»Was soll das? Aber ich brauche eine Quittung.«

»Mit Quittung kostet es 55«, sagte der Mechaniker und grinste. »Überleg's dir.«

»Dann mit Quittung.« Henry suchte nach dem fehlenden Schein. »Woher weißt du, dass der Mann Vertreter war?«

»Ich kannte ihn. Er hat oft bei uns getankt. Außerdem ...«, er wies mit dem Kopf nach rechts, »... außerdem muss man einen guten Draht zu denen da haben.«

»Meinst du das Restaurant da rechts?«

Daniel Pons schnaubte gequält. »Dahinter das Haus, das ist die Polizeiwache der ERTZAINTZA. Ich repariere ihre Autos ab und zu, sie tanken hier, wir kennen uns. Mit der Guardia Civil habe ich weniger zu tun, die sind nicht von hier, die mischen sich weniger unters Volk, die bleiben mehr für sich. Außerdem kommt hier jeder vorbei, da bleibt nichts verborgen. Ich kenne zwar nicht jeden Lieferwagenfahrer in der Rioja, aber in der Alavesa allemal.«

»Kanntest du auch Jaime Toledo?«

Der Mechaniker reagierte nicht und schob nur ernst die Unterlippe vor, bevor er den 10-Euro-Schein entgegennahm, ins Büro ging und eine Rechnung schrieb. Als er zurückkam, kratzte er sich nachdenklich am unrasierten Kinn.

»Und?«, fragte Henry. »Kanntest du ihn oder nicht?«

»*Claro*, natürlich kannte ich ihn, jeder kannte ihn. Ich habe sein Auto repariert, schon sein erstes, vor zehn Jahren, er fuhr gerne, er fuhr gut, jemand wie er fährt nicht einfach ... ach – lassen wir das ... außerdem – außerdem ist mein Schwiegervater auch Weinbauer. Er hat ein paar Hektar, drei, um genau zu sein ...«

»Du wolltest gerade etwas anderes sagen, *¿verdad?*«

»Wollte ich das?« Der Mechaniker kratzte sich wieder am Kinn. »Wir sollten raufgehen, zur Kirche, du kannst mich mitnehmen, die Trauerfeier beginnt jeden Augenblick.«

4.

Emilio Sotos

Die Iglesia de Santa María de los Reyes war im Verlauf der letzten 800 Jahre häufig verändert worden. Der Grundstein zu dem Bau der Kirche am nördlichen Ende Laguardias war im 12. Jahrhundert gelegt worden; aus jener Epoche stammten einige der Mauern und restaurierte romanische Rundbögen. Wesentlich prägender waren gotische Elemente; und auch die Renaissance hatte im Dekor Spuren hinterlassen. Sie machte den wuchtigen Bau im Inneren leichter, was die bombastische Kirche dringend brauchte, denn sie war in einer Zeit der Kriege entstanden – weder waren damals die Mauren vertrieben noch hatte Kastilien seine Herrschaft gefestigt. Also hatten die Erbauer Laguardias das Gotteshaus in die Verteidigungsanlage einbezogen.

Henry ließ dem Mechaniker den Vortritt in den Raum neben der Sakristei, wo Jaime Toledo aufgebahrt war (die Toten kamen hier innerhalb eines Tages unter die Erde), und betrachtete die spitzen Bögen über der Doppeltür mit der Skulptur der Muttergottes als Innenpfeiler. Dieses Portal ähnelte, soweit er sich erinnerte, dem Westeingang der Kathedrale Notre Dame in Paris – ein typisches Beispiel für die harmonische Verbindung von Architektur und Skulptur in der Gotik. Fasziniert betrachtete Henry die naturgetreue Arbeit der Bildhauer jener Zeit. Die Apostel, Jungfrauen und Engel in den Bögen des Portals waren von einer ungeheuren Lebendigkeit.

»Wer hat das gemacht? Wann wurde es bemalt?«, fragte er, dem Mechaniker folgend. »Die Farbe sieht wie neu aus.«

Der Angesprochene hob die Hand und bedeutete Henry zu schweigen. Umringt von Trauergästen lag Jaime Toledo vor ihm in einem schlichten braunen Sarg, die Hände gefaltet, den Kopf auf einem weißen Spitzenkissen. Von Verletzungen keine Spur. Das Bestattungsunternehmen hatte gut gearbeitet. Am Kopfende standen Leuchter mit brennenden Kerzen, es roch nach verbranntem Wachs, nach Weihrauch, zumindest meinte er den zu riechen, und es roch nach vielen Menschen, nach lebenden – und nicht nach toten.

Am Kopfende des Sarges saß in schwarzer Trauerkleidung Toledos schwangere Witwe, zusammengesunken, die Hände im Schoß, das Gesicht vom Schleier verborgen – ein bemitleidenswertes Häufchen Mensch. Die beängstigende Szene erinnerte Henry an die Freundin des Italieners Modigliani. Der Maler war mit 34 Jahren gestorben. Seine Freundin Jeanne Hebuterne, im neunten Monat schwanger, hatte sich nach dem Anblick des Toten vom Dach ihres Vaterhauses gestürzt …

Jaime Toledo jedoch wirkte nicht tot. Ihm war der Todeskampf nicht anzusehen. Seine Gliedmaßen waren weder unnatürlich verdreht noch verstümmelt, er schien zu schlafen, auf einer Reise zu sein … Die alten Griechen waren um ihr Reich der Toten zu beneiden, um den Fährmann, der die Verstorbenen über den Styx brachte – ohne Zweifel eine schönere Vorstellung als das Fegefeuer oder eine Ewigkeit im Nichts der gottlos wissenschaftlichen Welt, der er selbst verhaftet war.

Das Raunen und Gemurmel menschlicher Stimmen riss Henry aus seinen Gedanken, und er betrachtete die Gesichter, die ihm nichts sagten, aber ihm vielleicht bald ihre Geschichte erzählen würden. Was verband sie mit dem Toten? Nach und nach erkannte er einige Anwesende. Da stand einer der *compañeros,* etwas weiter entfernt Luisa und ihr Vater, Pedro Arroyo Sánchez, der Küfer. Gesenkten Kopfes flüsterte er mit seinem Nebenmann, wahrscheinlich ein Weinbauer, ebenfalls im blauen Overall und direkt vom Weinberg hergekommen. Der Präsident der Kooperative hatte Henry entdeckt und bedeutete ihm diskret herüberzukommen. Gemeinsam zwängten sie sich in eine Nische, wo sie nicht gesehen wurden.

»Vielen Dank, Henry. Sie sind genau im richtigen Augenblick gegangen. Sehr rücksichtsvoll, oder geschickte Diplomatie? Jedenfalls hat es uns eine unerfreuliche Abstimmung erspart. Sie haben ja vorher Einblick bekommen ... Selbstverständlich haben wir danach über Ihre Arbeit gesprochen und darüber, weshalb er« – der Präsident warf einen Blick auf den Toten – »Sie hergebeten hat. Bevor alles Weitere geklärt ist, mit der Nachfolge, dem Bauleiter und so weiter, werden wir Sie nicht offiziell, also im Namen der gesamten Kooperative, bitten, mit der Reportage fortzufahren. Hingegen können Sie«, der Präsident machte eine Pause, »mit jedem von uns jederzeit rechnen.« Vertraulich beugte er sich vor: »Schreiben Sie sich mal ein paar Namen und Telefonnummern auf, aber lassen Sie es niemanden sehen. Zuerst einmal meinen: Ich heiße Simón Ortega Escobar.«

Während Henry den Nachnamen notierte, erinnerte er sich an den kolumbianischen Drogenboss Pablo Escobar, der besonders die Stadt Medellin mit einer grausamen Mordwelle überzogen hatte, um die Auslieferung verhafteter Drogenbosse an die USA zu verhindern. Henry hatte seine Reise nach Kolumbien und die Reportage in Medellín noch in Erinnerung – es war die schlimmste seiner Laufbahn gewesen. Das Entsetzen über die Hoffnungslosigkeit der meist armen Bewohner war niederschmetternder gewesen als die Angst vor Gewalt und der Ekel.

»Wo sind Sie mit Ihren Gedanken?« Simón Ortega Escobar stieß ihn an. »Schreiben Sie«, und er diktierte ihm vier weitere Namen und Rufnummern. Luisas Vater war dabei und auch Emilio Sotos.

Sieh an, sie kommen, dachte Henry zufrieden, nachdem der Präsident von LAGAR sich unauffällig entfernt hatte und ihn keine zwei Minuten später jemand zaghaft am Ärmel zupfte: »Kann ich Sie einen Moment sprechen?«

»Worum geht's?«, flüsterte Henry. Er hatte den Mann mit dem groben Gesicht und den unterschiedlich großen Augen morgens bei der Versammlung gesehen.

Der Mann sah sich ängstlich um. »Bitte leise. Ich gehe vor, Sie kommen gleich nach, ¿de acuerdo?«

»Vale«, raunte Henry in gespielter Komplizenschaft. Der Unbekannte achtete beim Verlassen der Sakristei so peinlich darauf, nicht gesehen zu werden, dass auch der letzte der Anwesenden seinen Abgang mitbekam.

Henry jedoch blieb. Man muss die Macht haben, den anderen warten zu lassen, dachte er; das würde seinen nächsten Gesprächspartner nervös machen, womit leichter an ihn heranzukommen wäre. Insgeheim musste er grinsen, denn es kam ihm vor, als hätte er eine Sprechstunde angesetzt, eine Sprechstunde für Leute, die dringend mit ihm unter dem Siegel der Verschwiegenheit reden wollten.

»... da wird sich Diego freuen, wenn er hört, dass Jaime tot ist.«

»Das weiß er längst. Frohlocken wird er ... oh ...« Der Mann, der die Tür zu Kirche öffnete, verstummte auf der Schwelle, als Henry auf ihn zukam. Er hielt ihm die Tür auf und blickte forschend in sein Gesicht, ob er von der Unterhaltung etwas mitbekommen hatte. Henry bedankte sich und ging weiter. Zu dumm, dass er seinen Horchposten aufgegeben hatte.

Der unbekannte Informant stand an der Ecke zur Calle Mayor. Henry schlenderte an ihm vorbei, als würde er ihn nicht kennen, hörte aber sofort die Schritte hinter sich.

»¡Señor!«

Abrupt blieb er stehen. »Was wollen Sie? Warum treffen wir uns nicht in einer Bar, ganz offen? Wozu das Getue? *¿Por qué tantos remilgos?*«

»Äh, ich, äh, wollte, äh, nicht, dass man uns sieht.«

»Gibt es was zu verbergen?«

»Nein, das nicht, nur – wissen Sie, es ist nicht einfach für mich.«

»Wer sind Sie? Darf ich Ihren Namen erfahren?« Henry zog das Notizbuch aus der Tasche.

»Es geht um Jaime, unseren Önologen.«

»Dachte ich mir, weshalb sonst der Zirkus.«

»Es ist kein – Zirkus. Nur, ich will damit nichts zu tun haben. Jaime war zu frech, fordernd, immer direkt; manches darf man denken, aber nicht sagen. Kein Wunder dass … Damit hat er uns in Misskredit gebracht. Das hat anderen nicht gefallen, man darf es sich mit einigen nicht verscherzen«

»Wollen Sie damit sagen, dass …?«

»Ich wollte gar nichts damit sagen«, unterbrach der Fremde ängstlich.

»Mir gefällt es nicht, dass Sie mir Ihren Namen vorenthalten. Ich nehme keine anonymen Hinweise entgegen. Sagen Sie, wer Sie sind, oder wir brechen das Gespräch ab.«

Der Weinbauer stöhnte gequält. »Mein Name ist Salvador Norella. Ich wohne zwischen Elciego und Labarca. Eigentlich wollte ich bei LAGAR nicht mitmachen, doch man hat mich überredet, Jaime war das. Er konnte reden, wissen Sie, er drehte einem das Wort im Munde herum, und hinterher wusste man selbst nicht mehr, was man denken sollte.«

»Sie wollen mir erzählen, dass Sie nicht freiwillig mitgemacht haben? Kann ich mir nicht vorstellen.«

»Doch, doch, so war es.«

»Es gibt, soweit ich weiß, ein Statut, einen Vertrag, den Sie unterschrieben haben. Den Vertrag haben doch alle gelesen, oder?«

Der Mann wand sich wie eine Raupe. »Ja, und nein. Das sind fünfzig Artikel, dann noch das Weingesetz und ein Anhang; wer kann das alles verstehen, wer soll sich das merken? Es war nicht gut, das sehen wir jetzt.«

»Was war nicht gut? Die Kooperative zu gründen oder zu unterschreiben – oder es nicht durchzulesen? Oder dass Jaime Toledo zu Ihrem Önologen gemacht wurde? Haben Sie ihn gewählt, oder hat man ihn eingesetzt?«

»Gewählt, klar, es blieb uns nichts anderes übrig. Wir hatten keinen anderen. Er hat das angezettelt, er hat damit angefangen, er hat uns überredet.«

»Wenn einer gewählt wird, kann er auch wieder abgewählt werden, oder nicht?«

»Sí, claro, es posible«, seufzte Salvador Norella verzweifelt, »ja, selbstverständlich, aber darum geht es nicht . . .«

Henry wurde ärgerlich; der Mann stahl ihm die Zeit. »Dann seien Sie so freundlich und sagen Sie mir, worum es geht, andernfalls brauchen wir uns nicht länger zu unterhalten.«

Der Weinbauer blickte nach oben zu den Balkonen, ob von dort aus jemand zuhörte. »Wir haben so viele Sorgen, Schwierigkeiten. Früher war alles einfacher, da haben wir unsere Trauben verkauft, jetzt müssen wir uns um alles kümmern, selbst entscheiden . . .«

»Das ist so, wenn man selbstständig ist«, sagte Henry kalt, und sein Gegenüber, der jetzt auch das aufgerissene Auge zusammenkniff, fiel in seiner Achtung. Wahrscheinlich hatte er vom schnellen Geld geträumt, vom eigenen Wein, der eigenen Wichtigkeit, und jetzt, wo Initiative, Geduld und Improvisation gefragt waren, bekam er kalte Füße.

»Wir dürfen unsere Trauben nicht mehr verkaufen, wir müssen sie, wenn sie gut sind oder von bestimmten Einzellagen stammen, an LAGAR abgeben. Die ersten fünf Jahre kommt keiner aus dem Vertrag, außer die

Kooperative meldet Konkurs an. Die reinste Zwangswirtschaft.«

»Es gibt sicherlich Gründe für diesen Passus im Vertrag. Sie würden lieber anderweitig verkaufen? Haben Sie auch einen Käufer?«

Der Mann nickte heftig, er schien froh, auf Verständnis gestoßen zu sein. »Beides. Ich will verkaufen und habe einen Käufer!«

»Und wer ist das? Und was habe ich damit zu tun?«

Salvador Norella riss plötzlich auch das schmale Auge auf und starrte an Henry vorbei, als hätte er in seinem Rücken etwas entdeckt, das ihn ängstigte – und als Henry, der dort nur zwei Frauen kommen sah, sich wieder seinem Gesprächspartner zuwandte, war Norella weg – wie vom Erdboden verschluckt.

Diese Stadt hat Falltüren, dachte Henry. War eine der Steinplatten zu seinen Füßen beweglich? Er tippte mit dem Fuß darauf, aber nicht eine Platte bewegte sich. Es hieß, Laguardia sei gänzlich unterkellert. Im Restaurant seines Hostals gab es einen Glasboden, durch den man in den Weinkeller hinunterschauen konnte. Und diese Keller sollten alle miteinander verbunden sein.

Eigentlich war Henry froh, diesen – ja, was eigentlich? – diesen Feigling los zu sein. Im Grunde genommen hatte er ihm bestätigt, dass es mehrere Strömungen in der Kooperative gab, dass er sich übervorteilt fühlte, Angst hatte und dass es einen dubiosen Käufer im Hintergrund gab. Aber bei der entscheidenden Frage hatte der Mann gekniffen. Man würde sich wiedersehen. Der Name Salvador Norella stand nicht auf der Liste des Vorsitzenden.

Wenig später stand Henry wieder in der Kirche, weit weg vom Sarg, und wartete. Heute konnte er nichts anderes mehr tun. Niemand würde Zeit für ihn haben. Er dachte an das, was er beim Hinausgehen gehört hatte: »... da wird Diego sich freuen, wenn er hört, dass Jaime tot ist.«

»Das weiß der längst. Frohlocken wird er …«

Wer war Diego? Weshalb sollte er sich über den Tod des Önologen freuen?

Die Zahl der Trauernden nahm ab; die Bewohner Laguardias, die Mitglieder der Kooperative und deren Angehörige aus den benachbarten Dörfern mussten arbeiten, das Leben und die Lese gingen weiter. Wer Weinberge besaß oder auf einen Nebenverdienst angewiesen war, schnitt dieser Tage Trauben, Tempranillo, Garnacha oder Mazuelo, saß auf dem Trecker, brachte sie zur nächsten Bodega, war dort, um sie in Empfang zu nehmen, sie zu wiegen, stand bei der Tischauslese am Sortierband, reinigte Gärtanks, kontrollierte Pumpen und Pressen. Doch bei jemandem, der so bekannt und anscheinend so umstritten war wie Jaime Toledo, gehörte das Abschiednehmen am Sarg einfach dazu.

Drei längere Telefonate zwischen Spanien und Deutschland und ein gemeinsamer Vormittag, das war alles. Henry wusste wenig von Toledo, nur dass er überarbeitet war, anscheinend gewissenhaft, bereit zum Risiko und auch bereit, Verantwortung zu übernehmen. Sonst hätte er sich nicht auf das Abenteuer mit LAGAR und dem Neubau der Kellerei eingelassen.

Inzwischen wusste Henry auch, dass es Menschen gab, die ihn nicht gemocht und sich anscheinend von ihm überfahren gefühlt hatten. Andere wiederum waren ihm dankbar, hatten ihn geschätzt. Henry erinnerte sich an die Rede während der Versammlung: »Alles, was wir sind, sind wir durch ihn.« Das hatte sich wie ein Nachruf angehört, fast pathetisch. Jaime Toledo hat es hinter sich, auch die Predigten, dachte Henry melancholisch und sah hinüber zu dem Häufchen Unglück in Schwarz, Marta Toledo, umgeben von anderen Frauen, verhüllt mit Spitze. Wie Geier hockten die Frauen vor dem offenen Sarg.

Toledo hatte ihn herbestellt; Henry war 2000 Kilometer

gereist – er hatte kaum etwas erfahren können, und jetzt war sein Informant tot! Verdammt …

»Na, wen haben wir denn da? Was will der denn hier?«, fragte eine Stimme aus dem Halbdunkel.

Eine Welle der Unruhe erfasste die letzten Anwesenden. Einige Köpfe hatten sich ruckartig umgewandt, andere blieben regungslos, nur die Augen wanderten.

Der Neuankömmling trug einen maßgeschneiderten anthrazitfarbenen Anzug, der seine jugendlich schlanke Figur betonte, dazu ein teures weißes Hemd und eine schwarz schimmernde Krawatte. Die Erscheinung hob sich deutlich von allen anderen ab, denn die Kondolierenden waren, bis auf die Witwe und ihre Mutter, in Straßen- oder Arbeitskleidung erschienen. Diesem jungen Mann hingegen bedeutete die Form anscheinend mehr.

Er sah gut aus, schaute jedoch ernst und distanziert; kalt war sein Blick aus dunklen Augen und herablassend, so zeigten es zumindest die leicht nach unten weisenden Mundwinkel. Die Augenbrauen waren blasiert in die Höhe gezogen. Weder der Ort noch der Anlass und schon gar nicht die Anwesenden schienen ihm zu behagen.

Ein Mann ohne Freunde, war Henrys erster Gedanke, zu arrogant, zu selbstgefällig und zu misstrauisch.

Der *señorito*, wie jemand geraunt hatte, lenkte die Aufmerksamkeit aller auf sich, und er vergewisserte sich dessen mit einem raschen Blick in die Runde. Er hielt den Kopf gerade, strich sich mit feingliedrigen Fingern die lange, glänzende, über das Ohr fallende Strähne des blonden Haares affektiert nach hinten. Vom Fußende des Sargs aus betrachtete er ausdruckslos den Toten, deutete eine Verbeugung an, ging zu Marta Toledo, blieb vor ihr stehen, beugte sich hinab und reichte ihr die Hand.

Henry verstand nicht, was er sagte; wahrscheinlich murmelte er eine Beileidsfloskel, die er händeschüttelnd gegenüber den anderen Familienangehörigen wiederholte. Die

Blicke zwischen ihm und den Anwesenden waren so kalt wie die Steinquader, mit denen die Kirche gebaut worden war.

Die Zeremonie bekam mit dem Auftritt des jungen Mannes etwas Surreales, Salvador Dalí trat ihm vor Augen, seine Bilder kamen ihm in den Sinn.

Es war ein spanisches Drama, inszeniert fürs Theater – alte Schwarzweißfilme von Carlos Saura, getanzter Hass, versteinerte Wut, ungelebte Liebe, unterdrückte Trauer, aufgeführt vor Publikum, und doch ohne die Zuschauer wirklich einzubeziehen. Verrückt – was waren das für Gedanken? Henry glaubte sich zu verlieren. Den Toten vor sich, die Trauernden zusammengedrängt, schwarze Kleider, unbekannte Männer im Overall, achthundert Jahre kalte Steine im Rücken, Lackschuhe, lackierte Fingernägel und gefaltete, schwielige Bauernhände.

Der junge Mann schnäuzte sich, verweilte noch einen Moment, als wolle er sich die Gesichter der Anwesenden einprägen. Nur bei Henrys Anblick stutzte er mit unruhigem Blick. Er erkannte, dass dieser Mann nicht hierher gehörte. Von draußen flutete blendend das harte Licht herein, als er die schwere Tür öffnete – der Auftritt war vorbei.

»Der hat uns gerade noch gefehlt«, sagte die Stimme in Henrys Rücken, aber die Worte waren nicht für ihn bestimmt.

»Dem kommt das gut zupass«, murmelte eine Frau kaum hörbar, und Henry wagte nicht, sich nach ihr umzusehen.

»Wenn einer davon profitiert, dann er.«

Henry schlich zu Emilio Sotos hinüber, stellte sich neben ihn und betrachtete den Toten, sah das Gesicht, das die gleiche Farbe hatte wie die Kerzen auf den gotischen Leuchtern.

»Wer war denn das?«, fragte Henry flüsternd.

»Der Kronprinz, Diego Peñasco, der große Gegenspieler des Toten, der vor uns im Sarg liegt. Erstaunlich, dass er gekommen ist. Was dahinter steckt, erkläre ich dir später. Nur so viel – alles hängt mit der Kooperative und mit Peñasco zusammen beziehungsweise mit der Profilierungssucht der beiden, der Männer, meine ich. Treffen wir uns gleich in der Bar Portico gegenüber, Ecke Calle Paganos?

Die Totenwache war nicht die passende Situation für weitere Fragen. Aber – Peñasco? Den Namen hatte Henry heute oder gestern bereits gehört. Er kannte ihn sogar, den Namen natürlich, er erinnerte sich – nicht an den Mann, vielmehr an Bodegas Peñasco – eine bekannte Kellerei; man müsste sie fast von der Stadtmauer Laguardias aus sehen können, von der Stelle, an der er den Wagen abgestellt hatte.

Die Weine von Peñascos Kellerei waren immer besser geworden, wollte man den Bewertungen der Weinführer und den Ergebnissen der Verkostungen Glauben schenken. Peñascos *Crianza* und *Reserva,* die im Eichenfass ausgebauten und lange auf der Flasche gereiften Weine, traf man immer häufiger in der Gruppe der 250 besten Weine Spaniens an. Gerade die letzten drei Jahrgänge hatten in Spanien und auf Messen wie der Vinexpo in Bordeaux und der Wine Challenge in London Gold- und Silbermedaillen erhalten.

Er hatte genug. Genug vom Weihrauch und den schwelenden Kerzen, den Taschentüchern vor den Gesichtern, den Seufzern, verstohlenen Blicken – genug von der grausamen Zeremonie. Henry warf einen letzten Blick auf den Toten und trat aufatmend in die Sonne. Er reckte sich, schloss die Augen, genoss die Strahlen auf der Haut und lehnte sich erleichtert an eine Hauswand. Das Leben kam zurück. Im Licht war kein Platz für düstere Gedanken, die rauen Steine in seinem Rücken fühlten sich lebendig an. Neben ihm hingen Blumentöpfe mit üppig blühenden Geranien an der Hauswand. Obwohl er sie nicht leiden mochte – besonders schrecklich waren sie vor Einfamilienhäusern –, gefiel ihm jetzt ihr grelles Rot. Die kugelartigen Blütenstände erinnerten ihn an Seifenblasen auf Stielen, von einem Clown herumgepustet.

Plötzlich knallte es, Henry zuckte zusammen, schlug vor Schreck mit dem Hinterkopf gegen die Mauer. Ein Schwarm Vögel war aufgeflogen, ihr Flattern war laut und bewegte die Luft. Schoss man noch immer auf Spatzen?, fragte er sich, als ihn Emilio am Arm fasste.

»Was ist? Gehen wir in die Bar? Kaffee oder Wein?«

»Wasser, eine große Flasche!« Erst danach bat er um Wein, ».. . möglichst frisch, kein Tannin, das zieht einem die Mundschleimhaut immer so zusammen, und bitte nicht im Barrique ausgebaut, lieber was Junges, Frisches, ja?«

»Genau das trinken wir hier«, sagte Emilio Sotos. »Im Fass ausgebaute Weine gibt's sonntags zum Essen, an der Bar trinken wir den *Joven,* den Jungen vom letzten Jahr, der bleibt nicht lange im Tank, wird vier, fünf Monate später abgefüllt und ist längst ausgetrunken, wenn der neue Jahrgang kommt. Es sind frische Weine, viel Säure, viel Frucht, die duften jugendlich, manchmal blumig, nicht so hintergründig, leichter eben. Nichts für den Export.«

»Das Gute behält man meistens für sich, wenn man schlau ist; gilt das auch bei euch?«

»Die wenigsten Ausländer wissen einen Jahreswein zu schätzen. Sie glauben, dass er besser ist, wenn er im Eichenfass reift, wenn er nach Vanille schmeckt und nach Nelken duftet. Rioja steht eigentlich dafür – für feine Weine, die in nordamerikanischer Eiche reifen. Aber sie sind nicht besser oder schlechter, lediglich anders, eine andere Kategorie.« Emilio Sotos prostete Henry zu.

Der Jungwein war ziemlich durchsichtig; wenn Henry das Glas gegen das Licht hielt, hatte der Wein einen Stich ins Lilafarbene, war ansonsten purpur. Das war nicht charakteristisch für Tempranillo-Weine oder die Kreszenzen aus dieser Gegend. Für junge Weine galt dies generell, egal wo-

her sie stammten. Vom Duft her war er sauber, sehr rein-
tönig – Henry hatte wie immer das entsprechende Vokabu-
lar sofort parat: Fein und nicht rassig, von den Aromen her
fruchtig und sogar ein wenig blumig. Die Tempranillo-
Traube reichte geschmacklich von Kirsche über Schwarze
Johannisbeere und Pflaume bis zu Brombeeren. Bei dem
Wein in seinem Glas herrschten Pflaume und Kirsche vor,
vom Tannin her leicht und glatt. Besser aß man etwas zum
Wein, auch zum jungen, und Henry warf einen Blick auf die
übrig gebliebenen Tapas in der Vitrine.

»Nicht mehr viel da«, entschuldigte sich der Wirt, »wie
wär's mit *pato con salsa de uvas?* Oder soll ich dir eine Tor-
tilla mit grünem Spargel machen?«

»Nimm lieber Ente mit Traubensoße«, riet Emilio Sotos
und senkte flüsternd die Stimme: »Der Spargel kommt
wahrscheinlich aus der Dose und womöglich aus China.
Holzig, das Zeug taugt nichts, wir werden davon überschwemmt.«

Der Wirt stellte einen Teller mit *chorizo* und *jamón serrano* neben den Wein: Paprikawurst in Scheiben und Berg-
schinken. Henry vermutete, dass die Schweine mit Gen-Soja
aus Brasilien gemästet und die Schinken später zum Trock-
nen in die Berge gebracht wurden. *Curare* nannte man das,
achtzehn Monate in kühler, trockener Höhenlage. Danach
hingen sie in der Bar im Zigarettenqualm unter der Decke,
ein Schirmchen aus Plastik umgekehrt von unten hinein-
gesteckt, damit den Gästen nicht das austretende Fett auf
den Kopf tropfte.

»Sag endlich, wer dieser Mann war, der zum Schluss kam,
der im dunklen Anzug.« Henry kaute beim Sprechen weiter.
Ob die Schweine von der Küste kamen oder aus den Ber-
gen, war ihm momentan egal; der hauchdünn geschnittene
Schinken schmeckte gut, wenn auch längst nicht so aroma-
tisch und nussig wie der *jamón ibérico,* der von mit Kas-
tanien und Eicheln aufgezogenen Schweinen stammte.

»Er ist es, der uns momentan die meisten Sorgen macht, das ist zumindest meine Meinung«, antwortete Emilio Sotos, als Henry das zweite Glas an die Nase führte, um wie immer erst dann einen Schluck zu nehmen.

»Keinem kommt Jaimes Tod so gelegen wie ihm«, raunte jemand in Henrys Rücken, doch als er sich nach dem Sprecher umsah, waren alle Blicke woandershin gerichtet. Es waren mal wieder zu viele Menschen um ihn herum, andere, neue Gesichter, andere Namen, die er sich merken sollte – oder auch nicht. Die Erinnerung an Victoria blitzte kurz auf. Er hatte insgeheim gehofft, dass er sie vielleicht heute hier wiedersehen würde.

»Er profitiert nicht von Jaimes Tod«, fuhr Emilio Sotos energisch dazwischen. »Der nützt ihm nichts, bitte keine Gerüchte. Außerdem hätte Jaime für ihn sowieso nicht mehr gearbeitet. Wir sind mit ihm fertig. Mag sein, dass es ihn mit einer gewissen Befriedigung erfüllt hat – wenn ich an seinen Gesichtsausdruck vorhin denke ... ekelhaft.«

»Klar profitiert Diego, wenn er uns in die Knie zwingt«, sagte Pedro Arroyo Sánchez, der sich, seine Tochter im Schlepptau, durch die Bar gedrängelt hatte. Luisa erblickte einen Jungen und schwirrte sofort ab. »Und wir sind längst nicht mit ihm fertig. Er hätte die Genugtuung, dass unser Projekt gescheitert wäre, wenn wir es nicht schaffen, aus dem Schlamassel rauszukommen.«

»Kann mir jemand erklären, worum es eigentlich geht?« Henry sah von einem zum anderen. »Ich kriege Bruchstücke hingeworfen, jeder ergeht sich in Andeutungen, ich werde vor die Kirche gezerrt, irgendwelche Stimmen kommen aus dem Dunkel, fehlt nur noch, dass die Heiligen zu sprechen anfangen. Da ist die Rede von Diego, der sich über Toledos Tod freuen könnte, und dann heißt es von eurem Präsidenten, ihr würdet alles Jaime ...«

»¡Un momento, por favor!« Emilio Sotos drückte Henry

grinsend das nächste Glas Wein in die Hand. »Ruhig Blut. Wir erzählen es dir, Stück für Stück. Nicht wahr, Pedro?«

Luisas Vater hatte nichts dagegen einzuwenden, aber offenkundig scheuten sich alle, den Anfang zu machen. Emilio Sotos fasste sich endlich ein Herz:

»Ich kannte ihn, als er noch in kurzen Hosen herumtobte. Später wurde er unser Lehrer. Wir alle arbeiten seit Jahren ... haben seit Jahren mit ihm zusammengearbeitet«, korrigierte er sich. »Wir in der Kooperative kennen uns, einige wohnen seit Generationen im selben Dorf oder hier in Laguardia, in Elciego. Wir haben immer Trauben angebaut, schon unsere Großväter, aber keiner hat genug Land, dass der Bau einer Kellerei sich rentieren würde. Unser Ziel war es immer, möglichst große Mengen anzubauen. Wir besaßen Weinstöcke, wir wussten, wie man sie pflegt – das haben wir von unseren Vätern gelernt. Dann kam die chemische Industrie und hat uns Spritzmittel verkauft, wir hatten weniger Arbeit und haben mehr geerntet. Die Erntemenge stieg, jeder hatte neben seiner normalen Arbeit ein gutes Zubrot, niemand blieb auf den Trauben sitzen ... *bueno,* wäre auch zu schön gewesen, wenn das immer so geblieben wäre. Richtig bis jetzt, Pedro?«

Sein Nachbar nickte. »Und dann wachten die anderen *denominaciones* auf, die anderen Ursprungsgebiete in Spanien, in den Neunziger Jahren, explosionsartig. Zuerst Ribera del Duero, dann der Penedès und Priorato. Um La Mancha machten wir uns keine Sorgen, da kam nur billige Massenware her. Wir hingegen hatten einen Namen – Spanien und die Rioja, das war eins. Denkste! Neue Rebsorten kamen ins Spiel, wie Monastrell aus Jumilla, das liegt hundert Kilometer westlich von Alicante – Mourvèdre heißt die Traube in Frankreich, wenn dir das mehr sagt. Ja, und gleich hier in der Nachbarprovinz, in Navarra, da lernten sie, gute Weine zu machen, und nicht so teuer wie bei uns. Alle knöpften uns Marktanteile ab. Dann kam Jaime und sprach von Qualität, von Mengenbegrenzung, vom Grünschnitt, also davon, dass man alles Überflüssige wegschneidet, wenn die Trauben im Juli oder August Farbe annehmen.«

»Jaime wollte auch in Richtung ökologischer Weinbau gehen«, ergänzte Emilio Sotos, »die Spritzmittel reduzieren. Wir haben zwischen den Rebzeilen, wie viele andere auch, die Gräser weggespritzt. Heute machen wir das mechanisch, ist zwar mehr Arbeit, aber ich glaube daran. Früher haben wir mit schweren Maschinen gepflügt, die haben den Boden zusammengepresst, da wird er nicht mehr belüftet. Am besten ist das Pflügen mit Pferden; wir belüften jetzt durch Gräser. Und so weiter und so weiter. *Bueno*, und wenn du eines Tages richtig gute Trauben produzierst, willst du was davon haben, und so kam die Idee auf, eine eigene Bodega für besondere Weine zu machen, natürlich nur mit Leuten, die man kennt, *claro*, die so gut arbeiten wie man selbst. Ohne Vertrauen zu den *compañeros* geht es nicht ...«

»Wer ist auf die Idee mit der Bodega gekommen?«, fragte Henry, dem allmählich schwante, worum es ging.

»Schwer zu sagen, wer das war. Das ist wie mit vielem«, sagte Pedro Arroyo Sánchez und hielt gleichzeitig mit Argusaugen Ausschau nach seiner Tochter. »Hinterher weiß man es nie; Ideen entstehen, weil die Zeit dafür reif ist. In der Rioja werden viele Bodegas gebaut. Vor zweieinhalb Jahren waren die Zinsen niedrig, wir alle haben Land, das konnten wir beleihen, als Sicherheit ...«

»... bei der ... Bank in Logroño ...«, warf Henry ein.

»Woher weiß er das denn?« Emilio Sotos riss erstaunt die Augen auf und lächelte auf einmal gar nicht mehr.

»Es war eine Sauarbeit, die Leute aus ihrem Trott zu reißen, zu überzeugen, bis sich genügend Weinbauern erweichen ließen, bei LAGAR mitzumachen; die mussten ja auch gut sein, gute Böden haben und die Regeln akzeptieren. Der Großvater hat es so gemacht, der Vater auch, warum sollte ich was ändern? Doch heute rast die Zeit, ständig kommt was Neues; und jetzt stehen wir dumm da – ohne Jaime. Einige wollen aufgeben, sie sagen, sie fühlen sich nicht mehr an den Vertrag gebunden, weil Jaime nicht mehr ist. Nur, dann sind sie ihr Land los, und nicht nur sie, sondern wir alle.«

Henry winkte dem Wirt und deutete auf drei halbe Artischockenherzen, die einsam in einer Schüssel lagen.

»Für mich gebratene Auberginen, ein bisschen Käse darüber«, rief Emilio dem Wirt zu und wandte sich wieder an Henry. »Mit einem Mal treten unterschiedliche Interessen zutage. Da will jemand seinen Neffen zum Önologen der Kooperative machen ...«

»*El barbudo*, nehme ich an«, warf Henry ein.

»Na also, du merkst, wie der Hase läuft. Es geht um Kontrolle, um Einfluss, um Eitelkeiten.«

»Und um Macht«, sagte Pedro Arroyo Sánchez, der die Macht über seine Tochter im Schwinden sah, wie Henry belustigt bemerkte. Luisa hatte sich in einer Weise an eine Ecke geschmiegt, als meine sie den Jungen, der ihr direkt gegenüberstand und sie anhimmelte.

»Wir, alle zwanzig *compañeros*, haben die Trauben früher an Bodegas Peñasco verkauft. Deshalb käme Peñasco der Tod von Jaime gelegen. *El barbudo* will seinen Neffen am liebsten bei uns als Önologen unterbringen und dadurch die Art unserer Weine bestimmen. Und dann gibt es noch jemanden, der die Bauleitung in die Hände kriegen will, weil sein Bruder ein Baugeschäft hat, verstehst du? Andere haben Angst. Die Kooperative übersteigt ihren Horizont, zu viel Verantwortung; sie trauen sich das nicht zu, besonders nach Jaimes Tod.«

»Wenn wir scheitern, verlieren wir alles«, fügte Emilio Sotos hinzu, »die Bodega, unser Land, die Hoffnung.«

»Vielleicht ist das beabsichtigt. Wer profitiert von Jaimes

Tod?« Henry hatte das nur so dahingesagt, aber die *coopera-tivistas* schwiegen betreten.

»Er wird morgen eingeäschert.« Bei diesen Worten ver-schwand Emilios Lächeln zum ersten Mal vollständig aus seinem Gesicht.

»Dann lässt sich später nie mehr feststellen, ob ...?«

Die beiden Mitglieder der Kooperative nickten, bis sie plötzlich stutzten, erst erstaunt, dann erbost über Henrys Gedanken.

Henry bat um Entschuldigung, trat auf die Straße und rief bei Bodegas Peñasco an. Er hoffte, zumindest im Büro noch jemanden anzutreffen. Die Siesta war von 14 bis 16 Uhr, dann wurde bis 19 oder 20 Uhr weitergearbeitet. Es meldete sich die Telefonistin, und er bat, mit Señor Peñasco verbunden zu werden.

»Sebastián Peñasco ist erst seit zwei Tagen wieder zurück, er wird kaum Zeit für Interviews haben. Die Pressekontakte nimmt sowieso Diego Peñasco persönlich wahr.«

Leider war der nicht mehr im Hause und seine Sekretärin auch nicht, die seine Termine kannte. Die Telefonistin bat ihn, sich bis morgen zu gedulden, sie würde dafür sorgen, dass man ihn in jedem Fall anrief, er könne sich darauf verlassen.

Ich werde es nicht tun, dachte Henry, als er das Mobil-telefon in die Jackentasche steckte. Er sah hinüber zur Kirche, wo die beiden Plastiken standen, die ihn heute morgen so sehr fasziniert hatten: Zwei große Tische, der eine mit Schuhen, der andere mit Taschen aus Bronze, naturgetreu, einfach nur dorthingestellt, wie zum Mitneh-men – das machte die Plastiken so interessant. Taschen, um etwas hinzubringen oder wegzutragen – und Schuhe, um herzukommen und auch wieder wegzugehen. Vielleicht stand der Sinnspruch damit in Verbindung, den Henry irgendwo an einer Mauer auf einem Kachelbild gelesen hatte:

Paz a los que llegan
Salud a los que habitan
Felicidad a los que marchan

Friede denen, die kommen
Gesundheit denen, die hier wohnen
Glück all jenen, die gehen ...

Unterschrieben waren die Sätze mit »El Pueblo de Laguardia« – die Bewohner von Laguardia. Was für ein merkwürdiges Völkchen; die besten Wünsche galten denen, die gingen.

In diesem Moment huschte eine Frau vorüber, lief eilig auf das Kirchenportal zu und verschwand. Das um Kopf und Hals geschlungene Tuch hatte sie unkenntlich gemacht. Henry blickte ihr nach. Irgendetwas an ihr kam ihm bekannt vor. Hatte er die Frau schon mal gesehen?

5

Amanda und Miguelito

»Sie belügen dich alle. Nicht einer wird die Wahrheit sagen. Warum auch?« Miguelito in seiner fleckigen schwarzen Hose und dem verwaschenen Heavy-Metal-Shirt lachte und sah seine Schwester an; sie stimmte ein. Von seiner guten Laune angesteckt, ließ sie ihre Augen und Zähne blitzen und warf in einer ruckartigen Bewegung das strähnige, pechschwarze Haar zurück. Übermütig bog sie sich weit nach hinten über das Geländer – verlor fast den Boden unter den Füßen ...

Henry war mit einem Satz bei ihr und riss sie an sich, um sie vor dem Sturz zu bewahren, sie wand sich jedoch aus der Umarmung und lachte ihn aus. Henry fragte sich, ob der Besuch bei den Geschwistern nicht reine Zeitverschwendung war, so unernst, wie zumindest Amanda sich benahm. Seine Kollegin Dorothea hatte ihm zwar nahe gelegt, die beiden aufzusuchen, sie würden als sogenannte *newcomer* der Weinszene sicher noch Furore machen, aber Henry war sich da gar nicht so sicher. Außerdem war ihm Amandas Auftritt peinlich.

Waren das Launen? War sie ein bisschen verrückt? Sie hätte den Sturz von der schmalen Brücke, die in der Mitte der Halle oben über die Gärtanks führte, nur schwer verletzt überlebt. Diese Säulen aus Edelstahl fassten 20 000 Liter. Die Tanks an den Wänden der Halle waren um einiges niedriger und schmaler; sie fassten lediglich 10 000 bis

15 000 Liter und erinnerten in mattem Glanz an überdimensionierte Milchkannen.

Die Zeiten romantischer Weinbereitung waren ein für alle Mal vorbei. In der Halle war alles aus Edelstahl, auch die Gangway, auf der sie standen; alles wirkte steril, kalt und sauber. Die Edelstahlroste zu Henrys Füßen lagen lose auf, schepperten bei jedem Schritt, und angestrengt vermied er den Blick nach unten; bei seiner Höhenangst verlor er sehr schnell den Boden unter den Füßen.

In einigen Tanks blubberte und schäumte es rosa und lila, der Wein war in Bewegung, die Trauben schienen zu kochen, die Gärung war in vollem Gang, »die Hefen sind im Einsatz«, wie Amanda es ausgedrückt hatte; sie verwandelten mit Blubbern und Rauschen den Zucker der Trauben in Alkohol. In anderen Tanks verlief der Prozess nicht mehr ganz so stürmisch, dort klang die alkoholische Gärung ab; wieder andere Tanks waren noch leer.

Miguelito belächelte Henrys verunglückten Rettungsversuch und das Gehabe seiner Schwester – er schien mit ihren Turnübungen zur Genüge vertraut. Mit seinen knapp dreißig Jahren bot der junge Mann kaum das typische Bild eines Agronomen, der den Familienbetrieb leitete, und seine jüngere Schwester Amanda, die ihm dabei half, erst recht nicht. Sie hatte ein ähnliches Studium absolviert, mit weit besserem Abschluss als ihr »Miguelito«, doch fiel es ihr offensichtlich schwer, irgendetwas ernst zu nehmen. Sie lehnte sich wieder halsbrecherisch hintenüber, so dass unter ihrem übers Geländer baumelnden ausgeleierten Sweatshirt, ein Streifen nackter Haut hervorblitzte.

Um Henry aus seiner Verlegenheit zu helfen, nahm sie das Thema wieder auf und korrigierte sanft ihren Bruder: »Lüge, Miguelito, das klingt so – unversöhnlich. Man muss es nicht so hart ausdrücken. Willst du von Kellereien oder von Abfüllern verlangen, dass sie ihre Geheimnisse preisgeben? Welcher Koch verrät sein Rezept? In einem hast du allerdings Recht. Letztlich kommen sie zu uns und fragen, ob wir ihnen Wein verkaufen können. Es bleibt ihnen gar nichts anderes übrig. Natürlich gibt das niemand offen zu«, sagte sie, jetzt zu Henry gewandt, »das erfährt man hintenherum. Sie kommen, wenn ein Traubenlieferant ausgefallen ist oder die Qualität nicht stimmt. Kann sein, dass ein Weinbauer zickt und sich weigert, Trauben zu verkaufen – kommt vor –, vielleicht kriegt er woanders einen besseren Preis? Dann reichen plötzlich die Mengen nicht mehr, dann sind sie in der Bredouille. Aber schriftliche Verträge? Nein, da lässt sich niemand darauf ein.«

Miguelito nickte. »Der *Consejo Regulador,* der Rioja-Kontrollrat, weiß das alles«, erklärte er. »Der Weinbauer muss angeben, wie viele Trauben er von welcher Sorte erntet. Wenn er sie liefert, steht ein Kontrolleur an der Waage. Wir bestätigen das Gewicht, und nach der Gärung müssen wir erklären, wie viel Wein wir daraus gewonnen haben. Aus einem Kilo Trauben erhält man etwa 0,7 Liter Wein, also nicht ganz eine Flasche. Und wir müssen dem Kontrollrat mitteilen, schriftlich selbstverständlich, wem wir was verkaufen – wir füllen ja nicht selbst ab, wie du siehst.« Miguelito machte eine ausholende Geste. »Nur durch strikte Kontrolle lässt sich so etwas wie die wundersame Weinvermehrung aus der Bibel verhindern. Vom Weinstock bis zum Verkaufsregal – ein Rioja wird kontrolliert, da ist Betrug nicht drin.«

Dass hier eine Abfüllanlage fehlte, war Henry entgangen. Sie hätte im Keller stehen können, aber den gab es nicht. Auch keine Barriques. Dafür standen hinter einer Trennwand lediglich fünfzehn von den 225 Liter fassenden Eichenfässer mit dem Wein für Freunde und Familie.

»Und wenn eine Bodega behauptet, dass der Wein von eigenen Weinbergen stammt?« Die Materie war kompliziert; Henry versuchte sich auf das Gesagte zu konzentrieren, aber er ließ sich immer wieder von Amandas lebensgefährlichen Turnübungen ablenken. Sie konnte keine fünf Sekunden ruhig stehen – schon zappelte sie wieder herum. Dabei war sie beileibe kein kleines Mädchen, und ohne ihr irres Grinsen würde sie sogar ziemlich gut aussehen.

»Alle Weinberge sind registriert, die kleinste Parzelle, und auch das, was die Kellerei aus dem eigenen Weinberg bezieht, muss nachgewiesen werden. Den Konsumenten interessiert das wenig, ihn interessiert die Bodega; ihr Name steht für den Weinstil, das Image, die Qualität oder einen bestimmten Geschmack. Nur wenige Bodegas decken ihren Bedarf aus eigenem Anbau, die meisten müssen zukaufen, am liebsten natürlich von Weinbauern, deren Trauben sie kennen, die von ihren eigenen Önologen geschult werden und jeden Arbeitsschritt überwachen. Das kann stimmen, muss es aber nicht, denn es kostet Geld! Gerade gestern war jemand hier, der ist zu Fuß gekommen, damit keiner sieht …«

Miguelito kletterte die Leiter hinunter, holte drei Gläser, warf sie nach oben, Amanda fing sie auf wie im Zirkus. Oben öffnete Miguelito den Deckel eines bis zum Rand gefüllten Tanks, an dessen Oberfläche eine glänzende Metallschüssel mit einer weißen kristallinen Masse schwamm.

»Metabisulfat«, erklärte Miguelito. »Es verdampft, wird zu Gas, schwerer als Luft. Es legt sich wie eine Decke über den Wein und verhindert das Eindringen von Bakterien.« Miguelito nahm die Schüssel heraus, schöpfte mit einem Glas den Wein und ließ ihn in hohem Bogen in die anderen Gläser laufen.

»Bekleckert euch nicht! Die Farbe kriegt ihr aus keinem Stoff mehr raus. Rebsortenreiner Garnacha! Bekommst du so gut wie nie. Vom letzten Jahr. Das ist der erste Wein überhaupt, den wir selbst abfüllen und unter unserem eigenen Namen verkaufen werden. Ein Versuch.«

Henry nahm das Glas entgegen; ihn interessierte jetzt aber mehr, was Amanda sagen wollte, die an ihrer Kletterstange herumzappelte. »Was hältst du wirklich von einem Wein, der von vielen verschiedenen Weinbauern stammt, so ist es doch wohl, Henry, und der dann verschnitten wird? Wir machen es hier nicht anders.«

Miguelito nahm ihm die Antwort ab: »Rioja-Weine sind immer Verschnitte oder Cuvèes – verschiedene Worte für ein und dasselbe, eine Mischung. Wie die Weine werden, ob gut, schlecht oder mittelmäßig – das kommt auf den Önologen an, auf den Stil der Bodega. Der Wein kann traumhaft sein, auch wenn die Trauben von unterschiedlichen Lagen stammen oder aus verschiedenen Gegenden – aus der Alavesa, wo es am kühlsten ist, aus der Rioja Alta mit guter Säure oder von hier, aus der Rioja Baja mit ihrem heißen Klima, dem Schwemmland und festen, lehmigen Böden. Unsere Weine sind kraftvoll, mit wenig Säure wegen der großen Hitze aber sehr alkoholisch. Ich weiß genau, was für Trauben ich kaufe, also ist auch das Endprodukt gut.«

Das musste nicht so sein, dachte Henry, bei der Verarbeitung konnte man den Wein durchaus verderben, ansonsten hatte Miguelito aber Recht; in der Rioja war es immer so gewesen. Ein Wein von hier setzte sich aus Tempranillo, Garnacha und Mazuelo zusammen. Mittlerweile kam auch Graciano wieder ins Spiel, eine fast vergessene, sehr charaktervolle Traube. Jede Rebsorte verlieh dem Wein bestimmte Eigenschaften, jede hatte ihre Aufgabe: Die eine brachte Farbe mit, eine andere die Struktur, bei der dritten war es das Tannin oder der Extrakt an Geschmacksstoffen, wieder eine andere war in der Säure besonders prägnant.

»Bei dem Garnacha hier im Glas habe ich eine neue Gärtechnik ausprobiert.« Miguelito sah, dass Henry nicht probierte, dabei wartete er begierig auf das Urteil des Weinjournalisten über seinen »Versuch«, auf den er mächtig stolz war. »Sag mir ehrlich, was du davon hältst. Wir haben ihn letztes Jahr vergoren, drei Wochen lang auf den Trauben gelassen, dann den Wein abgezogen. Der Trester blieb im Tank, den wir wieder mit neuen Garnacha-Trauben aufgefüllt haben. Anschließend ging der Prozess von vorne los.

Wir zogen damit viel mehr Extrakt aus den Schalen, viel mehr Geschmacksstoffe, viel mehr Tannin. Wie du weißt, hat Garnacha normalerweise wenig davon. Sieh dir die Farbe an!« Miguelito hielt das Glas wie eine Trophäe in die Höhe. »Früher waren unsere Weine hell, durchsichtig, wie ein Jungwein, deshalb hießen sie Clarete. Und dieser hier?«

»Fast schwarz«, nörgelte Amanda, »viel zu dunkel, viel zu dicht. Ich trinke viel lieber Weißwein. Leider verarbeiten wir keine weißen Trauben. Malvasía oder Viura, mein Brüderchen meint, die oxidierten zu schnell, das sei eine Sache für Spezialisten«, sie blitzte ihn wieder an, diesmal eher ein wenig ärgerlich.

Henry schwenkte den Wein in seinem Glas, damit er mehr Luftkontakt bekam und seinen Geschmack entfalten konnte. Er bemerkte, wie Miguelito ihn beobachtete.

»Ich würde lieber Weißwein machen«, sagte Amanda. Sie schnupperte an dem Wein und verzog das Gesicht. »Aber es gibt immer weniger weiße Trauben. Früher gab es hier nichts anderes; sie haben den Weißwein mit roten Trauben gefärbt und ihn Rotwein genannt. Und dann hat uns Napoleon überfallen, und später haben die Bordeaux-Winzer hier ihre Methoden eingeführt – nicht im Weinberg, sondern im Keller. Als denen die Reblaus die Weinstöcke weggefressen hat, haben sie hier Rotweintrauben gepflanzt, den Wein später nach Bordeaux transportiert und ihn als ihren eigenen ausgegeben.«

»Also doch alles Lüge?«, fragte Henry.

Besonders beim Lachen zeigte sich die Ähnlichkeit zwischen den Geschwistern: der breite Mund, die ziemlich lange und spitze Nase und ein leichter Vorbiss, der besonders Amanda etwas Verschmitztes gab. Jetzt war es Miguelito, der beschwichtigte. »Nein, keine Lüge, sie waren nur pfiffig, die Franzosen, *muy vivo,* wie wir sagen.«

»Als sie weg waren, kam die Reblaus. Wahrscheinlich haben sie die hiergelassen, damit wir den Ärger kriegten, den sie hinter sich hatten.« Angeekelt verzog Amanda das Gesicht.

»Sie mag keine Franzosen, musst du wissen«, sagte Miguelito schmunzelnd. »Sie hatte mal was mit einem; mit dem es nicht geklappt hat, und seitdem ...«

»Was redest du denn da? Das stimmt nicht«, schmollte sie und ging mit den Fäusten auf ihren Bruder los.

Henry, der nur mit halbem Ohr zuhörte, hatte die ganze Zeit überlegt, wie er das Gespräch wieder in eine vernünftige Richtung lenken könnte. »Habt ihr sehr viel zu tun? Wie viele Stunden pro Tag seid ihr hier?«

Miguelito runzelte die Stirn. »Weshalb fragst du?«

Henry bemühte sich um ein möglichst gleichgültiges Gesicht. »Ich kenne Leute, die suchen dringend jemanden, der ihnen hilft.«

Miguel ging in Hab-Acht-Stellung. »Du meinst doch nicht etwa LAGAR, die Kooperative in Laguardia?«

»Doch, die meine ich, die suchen ...«

»Da lassen wir die Finger von.« Amanda benutzte die Wir-Form wie eine Sprechstundenhilfe, die fragt, ob es »uns« heute besser gehe.

Miguelito zog gequält die Achseln hoch. »*Bueno,* interessieren würde es mich schon, ich habe nicht viel zu tun, doch – vielleicht sollte man besser abwarten, da ist so vieles unklar, man könnte sich Sympathien verscherzen. Aber sicherlich eine interessante Aufgabe.«

»Das ist doch nicht dein Ernst?« Amanda war ehrlich empört, ».. bei dem Kuddelmuddel, der da herrscht. Weshalb interessierst du dich dafür?«, fragte sie Henry betont beiläufig.

In diesem Moment ertönte vor dem Rolltor der Halle laut eine Hupe. Miguelito stieß seine Schwester an. »*Oye,* das ist entweder der Kontrolleur, oder jemand bringt Trauben. Enrique, du musst uns jetzt ein Weilchen entbehren. Eine Stunde brauchen wir mindestens.«

Frustriert wollte er die vollen Weingläser einsammeln, aber Henry behielt das seine. Den Rest der beiden anderen goss Miguelito in den Tank zurück. »Zu schade, um ihn wegzuschütten«, murmelte er angesichts von Henrys erstauntem Blick, zu dessen großer Erleichterung man auf festen Boden zurückkehrte.

Draußen stand lediglich der Prüfer vom Kontrollrat, der das Wiegen beaufsichtigen sollte. Schon bog auch der angekündigte Weinbauer mit Traktor und Hänger um die Ecke.

Henry schaute zu, wie die Trauben in die Schütte fielen und vom Schneckengewinde in die Abbeermaschine geführt wurden, von wo aus sie in einen Tank gepumpt wurden. Beim Zuschauen trank er das Glas Wein in seiner Hand aus, erklärte Miguelito, dass der Garnacha großartig sei und er nie zuvor etwas Derartiges getrunken habe – ein ehrliches Urteil, das auch Amanda strahlen ließ.

Er verabschiedete sich für eine Stunde und fuhr um drei Häuserblocks herum ins Dorf. Er war früh aufgebrochen und über die Autobahn, die dem Verlauf des Ebro folgte, an Logroño vorbei bis hierher nach Aldeanueva del Ebro gefahren. So schön und abwechslungsreich er das Gebirge und die grüne Landschaft in der Rioja Alavesa empfand und auch die jenseits vom Ebro wieder ansteigende, wenn auch flachere Rioja Alta, so wenig aufgehoben fühlte er sich in der Rioja Baja. Das Land war flach und staubig, es war trocken und wirkte öde.

In der Rioja Baja war der Boden fester, anders als die mit Granitabraum durchsetzten Lehm- und Kalkböden unterhalb der Sierra de Cantabria. Allerdings waren in der Baja die Rebanlagen jüngeren Datums und größer, durch Erbteilung nicht so zerstückelt wie andernorts. Der Wein wuchs häufig an Drähten, weniger an Büschen, was den Einsatz von Erntemaschinen erlaubte. Henry jedoch störte die menschenleere Einöde, eine trockene Weite, die nur dort Leben gewann, wo gelesen wurde und das Weinlaub noch grün war. Die meisten Lagen mussten bewässert werden, und so zogen sich an den Pfosten und Weinstöcken schwarze Plastikschläuche entlang, aus denen es tropfte. Einen Monat vor Lesebeginn wurde der Wasserhahn vom Kontrollrat abgedreht. So ließ sich vermeiden, dass die Trauben mit Wasser aufgebläht wurden und der Extrakt sich verwässerte.

Aldeanueva hatte sich gegen die Hitze verbarrikadiert; das Dorf wirkte mit seinen verschlossenen Fenstern und Türen am späten Vormittag genauso verlassen und eingestaubt wie am Morgen. Daran änderten auch einige im Ortskern aufgestellte Kunstwerke nichts. Vorhin hatte Henry jemanden nach dem Weg fragen können, jetzt kroch nicht einmal mehr ein Hund durch den schmalen Schatten der Häuser. Aldeanueva wirkte wie eine Geisterstadt, schmuddelig, aufgegeben, eine Westernstadt, in der ein Windstoß den zerfetzten Strohhut des Mexikaners über den Marktplatz weht. Henry erwartete jeden Moment, Charles Bronson zu sehen oder den zittrigen Ton einer Mundharmonika zu hören, und fand schließlich in einem Wohnhaus die örtliche Bar. Er blinzelte ins Halbdunkel, tastete sich zum Tresen, entspannte sich in der Kühle und bestellte ein Bier. Wie üblich gab der Wirt ein Tellerchen mit *chorizo*-Scheiben als Tapas dazu. Henry trank das nächste Bier, um die Schärfe der Paprikawürste wegzuspülen, und bat um *albóndigas,* die in einer Soße aus frischen Tomaten in einer kleinen Schüssel lagen. Die Fleischbällchen hatte er in einer Minute verschlungen, auch das zweite Bier in der winzigen Flasche war weg. »Es verdunstet hier alles«, witzelte der Wirt, und zum nächsten Bier bekam Henry *boquerones en vinagre,* wobei der Wirt darauf verwies, dass zu den marinierten Sardellen viel besser ein Weißwein passen würde. Derartigen Ratschlägen war Folge zu leisten. Henry gefiel Aldeanueva von innen bei weitem besser als von außen.

Für den Nachmittag hatte er ein Interview mit Diego

Peñasco vereinbart. Der Juniorchef der Bodega wollte sich persönlich Zeit dafür nehmen statt »so wichtige Termine«, wie es die Dame am Telefon mehrmals wiederholt hatte, einem Angestellten zu überlassen. Henry war gespannt. Er konnte sich an den Auftritt des jungen Unternehmers am Sarg sehr gut erinnern, an die Stimmung in der Kirche, die Blicke, Peñascos Kälte und die deutliche Feindschaft über den Tod hinaus.

»Soll ich den Fernsehapparat einschalten?«, fragte der Wirt in die Stille des Raums. Henry war der einzige Gast und tief in seine Gedanken versunken.

»¡Por el amor de Dios! Bitte nicht.« Stille und Einsamkeit waren ideal, um die Gedanken schweifen zu lassen. In den vergangenen Tagen hatten sich viele Fragen mit harter Deutlichkeit aufgeworfen. Und noch etwas war dazugekommen; weniger eine Frage, vielmehr ein, ja, wie sollte er es nennen, ein – Verdacht? Um Ordung in dieses Durcheinander zu bringen und sich den offenen Fragen zu nähern, zog Henry wie gewohnt seinen Block aus der Tasche und begann, eine Chronologie zu entwickeln:

Anruf von J. Toledo: bittet um Hilfe/Publizität: Unbekannte wollen die junge Kooperative LAGAR – zerstören?

Der Tote am Berg: hat nichts mit der Sache zu tun?

Erstes Gespräch: Toledo nervös, hat zu viele Aufgaben zu lösen. Keine klaren Antworten. Streit um Trauben.

Verabredung am Abend: T. kommt nicht, Todesnachricht, Frau schwanger. Genossen sind vorsichtig.

Versammlung der cooperativistas: Drei Fraktionen, Freunde (3–4), Feinde (3–4), die Mitläufer (Rest). Anfeindungen, ungelöste Konflikte, konträre Interessen.

Zustand von LAGAR: keine Führung während der Lese, kein Önologe, keine Bauleitung, Überforderung, Möglichkeit des Auseinanderfallens, Machtgerangel …

Struktur: Koop. zu sehr auf J. T. zugeschnitten, uneins, keine klaren Zuständigkeiten; Planungsdefizite?

Einflüsse von außen: Peñasco? Baustofflieferant, Bank.

Schlüsselfiguren: Präsident Simón Ortega Escobar; Manuel González Silvero – genannt *el barbudo,* der Bärtige; Diego Peñasco und Emilio Sotos.

Verbündete: der Präsident; Emilio Sotos – der Lächler; Pedro Arroyo Sánchez und Tochter Luisa? Der Monteur – Tankstelle …

Aldeanueva: Miguelito u. Amanda: sagen nicht, wer Trauben gekauft hat; raten dazu, sich rauszuhalten.

Was an der Serpentinenstrecke passiert war – Jaime Toledo soll ein guter Autofahrer gewesen sein, erinnerte sich Henry –, klang rätselhaft. Toledo kannte die Strecke. Wieso hatte er sich nicht angeschnallt? Er konnte es vergessen haben. Bislang hatte jedoch niemand den Verdacht geäußert, dass Toledo auf unnatürliche Weise ums Leben gekommen sein könnte, zumal Autounfälle zu den »natürlichen« Todesursachen gerechnet wurden (war das »normal«, oder war die Menschheit total aus der Spur?). Toledo war gestorben, bevor er ihm den Kern des Konflikts in der Kooperative erklärt oder die Auswirkungen erläutert hatte; geschweige denn hatte er ihm die Beteiligten genannt. Ging es lediglich darum, dass die Weinbauern und jetzigen Gesellschafter ihre Trauben nicht mehr an die Bodegas Peñasco lieferten? Was mochte sonst noch dahinter stecken? Was würde man ihm sagen, an welcher Stelle ihm die Hucke voll lügen, wo war man ehrlich?

Da war der Bärtige, *el barbudo,* wie ihn die anderen nannten; er machte einen bösartigen Eindruck. Mit ihm konnte man sich wohl nicht verständigen, doch um wirklich intrigant zu sein, polterte er zu schnell los. Er würde von Toledos Tod profitieren, wenn sein Neffe als Önologe entscheidend die Richtung der Weine beeinflusste, die Qualität festlegte, den Stil des Hauses, über Einstellungen im technischen Bereich bestimmte, über Investitionen und so weiter. Der Bärtige konnte sich eine Hausmacht aufbauen.

Jede Bauleitung musste mit dem Önologen zusammenarbeiten, die Rationalität eines solchen Bauwerkes leitete sich aus seinem Zweck ab. Für *tonterías* wie den Neubau des Stararchitekten Frank Gehry in Elciego hatte von den Genossen niemand etwas übrig. Sicher gab es genehmigte Baupläne, an die sich die Kooperative halten musste. Wie könnte er an diese herankommen? Würde vielleicht die kleine Luisa – oder vielleicht eher noch Emilio Sotos ...? Der Präsident schien korrekt, er würde ihm nur mit Zustimmung der Mitglieder Einblick gewähren. Waren die Bauzeichnungen überhaupt wichtig? Dann schon eher die Bauaufträge, damit konnte Geld verdient werden, da war Korruption möglich, die Macht, die einem übertragen war, ließ sich zum eigenen Vorteil nutzen, obwohl die Genossen vieles in Eigenarbeit erledigten. Henry nahm sich vor, später noch einmal an der Baustelle vorbeizufahren, um zu sehen, wer tatsächlich Hand anlegte. Meistens glänzten die lautesten Schreier durch Abwesenheit, wenn es darum ging, sich zu bücken.

Waren Toledos Qualitätsvorstellungen den Weinbauern zu rigide? Hatte er die wahrscheinlich eher einfach gestrickten Menschen überfordert? Zumindest das, was der Alte auf dem Traktor (Jesús?) gesagt hatte, ließ darauf schließen. Und da war noch eine Bemerkung gewesen: Er wisse ja, wohin er die Trauben bringen könne. Toledo hatte gewusst, was er meinte, Henry erinnerte sich schwach. Hatte Jaime Toledo den Genossen zu viel versprochen, waren ihre Erwartungen zu groß, oder war ihnen die Sache über den Kopf gewachsen? Aber deswegen bringt man keinen Menschen ... nein, niemals. Oder doch? Henry erschrak. Was nistete sich da in seinem Gehirn ein? Er verdrängte den Gedanken schnell.

Von einer möglichen Pleite der Kooperative würde die Bank am meisten profitieren – wie immer; sie profitierte vom Aufbau, vom Geschäftsverlauf und vom Niedergang, nur in unterschiedlicher Form. Die Kleinen verschwanden, die Großen wurden immer größer. Wer hatte ihm gesteckt, dass Diego Peñasco mit dem Inhaber der Bank verkehrte?

Henry hielt die Flasche in die Höhe und nickte, als der Wirt zu ihm herübersah. Gleich darauf hatte er eine volle vor sich stehen, die in zwei Minuten wieder leer sein würde. Nach der Weintrinkerei war kühles, frisches Bier unschlagbar. Wasser war auch nicht schlecht, aber es beseitigte nach dem Genuss von tanninstarkem Wein, wie dem von Miguelito, nicht das pelzige Gefühl der Gerbsäure im Mund.

Wer, verdammt noch mal, hatte erwähnt, dass der junge Peñasco mit dem Banker verkehren würde? Henry zermarterte sich den Kopf und biss sich dabei auf den Daumennagel, bis es ihm endlich einfiel – Pedro Arroyo Sánchez, Luisas Vater! War hier Skepsis angebracht?

Henry musste als Nächstes in Erfahrung bringen, wie hoch LAGAR sich verschuldet hatte und mit wie viel Hektar Sicherheit die *compañeros* eingestiegen waren. Sie sollten nicht glauben, einen Dummkopf vor sich zu haben. LAGAR brauchte Geld, nicht nur für den Neubau der Kellerei, es ging auch um den Kauf von Barriques zum Ausbau der Weine. Eines dieser französischen Fässer kostete an die tausend Euro, die nordamerikanischen knapp die Hälfte. Gebrauchte waren billiger, und der Kontrollrat legte nicht fest, ob ein Rioja-Wein in neuen oder in alten Fässern reifen musste – nur die Mindestdauer im Fass war definiert.

130 000 Euro war der gegenwärtige Marktpreis für einen Hektar Rebland. Laut Gesellschaftervertrag verfügten nach dem, was ihm Emilio Sotos erzählt hatte, alle Genossen über dasselbe Stimmrecht, ob sie mit drei oder fünf Hektar beteiligt waren. Es gab sicher Genossen, die sich nur mit einem Teil ihres Besitzes verpfändet hatten. Wer alles Land belie-

hen hatte, würde beim Scheitern der Kooperative auch alles verlieren. Wer noch vier Hektar in der Hinterhand hatte, würde wesentlich besser dastehen. Hatte das was mit dem Tod von Jaime Toledo zu tun?

Henry nahm sich vor, diejenigen Genossen aufzusuchen, die mit anderen im Streit lagen. Nur, wer würde ihm die Wahrheit sagen? Jeder hatte seine eigene und erzählte das, was er dafür hielt. »Aber vieles lässt sich nachprüfen«, murmelte er vor sich hin, den grimmigem Blick auf seine Aufzeichnungen gerichtet. Der Wirt blickte von der Lokalzeitung, in die er vertieft war, auf. *Muy bien, mejor así,* sagte sich Henry. Er fing, wie er feststellte, bereits wieder an auf Spanisch zu denken.

Der Unfall: zwei Tote an derselben Stelle, im Abstand von nur einem Tag. Spanier fuhren wie die Henker, auch in der Zeitung des Wirts war heute wieder ein Foto mit einem zertrümmerten Auto und Leichen unter Plastikplanen abgebildet. Welche Gründe führten zu einem Unfall? Defekte am Fahrzeug, Schäden an der Straße; meistens jedoch war der Fahrer schuld, leichtsinnig, müde, unaufmerksam, aggressiv, zu schnell – vielleicht war Toledo so in Gedanken gewesen, dass er die Haarnadelkurve zu schnell genommen hatte? Wer die Strecke kannte, überschätzte sich leicht. Wieso war an der Unfallstelle die Leitplanke abgeschraubt worden?

Ob mit Toledo etwas nicht in Ordnung gewesen war, würde sich nie wieder feststellen lassen. Er sollte heute eingeäschert werden. Falls mit ihm etwas nicht gestimmt haben sollte, ließe sich das nun niemals mehr klären. Wenn der Wagen der Grund für den Unfall gewesen war – wo hatte man das Wrack hingebracht? Der Monteur würde es wissen, und Henry nahm sich vor, ihn am Abend aufzusuchen. Er winkte dem Wirt und zahlte. Als er vor die Tür trat, traf ihn der Schlag.

»Er hat zu viel getrunken, bestimmt; wir haben bei uns Wein verkostet, und dann noch das Bier bei euch, die Hitze hat ihn umgehauen.«

Die weibliche Stimme kam Henry bekannt vor, und er schlug die Augen auf. Vier Personen standen in einer Wohnküche um ihn herum, und er selbst lag auf einem alten Sofa. Der Anblick der Blümchentapete machte ihn schwindlig und ließ ihn wieder die Augen schließen.

»¡No me digas! Er kommt zu sich; sind hart im Nehmen, diese Deutschen, aber vertragen tun sie nichts.«

Das musste Amanda sein. Jetzt sah Henry auch ihr Gesicht, wie sie sich über ihn beugte und ihn aufmunternd anschaute. Verdammt, wo bin ich?, dachte er und wollte sich aufrichten, als Henry ein stechender Schmerz durchfuhr und ihn gequält das Gesicht verziehen ließ.

»Bleib liegen, du bist ohnmächtig geworden. Man unterschätzt die Hitze«, sagte die rundliche Frau neben Amanda.

»Ja, er hat zu viel getrunken«, hörte Henry jemanden sagen. Auch diese Stimme kam ihm bekannt vor. Das konnte nur der Wirt sein, dessen Lächeln sich von Besorgnis in Wohlwollen wandelte. »Na, geht's dir besser?«

Henry wollte nicken, besann sich im letzten Moment, hob stattdessen den Arm und betastete seinen Kopf. »Von wegen betrunken umgefallen. Ihr seid betrunken. Jemand hat mich niedergeschlagen. Da, hier, eine Beule …«

»Sí, claro, tienes razón«, sagte der Wirt, und auch Amanda nickte beruhigend, »du hast recht.« Es klang, als müssten sie ein Kind besänftigen.

Jetzt trat auch Miguelito in sein Gesichtsfeld. »Du bist mit dem Kopf aufgeschlagen.«

Da alle auf ihn einredeten, dass die Hitze und der Alkohol ihn zu Fall gebracht hatten, war Henry fast geneigt, ihnen zu glauben. Trotzdem meinte er, sich dunkel an eine Bewegung in seinem Rücken erinnern zu können, bevor ihn der

Schlag getroffen hatte. Doch wozu die anderen überzeugen, zumal selbst er Zweifel an seiner Wahrnehmung hegte?

Es war rührend, wie sich alle um ihn sorgten. Sie hatten ihn hier in der Küche des Wirts quasi aufgebahrt, und Amanda kühlte die Beule mit dem Eis für die Getränke. Nach einer halben Stunde, einem Kaffee und Kopfschmerztabletten stand Henry wieder auf, dankte reihum für die Fürsorge, erinnerte Miguelito noch einmal daran, darüber nachzudenken, ob er Lagar nicht aus der Patsche helfen wolle – »Du brauchst ein richtiges Betätigungsfeld. Für jemanden mit deinen Fähigkeiten ist das hier zu wenig« –, und machte sich auf den Rückweg. Es war höchste Zeit.

Als er durch die glühende Nachmittagshitze zum Wagen schlich und im zweiten Gang das menschenleere Dorf verließ, blickte er sich mehrmals um. So menschenleer war das hier ja noch nie gewesen ...

Die Rioja Baja war eindeutig zu warm für ihn, und er suchte in der Jackentasche nach einem Taschentuch, um sich die Stirn abzuwischen. Er berührte mit den Fingern etwas Raues, Unbekanntes, stutzte – es fühlte sich an wie zerknittertes Packpapier. Das war vorhin nicht dort gewesen. Notizen pflegte er in die Innentaschen zu stecken. Er zog den Zettel heraus. Es war tatsächlich Packpapier, so groß wie eine Postkarte und schludrig abgerissen. Eine Seite war beschrieben, aber die Buchstaben ... ergaben kein Wort – doch, Lagar, oder? Erst als er das Papier herumdrehte, begriff er. Da stand nicht Lagar, da stand ¡Lárgate!, mit einem Ausrufezeichen, das doppelt so groß war wie die Lettern. Verschwinde! Eindeutiger ging es nicht.

Der Wagen wurde langsamer, diesmal nicht wegen des unbekannten Defekts, sondern weil er, ohne zu wollen, den Fuß vom Gaspedal genommen hatte. Er hielt am Straßenrand und blickte über die Rebgärten, deren Blätter sich in wenigen Tagen herbstlich färben würden. Über der Straße flimmerte die Hitze. Erst das Donnern eines vorbeirasenden

Sattelzuges riss ihn aus dem Dämmerzustand, in den ihn der Kopfschmerz, die Hitze und die Bedrohung versetzt hatten. Der Zettel war vorhin nicht in seiner Tasche gewesen. Da war jemand allem Anschein nach richtig böse auf ihn.

Bodegas Peñasco. Ein gewaltiges schmiedeeisernes Tor, der Name der Kellerei kunstvoll eingearbeitet; neben den Pfeilern hohe, weit ausladende Palmen, dahinter flache Gebäude und längliche Hallen mit asphaltierten Wegen, alles umschlossen von sehr gepflegten Weingärten.

Dem Pförtner rief Henry seinen Namen zu, worauf die Torflügel zurückschwangen. Ein Wegweiser zeigte nach links zum Besucherparkplatz, wo man den Wagen im Schatten ausladender Bäume abstellen konnte. Henry überlegte, ob er das Tonband einstecken sollte, aber er entschied sich dagegen. Ein Mikrofon ließ manchen Gesprächspartner verstummen; eine mitgeschnittene Aussage konnte schlecht korrigiert werden, alles andere ließ sich abstreiten.

Henry ging auf die Treppe in der Mitte des u-förmigen, von Wein überrankten einstöckigen Gebäudes zu, das von blühendem Oleander umrahmt war. Eine zweite Treppe führte zu dem Laden im linken Gebäudeflügel, in dem die Weine der Bodega und Accessoires wie Gläser, Korkenzieher, Wein- und Kellerthermometer, Präsentkartons, Untersetzer, T-Shirts mit Firmenemblem und Krawatten angeboten wurden – der ganze Firlefanz, der zum Geschäft gehörte.

Henry stutzte: Was tat die Guardia Civil hier? Der grünweiße Geländewagen hatte direkt vor dem Laden geparkt, die Beifahrertür stand offen. Die Guardia Civil vermittelte ihm stets ein Gefühl von Unsicherheit und Willkür. Vielleicht hing das mit den Erzählungen seines Großvaters zusammen. Er war als »Gastarbeiter« Anfang der Sechzigerjahre mitsamt seiner Familie nach Deutschland gekommen. In Wirklichkeit war er jedoch auf der Flucht vor Francos

Geheimpolizei gewesen und hatte auch in Ludwigshafen, seinem ersten Wohnort, noch unter Beobachtung gestanden, allerdings mehr von zivilen Spitzeln aus den eigenen Reihen.

Die Guardia Civil war 1844 als Reaktion auf die Karlistenkriege gegründet worden, um die Landbevölkerung in Schach zu halten, und als Gegengewicht gegen die republikanisch eingestellte Miliz. Während der Diktatur General Francos diente sie der Unterdrückung politisch Andersdenkender. Ein »Andersdenkender«, das war auch Henrys Großvater gewesen, den Widerspruchsgeist, das Oppositionelle hatte er seiner Tochter vererbt, die einen Deutschen geheiratet hatte – Herrn Meyenbeeker.

Die Ladentür schwang auf, zwei uniformierte Guardias mit Weinkartons im Arm traten heraus und brachten die Flaschen zum Jeep. Henry tat, als suche er etwas in den Jackentaschen. Polizisten mochten es gar nicht, wenn sie beobachtet wurden. An den Älteren der beiden meinte er sich zu erinnern. Er hatte oben an der Sierra an der Unfallstelle gestanden und Henry eindringlich gemustert.

Der Polizist machte sich an der Hecktür zu schaffen, und Henry durchwühlte unauffällig seine Collegemappe. Es war der ranghöhere, denn er schickte den anderen mit einer Handbewegung zurück in den Laden. Er war groß, mindestens 1,85 Meter, und von seiner Statur her war anzunehmen, dass er in seiner Jugend sehr sportlich gewesen war. Im Laufe der Jahre hatte er Speck angesetzt, schien aber noch ziemlich fit. Als er sich umwandte, konnte Henry ihn deutlich sehen. Am auffälligsten war der nur wenige Millimeter lange weiße Haarkranz unterhalb der Mützenränder. Das Gesicht mit dem spitzen Kinn hatte die Form eines Dreiecks, was noch durch die lange, gerade nach unten gerichtete Nase verstärkt wurde. Der Mann wirkte wie von der Uniform und dem Willen zusammengehalten. Die Achselstücke wiesen ihn als Offizier aus. Er ging nicht, sondern stolzierte.

Jetzt, an der Heckklappe, fühlte er sich beobachtet, drehte sich um und traf Henrys Blick. In diesem Moment erschien jedoch der Kollege mit einer weiteren Weinkiste, obenauf einer jener Schinken, wie sie in den Bars unter der Decke hingen.

Sie holen sich ihr »Deputat«, schmunzelte Henry. Es war überall auf der Welt dasselbe. Gute Beziehungen zur Polizei mussten gepflegt werden, kleine Geschenke erhielten die Freundschaft. Schade, dass es aufgefallen wäre, wenn er jetzt nach der Kamera gegriffen hätte, weshalb sich Henry auffällig gelangweilt abwandte. Was ging es ihn an, ob sich hiesige Beamte bestechen ließen? Manchmal mussten Türen eben auf diese Weise geöffnet werden. Er selbst handelte nach der Devise, dass man jeden bestechen konnte, sich jedoch niemals bestechen ließ. Niemals! Bis heute hatte er sich daran gehalten, er war bislang auch nie in Versuchung gekommen.

Henry kümmerte sich nicht weiter um die Guardia Civil, ging die Haupttreppe hinauf und trat in eine klimatisierte Empfangshalle mit einer alten Weinpresse gegenüber dem Eingang. Die Halle war modern, kühl und funktional, mit einem Schreibtisch zur Rechten, von dem aus ihm eine junge Frau entgegenlächelte. Er zückte seine Visitenkarte, das lächelnde Wesen nickte und griff zum Telefon.

»Señor Henry Meyenbeeker ist hier, der deutsche Journalist von – ja – für Diego Peñasco, *sí, en seguida, sí.*«

Henry fragte sich, wie lange man ihn wohl warten lassen und ob man ihm einen Kaffee anbieten würde, da bat ihn die Sekretärin bereits, ihr zu folgen. Sie gingen durch einen Flur mit Großfotos von spanischen Weinlandschaften an den Wänden. Vor einer schweren, gepolsterten Tür blieb die Empfangsdame stehen, um Henry vorgehen zu lassen. Er betrat den Raum und erblickte die Frau, die den Schreibtisch umrundete und ihm entgegenkam. Wie angewurzelt blieb er stehen: »Was machen Sie denn hier ...?«

6.

Diego Peñasco

»Damit hast du nicht gerechnet, nicht wahr?« Victoria lächelte erfreut, doch als sie fast bei Henry angekommen war und ihm bereits die Wange zum Kuss darbot, hielt sie erschrocken inne. War die spontane Begrüßung nach dem kurzen Zusammentreffen auf der Sierra nicht viel zu persönlich? So gut hatte man sich doch gar nicht kennen gelernt, dachte Henry, und es blieb beim formalen, wenn auch herzlichen Händedruck. »Ich für meinen Teil jedenfalls habe dich erwartet«, sagte sie.

»Kein Wunder. Du wusstest, dass ich komme«, sagte Henry schnell, um sich nicht anmerken zu lassen, wie perplex er war und dass er sich freute. »Anscheinend trifft man sich auch in der Rioja immer zweimal.« Die Ereignisse seit seiner Ankunft hatten ihn derart in Anspruch genommen, dass er kaum Muße gefunden hatte, an die angenehmen Seiten des Lebens zu denken, zu denen zweifelsohne Frauen wie Victoria gehörten. Er betrachtete sie überrascht; so charmant und so gut aussehend hatte er sie nicht in Erinnerung. Sie trug eine weiße, weich fallende Bluse, dazu hautenge erdbeerfarbene Jeans. Die passende Jacke hing über der Rückenlehne des Bürostuhls, und die Pumps mit Bleistiftabsätzen waren so spitz, dass man damit ein Loch in eine Autotür hätte treten können. Konnte man darin laufen?

»Das mit dem zweimaligen Treffen gilt hoffentlich nicht für jeden, oder?« Da war Victorias aufreizender Blick, ihr einladender Ton und die spielerische Aufforderung, die Henry am Berghang meinte gespürt zu haben.

»Das gilt nur für Menschen, die man in guter Erinnerung behält oder bei denen sich so etwas wie Sympathie auf den ersten Blick eingestellt hat.«

»Und du meinst, die existiert bei uns?« Victoria strich sich spielerisch die Locken aus dem Gesicht, die sofort wieder federnd ihre ursprüngliche Form annahmen.

»Da bin ich mir ziemlich sicher«, antwortete Henry mit seinem charmantesten Lächeln.

Aus den Augenwinkeln nahm er eine Bewegung wahr. Die Tür zum Nebenraum hatte sich lautlos geöffnet. Im Türrahmen lehnte Diego Peñasco – Henry erkannte ihn sofort –, so kühl und so distanziert wie an Toledos Sarg. Es bedurfte keiner großen Menschenkenntnis, um zu erkennen, dass dem Junior-Chef die Szene missfiel.

Er trug ein weißes, in sich gemustertes Hemd mit Knöpfen an den Kragenspitzen, eine breite, silbergraue Krawatte, die seiner Jugend etwas übertrieben Feierliches gab. Die graue Hose war offenbar gerade erst gebügelt worden, denn an den Knien zeigte sich nicht eine Falte. Klarer Fall von »overdressed«, dachte Henry, der ihn trotz seiner Jugend als harten Brocken einschätzte, konsequent, unmenschlich, ein gnadenloses Mitglied der »Generation der Sieger«, wie er die ganz jungen Manager und Unternehmer nannte.

Diego Peñasco war es bestimmt nicht gewesen, der den guten Ruf von Bodegas Peñasco begründet hatte, dieser für Spitzenweine bekannten und traditionsreichen Rioja-Kellerei. Und seinem Gesichtsausdruck nach hegte er eine gewisse Abneigung gegen alles Persönliche, das ins Geschäftsleben hineingetragen wurde, oder sein Gegenüber hielt nichts von Journalisten.

Henry empfand weder Sympathie noch Ablehnung. Nach dem Interview würde er sicher ein paar Worte mit Victoria wechseln können. Vielleicht sprang sie heute auf die Einladung an, zumal er jetzt sozusagen in die Kategorie »Geschäftsfreund« gehörte. Gleichzeitig kam ihm der Rat in den Sinn: »Vermische niemals Öl und Wasser; egal wie oft du es verquirlst, über Nacht trennt es sich wieder.« Es war besser, Geschäftliches und Privates strikt zu trennen, jedoch – hier ließ sich nicht sagen, wer Öl war und wer das Wasser ...

»Señor Meyenbeeker? Darf ich bitten?« Diego Peñasco machte eine auffordernde Geste in Henrys Richtung – und warf Victoria einen tadelnden Blick zu. »Wir, Bodegas Peñasco, haben ein umfangreiches Programm für Sie vorgesehen.« War das als Drohung zu verstehen?

Als der Juniorchef sich umwandte und Henry ihm in sein Büro folgte, blickte er sich noch einmal nach Victoria um. Sie machte einen beleidigten, desorientierten Eindruck und erwiderte seinen Blick mit einem Fragezeichen im Gesicht. Henry nickte ihr begütigend zu. Es war durchaus möglich, fiel ihm ein, dass sie von den Spannungen zwischen der Kooperative und Bodegas Peñasco wusste. Also müsste er auch sie anzapfen.

Diego Peñasco rückte den Besuchersessel zurecht, ging um den Schreibtisch herum zu seinem Chefsessel, der eine Idee höher war, so dass er auf die Besucher herabsehen konnte, schnäuzte sich und ordnete ein paar Papiere. Dann führte er ein kurzes Telefonat, von dem Henry kein einziges Wort verstand. Es war mal wieder *euskara*, Baskisch, wie unhöflich. Er bittet mich herein und räumt dann auf. Unklug, der Mann, unerfahren, dachte Henry, Allüren mit nichts dahinter.

Während der junge Mann Kaffee und Wasser bestellte, klang Henry der Name Bodegas Peñasco in den Ohren. Der Junior hatte ihn betont, als ginge es um den Obersten Gerichtshof oder den Rioja-Kontrollrat. Der Name Peñasco war in den letzten Tagen allzu häufig genannt worden, als dass er bei dem, was zwischen Laguardia und Elciego gärte, eine untergeordnete Bedeutung haben könnte. Nur war

Henry unsicher; er hatte verlernt, harte Fragen zu stellen, Gesprächspartner in Widersprüche zu verwickeln oder in die Enge zu treiben, sie mit Fakten zu konfrontieren und aus der Reserve zu locken, wie es ein Reporter tun sollte.

Das Marketing, die Aufgabe, Kellereien als mögliche Anzeigenkunden von ›Wein & Terroir‹ ausschließlich von ihrer Sonnenseite darzustellen, hatte seine guten Eigenschaften verkümmern lassen. Die Zeiten und Zeitungen folgten dem Mainstream, und der ergoss sich träge ins Meer der allgemeinen Zustimmung. Sprechblasen wurden kommentarlos hingenommen, statt dass man sie aufstieß. Aber bei diesem ersten Kontakt, diesem Treffen, galt es nun zuzuhören, dann zu sondieren, mit Fragen das Thema abzustecken und den Partner einzukreisen, zumal Henry lediglich wusste, dass die Kooperative ihre Trauben früher hier abgeliefert hatte. Höchstwahrscheinlich bis vor zwei Jahren, denn bei LAGAR war eine Lese im Keller, die zweite wurde gerade eingebracht. Doch wieso gab es dann erst seit sechs Monaten Ärger und nicht schon länger?

»Ich freue mich sehr, dass Sie zu uns gekommen sind, Señor Meyenbeeker. Sie arbeiten für ein ausgezeichnetes Blatt, ich kenne es gut, wie Sie sehen.« Er reichte Henry die letzte Ausgabe mit einer großen Reportage von ihm über Zweigelt und Blaufränkischen, zwei Weine aus dem österreichischen Burgenland (nicht schlecht, dachte Henry, der Junge ihm gegenüber war ziemlich fix).

»Sie sind als Chefreporter in der Weinszene bekannt, und viel unterwegs. Daher ist es eine Ehre für uns, Sie zu empfangen.«

Die meisten Leute liebten es, wenn man ihnen Honig ums Maul schmierte, ».. *you're such a lovely audience, we'd like to take you home with us ...*«, hatten die Beatles als Sergeant Pepper's Lonely Hearts Club Band gesungen.

Seine Ungeduld wuchs, als Diego Peñasco über die Wichtigkeit internationaler Wirtschaftsbeziehungen räsonierte, die große Bedeutung der Europäischen Gemeinschaft herausstellte, die sozialen Kontakte, das Näher-Aneinanderrücken der Völker ... bla, bla ... Kein Wunder, denn Spanien bekam viel Geld aus Brüssel und modernisierte das Land damit. Darum ging es. Henry seufzte verhalten. Jemand aus diesem Volk hatte ihn vor zwei Stunden niedergeschlagen, was seinem Eindruck, willkommen zu sein, nicht gerade förderlich war.

»... seit seiner Gründung Ende des 19. Jahrhunderts ein reines Familienunternehmen. Wir würden niemals fremdes Kapital akzeptieren oder den Einfluss der Banken. Gegründet hat die Bodega mein Urgroßvater. Mein Großvater, Don Horacio, den ich Ihnen nachher vorstelle – er freut sich schon auf Ihren Besuch, er mochte die Deutschen immer sehr –, ist bei bester Gesundheit, bewundernswürdig, im Alter von 82 Jahren noch immer voller Energie, *extremamente admirable.* Ich verehre ihn, ja, er ist so etwas wie ein Vorbild für mich, geschäftlich und menschlich. Er hat in den schweren Jahren nach dem Krieg, als Spanien von Europa isoliert wurde, das Unternehmen trotzdem erweitert und ist bis heute aktiv.«

»Und Ihr Vater«, unterbrach Henry, »welchen Aufgaben widmet er sich?«

»Mit meinem Vater Sebastián Peñasco teile ich mir die Geschäftsführung. Er würde gern Verantwortung abgeben und mir die Alltagsarbeit überlassen, um sich anderen Aufgaben zu widmen. Er ist gerade aus Südamerika zurück; er hat dort beim Aufbau einer Kellerei geholfen, im Valle Maipo ... nicht weit von Santiago, wenn Ihnen das etwas sagt ... Mein Urgroßvater hat damals Großartiges geleistet, er hat ...«

Von Bewunderung für den Vater keine Spur. Während der junge Mann über die Verdienste der Ur- und Großvätergeneration sprach, die Henry bestimmt in einem der Prospekte wiederfand, die Victoria sicherlich für ihn zurechtgelegt hatte, betrachtete er das Büro. Was war das für ein Mensch, der sich in diesem Raum wohlfühlte?

Stahl und Glas und Stein. Ein Stahlrahmen, und darauf eine gläserne Schreibtischplatte. Stahlrahmen auch bei den Schränken und sandgestrahltes Glas als Schranktüren, hinter denen sich die Dokumente und Aktenordner verbargen. Hart, kalt und eckig, keine Blumen, nichts Persönliches, keine Bilder, nicht einmal Weinbaufotos. Lediglich die Unordnung rund um den Laptop hatte etwas Menschliches an sich. Auf der zugeschlagenen schwarzen Schreibmappe ein sündhaft teurer MontBlanc-Füllhalter – der LeGrand, ein schönes Stück, elegant, aber zu protzig für jemanden unter dreißig. Im Grunde genommen war er dazu da, Verträge und hoch dotierte Schecks zu unterschreiben. Und wenn man den Füllhalter liegen ließ, wie er selbst seine Bleistifte – nicht auszudenken, bei dem Preis …

»… gibt es in der Rioja die großen, traditionellen Kellereien – wie die unsere, bei denen alles in einer Hand liegt, vom Anbau, der Weinbergpflege bis zur Vermarktung.«

»Wie viel bestreiten Sie aus eigener Produktion?«

Diego Peñasco zögerte, als er merkte, worauf Henry mit seiner Frage zusteuerte.

»Die Hälfte, 50 Prozent der nötigen Trauben kaufen wir dazu – natürlich bei Weinbauern, die wir seit Generationen kennen; da hat schon der Vater geliefert, heute ist es der Sohn, morgen der Enkel. Die werden geschult und das Jahr über begleitet, unsere Önologen kontrollieren jeden Arbeitsschritt im Weinberg. Das kostet Geld, aber das ist es wert!«

Hatte Miguelito ihn nicht am Vormittag darauf hingewiesen, dass sie angeblich ihre Lieferanten kontrollierten, aber in Wirklichkeit den Wein im Tankwagen bei ihm kauften? Das war nicht unbedingt ein Fehler, denn es kam auf den Wein an, und die Kunst bestand in der richtigen Mischung von Rebsorten und separat gekelterten Einzellagen, denn jeder Wein war anders. Henry setzte das Gesicht eines interessierten Zuhörers auf, neugierig, wohlwollend. Man durfte sich keinesfalls anmerken lassen oder sagen, was man wirklich dachte, es konnte mit einem Rauswurf enden. Er erinnerte sich sehr gut an ...

»Ein anderer Typ von Kellerei kauft lediglich Trauben, verarbeitet sie und verkauft den fertigen Wein«, fuhr Diego Peñasco fort. »Aber der geht an Abfüller, die nichts anderes tun, als Flaschen zu füllen. Das ist die Billigware für Großmärkte und Discounter, diese Weine kriegen Sie im Baumarkt und an der Tankstelle. Wir hingegen keltern Spitzenweine. In unserem Hause ist das Wissen von Generationen akkumuliert, wir verbinden Tradition und Moderne, wir sind Experten, Fachleute, wir sagen, wo es langgeht, wir setzen den Trend, bei uns entsteht der Stil ...« Je länger Diego Peñasco laut und selbstverliebt redete, desto mehr verkrampften sich seine Gesichtszüge, und er richtete sich auf.

Ist ja gut, dachte Henry, ich hab's begriffen. Auch die anschließenden Lobgesänge auf die Rioja waren überflüssig. Ein Rioja war so wunderbar und so miserabel, so gut und so schlecht wie ein Bordeaux aus St.-Émilion, wie ein Chianti Classico aus der Toskana oder ein Riesling von einer Mosel-Steillage. Es gab Spitzenprodukte und Massenware, ungenießbare Weine und Tropfen, deretwegen man am liebsten die Flasche auswringen würde.

»Was ist Ihr Lieblingswein?«

Mit dieser häufig gestellten Frage konnte man Henrys Unmut provozieren, er hielt sie für dumm. Er verzog den Mund und zuckte mit den Achseln. »Einen Favoriten hab ich nicht«, antwortete er mit einer Miene, die von Diego Peñasco als ein Eingeständnis von Unwissenheit gedeutet wurde.

»Wenn Sie nach Hause fahren, werden unsere Weine Ihre Lieblingsweine sein«, fuhr dieser fort, womit er offen ließ, ob er damit die Rioja generell meinte oder die Kreszenzen von Bodegas Peñasco. »Geben Sie mir fünf Jahre, und wir machen den besten Wein der D. O. Ca Rioja.«

Das haben vor dir schon ganz andere versucht, grollte Henry still vor sich hin. Wieso wollen alle den besten Wein machen? Können sich die Önologen, Kellermeister und sonstigen Weinmacher nicht damit zufrieden geben, zu denen zu gehören, die allesamt wunderbare Gewächse anbieten, jeder in seiner Art? Das Schöne am Wein war nicht der Beste; das Schöne war die Vielfalt, die Lust am Genuss ...

Während Peñasco Junior seinen Vortrag fortsetzte, griff er nach einem Bleistift und legte ihn zurück, schraubte den Füllhalter auf und wieder zu, lockerte die Krawatte und zog sie zurecht, sah etwa zehnmal in seiner Kaffeetasse nach, ob da nicht noch ein Rest drin war ... Rastlos wanderten die Augen zu Henry, er rieb sich die Nase, dann schaute er aus dem Fenster, blickte zur Tür, als erwarte er jemanden, betrachtete seine Hände. Das Gehampel erinnerte Henry an Amanda, es machte ihn zunehmend nervös.

Diego Peñascos Vorschlag, mit dem Rundgang durch die Kellerei zu beginnen, stieß bei Henry auf offene Ohren. Er war heilfroh, dem Monolog seines nervösen Gesprächspartners zu entkommen.

Diego Peñasco erhob sich. »Ich werde meiner Sekretärin Anweisung geben, einige Weine zum Mitnehmen für Sie bereitzustellen.«

Das Angebot hatte Henry kommen sehen und blockte ab. »Es wäre mir lieber, wir würden die Weine bei Ihnen probieren; ich bin mit dem Flugzeug gekommen, wie soll ich die Flaschen zurück nach Deutschland bringen?«

»Kein Problem. Wir geben Ihnen etwas mit, dann haben Sie etwas Schönes im Hotel, und den anderen Teil schicken wir Ihnen nach Hause, in die Redaktion. – Wo wohnen Sie übrigens?«

Henry nannte den Namen des Hostals in Laguardia.

»Das ist doch völlig unakzeptabel. Viel zu primitiv ...
wer hat Ihnen denn das empfohlen?«, murmelte Diego
Peñasco und öffnete die Tür: »Victoria! Ein vernünftiges
Zimmer für unseren Gast im Gran Hotel in Logroño – Sie
sind natürlich eingeladen.« Er wischte Henrys Protest beiseite. »Ich weiß sehr gut, wie es heutzutage in den Redak-
tionskassen aussieht ... Es sind nur fünfzehn Minuten von
Logroño bis nach Laguardia – oder Elciego, wo Sie ja häufiger zu tun haben. Victoria! Sorg dafür, dass drei Flaschen
Viña Celeste 2001 auf seinem Zimmer sind, wenn er eintrifft!« Und zu Henry gewandt fügte er hinzu: »Wir bringen
unsere Geschäftsfreunde immer dort unter. Und der Viña
Celeste ist das Beste, was wir haben – Einzellage, handver-
lesen, ausschließlich Tempranillo, Trauben von vierzig Jahre
alten Rebstöcken. Der Wein wurde mit 94 Punkten bewer-
tet.«

Wahrscheinlich von diesem US-Weinpapst und Verkoster
Hobart Barker, der überall auf der Welt auftauchte und
meinte, sein Geschmack sei entscheidend, eine Art George
W. Bush der Weinwelt.

Henry wurde ärgerlich, und seine Ablehnung gegenüber
Diego Peñasco wuchs. Erst der Wein, dann das Hotel, jetzt
fehlte noch die Einladung zum Essen und dann in den Puff.
Diego Peñasco entschied über seinen Kopf hinweg, aber was
viel wichtiger war – woher wusste er, dass er in Elciego zu
tun hatte? Von Laguardia konnte er wissen, vielleicht erinnerte er sich an ihre Begegnung bei der Trauerfeier. (Wieso
hatte er ihn nicht darauf angesprochen – was hatte er mit
Jaime Toledo zu tun?) Von seiner Beziehung zu LAGAR
wussten nur die Genossen. Hatte einer von denen geredet?
Sicher, wenn sie Peñasco jahrelang Trauben geliefert hatten,
bestanden weiterhin geschäftliche oder sonst welche Beziehungen.

»Vielen Dank für Ihr Entgegenkommen, Señor Peñasco,
aber ...«

»... nennen Sie mich Diego.« Er fuhr sich über die Nase. »Man duzt sich unter seinesgleichen.«

»... *bueno,* Diego, *muy bien, gracias.* Aber leider habe ich mehr in der Nähe zu tun, da wäre ein Umzug unklug, ich würde zu viel Zeit verlieren ...«

»*De acuerdo!* Ganz wie du willst! Dann geht der Wein ins Biazteri.«

In diesem Augenblick läutete Victorias Telefon. Sie hob ab und lauschte. »Es ist Sal ...«

Diego Peñasco hob so ruckartig die Hand, dass Victoria der Name, den sie gerade aussprechen wollte, auf den Lippen erstarb. »Stell zu mir durch.« Abrupt drehte er sich um und stürmte zurück in sein Büro. Die Tür fiel laut ins Schloss.

Es musste nichts bedeuten, aber die Schnelligkeit, mit der der Juniorchef reagiert hatte, machte Henry misstrauisch. Weshalb hatte er Victoria so harsch unterbrochen? Henry kannte mit diesem Namen nur einen: Salvador Norella, der ängstliche Mann, der vor der Kirche auf ihn eingeredet hatte und dann verschwunden war. Jetzt erst erinnerte sich Henry, dass dieser Erretter beim Treffen mit den Genossen neben dem Bärtigen gesessen hatte.

»Ein schönes Hotel, das Grand Hotel, du solltest es dir überlegen.« Victoria riss Henry aus seinen Gedanken.

Jetzt bot sich also die Gelegenheit für den nächsten Vorstoß. »Ich denke darüber nach, bestimmt.« Victoria nickte, lächelte und blickte zur Tür ihres Chefs. »Dann könntest du mir ein wenig von der Stadt zeigen, und ich revanchiere mich, indem ich dich zum Essen einlade. Das Restaurant suchst du natürlich aus. Ist das ein Vorschlag?«

Victoria stimmte weder zu noch lehnte sie ab, sie ließ gerade so viel Raum, dass Henry die Hoffnung nicht verlor, doch noch zu einer Verabredung zu kommen. Andererseits hasste er jede Hinhaltetaktik, lieber war ihm eine klare Absage. Oder war er ihr zu alt?

Auf jeden Fall konnte sie ihm sicher einiges über die Bodega erzählen? Es musste ja nicht zum Interview ausarten. Den Versuch war es wert, und er gab ihr eine Visitenkarte mit seiner Handy-Nummer. Darüber hinaus schrieb er ihr die Rufnummer des Hostals in Laguardia auf. Nach fünf Minuten hatte er sie so weit, dass auch sie ihm ihre private Telefonnummer gab.

Kurz darauf kam Diego Peñasco zurück. Er ging voraus durch den Flur und deutete auf die Tür nebenan. »Hier ist das Büro meines Großvaters. Ich werde dich ihm später vorstellen, er ist nicht mehr im Haus.«

Über die Treppe des Mitteltrakts verließen sie das Hauptgebäude und überquerten den Innenhof. Der Polizeiwagen war längst weg. Sie gingen auf eine lange, von einem Vordach gesäumte Halle zu. 1912 stand in großen Ziffern über der schweren Doppeltür, die sich erstaunlich leicht öffnen ließ. Im Inneren herrschte Halbdunkel, und Henry brauchte eine Weile, bis er bemerkte, dass links keine Wand war, sondern riesige, aneinander gereihte Zementtanks. Ihnen gegenüber stand eine Reihe mächtiger, fleckiger Holzfuder auf gemauerten Podesten.

»Wir benutzen *tinas* seit 70 Jahren. Mein Urgroßvater hat die Gärbottiche angeschafft. Erstaunlich, wie lange Eiche hält.« Diego Peñasco breitete in gespielter Entschuldigung die Arme aus. »Von außen sehen die Bottiche ziemlich abgenutzt aus, das ist wahr, nicht so schön lackiert wie bei Lafite und Mouton-Rothschild in Bordeaux, aber die Gärung läuft fehlerfrei ab, auch wenn die Wärmeregulierung kompliziert ist. Bei Mouton übrigens wird die Temperatur nicht kontrolliert. Ich habe während meines Studiums auf dem Château hospitiert.«

Henry wunderte sich angesichts der nachlässig geputzten Armaturen der Tanks und der fleckigen Sockel der Holzbottiche. Viel hatte Diego auf Château Mouton-Rothschild anscheinend nicht gelernt. Von oben, wo die oberen Ränder

der konisch zulaufenden Bottiche mit der Hallendecke abschlossen, wurden sie befüllt. Ein süßlich-saurer Geruch vermischte sich mit dem der Gärung und dem von grünem Holz und Trester. Es war derselbe Geruch in allen Kellereien der Welt.

»*Tinas* fassen 25 000 Liter, aber wir befüllen sie nur zu 80 Prozent, dann überlassen wir die Trauben sich selbst. Bei der intrazellulären Fermentation beginnt die Gärung in der geschlossenen Traube. Der Zucker verwandelt sich in Alkohol und Kohlendioxid. Das steigt auf, verdrängt den Sauerstoff und sorgt für Luftabschluss. Dabei löst sich die Farbe aus den Beerenhäuten und geht in das Fruchtfleisch über. Die harte Apfelsäure wandelt sich zu weicher Milchsäure, wir brauchen also keine zweite Gärung. Wir nennen es die klassische Methode. Der zuerst ablaufende Wein ist der *vino de lágrima,* der Tränenwein. Dann brechen mehr und mehr Trauben durch das Gewicht der anderen auf, und der *vino de corazón* läuft ab, der Herzenswein. Dann lassen wir den Wein treten, nicht so wie früher, mit Füßen im Bottich, aber zumindest wird Druck auf die Masse ausgeübt, sie wird umgeschichtet. Und hier ...«, Diego zeigte auf die Zementtanks gegenüber, »... hier gibt es eine Nachgärung, denn es ist meist noch Zucker vorhanden, dieses Mal mit Hilfe der Hefe.«

Fast alles, was Diego Peñasco erzählte, wusste Henry längst, nur der Sinn dieser Methode war ihm nicht klar.

»Diese Weine haben weniger Säure. Entweder machen wir Jungweine daraus, den *Cosechero,* oder wir verschneiden mit anderen, die zu viel Säure haben.«

Heute wurden weichere und dunkle Weine mit satter Farbe verlangt, nicht die Granat- und Ziegelroten, bei denen Finesse und Eleganz im Vordergrund standen. Schwere, dunklere Weine waren in Mode, wuchtig, fruchtig und sehr dicht. Henry nannte sie »Blender«, aufgeblasene Weine. Sie waren dick und marmeladig, was er auch gern laut gesagt hätte, aber er hielt den Mund, zumindest solange er nicht wusste, wie der Junior darüber dachte. Vom Alter her gehörte er zu denen, die solche Gewächse bevorzugten.

Beim Weitergehen betrachtete Henry ihn von der Seite, wie er sich die Nase rieb, zum wiederholten Mal und eigentlich mehr mit sich selbst sprach als mit seinem Gast.

Draußen vor der Waage stauten sich Traktoren mit Anhänger, ebenso vor den Schütten, wo die Trauben abgeladen wurden. Arbeiter wiesen die Lieferanten ein, Laboranten stocherten in den Traubenbergen auf den Hängern, nahmen Proben und teilten den Weinbauern Schächte zu, um ihre Fracht abzuladen. Henry erinnerte sich an Kellereien im Piemont, in der Toskana oder auch bei LAGAR, wo Trauben in 20-Kilo-Kisten unversehrt zur Tischauslese kamen.

»Das reinste Gesindel, diese Weinbauern, Betrüger; die schütten bestimmte Trauben an die Stellen auf dem Hänger, wo sie Kontrollen vermuten. Die guten Trauben oben, den Dreck unten, das merkt man nur, wenn man beim Abkippen aufpasst oder die Proben von unten nimmt.«

Der Junior merkte, dass Henry nicht die Kontrolle missfiel, sondern die Art der Anlieferung, und er beeilte sich, ihn zu beschwichtigen. »Das ist das Ausgangsmaterial für einfache Weine; wir verarbeiten es tonnenweise. Sollten wir uns die Mühe machen, alles in Kisten herbringen zu lassen? Aber wir schicken unsere Leute vor der Lese in den Weinberg. Da schneiden sie vorher das schlechte Traubengut raus.«

Henry ließ es dahingestellt. Er konnte es nicht gut überprüfen; er hätte sich die Trauben ansehen oder beim Abkippen danebenstehen müssen.

In der nächsten Halle war es wieder kühl, doch der Lärm blieb; hier standen Gärtanks aus Edelstahl, alles von Rechnern gesteuert. Nach der alkoholischen Gärung wurde der Wein in die Tanks gegenüber gepumpt, um zwei Monate später die malolaktische Gärung durchzumachen, bei der sich die bissige Apfelsäure in weichere Milchsäure umwandelte; erst danach kam der Wein zur Ruhe und bei entsprechender Qualität ins Barrique.

In dem gekachelten Raum nebenan wurden auf einem Förderband die Eichenfässer in eine Waschanlage transportiert. Arbeiter reinigten sie mit einem Hochdruckwasserstrahl, und wenn das Wasser abgelaufen und abgetropft war, schob einer der Leute brennende Schwefeltabletten auf einem Haken ins Spundloch, wo der Schwefel verbrannte.

»Zur Desinfektion des Holzes und des Weins«, erklärte der Juniorchef, während Henry sich wunderte, wieso weder er die Arbeiter grüßte noch diese ihn. Auch bei anderen Mitarbeitern der Bodega, denen sie begegneten, war die Distanz spürbar. Das war kein Respekt, nein, keine Hochachtung und kein Miteinander. Manch einer sah sogar absichtlich weg. Henry zweifelte schon an seiner Wahrnehmung, fragte sich, ob er unter Einbildung litt, während Diego Peñasco ihn in einen tiefer liegenden Teil der Halle führte, in dem die Barriques in Doppelreihen bis unter die Decke gestapelt waren – fünf Fässer übereinander. Wenn ein großer Mann auf den Schultern eines anderen stand, konnte er das oberste Fass erreichen.

»Wie viele Barriques liegen hier?«

»Knapp dreitausend – wir besitzen über zehntausend, zwischen einem und zehn Jahren alt. Wir produzieren immerhin knapp drei Millionen Flaschen jährlich.«

Es musste mörderisch sein, die Fässer zu leeren, sie ohne Gabelstapler herunterzuholen und zum Reinigen zu bringen. Weiter vorn ließen zwei Arbeiter aus der oberen Fassreihe den Wein in Metallschüsseln laufen, von wo aus er in darunter liegende Fässer floss. Eine brennende Kerze war auf einen Halter zwischen die Fässer gesteckt. Henry kannte das Bild; die Männer zogen den Wein um und sahen in den glänzenden Metallschüsseln, ob der Wein frei von Rückständen war. Zeigten sich Trübstoffe, wurde das Umfüllen abgebrochen und das nächste Fass angeschlagen. Diego Peñasco wollte etwas dazu erklären, als sein Mobiltelefon läutete. Er meldete sich, schwieg zu dem, was der Anrufer sagte, und beendete das Gespräch mit einem kühlen »Ich komme. Ich bringe eben noch einen Gast zum Ausgang. Du willst ihn sehen?«

Ausdruckslos steckte er das Handy weg, sah Henry misstrauisch an und schniefte. »Sie kennen meinen Vater nicht?«

»Nein, woher?«

»Hätte ja sein können. Wir gehen dann. Den Rundgang setzen wir ein andermal fort.«

Henry folgte Diego Peñasco durch den engen Gang zwischen den Fässern; um einem Arbeiter auszuweichen, zwängte er sich unter der angestellten Leiter durch ... erst danach fiel es ihm ein: Himmelherrgott, das brachte Unglück. Man durfte nie unter einer Leiter hindurchgehen ...

Das Schweigen auf dem Rückweg war bedrückend. Irgendetwas lief nicht nach Diego Peñascos Kopf, und Henry versuchte zu vergessen, dass er unter der Leiter durchgelaufen war. Um das peinliche Schweigen zu brechen, stellte er Fragen zum Export und zum Marketing. Diego Peñasco ging willig darauf ein. Erleichtert erreichten die beiden Männer den Büroflur, als sich plötzlich eine der Türen öffnete und ein alter Herr ins Licht trat.

Er trug einen silbrig glänzenden, altmodisch geschnittenen Anzug. Der faltige Hals füllte den Kragen des Hemdes kaum aus, obwohl der Schlips fest zugezogen war. Das weiße schüttere Haar war kurz, mehr wie Flaum. Da das Licht von der Seite kam, waren die Augen beschattet und nur eine Gesichtshälfte sichtbar. Der Herr schien zu lächeln, aber das lag wohl eher an seinen im Alter schmal gewordenen Lippen.

»Du bist doch da? Ich dachte, du seiest nach Hause ...«

»Nein, mein lieber Junge. Bringst du mir unseren deutschen Freund?«

Diego Peñasco stellte Henry Meyenbeeker vor. »Er ist Chefreporter des deutschen Magazins, von dem ich dir erzählt habe.« Und zu Henry gewandt sagte er: »Mein Großvater, der Mann, die Seele, die unser Unternehmen durch die Jahrzehnte gebracht hat, Don Horacio Peñasco.«

Der alte Herr trat vor, eine Hand auf den Stock mit dem Elfenbeingriff gestützt, die andere vorgestreckt. »*Muy bien*, Reporter sind Sie? Großartig! Dann kommt endlich zur Sprache, was hier in den letzten Jahren passiert ist, wie man versucht hat, uns zu schaden ...«

»... Großvater – *abuelo* ...«

»... Verräter haben wir im Haus gehabt. Die Firma wollten sie ruinieren, alles zerstören. Sabotage, das ist ihr Beruf. Nein, dafür haben wir nicht gekämpft, nicht wahr, Señor Meyenbeeker? Dafür sind unsere Märtyrer doch nicht gestorben *¿verdad?*«

»Großvater, *por favor* ...«

»Ja, es ist an der Zeit, alles aufzudecken, die ganze Verschwörung, die diese Roten angezettelt haben. Fahren Sie nach Elciego, sehen Sie sich alles an und berichten Sie. Ja. Jetzt ist er tot, hat seine gerechte Strafe erhalten ...«

»Großvater! Señor Meyenbeeker ist hier, um über die Rioja zu schreiben, über unsere Kellerei und über Weine und nicht ...«

»Das hast du mir gestern ganz anders erzählt ...«

»Hör nicht auf ihn«, flüsterte Diego Peñasco, »mein Großvater hat da irgendetwas falsch verstanden ...«

»Nichts da, von wegen falsch verstanden! Ich höre sehr gut, ich weiß alles, was in diesem Hause vor sich geht. Und Sie, Señor, werden darüber berichten. Ihr habt uns damals geholfen, und das werdet ihr wieder tun.« Er ergriff Henrys Arm und schüttelte ihn. »Auf euch ist Verlass!«

Diego Peñasco schob den widerstrebenden Alten zurück in sein Büro und schloss die Tür. Zwei Minuten später kam er lachend zurück.

»Er hat sich da was in den Kopf gesetzt. Sie müssen ihm verzeihen, ein so langes, ereignisreiches Leben, da geht schon mal was durcheinander. Ich wäre froh, wenn ich in dem Alter noch so wäre wie er, so viel Energie hätte; um alles kümmert er sich, Sie sehen's ja, ach, wir alle könnten froh sein ...«

Der Wortschwall nahm erst ein Ende, als die Flurbeleuchtung eingeschaltet wurde und jemand aus Victorias Büro trat, dessen Gegenwart Diego verstummen ließ.

Der Mann war eine Mischung aus Bauer und Manager, von kräftiger Statur, aber mit feinen Händen, sonnenverbrannt und doch intellektuell. Seinen Kopf bedeckte eine dichte Krause, oben schwarz, an den Seiten grau. Sein blaues, langärmeliges Hemd war am Hals und an den Handgelenken weit aufgeknöpft, als fühlte er sich eingezwängt. Außer den Arbeitern war er der Einzige in dieser Bodega, den Henry bislang in Jeans sah. Er hielt ein Blatt Papier in der Hand und winkte Diego Peñasco damit zu sich.

»Was ist das hier?«

»Vater«, Diego Peñasco hob vorwurfsvoll die Stimme, »wir haben Besuch.«

»Ich will wissen, was das hier ist!« Das war keine Frage mehr, das war eine Drohung, und Henry wusste jetzt, wen er hier vor sich hatte.

»Ein Etikett, was sonst?« Die Antwort des Sohns klang schnodderig und sein Gesicht verhärtete sich; wütend kniff er die Augen zusammen, er fühlte sich bloßgestellt.

»Wieso steht da HP drauf? Was heißt das? Machen wir neuerdings Weine, von denen ich nichts weiß, die ich nicht kenne? Was soll das?«

»Das ist der Ersatz für den Viña Celeste ...«

»Wieso wird diese Linie eingestellt? Wer hat das entschieden?«

»Ich! Sieh es als Hommage an Großvater, er hat mir ... HP bedeutet Horacio Peñasco. Es müsste dir doch gefallen, deinen Vater auf diese Weise verewigt zu sehen. Aber können wir das nicht unter uns ...?«

Es war Henry unangenehm, Zeuge derartiger Peinlichkeiten zu werden. Muckte hier der Sohn endlich einmal gegen den übermächtigen Vater und Firmenchef auf? Eine Frage brannte ihm allerdings förmlich auf den Lippen.

»Ich komme gern ein andermal wieder. Bei der Gelegenheit würde ich auch Sie, Señor Peñasco gern kennen lernen ...«

»Mit Vergnügen«, entgegnete dieser leise, »jederzeit.«

»... Gestatten Sie mir allerdings noch eine Frage, Señor Peñasco.« Henry deutete auf den Juniorchef, der sich wie ein Herausforderer zu einem Duell aufgebaut hatte.

»Die wäre?«

»Sie waren doch gestern bei der Trauerfeier für Jaime Toledo. In welcher Beziehung standen Sie zu ihm?«

Statt des Sohns antwortete sein Vater: »Ich habe ihn gebeten hinzugehen, schließlich war Toledo viele Jahre bei uns beschäftigt, er war unser Chefönologe. Und nebenbei gesagt – er war es, der den Viña Celeste geschaffen hat, unseren besten Wein.«

7

Daniel Pons

»Das Auto steht nicht mehr bei der Guardia Civil.« Der Monteur ließ die Motorhaube des Wagens zufallen. »Mistkarre. Nagelneu und läuft nicht. Ich habe alles überprüft – ich weiß auch nicht, was ich machen soll, bestimmt die Elektronik. Am besten, du lässt dir von der Mietwagenfirma einen Neuen bringen.« Ärgerlich warf Daniel Pons Henry den Wagenschlüssel zu. Er hatte eine Probefahrt gemacht, um den Wagen auszuprobieren und bei der Gelegenheit nach dem zertrümmerten Wagen von Jaime Toledo zu sehen.

»Und wo ist das Wrack, oder wo könnte es sein, wenn nicht bei der Guardia?«

Der Monteur wackelte nachdenklich mit dem Kopf. »Ich lass mal meine Beziehungen spielen.« Er deutete auf die neben der Tankstelle und dem Restaurant liegende Wache der baskischen Ertzaintza. »Bei denen ist er auch nicht, die haben gar keinen Platz auf ihrem kleinen Hof. Aber die Kollegen wissen sicherlich, wo die Kiste hingekommen ist. Mal sehen, wer Nachtdienst hat. Ich gebe dir morgen Bescheid. Möglich, dass sie ihn nach Vitoria-Gasteiz gebracht haben, denn eigentlich sind die zuständig. Sollte er in Logroño sein, dann steht er auf dem Prado Viejo, auf dem Polizeischrottplatz, da kommen alle Unfallfahrzeuge hin, auch die geklauten Autos, um die sich niemand kümmert. Da müsste man mal nachsehen.«

Daniel Pons, genannt *el murciélago*, die Fledermaus, ging zu einer Tanksäule, um einen späten Kunden zu bedienen. Es wurde dunkel, immer weniger Fahrzeuge kamen auf der sonst recht belebten Landstraße vorbei, und die Bewohner Laguardias, die in Logroño arbeiteten, waren längst zu Hause. Hinter den Vorhängen des Restaurants an der Tankstelle brannte Licht, die ersten Gäste erschienen zum Abendessen.

Henry spürte anstelle seines Magens ein riesiges Loch, aber nach dem Besuch bei Peñasco war er zu nervös gewesen, um sich allein an einen Tisch zu setzen. Er hatte eine Geschichte vor Augen. Jahrelang hatte er sich zusammengerissen, hatte für alle Winzer nette Worte gefunden, war weder Weinhändlern noch Importeuren zu nahe getreten. Was nicht gefiel, wurde weggelassen, niemand konnte sich beschweren. Aber jetzt hatte er Witterung aufgenommen. Hoffentlich war es keine falsche Fährte.

Daniel Pons reichte seinem Kunden das Wechselgeld durchs Wagenfenster und kam zurück. Der Monteur würde Henry weiterhelfen, da war er sich sicher, zumindest ein gutes Stück weit. »Wieso nennen sie dich eigentlich Fledermaus?«

»Weil ich nur nachts arbeite.«

»Hat das einen bestimmten Grund?«

»Ich habe von Jugend an eine Sonnenlichtallergie, *i¿comprendes?!*«

»Ja, verstehe, aber dann ...«

»Meine Haut reagiert äußerst heftig auf Sonnenlicht, sie wird knallrot, es beißt und juckt grauenhaft. Mit achtzehn fing es an. Aber wenn man sich darauf einstellt, fällt einem das nach einer Weile gar nicht mehr auf. Man sucht sich einen Beruf, den man auch nachts ausüben kann und die Frau, die dazu passt. Außerdem ist die Nacht faszinierend, *i¿comprendes?!* Was man da erlebt, was man alles sieht, ist für normale Menschen unvorstellbar. Man hat mehr Zeit für alles, mehr Ruhe, und alle Leute, die einem sonst auf den Wecker fallen, liegen im Bett. Ist das nicht wunderbar?«

Die Fledermaus geriet ins Schwärmen: »Letztes Jahr haben meine Frau und ich Ferien am Meer gemacht, bei Tarragona. Wir sind nachts angeln gegangen und mit den Fischern rausgefahren, haben am Strand gelegen und in die Sterne geschaut, wir sind durch die Bars gezogen, haben getanzt – was willst du mehr? Und auch hier, die Rioja bei Nacht, die Landschaft, geh mal bei Vollmond durch die Stille der Weinberge und schau dir die Sterne über der Sierra de Cantabria an. Jede Nacht ist anders, jedes Dorf hat sein besonderes Licht.«

Daniel Pons dirigierte Henry auf die Rückseite der Tankstelle.

»Und von hier aus, von hier aus hast du einen Traumblick.«

Daniel hatte nicht übertrieben. Die Tankstelle lag am Abhang, und nichts verdeckte die Aussicht. Anhand der Lichterführung ließ sich sogar der weit entfernte Flusslauf des Ebro erahnen, die Autobahn sowieso, und die Dörfer am jenseitigen Ufer zeigten sich als verschieden große, helle Flecken.

»Direkt vor uns ist Elciego und in der Verlängerung Cenicero, dahinter dann Nájera und so weiter, und wenn du dich nach links drehst, dann ...«

Daniel Pons redete und redete. Er hätte anhand der Lichter, ihrer Farbe und Stellung eine Landkarte zeichnen können. »Die Nacht hat noch einen Vorteil«, sagte er, als sie zurückgingen, »du erfährst viel über das, was nicht ans Licht kommen soll. Wer bei wem im Wagen sitzt, wer wen nach Hause bringt, wer wann wohin fährt und zu welcher Zeit von wo nach Hause kommt.«

»Wenn du so viel siehst, Daniel, und so viele Leute kennst und weißt, wer wen nachts nach Hause bringt, wer mit wem im Auto ... und zum Wagenwaschen kommt ...«

»Hör auf zu lavieren. Was willst du wissen?«

Henry zögerte. Hoffentlich veschloss seine Frage dem Monteur nicht den Mund. Möglich, dass er einer der vielen Seilschaften angehörte, die es hier gab; andererseits – er stammte nicht von hier, war ein Fremder wie er selbst, das machte es einfacher.

»Woher kanntest du Jaime Toledo?«

Wenn die Fledermaus jetzt den Mund hielt, konnte das nur bedeuten, dass er etwas wusste. Er antwortete in einer Weise, mit der Henry überhaupt nicht gerechnet hatte:

»Auf die Frage warte ich, seit du hier vorgefahren bist. Da guckst du, was? Ja, Jaime war am Tag, als du angekommen bist, spätnachmittags bei mir, ich hatte hier ausnahmsweise zu tun, deshalb habe ich mich kurz ins Sonnenlicht getraut. Bei der Gelegenheit hat er mir erzählt, dass ein Zeitungsschreiber aus Deutschland kommt, den man ihm in Frankreich empfohlen hat, um was über LAGAR zu schreiben.«

»Woher kanntest du Jaime?«

»Wenn man in Laguardia wohnt, kennt man jeden, und wie ich vorhin sagte, ich weiß alles über die Menschen und ihre Autos.«

»Und was ist deiner Meinung nach die Erklärung dafür, dass zwei Männer im Abstand von einem Tag an derselben Stelle verunglückt sind? Beide kannten die Strecke ...«

»Die Erklärung? Ich habe keine, so wenig wie die Polizei. Es kann Unaufmerksamkeit gewesen sein. Alkohol jedenfalls war nicht im Spiel.«

»Was war mit den Leitplanken oben an der Straße?«

»Das kann ich dir sagen. Im letzten Jahr gab es da oben einen Brand, keinen richtigen Waldbrand, nur einen kleinen. Die Feuerwehr hat bei den Löscharbeiten die Leitplanke abgebaut, um besser ranzukommen, und die Straßenbehörde hat sie erst heute wieder angebracht.«

»Was war mit Jaimes Wagen, war der nicht in Ordnung?«

Mit dieser Vermutung jedoch trat Henry dem Monteur böse auf die Füße.

»Nicht in Ordnung? Von wegen! Das Auto des Vertreters kannte ich nicht, aber Jaimes Wagen war völlig o.k., er hat alles bei mir machen lassen. Und ich weiß, was ich kann.«

Das sieht man an meinem Auto, dachte Henry, aber er behielt es für sich.

»Das Einzige, was ich mir vorstellen kann, ist ...«

»Ja, was?« Henry sah ihn erwartungsvoll an.

»Dass er aufgeregt war, nervös, dass ihn irgendetwas belastet hat. Ich habe ihn gesehen, nachmittags, bevor er losgefahren ist. So wütend habe ich ihn selten erlebt.«

Kein Wunder, bei dem, was sich bei LAGAR abgespielt hat. Henry konnte das nachempfinden, er erinnerte sich an die Wut, mit der er manchmal nachts aus der Redaktion gekommen war. Stress entstand nicht durch die Arbeit, er entstand durch fruchtlose Diskussionen mit dem Chefredakteur, mit den Kollegen und den Grafikern, die immer alles anders haben wollten als derjenige, der die Arbeit machen musste.

»Wann war das? Wann ist Jaime hier gewesen?«

»Zwischen vier und halb fünf Uhr.«

Der Unfall war um sieben Uhr gewesen, erinnerte sich Henry, Jaime Toledo hatte also nicht weit kommen können, oder er war bereits auf dem Rückweg gewesen. »Du weißt nicht, wo er hin wollte?«

»*Un momento por favor,* da kommt ein Kunde.«

Der Monteur blickte dem Kühltransporter entgegen, der zwischen der Stadtmauer und den Bodegas Alavesas heraufkam. Wahrscheinlich kam er aus Navaridas, dem Sitz der Bodegas Peñasco, und nicht aus Elciego, aber Henry konnte sich irren. Beide Straßen trafen sich hinter der Tankstelle. Na, war ja auch egal ...

Daniel Pons sprach kurz mit dem Fahrer des Kühltransporters, der aus dem Führerstand kletterte, und verschwand mit ihm im Verkaufsraum.

Interessant, was er da eben erzählt hatte. Jaime Toledo war hier gewesen, nervös und wütend. Gut, das war er morgens auch gewesen – viel Arbeit, Ärger mit den Genossen; aber was da mit Peñasco lief, war gänzlich undurchsichtig. Er war total überrascht gewesen, als Sebastián Peñasco ohne Umschweife erklärt hatte, dass Jaime sein Chefönologe gewesen war. Und die Weinbauern von LAGAR hatten früher Peñasco beliefert. Klar, da lag Streit in der Luft.

Als Henry in die Sterne blickte, erinnerte er sich an einen Satz von einem der Genossen. Der Vorsitzende oder der Lächler, Emilio Sotos, hatte ihn ausgesprochen: »Alles was wir sind, sind wir durch ihn.«

Wollten die Weinbauern ihre eigene Kooperative aufmachen und hatten ihn abgeworben, oder hatte Toledo sie auf die Idee gebracht und sich an ihre Spitze gestellt? Der Alte, Don Horacio, hatte bei seiner Schimpfkanonade sicher ihn gemeint. »Verräter«, »gerechte Strafe« und anderen Unsinn hatte er geredet. So fit, wie der Enkel ihn darstellte, war er wohl nicht mehr. Und auch zwischen den dreien waren die Spannungen offensichtlich. Den Vater hatte Diego Peñasco lediglich kurz erwähnt, der Großvater hingegen war sein Idol. Eine glückliche Familie. Und was bedeutete der Auftritt mit dem Etikett?

Der Monteur begleitete den Lkw-Fahrer zu dessen Fahrzeug, tankte es auf, kassierte und kam zurück. Als er wieder saß, fragte Henry: »Sind wir mit unseren Überlegungen über Jaimes Tod weitergekommen?«

El murciélago schüttelte ganz langsam den Kopf. Es dauerte lange, bis er antwortete. Als würden seine Augen die Dunkelheit durchdringen, blickte er dem Kühlwagen nach, dem ein ähnliches Fahrzeug folgte, das mit abgeblendeten Scheinwerfern im Dunkeln zwischen zwei Straßenlaternen gestanden hatte. Beide kreuzten die Landstraße und fuhren links um Laguardia herum in Richtung Vitoria-Gasteiz.

»Man ist immer schnell mit Vermutungen bei der Hand, aber ich glaube nun mal nicht an Zufälle, *¿comprendes?!*«

»Wie meinst du das?« Henry war gespannt. Sicher gab es weitere Zusammenhänge, von denen er nichts wusste. Je mehr er erfuhr, desto unklarer und schwieriger wurde die Situation zu durchschauen.

»Der Unfall wurde ziemlich schlampig aufgenommen. Ich habe mit einem von der ERTZAINTZA gesprochen, der sagt, die Guardia Civil sei dafür verantwortlich. Sie meinen, dass überhöhte Geschwindigkeit der Grund für beide Unfälle gewesen sei. Bei dem Vertreter tags zuvor gab es Bremsspuren, bei Jaime jedoch nicht.«

Henry pfiff zwischen den Zähnen. »Immerhin ein Hinweis. Könnte es sein, dass er vorher, ich meine, das Herz ... oder vielleicht ist er eingeschlafen?«

»Unsinn, *¡completamente absurdo!*«

»Alles ist möglich.«

»Nein, so wie er drauf war ...«

»Wo leben eigentlich die Peñascos?«

»In Vitoria-Gasteiz, wie viele Kellereibesitzer. Der Alte, Don Horacio, lässt sich täglich von seiner Privatsekretärin herbringen. Aber Sebastián und Diego fahren selbst. Ist der Vater wieder da?«

»Der Vater von wem? Wenn du den Mittleren meinst, der die Bodega leitet, der war in Südamerika.«

»Ja, seinen Bruder besuchen, in Chile.«

»Mir hat der Sohn, Diego, gesagt, er hätte einem Freund beim Aufbau eines Betriebes geholfen.«

»So heißt es offiziell. Du weißt, wie das in den Familien zugeht, besonders wenn Geld da ist. Da werden die tollsten Ausreden erfunden.«

Henry fiel noch etwas ein. »Könnte es sein, dass die Bremsen von Toledos Wagen ...?«

Der Monteur brauste auf: »Die waren in Ordnung, das sagte ich bereits!«

Henry hob beschwichtigend die Hand. »*Tranquilo, hombre*, reg dich nicht auf.« Er durfte um Himmels willen den Monteur nicht vergrätzen. »Ich meine ja nur ...«

»... dass sie jemand manipuliert hat?«

Henry zog in gespielter Unschuld die Schultern hoch und breitete die Hände aus wie ein buddhistischer Mönch beim Gebet.

»Du meinst, wir sollten uns seinen Wagen ...?«

Genau daran hatte Henry gedacht, der Monteur hatte es ausgesprochen »Wenn du rauskriegst, wo sie ihn abgestellt haben – würdest du mitkommen?«

Die *Crianza* 2002 von Heredad Ugarte zum Lammbraten war richtig gewesen, nur eine ganze Flasche war für Henry allein zu viel. Trotzdem: ein guter Wein, über dem Durchschnitt, Bronzemedaillengewinner. Dreizehn Monate im Barrique waren etwas mehr, als es die Regel verlangte; der Holzton im Wein war diskret geblieben; er war lange genug auf der Flasche gereift und dabei harmonischer geworden.

Schläfrig trat Henry vor das Restaurant, blickte hinauf zur Stadt, genoss den Anblick des Sternenhimmels und schlenderte zur Tankstelle. Daniel Pons arbeitete an einem Wagen, der mit seiner geöffneten Motorhaube einem Krokodil glich, das den Monteur gleich verschlänge. Merkwürdige Umstände trieben Menschen zu ihrer Berufswahl. Hätte Daniel Pons keine Sonnenlichtallergie, dann hätten sie sich verpasst. Zufall? Wäre er früher aus Vitoria-Gasteiz zurückgekommen, wäre er kaum Zeuge des Unfalls am Berghang geworden und hätte auch Victoria nicht getroffen. Wie weit ließ sich diese Kette von Ursachen zurückverfolgen?

»Wie ich's mir gedacht habe, der Wagen wurde zum Prado Viejo gebracht. Weshalb – das wusste der Junge nicht. Die Guardia Civil hat sich darum gekümmert.«

»Kann man da reinkommen, ich meine – ohne dass einen jemand sieht?«, fragte Henry.

»Glaub schon, müsste man sehen.«

»Könntest du … Wann hättest du Zeit? Kannst du nachts überhaupt weg, und – würdest du das tun?«

Der Monteur rieb sich das Kinn, kratzte sich erst am Hals, dann an den Händen: »*Mañana*. Morgen Nacht lässt es sich einrichten. Freitag ist gut. Wir sollten nicht zu spät fahren. Ein wenig Verkehr sollte noch sein; denn wenn nachts niemand mehr auf der Straße ist, fällst du auf.«

Simón Ortega Escobar, Präsident oder 1. Vorsitzender der Kooperative LAGAR, Weinbauer und Experte für Brandschutz, kam durch die Rebzeile zur Straße zurück, nachdem er seine Pflücker eingewiesen hatte. Sie arbeiteten in einem mit Graciano bestockten Rebfeld; die Trauben lasen sie in einer Art Bütte, hier *comporta* genannt. Sie war knapp einen Meter hoch, lief unten konisch zu und bestand aus Holz. Mit Trauben gefüllt wog sie mehr als 100 Kilo.

Henry hatte bei der Lese in den Steillagen des italienischen Valtellina mitgeholfen, eine Kiepe auf dem Rücken. Nur bestand diese dort aus leichtem Kunststoff und nicht aus Holz. Ohne Kiepe ging es nicht, auf den schmalen Terrassen war nicht einmal für Minitraktoren Platz. Hier aber war Flachland.

»Sind die nicht viel zu schwer, und zermatschen darin die Trauben nicht?«, fragte er, als Simón Ortega Escobar zu ihm kam.

»Zu zweit lassen sich die *comportas* ganz gut tragen, wir stellen sie senkrecht auf die Hänger. Durch die Form wird das Gewicht von oben zu den Seiten hin abgeleitet. So wurde früher überall gelesen.« Der Weinbauer zog seine Jacke aus, ein lauer Wind vertrieb die morgendliche Kühle.

Der Präsident hatte sich für heute frei genommen, und

Henry nutzte die Gelegenheit. »Ihr alle habt also eure Trauben seit Jahren an Peñasco geliefert, bevor Jaime dort angefangen hat?«

»*¡Exactamente!* Aber es war nicht seine erste Anstellung als Önologe. Vorher hat er bei anderen Bodegas gearbeitet, die er jedoch von seinen Ideen nicht überzeugt hat. Ich glaube, dafür war die Zeit nicht reif gewesen. Früher war die Rioja ein Synonym für spanischen Qualitätswein. Als dann die anderen Regionen an Boden gewannen, mussten wir uns mehr anstrengen. Und Sebastián Peñasco ist gleich auf Jaimes Vorschläge angesprungen.«

»Und ihr, wie habt ihr reagiert?«

»Wie auf alles Neue, mit Widerstand und Ablehnung! Mengenbegrenzung – was für ein Unsinn. Wir wurden nach Kilo bezahlt. Es ist ein gewaltiger Unterschied, ob man 4000 Kilo pro Hektar erntet oder 6000 – natürlich ist es wichtig, lebenswichtig, ob du ein Drittel mehr für deine Trauben bekommst oder nicht. Andererseits – was nutzt Qualität, wenn sie nicht bezahlt wird? Rebzeilenbegrünung, Bodenbelüftung, Schafmist als Dünger, alles Neuerungen von Jaime.«

»Und Sebastián Peñasco hat sich gleich von seinen Ideen überzeugen lassen?«

»*Sí, completamente.* Er war begeistert. Er hat Jaime sofort zu uns in die Weinberge geschickt. Er war den gesamten ersten Sommer über hier, jeden Tag; er war bei allen zu Hause, ich erinnere mich noch genau, hat erklärt, vorgeführt und geschimpft wie ein Besessener. Er war so engagiert, dass wir ihm schließlich glauben mussten. Er hat uns Weine von anderen Kooperativen probieren lassen, wir haben verglichen, uns die Köpfe heiß geredet. Wir haben uns gemeinsam angesehen, wie andere arbeiten und wie man es nicht macht. Er hat uns dazu gebracht, zusammenzuarbeiten, und das Resultat hat uns überzeugt. Im zweiten Jahr schon haben wir mit dem Viña Celeste angefangen. Der Wein ist eigentlich kein typischer Rioja, eher ein *vino de pago*, wie wir es nennen, ein Lagenwein, ein *vino de alta expresión*, ein Wein mit starker Ausdruckskraft. Für uns war das in Ordnung. Es war unser Wein. Es fing an, Spaß zu machen, und dann trennte sich natürlich die Spreu vom Weizen ...

»Wie meinen Sie das?«

»Einige stiegen aus, sie machten weiter wie bisher, andere Weinbauern zog das Konzept an. So hat er die Leute gesammelt, die heute zu Lagar gehören.«

Henry wollte nachsetzen, wollte endlich wissen, wer nun wen zum Ausstieg bei Peñasco veranlasst hatte, aber eine zu früh gestellte Frage konnte alles verderben, deshalb ließ er Simón Ortega Escobar weitersprechen.

»Beim Wein dauert alles endlos lange. Hast du einen Fehler gemacht, kannst du ihn erst im darauf folgenden Jahr korrigieren. Hast du was Gutes gemacht, kannst du erst ein Jahr später darauf aufbauen. Dann aber sind die Bedingungen anders, das Wetter macht dir einen Strich durch die Rechnung. Oder Menschen wie Diego Peñasco ...«

Wunderbar, dachte Henry, Simón Ortega Escobar war von selbst dahin gekommen, wo er ihn hatte haben wollen. »Der ist doch ziemlich unerfahren.«

»Das kompensiert er mit Arroganz. Er ist impertinent wie sein Großvater. Der Alte hat es noch nicht verkraftet, dass seine Idole längst vermodert sind wie verfaulte Knochen, dass wir in anderen Zeiten leben. Der Junge steht völlig unter seinem Einfluss und träumt davon, so was wie ein *Global* Dingsbums zu werden ...«

»*Global Player?*«

»Möglich. Er bewundert alles Große, alles, was stark ist und mächtig. Es wird hart werden zwischen ihm und seinem Vater. Diego geht auf jeden los, letztlich macht er dadurch alles kaputt. Ich erinnere mich noch wie heute, als er in den Semesterferien aus Bordeaux kam, und unten, im Fasslager – kennst du die Bodega?«

Henry nickte, es war der Raum, in dem er unter der Leiter hindurchgegangen war ...

»Da ist er auf Jaime Toledo losgegangen, in einem Ton, dass sich alle, die dabei waren, gefragt haben, ob er noch ganz richtig im Kopf sei. Es ging um das Abziehen des Weins oder um den Austausch der Fässer, egal, der Anlass war jedenfalls nichtig. Je mehr Einfluss der Bursche gewann, desto schwieriger wurde es auch für uns.«

»Aber ihr hattet doch damit nichts zu tun?«

Simón Ortega Escobar lachte. »Von wegen. Statt einem Aufkäufer standen uns drei gegenüber – Jaime, Sebastián und sein Sohn Diego, ach ja, der Alte auch noch ...«

»Ging die Trennung von euch aus, habt ihr euch dafür entschieden?«

»Wir wollten uns nicht zerfleischen lassen. Also haben wir uns abgesetzt.«

Die Pflücker waren näher gekommen. Es waren Frauen und Männer und auch Jugendliche, Henry hatte es von weitem gesehen. Jetzt stellte er fest, dass Männer mit langem Haar dabei waren und Frauen, deren bunte Kleider an Zigeunerinnen erinnerten. Er sprach den Präsidenten darauf an.

»Mit denen arbeite ich seit Jahren. Die Generation davor hat für meinen Vater gearbeitet und so weiter. Pflücker zu kriegen und genau zum richtigen Zeitpunkt, das ist Glückssache. Man muss sich die Leute warm halten. Ein falsches Wort, und sie sind weg. Die Leute haben einen in der Hand, aber ich mag sie trotzdem, ich nenne sie meinen Flamenco-Clan. Sie verzaubern einen mit ihrer Musik.«

Jemand aus dem Clan winkte den Präsidenten zu sich. Dieser ging daraufhin wortlos auf den Wagen zu, der an der Einfahrt zum Feldweg gehalten hatte. Emilio Sotos stieg aus, die Mundwinkel nach unten verzogen. Er nahm eine Zeitung vom Beifahrersitz und hielt sie aufgeschlagen dem Präsidenten vors Gesicht.

Wenig später glichen Simón Ortega Escobars Mundwinkel denen von Emilio Sotos, die Nachricht war also offenkundig ziemlich schlecht. Die Männer redeten leise miteinander, und kamen auf Henry zu, der seine Neugier nur mühsam im Zaum hielt.

»Hier!« Der Präsident hielt ihm die Zeitung hin. »Lesen Sie selbst!«

Der plötzliche Tod des Önologen Jaime Toledo hat die Kooperative LAGAR in Elciego (Álava) in eine schwere Krise gestürzt. Während ein Teil der Mitglieder weiter auf dem Konzept beharrt, will die Mehrheit der 20 Gesellschafter zum früheren Status als Traubenproduzenten zurückkehren. In dieser Situation rächt es sich, dass sie ihre sichere Position als Lieferanten hochwertiger Trauben für Bodegas Peñasco aufgegeben haben. Eine Spaltung der Kooperative allerdings würde den Zusammenbruch von LAGAR zur Folge haben ...

»Wollte Jaime deshalb, dass Sie herkommen?«, fragte der Lächler.

Henry gab ihm die Zeitung zurück. »So weit sind wir bei unserem ersten Gespräch gar nicht gekommen. Steckt Peñasco dahinter?«

»Höchstwahrscheinlich.«

»Und wer von den beiden, nein, von den dreien?«

»Der Junge ...«

»Der Alte hetzt ihn auf, das konnte er schon immer, Leute aufhetzen«, fügte der Präsident hinzu.

»Sebastián?«, fragte Henry, dem die Unterscheidung zwischen jung und alt wenig sagte.

»Nein, der ganz Alte, wenn Sie so wollen.«

»Don Horacio? Wie kommen Sie darauf?«

»Weil der Ärger losging, als Sebastián Peñasco nach Chile flog. Der war gar nicht hier, um einen Keil zwischen uns zu treiben.«

»Sie müssen mir schon etwas mehr erzählen, damit ich mich orientieren kann«, sagte Henry unwirsch und blickte von dem einen zum anderen. Ihm schien die Affäre ins Private abzudriften. »Wie soll ich mir ein Urteil bilden, wenn ich nicht weiß, was gelaufen ist?«

Der Präsident holte tief Luft und sah Emilio Sotos an, der nervös herumzappelte. »Fahr los. Informier die anderen. Wir treffen uns heute um 21 Uhr bei Pedro im kleinen Kreis, und morgen Abend dann alle.«

»Sie werden es längst wissen«, vermutete Emilio Sotos. »Sie lesen Zeitung.«

Der Präsident ruderte mit den Armen, bückte sich und schüttelte die Hände aus. »Kann denn nie etwas glatt gehen? Muss es immer Probleme geben, immer Streit, immer Quertreiber, Intriganten, immer einen, der andere Ziele verfolgt? Wer hat diesen besch … Artikel geschrieben?«

»Stand kein Name darunter!«

»Das lässt sich leicht rauskriegen«, sagte Henry, und fügte hinzu: »Ich kümmere mich darum. Ich wollte der Zeitung sowieso einen Besuch abstatten. Hat es vorher schon Artikel gegeben, ich meine, über euch, über eure Ideen, pro oder contra?«

Emilio Sotos hatte zu dem Artikel zurückgeblättert. »Nein, kein Name. Die anderen Artikel, die schreibt Felipe Tomás. Ein ziemlich schräger Vogel, tanzt auf allen Hochzeiten, ist überall dabei, wo es was umsonst gibt. Er versteht viel von Wein, sehr viel, ein richtiger Experte, fachlich, meine ich, eine Nase so gut wie ein Spürhund, aber krumm wie …« Emilio sah sich um, fand aber nichts für einen passenden Vergleich.

»Fahr los, Emilio, je eher wir die anderen zusammentrommeln, desto besser. Und Sie«, sagte der Präsident zu Henry, »Sie wollen mit denen von der Zeitung reden?«

»Ja.« Der Artikel bot ihm einen guten Vorwand. »Wir beide sind aber noch nicht fertig, Emilio. Ich brauche weitere Informationen, ich setze mich ungern in die Nesseln.«

»Später. *Gracias, adiós.*« Emilio Sotos klopfte Henry auf die Schulter, wobei er ziemlich hochlangen musste. Er lief zum Wagen und preschte in Richtung Elciego zurück.

»Ich will es kurz machen«, der Präsident wies auf seine Pflücker. »Auch Sie wollen weiter. Also, *pues bien,* als der Mittlere weg war – wir nennen die drei Peñascos mal den Alten, den Mittleren und den Jungen, das ist einfacher –, in dem Moment fing der Ärger an. Zuerst auf der Baustelle. Einige *compañeros* hatten was an der Bauführung auszusetzen, am eingekauften Material, an den Bauarbeitern. Dann weigerten sie sich, bestimmte Arbeiten im Weinberg durchzuführen. Es fiel bald auf, dass es immer dieselben waren.

»*El barbudo,* vermute ich, dann wahrscheinlich Salvador Norella ...«

»Woher wissen Sie das?«

»Und dann noch einer – der saß bei dem Treffen neulich neben dem Bärtigen, putzte ununterbrochen seine Brille und nickte, als hätte er eine Schüttellähmung.«

»Da gehören noch zwei dazu. Wir anderen, die entschieden sind, sind sieben, und die dazwischen tendieren mal so, mal so.«

»Die schweigende Mehrheit?«

»Ich glaube, dass Diego Peñasco sie mit Versprechen ködert, was nicht schwer ist, da sie nicht wissen, wohin sie wollen. Er kriegt keine Trauben. Seit der Vater weg ist, hat er sich die Sympathien in der Gegend verscherzt; er ist arrogant, kauft x-beliebige Trauben, nimmt eigene und kauft irgendwo anders die Weine zum Ausbau. Die Bodega verliert ihren Ruf.«

»Und ihr, ich meine die Gesellschafter, ihr habt euer Land verpfändet, um Kredit für den Neubau zu bekommen?«

»Drei Millionen! Dazu haben wir 35 Hektar als Sicherheit geboten. Wir haben insgesamt 80, also jeder hängt mit drin, einer mehr, der andere weniger. Wenn einer anderthalb Hektar von sieben verliert, ist es nicht so schlimm, doch wenn einer nur drei hat und anderthalb verliert, ist die Hälfte weg – und das ist bitter.«

»Was will Diego Peñasco von euch?«

»Er wollte Jaime aus seiner Bodega raus haben; er hat so lange gehetzt, bis er gegangen ist und auch sein Vater, Sebastián, sich nicht mehr dagegen sperren konnte. Es ist immerhin sein Sohn. Und jetzt will Diego Rache nehmen, er meint, dass Jaime uns gegen ihn aufgehetzt und dazu gebracht hat, die Kooperative zu gründen. Es will unsere Weintrauben zurück, am liebsten auch die Weinberge.«

»Dann profitiert er also am meisten von Jaimes Tod?«

»So kann man es sehen.«

Der Flamenco-Clan arbeitete jetzt weiter unten am Hang. Der Wind trug Stimmen herauf, die Pflücker sangen bei der Arbeit. Ein friedlicher Anblick, dachte Henry und blickte Simón Ortega Escobar an. Henry hatte nicht den Eindruck, dass er ihm, aus welchem Grund auch immer, die Unwahrheit gesagt hatte. Er hatte sich selten getäuscht – doch auch seine Sinne konnten ihn trügen, was er in sein Kalkül einbeziehen musste.

»Habt ihr Ersatz für Jaime Toledo?«

»Zum Teil. Die Bauleitung übernehmen jetzt zwei von uns. Einer kontrolliert den anderen. Da kann keiner meckern. Aber in Bezug auf einen neuen Önologen stecken wir fest.«

»Ich wüsste jemanden für euch, ein Naturtalent. Stört es, wenn er aus der Rioja Baja kommt, ich meine, wenn er Spanier ist und kein Baske? Die sollen auch gute Weine machen.«

Simón Ortega Escobar wusste nicht recht, wie er reagieren sollte, und lächelte gequält.

8.

Eugenia Buendía Jiménez

Henry begann gleich vor dem Zeitungsladen zu lesen. Der Artikel war tendenziös, parteiisch und polemisch. Es fand sich kein Ausdruck des Bedauerns über den Tod von Jaime Toledo oder über die damit verbundenen Folgen für die Genossen. Mit einer gewissen Häme wurde erwähnt, welche Konsequenzen sich bei diesem Prozess komplizierter Entscheidungsfindung ergaben und wie man sich darauf einzustellen hatte. Der Verfasser wusste mindestens genauso viel wie Henry über die Spannungen unter den *socios* und zweifelte am Überleben des »Experiments LAGAR«, das seines Erachtens zum Scheitern verurteilt war, weil es auf falschen Voraussetzungen aufbaute. Schließlich wurde der Vorwurf erhoben, die Kooperative sei aus persönlichen Motiven Einzelner (!) gegründet worden. Der Artikel war mit dem Namenskürzel EBJ unterzeichnet.

Jaime Toledo wurde immer mehr zur Schlüsselfigur. Henry selbst hätte bei aller Sympathie für die eine oder andere Seite niemals einen derartigen Artikel verfasst; man konnte ihn nur als unverschämt bezeichnen. Die Polemik war nicht nur plump, sondern auch dumm, denn informierte Leser erkannten dahinter die Absicht – und der Fachmann witterte das Honorar eines Auftraggebers. Doch schaute heutzutage überhaupt noch jemand richtig hin? Man wurde derart mit Worten zugeschüttet, dass die Mehrheit sich verhielt wie die drei Messingaffen auf seinem Schreibtisch:

Einer hielt sich die Ohren zu, der nächste den Mund und der dritte die Augen. …

Er rief bei der Zeitung an, trug sein Anliegen vor und fragte nach EBJ. Das sei eine Frau, Eugenia Buendía Jiménez, teilte ihm die Telefonistin mit, die sei für alles zuständig, was Wein betraf. Sie käme allerdings nicht vor 10.30 Uhr. Bevor Henry noch nach der Adresse fragen konnte, hatte die Telefonistin aufgelegt.

Die Anschrift der Zeitung fand Henry im Impressum. Auf dem Weg nach Logroño, wo er einen anderen Leihwagen bestellt hatte, erinnerte er sich an vieles, was er als Wein-Journalist verdrängt hatte. Mochte die Angelegenheit hier so undurchsichtig sein wie sie wollte, sie begann Spaß zu machen, und er war froh, nicht mit dieser EBJ tauschen zu müssen. Als Chefredakteur jedoch würde alles anders aussehen. War es das wert?

Eine Welt aus Sachzwängen? Nach unten treten, vor denen oben den Nacken beugen? Da standen Anzeigenkunden, der Herausgeber, der Verlagsleiter, der Controller, der Vorstand der Verlagsgruppe … Ihm wurde schwummerig bei dem Gedanken. Vielleicht sollte er für EBJ ein wenig Verständnis aufbringen. Es dürfte kompliziert sein, mit ein paar hundert Rioja-Winzern und deren PR-Leuten klarzukommen, mit dem Kontrollrat, dazu 18 000 Weinbauern, fast ausschließlich Männer. Die Journalistin musste Haare auf den Zähnen haben. Trotzdem war ihr Artikel miserabel – auch aus der Sicht derer, die sie dafür bezahlt hatten.

In seine Gedanken verstrickt, achtete Henry nicht auf den Weg und verfehlte die richtige Brücke über den Ebro; er folgte den Straßen am Flussufer und orientierte sich zuletzt an den Kirchtürmen auf der anderen Seite. Vom ersten Besuch her war ihm nichts in Erinnerung geblieben, bis er die alte Brücke erreichte, die in fünf flachen Bögen den Fluss überspannte. Langsam rollte er hinüber und sah dem Storch nach, der im Schilf unterhalb eines Wehrs niederging. Am anderen Ufer stieg die Straße an. Henry folgte ihr zwischen baufälligen Häusern in Richtung Altstadt.

Die Redaktion der Zeitung war irgendwo in einer Seitenstraße der vierspurigen Gran Via Juan Carlos. Logroños Prachtstraße und zentrale Achse der Stadt war auf beiden Seiten von einer weiteren Straße für den abbiegenden Verkehr eingerahmt. Aber bevor er zur Redaktion fuhr, musste Henry das Mietwagenunternehmen finden, was jedoch leichter war als gedacht. Anstandslos wurde der Wagen ausgetauscht, obwohl der Mitarbeiter der Firma Henry sicherlich für minderbemittelt hielt, ruckte der Motor bei der Testfahrt doch nicht ein einziges Mal. Im selben Fahrzeugtyp gelangte Henry rasch zurück zum Anfang der Gran Via und zu einem Springbrunnen mit lebensgroßen Skulpturen. Er fand einen Parkplatz unter einem Alleebaum und machte sich zu Fuß auf die Suche, als ihm einfiel, dass die Redakteurin ja gar nichts von seinem bevorstehenden Besuch wusste.

Ganz offenkundig war Señora Eugenia Buendía Jiménez aber doch informiert und erstaunlicherweise sofort zu einem Treffen bereit. Sie bestellte ihn in das Café neben dem Logroño Carlton Hotel auf der Gran Via. Dort sei es angenehmer als in den engen Räumen der Redaktion.

Henry setzte sich auf eine Bank unter die Platanen auf einem Platz und betrachtete das Reiterstandbild. Freiheitsheld oder Diktator? Wahrscheinlich hatte er seine Gefolgsleute mit der Freiheit geködert und alles mit einer Diktatur beendet. Wo man anfing zu graben, überall war ein Schlachtfeld, überall kamen Knochen zum Vorschein. War der Menschheit ein Leben ohne Schrecken zu langweilig? Mit Knochen hatte er es auch hier schon wieder zu tun, nein, nicht mit Knochen, sondern mit der Asche, mit der von Jaime Toledo. Was würde zum Vorschein kommen, wenn er weiter im Boden stocherte?

Die Paukenschläge und Trillerpfeifen hatte er unbewusst

von weitem vernommen, aber als neben ihm ein Böller krachte, riss es Henry von der Parkbank. Demonstranten tauchten aus einer Seitenstraße auf. Vorweg gingen die Paukenträger. Die Männer paukten gegen ihre Entlassung an, die Frauen bliesen in Trillerpfeifen. Überall dasselbe, seit in den Konzernzentralen das Spielfieber ausgebrochen war. Das Montagewerk von Electro-Lux sollte geschlossen werden. Ob die Demo mehr als einen Sozialplan brachte? Die Arbeit würde morgen in den Slums von Bombay oder Shanghai erledigt, die Aktionäre freuten sich, aber wie es mit Europa weitergehen sollte, daran dachte niemand. Vielleicht würde China demnächst auch die Welt-Wein-Produktion übernehmen?

Kein Politiker machte sich die Mühe, über Perspektiven nachzudenken, die Marschierer hingegen hatten dafür demnächst viel Zeit. Oder sie könnten die Probleme der Winzer und Weinbauern in Bezug auf Arbeitskräfte lösen, dachte Henry, aber er war schon wieder zynisch. War das eine Haltung für einen Chefredakteur? Er müsste seine Leute freisetzen, outsourcen, entlassen oder banal gesagt rauswerfen – um Arbeitsplätze zu erhalten. Das war genauso idiotisch wie Geld auszugeben, um zu sparen. Egal was man tat, man sägte – man sägte an dem Ast, auf dem man saß ...

Grübelnd machte Henry sich auf den Weg zum Treffpunkt. Vor kurzem noch hatte ein deutscher Weinproduzent der Redaktion viel Geld für einen mehrseitigen Artikel geboten – er hatte alles liefern wollen: Text, Fotos, sogar die Druckkosten hatte er übernehmen wollen, wie bei einer Anzeige. Empört hatte die Redaktionskonferenz das Ansinnen abgelehnt. Diese Abstimmungen sollten jedoch abgeschafft werden. Was hätte er dann als Chefredakteur in dieser Redaktion noch verloren? 30 000 Euro mehr im Jahr ... Das war kein Gehalt, das war Bestechungsgeld.

In dem Café neben dem Carlton Hotel fand er einen Fensterplatz, von wo aus er Gäste wie Passanten beobachten konnte. Sowohl die Barhocker als auch alle Tische waren besetzt. Rechts wurde über Prozente geredet, links ein Versicherungsvertrag abgeschlossen, am Tresen gegenüber berichtete ein Rechtsanwalt von einem Prozess, und hinter ihm ging es flüsternd um eine heimliche Beziehung. Zwei Arbeiter schwiegen und tranken Café solo, ganz schwarz, und einen dreifachen Schnaps dazu, der Henry auf der Stelle umgeworfen hätte.

Schalen mit Tapas kamen aus dem Ofen und wurden in die gläserne Vitrine gestellt; sie zogen Henry wie immer magisch an, aber er wollte sich auf das Gespräch konzentrieren. Er notierte seine Fragen am Rand des Artikels von EBJ, und während er darüber nachdachte, wer ihm wohl den Zettel mit der Aufforderung zum Verschwinden zugesteckt hatte, beobachtete er die Passanten. Die meisten Frauen und Mädchen wandten viel Mühe für Frisuren auf und hatten heute Morgen bestimmt lange vor dem Spiegel gestanden. Nabelfrei, Tatoo und Piercing war auch hier angesagt; Umhängetaschen in der billigsten und teuersten Version oder Rucksäcke. Hosenanzüge oder auch Kostüme waren bei den Damen en vogue, dazu halb hohe Pantöffelchen. Und die Stufenröcke im Ibizastil mit dazugehörigen Cowboystiefeln hielten sich nach wie vor.

Wieso er EBJ auf Anhieb erkannte, wusste er nicht, aber er war sich sicher, dass die Frau im blauen Nadelstreifenkostüm, dem lachsfarbenen Pulli mit Perlenkette und dem rötlich gefärbten Haar die erwartete Journalistin war. War es die Kopfhaltung, ihr Hals, die Spannung im bissig vorgereckten Kinn, der kaum merklich geneigte Kopf – Neugier und Abwehr in einem, ständig in Lauerstellung, immer kurz davor etwas zu sagen oder reagieren zu müssen? Sie schaute beim Eintreten durch ihn hindurch; möglich, dass sie den blonden Deutschen erwartet hatte und nicht jemanden wie ihn – mit gebräunter Haut und dunkelbraunen Locken. Als ihr Blick erneut über ihn hinwegglitt, hob er die Hand.

Sie stutzte; er bemerkte ihre Verwirrung, das war gut, brachte ihm einen Vorteil, und er stellte sofort fest, dass er die Frau nicht leiden konnte. Die Sekunden, die alles entschieden, waren vorbei, ihr Verhältnis klar. Ihr ging es sicherlich nicht anders.

Henry stand lächelnd auf, machte eine einladende Geste hin zu seinem Tisch und rückte ihr höflich den Stuhl zurecht. »Señora Buendía Jiménez?«

Sie lächelte zurück, ein wenig irritiert, Henry passte wahrscheinlich nicht in ihr Weltbild, in ihre Vorstellung vom Deutschen, doch auch sie wahrte die Form. »Nenn mich Eugenia, wir sind schließlich Kollegen.«

»Henry, Henry Meyenbeeker und nicht Enrique, obwohl es meiner Mutter besser gefallen hätte, mich so zu nennen.«

»Wieso das? Ist sie – Spanierin?«

Ein wenig aus der Familiengeschichte zu erzählen, ohne politischen Hintergrund, war geeignet, um ins Gespräch zu kommen, aber Henry stand nicht der Sinn nach Höflichkeiten. Zielbewusst steuerte er seine Themen an: »Arbeiten Sie schon lange als Journalistin? War der Wein immer schon Ihr Fachgebiet? Machen die Winzer viel Druck? Wie ist die Kooperation mit dem Rioja-Kontrollrat, wie die Arbeit bei einer spanischen Tageszeitung? Wird kooperiert oder gibt es viel Stress?«

Sie erzählte von ihrer Jugend in Haro, dem früheren Zentrum des Weinbaus, sprach von ihrem Studium der Kommunikationswissenschaften in Madrid und darüber, dass sie über Vermittlung befreundeter Winzer zu ihrer jetzigen Anstellung gekommen sei. Aufmerksam hörte Henry zu und musterte sie über den Rand seiner Brille hinweg.

EBJ sprach schnell und für eine Journalistin, die eigentlich zu fragen hatte, zu viel. Sie war glatt und wusste sicherlich, wie man andere aufs Eis führte. Beim Reden wackelte sie mit dem Kopf, bewegte ihr rundes Gesicht und den breiten, blass geschminkten Mund in übertriebener Mimik wie überdrehte Fernsehsprecher, aber die Augen blieben starr und berechnend.

»Sie kennen die drei Peñascos persönlich? Vater, Sohn und ...« – Heiliger Geist hatte Henry sagen wollen, schluckte es aber noch schnell genug herunter –, »und Don Horacio, den Großvater?«

»*Lógico,* selbstverständlich. Aber ich dachte, wir wollten über meinen Artikel sprechen, über den Weinbau, über LAGAR.«

»Sicher. Aber mich interessiert weit mehr. Ich brauche einen umfassenderen Überblick, und Sie, äh, du kannst mir helfen. Ich habe die drei kürzlich kennen gelernt.«

»Wenn das so ist.« Aber EBJ war nicht überzeugt. Vorsichtig ging sie auf Distanz. »Zurück zu deiner Frage mit den Peñascos. Es sind drei total unterschiedliche Persönlichkeiten. Don Horacio ist der Patriarch, der *patrón.* Er ist gütig und großzügig, aber er verlangt absolute Loyalität, was sehr verständlich ist. Er hat viel geschaffen, hat das Unternehmen aufgebaut, sehr viel erlebt, er ist einer unserer herausragenden Winzer.«

»Und Sebastián Peñasco?«

»Sebastián ...«, sie zögerte, »... Sebastián ist ein korrekter Geschäftsmann, überkorrekt, in gewissem Sinne konservativ. Ein guter Winzer, gewiss, mit einem guten Händchen für die Weinbauern, *sin duda,* ohne Zweifel, wohl auch ein recht guter Diplomat, aber einer ohne – ohne Fortune. Er versteht die Zeichen der Zeit nicht, versteht nichts von Marketing. Er ist romantisch, glaubt, dass man gute Weine noch immer im Weinberg macht statt in der Werbeagentur, wenn du weißt, was ich meine.«

Beifall heischend wartete sie auf Zustimmung, und Henry gab ihr die Antwort, die sie wollte. »Sehr schön formuliert. Ganz deiner Meinung.«

»Sebastián bleibt stehen, und mit ihm der Betrieb. Das ist die Gefahr. Sein Sohn Diego dagegen hat Biss, will weiter, hat Großes vor, will modernisieren, und ich kann mit Bestimmtheit sagen, dass er es erreichen wird. Er bringt den Betrieb technisch nach vorn, marktbewusst, rational, lässt sich nicht von Gefühlen beeinflussen, er kann verhandeln.«

Gerissen, gefühlskalt und hinterhältig! Das war die Übersetzung ins Menschliche, dachte Henry. Menschenkenntnis war nicht gerade ihre Stärke, oder seine eigene Welt und die der Frau ihm gegenüber waren Lichtjahre voneinander entfernt. Der grüne Bengel imponierte ihr? Oder war mehr dahinter als berufliches Interesse? Erkenntnis hatte immer etwas mit den eigenen Interessen zu tun. Man sah, was man sehen wollte. Erstaunlich, wie vielen konträren Ansichten diese Welt einen Platz bot.

Bevor EBJ etwas fragen konnte, setzte Henry nach: »Wem gehört Bodegas Peñasco?«

Die Journalistin reagierte erschrocken, obwohl diese Frage verständlich war und gestellt werden musste. »Wozu willst du das wissen, warum ... ?«

»Ich schreibe über die Gründung von Kooperativen und ob sie sich nicht überholt haben. Dein Artikel heute hat mich neugierig gemacht, ich fand ihn aufschlussreich, und zu kompetenten und gut informierten Kollegen hat man allgemein mehr Vertrauen.« (O Gott, wie schleimig!)

»*Muchas gracias* ...«

»*De nada*«, entgegnete Henry lächelnd und stellte die nächste Frage. »Es ist ein Familienunternehmen. Diego sagte, es gäbe keine fremden Anteilseigner. Gibt es denn in der Familie weitere Teilhaber außer den dreien?«

»Na klar, nach Don Horacio kommen seine drei Kinder, den ältesten Sohn, Sebastián, den kennst du.«

»Hab ihn nur kurz gesehen, im Flur ...«

»Ach, ist er zurück? Er war länger bei seinem Bruder; der lebt seit Jahrzehnten in Chile, spielt auf seinem Weingut herum; angeblich experimentiert er mit Carmeniere, einer alten Rebsorte, ähnlich dem Merlot – ein Querkopf. Er hat die Führung seines Vaters nie akzeptiert, also musste er gehen, *claro*. Es gibt noch eine Schwester, verwitwet, Künstlerin ...«, EBJ betonte es wie einen Vorwurf, »... die lebt hier, ein paar Straßen weiter, hat auch Anteile, 15 Prozent, so wie alle Kinder, obwohl sie nicht in der Firma arbeitet. Die drei können den Vater nicht überstimmen. Das ist auch gut so, da kommt es nicht zum Vatermord.«

»Und was ist mit Enkeln?«

»Diego, wie gesagt, der wird das Unternehmen eines Tages weiterführen, ich hoffe möglichst bald, bevor Sebastián zu viel Unsinn macht. Aber er hat keine Anteile. Seine Schwester ist ein tragischer Fall, sie hat mit Don Horacio dasselbe Problem wie ihr Onkel in Chile – sie kann sich nicht anpassen. Du kennst das von frustrierten Mädchen aus reichem Hause, die später Lehrerin werden oder den Nutten in den Elendsvierteln in Rio oder Bombay das Nähen beibringen. Gelangweilt vom Kaviar wollen sie Sardinen vom Holzkohlefeuer, Nessel statt Seide.« EBJ lachte mit einem gehässigen Unterton. Wahrscheinlich war sie nur neidisch, befand Henry.

»Isabella heißt sie, studiert in Barcelona irgendwas Soziales, Geschichte oder so, vielleicht auch Psychologie, würde passen, aber keinesfalls Betriebs- oder Agrarwissenschaft.«

Henry winkte dem Ober, fragte Eugenia nach ihren Wünschen und gab die Bestellung auf. Als Eugenia zu einer neuerlichen Frage ansetzte, kam er ihr zuvor: »Woher kennst du Jaime Toledo?«

»Ist das hier ein Verhör?«

In gespielter Verzweiflung raufte sich Henry das Haar. »Wenn sich dir der Eindruck aufdrängt, dann bitte ich tausendmal um Entschuldigung. Nein, bitte, verzeih mir, du weißt, wie das ist, wenn man jemanden vor sich hat, der so gut informiert ist, der die Dinge mit einem derart klaren Blick sieht ...« Während Henry ihr das Gegenteil von dem erzählte, was er dachte, wartete er, dass sich ihre linke

Augenbraue wieder senkte, denn er hatte bemerkt, dass sie sich hob, wenn irgendetwas ihren Unwillen erregte. Gut, jetzt war es so weit, er konnte weiterreden: »Ich habe Jaime Toledo leider nur kurz getroffen, am Vormittag vor seinem Tod ...«

»Ach, nur so kurz? Mit ihm war es wie bei den kleinen Leuten, die zu schnell aufsteigen; sie kommen zu nah an die Sonne, das Wachs der angeklebten Flügel löst sich, und sie stürzen ab – im wahrsten Sinne des Wortes.«

Henry fand den Bezug zu Jaimes tödlichem Autounfall geschmacklos. Er konnte sich gut vorstellen, dass die beiden heftig aneinander geraten waren.

»Man soll nicht schlecht von Toten reden, aber du willst die Wahrheit wissen. *Entonces,* also, Toledo war hinterhältig. Ich nehme an – beweisen kann ich es nicht, noch nicht –, dass er mit einem klaren Plan bei Bodegas Peñasco eingestiegen ist. Er hatte von Anfang an vor, seine eigene Bodega aufzumachen, ehemalige Schulfreunde erinnern sich, dass er früher davon gesprochen hat. Er ist maßlos ehrgeizig, *bueno,* er war es, war verbissen – ein ungeheures Geltungsbedürfnis.«

»Gibt es da jemanden, den du kennst, an den ich mich wenden könnte?«

Die Frage ging eindeutig zu weit. Henry hatte eine ihrer Aussagen angezweifelt, der Argwohn der Journalistin war erwacht. »Wozu? *¿Para qué?* Weshalb willst du das wissen? Geht es dir um Kooperativen, um die Rioja oder geht es um – Jaime Toledo?«

»Er ist für mich der Aufhänger, vielmehr er war es, ich glaube, ich werde das ein bisschen hintanstellen. Du wirst mir sicher ...«

»... sagen, mit welchen Bodegas du dich besser beschäftigen solltest? Sicher, kannst du haben. Also zurück zu Toledo. Er hat sich bei Peñasco eingeschlichen, dann hat er auf deren Kosten die Winzer ausgebildet, ganz systematisch, immer sein Ziel vor Augen. Er kam aus bescheidenen Verhältnissen, kleine Leute, eine eigene Kellerei hätte er sich nie leisten können. Er war vom Typ her Angestellter. Im Grunde genommen hat er die Firma unterwandert. Mit diesem Wein, dem berühmten Viña Celeste, hat er sich selbst einen Namen gemacht und die Weinbauern geködert, sie zu diesem kollektivistischen Selbstmord getrieben. Auch die haben keinen Anstand, zeigen weder Dankbarkeit noch Loyalität gegenüber dem Unternehmen, das ihnen jahrelang die Trauben abgekauft und sie am Leben gehalten hat.«

Die Journalistin hatte sich derart ereifert, dass einige Gäste herübersahen. Henry hätte sie unter anderen Umständen gewarnt, aber wenn die Gefühle den Verstand beiseite drängten, machten die Leute Fehler – ihr wahres Ich kam zum Vorschein. Genau das beabsichtigte er. Sie stellte alles, was der Präsident von LAGAR ihm am Morgen erzählt hatte, auf den Kopf. Und ihre Emotionalität entsprach der einer Frau, die einer Jüngeren wegen verlassen worden war.

»Es muss ein herber Rückschlag für Peñasco gewesen sein, als sie das Vorgehen bemerkt haben. Wer hat Toledos Absichten als Erster durchschaut?«

»Diego – Diego war es!«, Bewunderung schwang in ihrer Stimme. »Sehr früh, noch zu Zeiten, als er Student war und nur gelegentlich im Betrieb mitgearbeitet hat. Ich empfinde das als zutiefst hinterhältig. Da werden einem Menschen alle Möglichkeiten eröffnet, jeder begegnet ihm mit vollstem Vertrauen, man bezahlt ihn bestens, und der ...«, sie suchte nach einem passenden Schimpfwort, »... der Gauner wirbt alle Lieferanten ab, die ihre Trauben zum Viña Celeste beigesteuert haben. Das waren die besten. Ein finanzielles Desaster, wenn die Linie eingestellt wird. Was glaubst du, wie viel Geld in die Werbung gesteckt wurde?«

»Kann das ein Grund sein, einen Menschen umzubringen?«, hörte Henry sich wie von ferne sagen.

Die Journalistin wurde blass und fuhr erschrocken zurück. Sie riss die Augen auf, ihr fiel das Kinn runter, gewisse Gehirnströme schienen schlagartig unterbrochen, dann stierte sie Henry an. »Was hast du gesagt? Umzubringen?«

»Ja. Ob das Grund genug ist, einen Menschen umzubringen?«, wiederholte er und staunte selbst über seine Frechheit.

Die Journalistin schüttelte den Kopf. »Du bist ja völlig von Sinnen, ¡estás loco! Was ist denn das für ein Quatsch. Wer hat das behauptet? Die Irrlichter von Lagar? ¡Completamente absurdo!« Wütend, als hätte Henry sie pesönlich beleidigt, sprang sie auf und riss ihre Handtasche, ein Magazin und eine Modetüte an sich, so schnell, dass ihr die Perlenkette um die Ohren flog. »Ich glaube, Sie haben den falschen Beruf gewählt, Señor Meyenbeeker«, zischte sie gefährlich, »so machen Sie sich keine Freunde! Ich hoffe nur, dass Sie in Deutschland keine Lügen verbreiten, ich hoffe es für Sie!«, und war verschwunden.

Henry sah ihr laut lachend nach, wie sie mit fliegenden Rockschößen und wehendem Haar über die Prachtstraße davoneilte, doch dann wurde er still. Was war denn in ihn gefahren? War er von allen guten Geistern verlassen? Hatte ihn der Teufel geritten? Entweder lag er mit seiner Annahme völlig daneben, dann hatte er sich gerade total lächerlich gemacht. Oder er lag richtig, dann ... ja, was?

Sie schien über ihn Bescheid gewusst zu haben; jetzt erinnerte er sich, was er bei Victoria im Papierkorb gesehen hatte: einen Briefumschlag von ›Wein & Terroir‹ mit dem Etikett eines Kurierdienstes. Sie hatten sich sofort das neueste Heft von der Redaktion schicken lassen, um sich ein Bild von ihm zu machen. Er konnte sicher sein, dass EBJ schnurstracks den jungen Peñasco (oder auch den alten?) über dieses Gespräch informieren würde. Henry holte das Telefon aus der Tasche, wobei der Zettel mit der charmanten Aufforderung ¡Lárgate! zu Boden flatterte; er legte ihn vor sich hin und vereinbarte für den nächsten Tag ein Treffen mit Sebastián. Hoffentlich hatte der Sohn bis dahin nicht Henrys Image ein für alle Mal verdorben. Langsam, dachte Henry, eins nach dem anderen; er betrachtete den Zettel mit der Aufforderung zu verschwinden und war sich sicher, dass er mit seinem Verdacht richtig lag.

Er zahlte für die Journalistin; drei Euro für ihren Tee und das Geld für ihre Zigaretten waren nichts im Vergleich zu dem, was er erfahren hatte. Es war mehr, als er gehofft hatte, obwohl die Aussagen über Toledo im Vergleich zu denen der Weinbauern und denen der Peñascos nicht gegensätzlicher hätten sein können. Wie lagen die Dinge nun wirklich? Hatte Jaime Toledo die Winzer zur Gründung der Kooperative getrieben, oder hatten sie sich von Peñasco getrennt und ihn sozusagen mitgenommen? Was hätte das jeweils für eine Bedeutung? Dumm nur, dass Diego Peñasco jetzt gewarnt war – falls er denn etwas mit dem »Unfall« von Jaime Toledo zu tun hatte.

»Und der stottert nicht?« Daniel Pons ging um Henrys neuen Wagen herum. »Absolut identisch, kein Unterschied, auch die Sitze. Und sie haben den anstandslos umgetauscht?«

Henry nickte und klemmte sich hinters Steuer. Er hatte ein flaues Gefühl im Magen, bemühte sich aber, den Monteur seine Besorgnis nicht spüren zu lassen. Er hatte zwar durchaus mit Aktionen Erfahrung, die man als illegal betrachten konnte, als Reporter kam man darum nicht umhin, und es wäre nicht das erste Mal, dass er irgendwo einsteigen oder über einen Zaun klettern würde. Daniel Pons hatte gemeint, es sei einfach und gäbe keine Wächter. Aber nachts, noch dazu in ein Polizeigelände? Als Verbrechen war es kaum zu bezeichnen, aber trotzdem illegal. – Ach, scheißegal, dachte er! Er musste wissen, ob jemand die Bremsen oder die Bremsleitungen von Jaimes Wagen manipuliert hatte. Auch die Radaufhängung konnte es sein, die

Lenkung. Hoffentlich kamen sie da ran, sie hatten keine Möglichkeit, den Wagen aufzubocken.

Er versuchte sich mit dem Gedanken an das Telefonat mit Victoria abzulenken, während er auf die Straße starrte. Die Dunkelheit auf dem Land war undurchdringlicher als in der Stadt, wo an jeder Ecke eine Laterne brannte.

Am frühen Nachmittag hatte Victoria ihn angerufen und zu seiner Freude der Einladung zugestimmt. Gleich morgen Abend wollten sie sich treffen und in der Stadt ein bisschen bummeln. Sie würde ihm ein schönes Restaurant zeigen, und dann könnten sie nebenan in der Altstadt die Tapas-Kneipen heimsuchen. Sonst gäbe es im Nachtleben Logroños nicht allzu viel an Abwechslung. Ob er das als verschlüsselten Fingerzeig verstehen sollte, war Henry nicht so ganz klar. Mit den Feinheiten des spanischen Flirts war er längst nicht mehr vertraut, was nicht so schlimm war, denn er hatte ein berufliches Anliegen, und das hatte im Zweifelsfalle Vorrang. Andererseits freute er sich, einige Stunden in ein schönes Gesicht schauen zu können, zu flirten – alles war möglich ...

Logroño warf seinen hellen Schein in den Himmel; ab und zu blitzten hinter den Hügeln Lichter auf, oder waren es die Sterne darüber?

»Am Ende des Sommers flimmern sie immer besonders«, sagte der Monteur. »Mich erinnern sie an den Himmel über Barcelona, wenn sie so klar wie jetzt über dem Meer stehen. Du sitzt nachts am Strand, die Füße im Wasser, vor dir das Meer – es ist, als gäbe es die Großstadt hinter dir gar nicht. Es ist wunderschön. Hast du mal im Süden in einer Stadt am Meer gewohnt?«

»Heimweh? *¿Tienes morriña de Barcelona?*«

Zustimmendes Brummen.

»Es ist die einzige spanische Stadt, in der ich mir vorstellen könnte zu leben«, sagte Henry.

»Die einzige *katalanische* Stadt«, korrigierte Daniel Pons.

»Das wiederum ist der einzige Grund, der mich davon abhalten könnte. Ich stehe nicht auf Nationalisten. Die sind gefährlich, diese Beschränktheit führt zu Krieg. Du lebst hier in Laguardia, alle kommen zu dir, man respektiert dich ...«

»In Wirklichkeit nehmen sie mich nicht ernst. Ich gehöre nicht dazu.«

»Wo willst du dazugehören? Ist dir ein nerviger Katalane lieber als ein freundlicher Baske? Was ist mit Italienern? Was mit Belgiern? Polen ...?«

»Wir sprechen nicht dieselbe Sprache, die Spanier und ich. In Barcelona reicht ein Blick, und ich weiß, was einer meint, zwischen den Worten, *¿comprendes?* Und warum denkst du daran, nach Barcelona zu gehen?«

Henry lachte. »Ich habe vor vielen Jahren mal ein Foto gemacht, auf einer Journalistenreise. Sieben Kollegen waren auf dem Bild, und ob du es glaubst oder nicht, jeder guckte in eine andere Richtung, niemand sah den anderen an. So ungefähr fühle ich mich. Fünfzig Jahre lang haben sie uns Konkurrenz ins Hirn gedroschen, jeder gegen jeden, dein Glück ist der Untergang des anderen, und der muss nicht einmal dein Feind sein. Das langt mir.«

»Meinst du, das ist hier anders?«

»Ja, ich habe das Gefühl, ihr sprecht noch miteinander, hört zu, diskutiert ...«

»Angeblich soll der Glaube ganze Berge versetzen ...«

»Das tut er«, sagte Henry und war davon fest überzeugt. »Da vorn, der Kreisverkehr, wie soll ich weiterfahren?«

»Rechts bleiben, über die Hängebrücke, dann geradeaus.«

Sie erreichten die Außenbezirke der Stadt. Daniel Pons hatte sozusagen sein »Nachtsichtgerät« eingeschaltet und las von weitem Straßennamen, die Henry aus dieser Entfernung nicht einmal bei Tag hätte entziffern können. Es waren kaum Passanten unterwegs, ab und zu ein Auto, und zu

Henrys Beruhigung begegnete ihnen keine Streife. Logroño war bei Nacht so friedlich wie am Tag.

Hinter einer Unterführung bogen sie rechts ab. »Mach den Scheinwerfer aus«, sagte Daniel, »sonst sieht man uns.«

»Und wie soll ich was erkennen?«

»Brauchst du nicht, du hast ja mich.«

Nach hundert Metern über einen Schotterweg gelangten sie an ein großes, eingezäuntes Areal. Dahinter war schemenhaft eine Vielzahl von abgestellten Autos zu erkennen. Über ihren Zustand ließ sich bei diesen Lichtverhältnissen nichts sagen. »Das ideale Ersatzteillager«, murmelte der Monteur begeistert. Gegenüber standen Neubauten, den gleichförmigen Kästen nach zu urteilen gerade erst bezogene Sozialwohnungen. Die Fenster waren dunkel, die Straße und der breite Bürgersteig menschenleer. Ein Hund kroch vorbei und verschwand im Gestrüpp. Henry stellte den Wagen hinter einem Container ab, der als Büro diente. Über der Tür war eine Art Wappen. Der Monteur nahm seine Werkzeugtasche, eine Lampe und eine schmuddelige Decke. Das Tor zum Platz war mit Kette und Vorhängeschloss gesichert; also mussten sie ein Loch im Zaun suchen. Ein Stück weiter ließ sich der Draht aufbiegen, und sie schlüpften hindurch.

Henry hielt den Monteur zurück: »Wie erkennen wir Jaimes Wagen? Ist er sehr ramponiert?«

»Keine Sorge, ich kenne die Kiste, hab sie nach dem Unfall gesehen. Da ist sie schon.«

Ein paar Schritte noch, und sie standen vor dem Wrack. Es war ein grüner Toyota älteren Baujahrs. Der Wagen schien kürzer als normal, es gab keine Stelle der Karosserie, die nicht zerkratzt oder verbeult war. Die Vorderachse war verschoben, ein Rad hing heraus, das Dach war eingedrückt und die rechte Vordertür aus den Angeln gerissen.

»Mit der Seite ist er gegen einen Felsen geknallt«, flüsterte der Monteur. »So, nimm die Decke, halte sie ausgebreitet hoch, als wolltest du fliegen, und stell dich damit vor mich, dann sieht keiner den Lichtschein, wenn ich das Chassis untersuche.«

Er holte einen Wagenheber aus der Werkzeugtasche, kroch in den Schrotthaufen und leuchtete ihn ab.

Henry kam sich mit den ausgebreiteten Armen und der Decke selbst vor wie eine Fledermaus und versuchte nicht daran zu denken, dass in wenigen Minuten Tonnengewichte an seinen Armen hängen würden. Er sah sich nach einem Stock um, über den er so wie er es auf dem Stierkampfplakat gesehen hatte, die Decke legen konnte – wie ein Matador es mit dem roten Tuch machte. Er fand eine Latte, schlug die Decke darüber und legte sie sich wie ein Wasserträger über die Schultern. Das war bequemer, aber auch diese Haltung ermüdete ihn bald; mal rutschte ihm die Latte von den Schultern, mal die Decke von der Latte, mal beides. Der einzige Trost war, dass Daniel noch schlechter dran war, konnte der doch sogar von dem Wagen zerquetscht werden.

Es war eine Kunst, sich unter dem Wrack bei den prekären Lichtverhältnissen zurecht zu finden; dennoch war sich die Fledermaus nach einer halben Stunde intensivster Suche absolut sicher, dass es keine Anzeichen für eine Manipulation gab, weder an der Lenkung noch an den Bremsleitungen. Derweil lenkte sich Henry mit der Erinnerung an EBJ und ihre Flucht ab. Und wären ihm nicht fast die Arme abgefallen, hätte er das Surreale der Situation genossen. So wartete er verzweifelt auf das Ende der Aktion, zu der er Daniel angestiftet hatte.

Als letzte Möglichkeit kam das Fahrzeuginnere in Betracht. »Sieh mal nach den Sicherheitsgurten. Er war nicht angeschnallt. Vielleicht findest du da was.«

Der Monteur kroch unter dem Wagen hervor und zerrte an der Tür, die plötzlich krachend herunterfiel. Erschrocken hielten die Männer den Atem an, aber nichts rührte sich. Endlich konnte Henry etwas sehen und die vor Anspannung zitternden Arme vergessen. Daniel untersuchte die Sicherheitsgurte, rollte sie auf beiden Seiten mehrmals auf und ab, sie hatten unter dem Unfall nicht gelitten. Als er sie schließen wollte, stutzte er. »Komisch, das geht nicht.«

Er probierte es auf der Beifahrerseite. »Der auch nicht. Da ist was drin, die lassen sich nicht zumachen. Wenn das bei dem Unfall schon so war, dann kapiere ich auch, weshalb er nicht angeschnallt war. Da steckt was drin!« Er leuchtete in den Schlitz hinein und schüttelte den unteren Teil. Es klapperte in beiden Stutzen. »Sieht aus als hätte jemand was reingesteckt. Moment – da ist – ich sehe eine Münze.«

»Kann es sein, dass die da reingefallen ist? Mir fällt beim Fahren schon mal eine Münze aus der Hosentasche.«

»Hier ist es genauso, nein, unmöglich, nicht bei beiden. Das war Absicht.«

Als an allen vier Ecken des Prado Viejo die Scheinwerfer eingeschaltet wurden, war der Schrottplatz in gleißendes Licht getaucht.

»Hände hoch! *¡Manos arriba!* Bleibt, wo ihr seid! Beweg dich nicht! *¡No te muevas!*«

9.

Sebastián Peñasco

Henry rieb sich die schmerzenden und angeschwollenen Gelenke, bewegte seine völlig verspannten Arme und knetete die kribbelnden Finger. Eine Stunde lang hatten sie ihn mit gefesselten Händen auf der harten Bank der *comisaría* sitzen lassen. Er hatte nicht mehr gewusst, wie er sich hatte halten sollen; weder konnte er sich anlehnen noch ließ es sich vornübergebeugt länger als fünf Minuten aushalten. Grässlich. Zuerst die Tortur mit der Decke und der Stange, da hatte er schon geglaubt, dass seine Arme abgestorben wären, und dann die Festnahme. Wieso hatten sie ihn derart traktiert, wo doch eine Pistole auf ihn gerichtet war? Nur ein Vollidiot oder jemand, der unbedingt sterben wollte, bewegte sich dabei. Gingen diese Männer zur Polizei, um ihren Hass auf Zivilisten auszuleben?

Dass sie ihn festgenommen hatten, war verständlich. Ihrer Meinung nach hatte er auf dem Prado Viejo nichts zu suchen. Er war der Trottel, ihm war mehrmals die Decke heruntergerutscht – und irgendein Bewohner der Neubausiedlung hatte das als Blinkzeichen interpretiert und die Polizei angerufen. Eigentlich hätte er die Straße beobachten müssen, um den Mechaniker zu warnen und abzuhauen, statt ihm zuzusehen und sich jetzt in Selbstmitleid zu ergehen.

Er war schuld! Das musste er dem Beamten klarmachen, er würde die gesamte Schuld auf sich nehmen. Er hatte

Daniel in diese Situation gebracht. Aber was für eine Schuld? Im Grunde genommen machte er die Arbeit der Bullen. Dabei war es deren Aufgabe zu klären, ob Toledos Wagen manipuliert worden war. Es sah ganz danach aus. Aber wie denen das klar machen?

Ein Scheißgefühl, eine Pistole auf sich gerichtet zu sehen. Es hatte verdammt weh getan, als sie ihn zu zweit mit dem Oberkörper aufs Autodach geknallt hatten, ihm die Arme verdreht und den Kopf nach hinten gerissen hatten. Das Klicken vom Einrasten der Handschellen hatte er noch immer im Ohr, die kleinen, einschnappenden Metallzähne. Aber am schlimmsten war der Moment gewesen, als sie ihn, eine Hand auf seinem Kopf, auf die Rückbank des Polizeiwagens gedrückt hatten, voller Verachtung, wie ein Stück Dreck.

Wenn Henry die Hände frei gehabt hätte, wäre er auf den Mann losgegangen, nein, schlimmer, er wäre über ihn hergefallen, denn diese Wut, die ihn in jenem Moment überschwemmt hatte, kam aus ungeahnter Tiefe, stammte wahrscheinlich aus der Urzeit, als der Mensch noch ein Tier gewesen war und kein Eisen gekannt und mit den Zähnen gekämpft hatte. Die Kraft und Hitze, vor der er selbst erschrocken war, hatte er noch nie gespürt. Man lernte sich und das, wozu man in der Lage war, erst im Laufe seines Lebens kennen. Sein Blick musste so aggressiv gewesen sein, dass der Beamte die Hände von ihm wie von glühendem Eisen zurückgezogen hatte. Der arme Kerl, der nur seine Arbeit machte – für Frau und Kinder, wie immer behauptet wurde –, war zweimal an ihm vorbeigekommen, wobei er es tunlichst vermieden hatte, Henrys Blick zu begegnen.

»Sag nichts über die Sicherheitsgurte«, raunte ihm Daniel zu, als er aus dem Verhörzimmer kam, woraufhin sofort der Befehl kam, er möge den Mund halten. Der Monteur zwinkerte ihm zu; er schien ein freier Mann zu sein, denn er setzte sich ohne Handschellen auf die Bank, auf der

Henry bis eben gesessen hatte, und schlug die Beine übereinander. »Ich warte, wir fahren dann zusammen nach Hause.«

Es klang zuversichtlich. Was mochte er dem verhörenden Beamten erzählt haben? Er hatte im Grunde genommen nichts zu verbergen, gar nichts. Er war Mechaniker, und der ausländische Reporter hatte ihn gebeten, ihm zu helfen, um in den Besitz von Beweismitteln zu gelangen; vielleicht nicht auf konventionellem Weg, aber was blieb einem übrig, wenn die Polizei ihre Arbeit nicht machte? Henry war müde, todmüde, zum Umfallen müde ... die Nacht nahm kein Ende.

Ein Beamter führte ihn ins Büro des Leiters der Dienststelle. Er saß hinter seinem Schreibtisch, rundlich, vierschrötig, mehr grober Bauer als Chef der Policía Municipal, *capitán,* wie der *sargento* seinen Vorgesetzten angeredet hatte, als er Henry vor dem Schreibtisch die Handschellen abgenommen hatte. Der *capitán* hielt den Kopf geneigt und betrachtete den Inhalt aus Henrys Brieftasche, den er säuberlich vor sich ausgebreitet hatte, einschließlich der Banknoten. Obenauf, sozusagen als Spitze des Eisbergs, lag der braune Zettel mit dem Wort Lárgate und den Ausrufezeichen.

»Einen Dieb mit so vielen Kreditkarten hatte ich noch nie vor mir. *Buenos días,* Señor Meyenbeeker. Machen Sie es uns nicht schwer. Wenn es so ist, wie ihr Freund gesagt hat – was auf Ihre Aussage ankommt –, dann haben Sie das Verhör schnell hinter sich. Ich bin Capitán José Maria Salgado.«

»*Encantado*«, antwortete Henry, dem die Begegnung entgegen seiner Worte durchaus nicht »angenehm« war; die Stimme des *capitán* ließ ihn allerdings hoffen. Sie war sachlich, nicht unfreundlich, und sie klang aufgeschlossen, was vielleicht half, dem Sachverhalt näher zu kommen. Er musste die Polizei für die Angelegenheit interessieren, um mehr zu erfahren, um für seine Arbeit freie Hand zu haben und sich aus der Affäre ziehen zu können.

»Erzählen Sie Ihre Version, schön der Reihe nach. Ihr Freund Daniel hat seine bereits zum Besten gegeben, außerdem kennen wir uns flüchtig. Wenn ich das hier so sehe ...«, der *capitán* betrachtete den Inhalt von Henrys Brieftasche und schob den Zettel mit dem ¡LÁGARTE! nach oben, »... Sie sind niemand, der nachts auf Schrottplätzen Ersatzteile klaut. Los, reden Sie. Ich denke, Sie wollen hier möglichst rasch verschwinden, *¿no?*«

Henry begann mit dem Anruf von Jaime Toledo in der Redaktion, erzählte von dem Unfall auf der Serpentinenstrecke an der Sierra de Cantabria, berichtete von den Differenzen zwischen Bodegas Peñasco und LAGAR und sprach zuletzt von seinem Verdacht, dass Jaime Toledos Wagen manipuliert worden war: »Was mich wundert, ist, dass anscheinend niemand vor uns den Wagen untersucht hat.«

Capitán Salgado hatte eifrig Notizen gemacht, jetzt legte er den Kugelschreiber beiseite. »Wenn hinter jedem Autounfall ein Mord stecken würde, dürfte keiner von uns jemals Urlaub machen. Das nur nebenbei. Es ist allerdings merkwürdig, zwei Unfälle an derselben Stelle, im Abstand von nur einem Tag. Dass bislang niemand den Wagen untersucht hat, hängt mit den Zuständigkeiten zusammen. In Laguardia und auf der Sierra de Cantabria ist ERTZAINTZA zuständig, die baskische Polizei, da oben ist Baskenland. In Laguardia gibt es die Abteilung »Verkehr des örtlichen Kommissariats«, die müsste von Rechts wegen die Untersuchung durchführen. Hier in der Stadt ist die Policía Municipal zuständig, denn Logroño gehört zur Provinz La Rioja. Außerhalb der Städte kümmert sich in ganz Spanien die Guardia Civil um Verkehrsdelikte; das ist eine übergreifende nationale, wenn man so will auch paramilitärische Polizei. Die Guardia Civil kann überall eingreifen und ermitteln, auch in der Stadt, ohne die anderen Polizeibehörden zu informieren, aber die Spitze wird meistens in Kenntnis gesetzt, glaube ich zumindest«, murmelte der *capitán*. »Eigentlich hätte der Unfallwagen nach Vitoria-Gasteiz gebracht werden müssen, ins Baskenland eben. Keine Ahnung, weshalb das nicht geschehen ist, das sind Interna. Mehr werde ich Ihnen dazu nicht sagen, es sei denn, Sie melden offiziell ein Interview an ...« – jetzt musste auch Capitán José María Salgado grinsen –, »... beim Cuerpo Nacional de Policía von Logroño, wenn ein Richter beschließt, dass der Fall hierher gehört, des Weins – oder Ihretwegen!«

Henry sah ihn verständnislos an.

»Es gibt zwei Möglichkeiten. Entweder erzählen Sie uns dummes Zeug, Phantastereien, dann plädiere ich für Anstiftung zum Hausfriedensbruch, Sachbeschädigung, Einbruch und Irreführung staatlicher Behörden, vielleicht sogar Unterschlagung von Beweismitteln – oder Ihre Vermutung stimmt.«

»Was wäre dann?«

Der *capitán* schüttelte nur den Kopf. »Mord kommt bei uns sehr selten vor, und wenn, dann nur aus Leidenschaft. Das erregt gewaltiges Aufsehen, da sorgt schon die Presse dafür, garantiert, und schaut uns auf die Finger.« Er blickte auf den Tisch und schob den Zettel mit dem Wort ¡LÁRGATE! an die Tischkante. »Was bedeutet das?«

»Dass ich verschwinden soll.«

»Das meine ich auch, aber wer hat das geschrieben? Sie nicht.«

»Nein, ich bin in Aldeanueva niedergeschlagen worden, und als ich zu mir kam, steckte der Zettel in meiner Tasche.«

Der *capitán* betrachtete das braune Papier genau, es interessierte ihn mehr als das Wort. »Gibt es Zeugen?«

»Die Leute, die mich gefunden haben, meinen, ich sei angetrunken umgefallen, wegen der Hitze, und mit dem Kopf gegen die Wand geknallt.«

»Und? Ist da was dran? Wie viel hatten Sie getrunken?«

»Vier Bier.«

»Wollten Sie danach noch fahren?«

»Nein, eine Bodega besichtigen.«

»Haben Sie die Sache angezeigt?«

»Bei wem, und was hätte es mir genutzt?«

Inzwischen hatte der *capitán* seinen Computer hochgefahren und betrachtete die Homepage von ›Wein & Terroir‹. »Ich kann kein Deutsch lesen. Was heißt *créditos* auf Deutsch?«

Henry stand auf und ging um den Schreibtisch herum. »Impressum. Klicken Sie auf Impressum.«

»*Ah, sí.* Henry Meyenbeeker, Chefreporter, *reportero jefe.* Das stimmt also. Sie können gehen. Ich behalte eine Visitenkarte hier. Personalausweis und Führerschein haben wir kopiert, und wenn wir alle ausgeschlafen haben, brauchen wir Sie noch fürs Protokoll und einige Fragen. Und jetzt Ihre Handy-Nummer. Falls Sie das Hotel wechseln, will ich es wissen. Das ist ein Befehl! Sonst lasse ich Sie suchen, und dann kommen Sie hier nicht mehr raus.«

»Wie geht es weiter? Was werden Sie unternehmen?«

»Gegen Sie und Ihren Freund werden wir ein Verfahren einleiten. Wahrscheinlich kommen Sie mit einem Bußgeld davon oder einer Spende an eine soziale Einrichtung, aber den Einsatz werden Sie zahlen müssen. Ansonsten sprechen wir unsere Maßnahmen nicht mit der deutschen Presse ab.« Capitán José María Salgado stand auf und hielt Henry die Hand hin. »*Hasta luego.*«

Henry drückte ihm erleichtert die Hand und sah sich beim Hinausgehen noch einmal um. Er verbiss sich mühsam das Grinsen, denn er musste feststellen, dass der *capitán* aussah wie Louis de Funès; er hatte sogar genauso große Ohren wie der Schauspieler.

Zum Schlafen war kaum Zeit, zum Ausschlafen sowieso nicht. Es war vier Uhr, der Morgen graute über dem östlichen Teil der Sierra de Cantabria, und es war in den letzten

Tagen kühler geworden. Um acht Uhr war Henry mit Emilio Sotos und Miguelito bei LAGAR verabredet. Viel Zeit blieb also nicht. Henry brachte Daniel Pons unter endlosen Entschuldigungen zurück zur Tankstelle. Der Monteur nahm das Debakel dieser Nacht jedoch anscheinend auf die leichte Schulter und verbuchte es unter »Abenteuer«.

»Ich werde dich zukünftig nicht mehr mit meinem Kram behelligen«, beruhigte ihn Henry, als sie die Tankstelle erreichten. »Ich mache das wieder gut.«

»Kein Problem. Mach deine Arbeit weiter.«

»Bist du nicht stinksauer? Ich habe dich da reingezogen. Sie werden uns anzeigen.«

»Na ja, meine Geldstrafe kannst du ja bezahlen. Ansonsten habe ich mit dem Würstchen, mit *Don Nadie,* noch eine Rechnung offen, eine über 498 000 Peseten. Um genau diesen Betrag hat er mich beschissen.« Damit drehte der Mechaniker sich um.

»Wer ist *Don Nadie?*«

»Diego Peñasco!«, sagte Daniel kurz und blieb stehen. »Ich weiß nicht, ob es von Bedeutung ist. Die Lkws waren wieder da, bevor du mich abgeholt hast, ich hab's vergessen, dir zu sagen. Die sind nicht von hier.«

Henry beugte sich aus dem Wagenfenster. »Das sagst du mir doch nicht grundlos. Was transportieren sie?«

»Keine Ahnung, sind Kühlwagen, aus Navarra, konnte nicht reingucken. Die Fahrer reden kaum, tanken nur. Gestern waren sie da, bevor wir zum Prado Viejo gefahren sind, und haben mit einem von der Guardia Civil gesprochen.«

Kühlwagen aus Navarra? Henry erinnerte sich jetzt, dass ein kleiner Teil der Nachbarprovinz ebenfalls zur D. O. Rioja gehörte, zum selben Ursprungsgebiet.

»Noch was«, rief Daniel Pons beim Weggehen. »Du hast hoffentlich nichts von den Sicherheitsgurten gesagt?«

Henry machte ein zerknirschtes Gesicht. »Was hätte ich sonst als Grund für unsere Aktion angeben sollen?«

»Wenn du dich nicht an meine Ratschläge hältst, machst du deinen Kram besser alleine.« Der Mechaniker wandte sich verärgert ab, und Henry hörte ihn zwei Worte murmeln: »*imbécil*« war das eine und »*idiota*« das andere, die beide ungefähr dasselbe bedeuteten.

Miguelito fachsimpelte bereits angeregt mit Emilio Sotos, als Henry verspätet und völlig übermüdet auf der Baustelle eintraf. Der Önologe hatte sich mit einem weiteren *cooperativista* bekannt gemacht, der zur Fraktion von *el barbudo*, dem Bärtigen, zählte oder zu den Unentschiedenen; man wartete auf Simón Ortega Escobar. Der Präsident hatte darauf bestanden, beim Treffen mit Miguelito dabei zu sein.

»Was soll der Journalist hier? Ich denke, es geht um die Einstellung des Önologen«, brummte der Wasserträger des Bärtigen.

Emilio Sotos tat den Einwand lächelnd ab. »Reg dich nicht auf. Wir können beiden gleichzeitig die Kellerei zeigen, das spart Zeit. Und nach dem Rauswurf neulich sollten wir für gutes Wetter sorgen. Man muss die Presse für sich gewinnen.«

»Wenn du meinst . . .«, aber der Mann grummelte weiter.

»Meine Schwester lässt grüßen«, sagte Miguelito nebenbei zu Henry, der den Wortwechsel hinter einem Baufahrzeug mit angehört hatte.

»Still! Der Typ da bei Emilio Sotos sollte nicht mitbekommen, dass wir uns kennen. Erzähle bloß keinem, dass ich dich vorgeschlagen habe.«

»Was ist dabei?«

»Rede einfach nicht darüber, o. k.?« Für Erklärungen war dieser Moment absolut ungeeignet, zumal jetzt auch der Präsident mit seinem alten Fiat auf das Gelände kam und den Wagen am Versammlungsplatz abstellte. Nach der Begrüßung begann der Rundgang. Henry war neugierig, was Jaime Toledo und der Architekt sich ausgedacht hatten.

Es gab zwei Stellen, an denen die Trauben in Empfang genommen wurden: einmal die beiden Schütten für das normale Lesegut und dann eine Rampe für Trauben alter Rebstöcke, aus denen der Viña Celeste gekeltert worden war. Henry hatte noch keine Gelegenheit gefunden, diesen als hervorragend gerühmten Wein zu probieren. Die Trauben wurden in Kisten zu zwanzig Kilo an die Rampe gebracht, auf ein langsam laufendes Band geleert und von Hand verlesen. Eben gerade lieferte ein *socio* den geringen, aber dafür umso besseren Ertrag seiner Weinberge. Es war Tempranillo von fünf Parzellen, die relativ dicht beieinander lagen und insgesamt drei Hektar ausmachten. 6500 Kilo Trauben je Hektar waren als Maximum vom Kontrollrat erlaubt, aber der Weinbauer hatte sich auf 4700 Kilo beschränkt; dadurch waren seine Trauben kräftiger, gesünder und intensiver in Geschmack und Farbe.

Die Frauen am Band arbeiteten konzentriert; sie entfernten hier ein Traube, schnitten dort einige Beeren heraus und achteten besonders auf Schimmel. Blätter und Strünke fielen unter den Tisch. Wenn man hier die neue Sortiertechnik mittels Luftstrom einsetzen würde, wären auch diese Frauen bald arbeitslos ... Das Band endete über dem Trichter der Maschine, die Beeren und Strünke trennte.

Henry gähnte und hielt sich abseits. Er hatte unendlich viele Kellereien gesehen; oberflächlich betrachtet wurde in der Rioja nicht anders verfahren als im Rheingau oder auf Sizilien. Nach der Zugabe von Schwefel beförderte eine Pumpe die jetzt zum Teil aufgebrochenen Beeren in die Gärbehälter. Je nach Tag der Lieferung, Rebsorte, Qualität und Lage des Weinbergs, der chemischen Analyse sowie einer Geschmacksprobe wurden die Trauben gemischt oder getrennt vergoren. Entscheidend für das Endergebnis waren die Dauer der Gärung und die Temperatur.

Miguelito behauptete sich, wusste die Fragen nach den Hefen zu beantworten, kannte sich mit Enzymen, pH-Werten und ihrer Bedeutung für die malolaktische Gärung aus. Zum Erstaunen aller war er ein Anhänger der Theorie, dass man zum Einsatz alter Korbpressen zurückkehren sollte, da nur bei diesem Verfahren die Traubenkerne nicht gequetscht wurden. Für die meisten Winzer waren das Glaubensfragen oder Spitzfindigkeiten, nicht aber für Henry oder für LAGAR, wenn man diese Spitzenweine machen wollte. Die Trauben-kerne durften nicht verletzt werden, damit ihr grünes, bitte-res Tannin nicht in den Most gelangte; das süße, weiche aus den Beerenhäuten hingegen war erwünscht.

Die Gruppe setzte den Rundgang fort, folgte der Rohr-leitung bis zu den Gärtanks. Es war wie in Miguelitos Betrieb, nur standen hier wesentlich mehr Tanks. Genau dieser Umstand machte Henry stutzig. Wenn im letzten Jahr bereits eine Ernte verarbeitet worden war und jetzt die zweite, musste die technische Anlage vor einem Jahr fertig gewesen sein. So etwas plant man nicht in sechs Monaten, dachte er, da stecken drei bis vier Jahre Planung drin – von der Idee über die Kreditvergabe bis hin zum ersten Wein.

Wie lange hatte Toledo bei Peñasco gearbeitet? Sechs Jahre? Dann musste er bereits nach zwei oder drei Jahren dort mit der Planung für diese Bodega begonnen haben. Wer hatte nun gelogen – die Journalistin oder der Präsident von LAGAR? Er war neugierig, was Sebastián Peñasco und abends dann Victoria dazu sagen würden. Gab es überhaupt jemanden, der die Wahrheit sagte, oder war das alles ein unentwirrbares Knäuel aus widerstreitenden Interessen?

Henry wandte sich wieder der Anlage zu. Von den Gär-tanks lief der Wein mittels Schwerkraft in Zementtanks eine Etage tiefer, was Miguelito zu Begeisterungsstürmen hinriss, vermied man doch durch den Verzicht auf Pumpen Stress für den Wein. Aber auch die Zementtanks selbst begeister-ten ihn.

»Weshalb?«, hakte Emilio Sotos nach. »Unser früherer Önologe hatte dazu seine ganz persönliche Theorie. Möglicherweise deckt sich Ihre Meinung damit?« Sotos ewiges Lächeln glich einer positiven Verstärkung.

Miguelito sprudelte los: »Im Stahltank findet der Wein keine Ruhe. Dort werden durch Elektrizität Magnetfelder aufgebaut, die den Wein in Bewegung setzen. In diesem befinden sich Ionen; sie wandern, prallen auf winzige Schwebestoffe im Wein und verhindern, dass sie zur Ruhe kommen und auf den Boden sinken. Das ist das eine. Dann sind im Stahltank die Temperaturen an der Außenhülle höher als innen, die Unterschiede führen zu einer Art Thermik. An der Außenhaut erwärmt sich der Tank zuerst, innen später, also setzt eine ausgleichende Bewegung zur Mitte hin ein, dort kühlt er ab und sinkt. Im Beton bleibt die Temperatur gleich, da kommt der Wein zur Ruhe.«

Die »Genossen« waren beeindruckt. »Genau das hat Jaime gesagt. Haben Sie an derselben Hochschule studiert?«

»Bei Massenweinen für den Supermarkt spielt das keine Rolle«, fügte Miguelito hinzu. »Aber für euch ist das wichtig, ihr wollt, so wie ich es verstanden habe, besondere Weine machen. Also muss man jede Möglichkeit der Einflussnahme bedenken.«

»Im Betrieb deiner Eltern gibt es aber nur Stahltanks«, warf Emilio Sotos ein. »Ich war gestern da; deine Schwester hat mich in Empfang genommen, ich habe probiert und mit deinem Vater gesprochen. Er meinte, er kann dir das Experimentierfeld nicht bieten, das du brauchst ... Deshalb hat seinerzeit auch unser ehemaliger Önologe die Stellung bei Peñasco aufgegeben. Du willst lieber mit uns arbeiten als im eigenen Betrieb – der dir irgendwann gehören wird?«

»Ich schaue da abends vorbei, außerdem kriegt das meine Schwester auch ohne mich hin.«

Es wunderte Henry nicht im Geringsten, dass Jaime Toledo in fast jedem Gespräch erwähnt wurde. Ständig geisterte sein Name herum; er war tot und er war es nicht; zu viele

Fragen waren unbeantwortet geblieben, bevor er ... den Unfall gehabt hatte – oder umgebracht worden war.

Mord! Einmal ausgesprochen, war der Gedanke nicht rückgängig zu machen, zumindest nicht in Henrys Kopf. Und bestimmt nicht in dem der Journalistin. Worte hatten ihre eigene Dynamik, sie glichen Samenkörnern, die beim ersten Regen aufgingen und Wurzeln trieben. Überließ man sie sich selbst, konnten sie ziemlich groß werden. Henry bedauerte täglich mehr, dass er Jaime Toledo nicht besser kennen gelernt hatte. Wäre er noch am Leben, sähe alles ganz anders aus – oder vielleicht wäre alles noch verworrener? Miguelito jedenfalls stünde nicht hier.

Die Gruppe war mittlerweile auf acht Personen angewachsen, denn auch andere Weinbauern waren dazugestoßen, um sich ihren zukünftigen Önologen anzusehen; auch Luisa war dabei. Da die Besichtigung einer offiziellen Führung glich, mokierte sich niemand mehr über Henrys Anwesenheit.

Man war eine Etage tiefer bei den Barriques und den Zementtanks angelangt, in denen der Inhalt der Eichenfässer nach dem Ausbau gemischt wurde. 600 Fässer lagen hier bereits, 1500 sollten es werden – mit 337 500 Litern Wein. Das hörte sich viel an, doch im Vergleich mit den großen Kellereien der Rioja mit über 50 000 Fässern war LAGAR eine winzige Bodega.

Ein leerer Seitentrakt war als »Friedhof« für etwa eine Million Flaschen vorgesehen, in dem sie die vorgeschriebene Zeit lagerten, um später den Titel *Crianza*, *Reserva* oder *Gran Reserva* tragen zu dürfen. Noch eine Etage tiefer, und damit zehn Meter unter der Erdoberfläche, lagen die Tanks, in denen der Wein nach der Assemblage endgültig zur Ruhe kam, bevor er abgefüllt wurde. Von dieser Ebene führte ein Tunnel nach draußen; das bei der Gärung entstehende Kohlenmonoxid konnte sich auf diesem Weg verflüchtigen.

»Eine perfekte Anlage«, bemerkte Henry, als sie wieder

169

nach oben stiegen. »Die haben sich Jaime Toledo und euer Architekt ausgedacht?«

»*Así es*«, bemerkte Emilio Sotos und ließ die Gruppe, die sich um Miguelito drängte, vorausgehen. »So ist es. Alle haben mitgearbeitet.« Er bedeutete Henry unauffällig zurückzubleiben. Als die Gruppe außer Hörweite war, blieb er stehen. »So wie du hier herumschnüffelst, wirst du es ja doch erfahren. Also, Henry, wir haben Jaime Toledo bei Peñasco kennen gelernt, so weit richtig. Er hat uns geschult, unsere Arbeit im Weinberg radikal verändert, auch das stimmt. Aber den ursprünglichen Plan für diese Bodega, den hat er eigentlich für Peñasco entwickelt.«

Henry hatte es geahnt. »Und warum haben die den nicht realisiert? Einen derartigen Innovationsschub hätte die Bodega dringend nötig.«

»Jaime und Don Horacio – und der Bengel, Diego, waren Feuer und Wasser, du warst bei ihnen …«

»Wisst ihr eigentlich alles? Vielleicht sollte ich meine Verabredungen demnächst in der Zeitung ankündigen«, maulte Henry verärgert.

Emilio Sotos blieb nichts als ein fatalistisches Lächeln. »Glaubst du, uns geht es besser? Alles, was bei uns geschieht, auch dass dieser Miguelito hier ist – ein fixer Junge übrigens –, Peñasco weiß es längst. Wir haben unsere Leute bei ihm, und er hat seine Spione hier.«

»Das Gleichgewicht des Schreckens? Kannst wenigstens du mir sagen, worum es geht?«

Emilio Sotos sah sich um, die anderen waren längst eine Etage höher. »Nichts leichter als das. Peñasco will die Trauben; sie wollen den Viña Celeste weitermachen; und da sie Jahre brauchen würden, um eine Gruppe von Winzern so zu trainieren, wie Jaime das getan hat, wollen sie uns durch Konkurs die Weinberge abnehmen.«

»Wer von den dreien ist der Gefährlichste?«

»Das ist nicht kompliziert, aber möglicherweise zu offensichtlich. Der Junge, *Don Nadie,* ist ein Schreihals, er macht viel Wind, er und Jaime haben sich fast geprügelt, der Vater wollte vermitteln; mit ihm hat sich Jaime bestens verstanden. Dadurch wurden sich Vater und Sohn spinnefeind. Don Sebastián ist intelligent, mit ihm kann man reden, aber das hat nichts genutzt, das liegt an den Besitzverhältnissen. Wenn jemand erst entlassen ist, bleibt er draußen, du kriegst höchstens 'ne Abfindung. Der Junge ist nur in Verbindung mit dem Alten gefährlich, er ist sein verlängerter Arm. Der Alte hat das Hirn, die Bosheit – nimm dich vor ihm in Acht.«

»Der scheint mir keiner Fliege was zuleide tun zu können.«

»Siehst du? Du fällst genauso auf ihn rein wie alle. Der spielt den Greis, wenn nötig schwächelt er, humpelt und röchelt; wenn's sein muss, kann er auch Blut spucken, und im Hintergrund spielt er den Diktator und zieht die Strippen. Ich kenne ihn, wir verkaufen ihm seit Generationen unsere Trauben. Richtig groß geworden ist seine Bodega in den Fünfziger- und Sechzigerjahren, damals haben sie ihr Rebland erheblich erweitert.«

»Unter General Franco? Willst du sagen, er war ...?«

»Nichts will ich sagen, lediglich, dass du aufpassen sollst. Das mit Jaime ist schlimm genug, das reicht.«

Henry fröstelte. Hier unten, tief unter der Erde, war es ziemlich kalt.

Ist das nun eine Kellerei oder ein Wespennest, fragte sich Henry, als er den Wagen auf dem Besucherparkplatz von Bodegas Peñasco abstellte, ins Gebäude ging und die Empfangsdame begrüßte.

Sebastián Peñasco empfing ihn im Verkostungsraum. Dieser befand sich im ersten Stock einer Halle, die Henry bereits besichtigt hatte, es war ihm aber nicht aufgefallen, dass die Seitenwand verglast war und man von oben sowohl die Gärtanks sah wie auch die Arbeiter beobachten konnte. Schob man die Rückwand beiseite, so öffnete sich dahinter ein Saal, der für Empfänge und als Restaurant genutzt wurde.

Der Unternehmer hielt sich nicht lange mit einer Vorrede auf. »Ich bin mir sicher, dass wir einen Weg gefunden hätten, anders mit dem Konflikt mit LAGAR umzugehen. Nachdem jedoch durchgesickert war, dass die Kooperative gegründet werden sollte, überschlugen sich die Ereignisse. Ich wusste es lange vorher, Jaime selbst hat es mir gesagt. Die Hintergründe für die Trennung kennen wir alle, Sie bestimmt auch.«

Sebastián Peñasco starrte auf die Gläser, die seine Sekretärin zwischen ihm und Henry in zwei Reihen auf markierte Papierbögen vor die Flaschen stellte. Jeder hatte an seiner Seite einen kleinen Spucknapf in Form eines Sektkühlers, um den Wein nach dem Verkosten ausspucken zu können, und vor Henry lagen ein Stift und ein Block für die Notizen. Was ihn allerdings irritierte, waren die gekreuzten Säbel an der Wand und ihre merkwürdige Form.

»Es ist tragisch, dass er genau an dem Tag verunglückte, an dem ich aus Chile wiedergekommen bin. Was kaum jemand weiß, bitte behalten Sie das auch für sich – ich habe Jaime nach unserer Trennung immer wieder konsultiert. Er hat mir bereitwillig geholfen, er hat sich um neue Lieferanten gekümmert, weil die Leute von LAGAR ausfielen. Ich will den Betrieb umbauen, modernisieren, auf meine Weise, verstehen Sie?« Bei den letzten Worten schwangen Zorn und Verärgerung deutlich mit.

»Darf ich fragen, was Sie in Chile gemacht haben?«

»Dürfen Sie. In kleinerem Maßstab genau das, was ich jetzt hier machen werde. Ich habe meinen älteren Bruder besucht. Er ist nach dem Studium weggegangen, die Gründe sind persönlicher Natur. Ich habe es sehr bedauert, wir sind hervorragend miteinander ausgekommen. In Chile arbeitete er zuerst als Kellermeister, dann hat er Land gekauft, einen Hektar nach dem anderen, selbst Tausende von Weinstöcken gepflanzt, eine Kellerei und das Wohnhaus gebaut, alles zusammen mit seiner Frau, später mit den Kindern. Die haben Tag und Nacht geschuftet, das können Sie sich nicht vorstellen.

Leider sind sie der Propaganda aufgesessen, Massenweine für den Weltmarkt zu produzieren. Seit die Chicago Boys unter Milton Friedman und General Pinochet – übrigens ein großer Bewunderer von General Franco, er war zu seiner Beerdigung hier – an die Macht kamen und einen neo-liberalen Kurs fuhren, verhökert Chile alles, was nicht niet- und nagelfest ist, um Devisen zu machen und Wachstum zu erzeugen. Sie müssen sich das so vorstellen: Sie sitzen in einem Ruderboot und verkaufen nach und nach das Holz, aus dem es gebaut ist. Die Armut haben sie nicht in den Griff bekommen, ich glaube, das war auch nie beabsichtigt. Kein Wunder, dass man Weine für 3,50 Euro anbieten kann, wenn man Arbeitskräfte für 180 Euro im Monat kriegt. Haben Sie mal gesehen, wie die Leute leben, was die essen?«

Henry hatte es gesehen, aber nicht gewusst, wie er darüber hätte schreiben sollen, außer vielleicht unter einem Pseudonym, wenn er sich seinen Namen in der Weinbranche nicht verderben wollte. Da war für so was kein Platz, weder für diese Themen noch für derartige Journalisten. Und wissen wollte es auch niemand. Seine Zweifel an der Befähigung zum Chefredakteur, die sich in dieser Sekunde mal wieder ihren Weg an die Oberfläche bahnten, wuchsen. »Und was haben Sie dort gemacht, in Chile? Ein halbes Jahr ist lang.«

»Zu lang, ja, ich habe es gemerkt. Ich habe mit meinem Bruder, wenn Sie so wollen, die Weichen für das nächste Jahrzehnt gestellt. Es werden nur die Großen überleben und die Guten. Die Mitte verschwindet. Das gilt nicht nur für Chile.«

»Ihr Sohn deutete an, dass Sie auch hier …«

»Es gibt unterschiedliche Auffassungen und Konzepte«, unterbrach Sebastián Peñasco ärgerlich, bevor Henry seine Frage beenden konnte. Dann sah er der jungen Dame entgegen, die mit den Weinen der Bodega hereinkam; die Flaschen waren bereits entkorkt, und sie stellte sie auf den Tisch.

»Wann haben Sie die entkorkt?«, fragte er freundlich, während er sie zurechtrückte.

»Vor einer Stunde, Sebastián«, antwortete die Sekretärin so vorsichtig, als fürchtete sie, etwas falsch gemacht zu haben.

»Bestens, *¡muchísimas gracias!*« Der Unternehmer hängte sein dunkles Sakko über den Stuhl und lockerte die Krawatte. Er war ein Managertyp, aber er hatte auch etwas von einem klassischen Patrón, jemand, der führte und sich für seine Leute verantwortlich fühlte. Er wirkte interessiert und konzentriert, wenn auch sehr abgespannt. Als er den ersten Rotwein eingoss, klimperte er mit den Augenlidern, als hätte er letzte Nacht genauso wenig Schlaf bekommen wie Henry. Es war eine *Crianza* aus dem Jahr 2001.

»90 Prozent Tempranillo-Trauben, fünf Prozent Garnacha und fünf Graciano, temperaturkontrollierte Gärung, nicht über 28 Grad, vierzehn Monate Ausbau im Barrique, im März 2004 haben wir abgefüllt. Mehr als zwei Jahre Reife, das reicht, um es *Crianza* zu nennen.«

Sehen, riechen, schmecken – die Reihenfolge der Verkostung. Henry ertappte sich, dass ihn diese Regel an das Treffen mit Victoria erinnerte, nur dass bei ihr nach dem Sehen das Zuhören kommen würde und nach dem Riechen das Fühlen, dann das Schmecken und er in jedem Stadium die Verkostung abbrechen konnte, was er beim Wein nicht tun würde, außer er hätte Kork, und das merkte man gleich.

Der Wein war so extraktreich, so gehaltvoll, dass er das innen getoastete Eichenholz und die dadurch übertragenen

Aromen wie Vanille und Karamell gut vertragen hatte, ohne seine Fruchtigkeit einzubüßen. Dabei blieb er durchsichtig, war nicht so dicht wie viele aufgemotzte Weine, die so lange vergoren wurden, bis sich auch das letzte Farbpigment aus den Beerenhäuten gelöst hatte. Der klassische Stil eines Rioja-Crianza blieb erhalten, und das war gut so. »War Toledo für diesen Wein verantwortlich? Stammt der von ihm?«

Verhalten brummend nahm Sebastián Peñasco die Nase vom Glas. »Ja, der ist noch unter seiner Regie entstanden. Er hat mich allerdings immer hinzugezogen und mir dabei vieles gezeigt. Diego ebenfalls, klar, aber mein Sohn hat nie zugehört, er hat andere Vorstellungen. Er ist zwar auch Önologe, hat ebenfalls in Bordeaux studiert, aber Diego ist ... ja, ein Techniker? Was ihm fehlt, ist ...«

Was wollte Don Sebastián sagen? Die Intuition, die Begeisterung, die Liebe oder Begabung? Ohne das ging es nicht, ohne das ging gar nichts, blieb alles in Mittelmäßigkeit und Handwerk stecken.

»... Diego will hoch hinaus, er hat Pläne, das Recht der Jugend, hat den Weltmarkt vor Augen, die Globalisierung – was für ein Unsinn. Wir verkaufen 80 Prozent unseres Weins in Spanien, nur 20 Prozent werden exportiert. Wir orientieren uns am Geschmack unserer Kunden und bieten ihnen das, was sie gern trinken – und was uns schmeckt. Wer zu hoch hinaus will, verliert die Bodenhaftung. Wir Menschen können laufen und reiten, vielleicht schwimmen, aber nicht fliegen, höchstens springen und abstürzen, *¿verdad?*« Es klang sehr bitter aus dem Mund des Vaters. »*Think big*, sagt Diego immer, *think big!* Keine Ahnung, was er damit meint.«

Sie waren bei der *Gran Reserva* angekommen, der höchsten Qualitätsstufe, für die nur Weine herausragender Jahrgänge verwandt wurden; sie blieben mindestens zwei Jahre im Eichenfass und drei auf der Flasche. Auch dieses Gewächs entsprach einem klassischen Rioja dieser Qualität; es war ein Wein, dessen Komponenten sich im Reifungsprozess harmonisch verbunden hatten.

Für Henry war es ein perfekt gemachter Wein. »Und das war Toledos erste *Gran Reserva?*«, fragte er begeistert.

»Das war er, ja. Jaime war ein Naturtalent. Ein großer Verlust für uns alle. Seine einzige Schwäche ... na, das gehört nicht hierher.«

Bevor Henry nachfragen konnte, polterte jemand die Treppe herauf und riss die Tür auf. Es war Diego. Als er Henry erblickte, blieb er im Türrahmen stehen.

»Wieso schaltest du dein Handy aus?«, schnauzte er seinen Vater an. »Niemand kann dich erreichen. Unmöglich. Ein Tank ist ausgefallen, keiner hat bemerkt, dass die Sicherung durchgebrannt ist, wahrscheinlich Sabotage. Diese Arbeiter sind ein Dreck. Wir müssen was unternehmen – und du sitzt hier in aller Ruhe, Vater! Komm mit, 25 000 Liter sind hin, 35 Grad im Tank, und das seit gestern. Komm mit, sofort, Halle drei.«

»Ganz ruhig, Diego.« Sebastián Peñasco erhob sich und zog das Sakko an. »So was passiert nicht zum ersten Mal – und mäßige gefälligst deinen Ton, mein Junge!«

Nur mühsam unterdrückte Diego seine Wut. Er wäre seinem Vater am liebsten an die Gurgel gegangen.

10

Don Horacio Peñasco

Die Kühlung eines 25 000-Liter-Gärtanks war ausgefallen. Die Aluminiumhülle fühlte sich zwar kalt an, aber innen herrschte eine Temperatur von 35 Grad. Ein Defekt für sich allein wäre nicht schlimm gewesen, wenn die Temperaturanzeige nicht gleichzeitig verrückt gespielt hätte. 28 Grad sollten während der alkoholischen Gärung nicht überschritten werden, aber der Umwandlungsprozess von Zucker in Alkohol hatte sie auf 35 Grad hochgetrieben – die Hefen waren abgestorben, der Wein war umgekippt, dumpf, ohne Frische, »… zu nichts zu gebrauchen, 25 000 Liter zum Teufel – 40 000 Euro Verlust«, wie Diego lautstark beklagte.

Das Würstchen sollte der zukünftige Chef von Bodegas Peñasco sein?, wunderte sich Henry. Nicht zu fassen! Was für ein jämmerlicher Unternehmer, der vor seinen Mitarbeitern einen Wutanfall bekam und schnaubend vor dem Tank herumlief? Aber so waren viele. Gingen die Geschäfte gut, klagten sie über hohe Steuern, über Gewerkschaften und die Politiker, die ihnen die Luft zum Atmen nahmen. Zeichnete sich dann die Krise ab, riefen sie nach dem Staat, nach Sicherheiten und Subventionen.

Aus den Gesichtern der Anwesenden sprach deutliches Missfallen, besonders aus dem von Sebastián Peñasco: »Für die Versicherung müssen wir klären, ob Fahrlässigkeit vorliegt oder ob der Hersteller der Messanlage für den Schaden verantwortlich ist.« Damit war alles gesagt. Zu Diegos These einer möglichen Sabotage (»natürlich steckt die Bande von LAGAR dahinter«) vermied er jeden Kommentar.

Woher jetzt Ersatz für die verdorbenen Trauben bekommen? Diego hatte die Lieferanten während der Abwesenheit seines Vaters vergrault, wie sich bei dieser Gelegenheit zeigte. Durch dessen geschicktes Taktieren und Verhandeln (und mit Hilfe von Jaime Toledo, wie Henry wusste) hatte er den mengenmäßigen Verlust an Trauben durch den Wegfall der Lieferungen der LAGAR-Mitglieder ausgleichen können, aber das ehemalige Qualitätsniveau war längst nicht erreicht. Investoren drängten aus anderen Branchen in die Rioja, neue Bodegas wurden aus dem Boden gestampft, also wuchs die Nachfrage nach Trauben und Fassware, aber die Anbaufläche blieb auf 66 000 Hektar beschränkt. Europäischen Weingesetzen nach durften keine neuen Weinberge angelegt werden, denn es gab in der Europäischen Gemeinschaft neben dem Butterberg auch einen Weinsee. Jetzt rächte es sich, dass man jahrzehntelang auf Menge statt auf Qualität gesetzt hatte und es in einigen Ländern erlaubt war, dem Wein Zucker beizugeben, um ihn so auf einen höheren Alkoholgehalt zu bringen und erst dadurch verkaufbar zu machen. Der eingesetzte Zucker entsprach genau der Überproduktion an Wein.

Vater und Sohn verzogen sich ins Büro. Henry hörte sie im Nebenzimmer streiten, Wortfetzen drangen durch die Verbindungstür ins Büro von Don Horacio, wo Henry auf den Alten wartete, der ihn dringend sprechen wollte.

Im Raum stand der Mief von hundert Jahren. Die vielen vergilbten Fotos an den Wänden zeigten die Weinbaugeschichte derselben Epoche: In einem Keller waren Männer um ein Fass herum versammelt und prosteten mit Gläsern und Krügen der Kamera zu; ein anderes zeigte sie mit altmodischen Fahrrädern im Hof. Auf einem vergilbten Foto stand ein Zivilist, dem jungen Peñasco wie aus dem Gesicht geschnitten, vor einem Lastwagen mit Soldaten und hielt ein Gewehr hoch. Es gab sogar ein schreckliches Bild mit General Franco in Uniform, aufgenommen auf den Treppen zum Verwaltungsgebäude; daneben auf selber Höhe wahrscheinlich der alte Peñasco und dessen Vater; dahinter, eine Stufe höher, andere Militärs sowie Mitarbeiter der Kellerei. Es hing auch ein neueres Foto mit König Juan Carlos an der Wand.

Ein Bild erregte Henrys Aufmerksamkeit genauso stark wie das erste mit den Soldaten. Mehrere Männer hatten sich in einer Arena hinter einem toten Stier aufgebaut. In Siegerpose der Matador mit dem abgeschnittenen Ohr des Stiers; rechts von ihm ein Peñasco – die Ähnlichkeit war unverkennbar –, an dessen Hand ein kleiner Junge, der sich heulend loszumachen versuchte, während ein gleichaltriger Junge links vom Matador seinen Fuß stolz auf den Kopf des toten Tieres gesetzt hatte.

Den Matador meinte Henry schon mal gesehen zu haben, was absolut unmöglich war, denn er war niemals bei einem Stierkampf gewesen, und auch mit Stierkämpfern hatte er nie etwas zu tun gehabt. Außerdem war er gerade mal vier Jahre alt gewesen, als das Foto entstanden war. Der Junge mit dem ängstlichen Gesicht musste Sebastián Peñasco sein, von seinem Vater eisern festgehalten – oder war es dieser Bruder in Chile? Wer ist der Matador auf dem Bild?, fragte sich Henry, und wieso glaube ich, ihn zu kennen?

Erst jetzt entdeckte er an der Wand in seinem Rücken weitere Fotos von Stierkadavern und von Kämpfen in der Arena, von *picadores*, die vom Pferd aus den Tieren eine Lanze in den Rücken rammten. *Banderilleros* liefen durch den Sand, standen auf Zehenspitzen, um die mit Widerhaken versehenen Eisen im Widerrist der Stiere zu versenken, und immer wieder Matadore, wie sie den Stier reizten, an sich vorüberlaufen ließen, die *muleta* – das Tuch – vor Augen, und die Stiere über den Säbel anvisierten. Hingen nicht zwei davon oben im Verkostungsraum?

Alle Fotos trugen ein Datum und waren signiert. Und dann gab es eine Abteilung, in der hingen die Bilder senkrecht untereinander: Ein Matador stand auf der Waage, und als Gegengewicht dienten – Henry konnte es kaum glauben – Magnumflaschen von Bodegas Peñasco! Das letzte Foto war gerade mal ein Jahr alt.

Eine Schande! Schade um den Wein, Perlen vor die Säue geworfen. Angewidert wandte Henry sich ab. Stierkampf war für ihn ein ekelhaftes Schauspiel, obwohl er noch nie einen gesehen hatte. Viele Leute hingegen waren davon fasziniert. Aber – wie hielt man es in einem Zimmer mit so vielen Stierleichen überhaupt aus?

Der Streit im Nebenzimmer wurde lauter. Diego beschuldigte seinen Vater, den Weinbauern von LAGAR in den Hintern zu kriechen: »Sieht man ja, was dabei rauskommt. Oder hast du bei denen Aktien drin, haben sie dich aus Dankbarkeit beteiligt, weil du ihnen deinen geliebten Önologen überlassen hast?«

Was war mit den Peñascos los, besonders mit Diego? Hatten sie vergessen, dass er nebenan wartete? Was brachte sie dazu, interne Angelegenheiten in einer derartigen Lautstärke zu besprechen? Jede Sekretärin konnte mithören. Henry konnte es nur recht sein, denn auf diese Weise erfuhr er von Diegos grandiosem Vorschlag, den verdorbenen Wein so lange mit anderem zu verschneiden, bis der Fehlton nicht mehr spürbar war.

Sein Vater argumentierte strikt dagegen und forderte Diego auf, ihm die Einkaufslisten vorzulegen, wo und in welcher Menge er Trauben gekauft hatte, die nicht von eigenen Weinbergen stammten.

Da rastete Diego plötzlich aus, seine Stimme überschlug sich: »Was denkst du dir eigentlich? Lässt mich die Arbeit machen, kommst nach einem halben Jahr Urlaub zurück und willst mich kontrollieren? Du weißt ja gar nicht, mit wem du es zu tun hast!«

Der Bengel hatte sie wirklich nicht mehr alle, so mit seinem Vater zu reden. Wie kam er zu diesem total übersteigerten Selbstbewusstsein? Nein, dachte Henry, das war nicht übersteigert, das war geradezu – neurotisch. Während er hastig Notizen machte, wartete er gespannt auf die Antwort des Vaters, aber der schwieg. Die Stille war unheimlich. »Ich wollte es dir eigentlich nicht sagen«, fuhr Diego leiser fort, woraufhin Henry aufstand und sein Ohr an die Tür legte, »aber du willst es ja so: Mir, ja mir gehört jetzt ein Teil der Firma Bodegas Peñasco S. A.! Genau genommen doppelt so viel wie dir. Dein Vater, hör gut zu, dein Vater persönlich hat mir 25 Prozent überschrieben. Da staunst du, nicht wahr? Ha, ha! Jetzt läuft der Hase hier anders, jetzt kannst du nichts mehr ohne mich entscheiden. Oder du musst dir die Anteile von deinem Bruder – und deiner Schwester holen! Versuche es doch mal mit einer Vollmacht! Aber die will ich sehen.«

»Willst du unsere Firma zugrunde richten?«, fragte Sebastián Peñasco leise. Dann herrschte Stille. Es klangen Schritte, und eine Tür fiel ins Schloss; dann wieder Schritte, wieder die Tür, dann wieder Stille. Anscheinend hatten beide kurz nacheinander den Raum verlassen. Henry trat ans Fenster. Er sah Sebastián Peñasco in seinen großen Audi steigen und wegfahren. Nach dem Streit von eben zu urteilen war das hier keine Kellerei, sondern eine Schlangengrube.

Ich muss mich vorsehen, dass ich nicht selbst gebissen werde. Henry erinnerte sich an den Zettel mit der unfreundlichen Aufforderung zu verschwinden, an den Schlag auf den Kopf, die Festnahme, wobei sein Blick erneut auf die Fotos mit den Stierleichen fiel. Zutiefst erschrocken fuhr er herum, als er die Tür in seinem Rücken hörte.

»Schöne Tiere, nicht wahr?«, murmelte der alte Peñasco, noch die Klinke in der Hand. »Stolz, grandios – oder nicht?«

»*Buenos días*, Don Horacio. Schön? Die sind doch alle tot«, sagte Henry, »da ist kein Stolz mehr, nur Blut im Sand. Das ist doch Blut, die dunklen Flecken da auf den Fotos, oder hier«, er zeigte auf die glänzende Flanke eines am Boden liegenden Stiers. Es war ein älteres Schwarzweißfoto. Die jüngeren Aufnahmen waren in Farbe, und das Blut leuchtete rot.

»Das sehen Sie falsch, ich nehm's Ihnen aber nicht übel.« Don Horacio ging hinter seinen Schreibtisch, lehnte den Krückstock an die Wand und setzte sich bedächtig.

»Ich werd's Ihnen erklären. Man braucht ein Gefühl für die Tragödie, für das Ritual dieses grandiosen Kampfes und die Unsterblichkeit. Man wird damit geboren, ich wurde damit geboren. Mein Sohn hat es nicht, leider, er ist zu weich, ihn schaudert davor. Mein Enkel Diego wiederum hat es, der ist hart im Nehmen. Mit der Zeit wächst das Vergnügen, wie beim Genuss der schönsten Weine oder der schönsten Frauen. (Wie alt war Don Horacio, 82 Jahre? Hörte das denn nie auf?) Wie war das bei Ihnen? Welche Weine mochten Sie zuerst, die kräftigen? Die süßen? Die vollen?« Der alte Mann machte eine weit ausholende Bewegung. »Die eleganten sicher erst später ... Egal was – spielt keine Rolle. Sie mochten Wein, er hat Ihnen geschmeckt, sonst hätten Sie diesen Beruf nicht ergriffen, und so ist es mit dem Stierkampf. Der *paseo*, der Einmarsch und die Grüße der Toreros ins Publikum, der Moment, wenn der Stier erscheint, wütend im Sand scharrt, das Raunen, das dann durch die Menge geht, oder die gespannte Stille, *señor*, wenn alle warten, wie er *el toro* aus seiner Position lockt. Dann die *suertes*, die klar definierten Bewegungen (Don Horacio schwelgte in Erinnerungen), aus denen der Stierkampf besteht. Ein Ballett. Es gibt unter den Matadoren Künstler der Arena und Dilettanten, es gibt gute und schlechte Stiere, bösartige und tapfere. Ein tapferer Gegner ist immer faszinierender als ein Feigling. Ist es beim Men-

182

schen nicht genauso, *¿no?*« Don Horacios Augen glänzten in einer Mischung aus Begeisterung – und Irrsinn? »Aber ich sehe, ich kann Sie nicht überzeugen. Oder? Sie haben noch nie einen Stierkampf gesehen?«

Henry schüttelte den Kopf und verkniff sich die bösartigen Bemerkungen, die ihm auf der Zunge lagen. Beim Kampf der Vernunft gegen das Gefühl verlor stets die Vernunft.

»Dann wird es Zeit.« Don Horacio griff in die Schreibtischschublade, nahm eine Eintrittskarte heraus und zeichnete sie ab. »Ich lade Sie herzlich ein, Sonntag in einer Woche in der Arena von Logroño. Sie sind Gast in unserer Loge.« Er zeigte auf die Fotos an den Wänden: »Wir sind – wie heißt das neuerdings? Sponsor? Man isst, man trinkt, man trifft seine Freunde in der Arena, Sie werden interessante Leute kennen lernen …«

Und der Stier hat dafür zu sterben, dachte Henry und zwang sich, es nicht auszusprechen.

»Die Kampfstiere, *toros de lidia* nennen wir sie, werden ausschließlich für die *corrida* gezüchtet; sie haben ein gutes Leben vorher, ein besseres als wir«, schwärmte Don Horacio. »Sie sind frei, vier oder fünf Jahre, streifen umher, haben endlose Weiden zur Verfügung und stehen nicht im Stall wie Kälber und Ochsen, die zur Schlachtbank geführt werden, ohne dass sie jemals einen frischen Grashalm gesehen haben, oder eure Milchkühe, angekettet oder mit dem Kopf zwischen Gitterstäben – das nenne *ich* Tierquälerei! Und letztlich beweist die *corrida de toros* doch nur einmal mehr die Überlegenheit des Menschen über die Kreatur.«

Wozu musste sich ein alter Mann das beweisen? Weil er es nicht ertragen konnte, dass es zu Ende gehen würde? Nein, das konnte es nicht sein, er war auch früher so gewesen, wie die Fotos bewiesen.

»Nach dem von Ihnen beschriebenen schönen Leben, gehen die Stiere wohl kaum freiwillig in die Arena, oder?

Ganz im Gegensatz zu Ihnen.« Es war zu viel, Henry wusste es, aber ihm schauderte vor den Machtphantasien des Patriarchen hinter dem Schreibtisch. Beim ersten Treffen hatte er es nicht bemerkt, aber je länger er ihn betrachtete, desto greisenhafter wirkte Don Horacio. Seine Augen wurden schmal. Unwillen keimte in ihm auf, und Henry nahm sich vor, den Alten möglichst nicht aufzuregen.

»Sie sind natürlich nicht gekommen, um über Stiere zu sprechen.« Don Horacio bemühte sich um einen verbindlichen Ton, doch das Thema ließ ihn nicht los. »Ich würde gern über die Kämpfe von Juan Belmonte sprechen oder über den großen Cagancho – und Vicente Barrera, der das Horn ganz nah an sich heran ließ. Aber gut, Sie wollen wissen, was ich über dieses Lumpenpack von Weinbauern denke? Diese *compañeros* oder Genossen? Ich bin alt genug, um mir ein offenes Wort zu erlauben, das habe ich immer getan. Für sie gibt es nur ein Wort: Verräter! Verräter sind das, verschlagen, hinterlistig und niederträchtig. Gesindel, undankbares Pack! Jeder für sich ist nichts, aber gemeinsam fühlen sie sich stark – die Parolen kennen wir. *¡Muchas gracias!* Hat ihnen aber auch nichts genutzt.« Der Alte lachte selbstgefällig. »Das sind keine Weinbauern, nein, das sind Kommunisten, Schwule – wie unsere Regierung, die sich jetzt ›sozialdemokratisch‹ nennt und die Ehe zwischen Männern zulässt. Ekelhaft! Nichts ist ihnen heilig, weder Gott noch das Vaterland. Wir haben dafür noch gekämpft, und unsere Kameraden sind dafür gefallen. Diese Kooperative, das ist alles dasselbe Geschmeiß, da hilft nur die harte Hand! Ja, ich bin offen zu Ihnen, als alter Mann kann man sich das erlauben ...«

Henry hatte keine Lust auf derartige Tiraden, und er unterbrach Don Horacio: »Lassen Sie uns von Jaime Toledo sprechen! Sie kannten ihn, sechs Jahre lang war er bei Ihnen Chefönologe.«

Don Horacio holte Luft: »*Sí,* der Schlimmste von allen,

184

der Rädelsführer, *el cabecilla.* Ein ausgekochtes Subjekt. Hat sich eingeschlichen, aalglatt, mit hervorragenden Zeugnissen – sicher gefälscht. Allerdings, von Wein verstand er was ... das muss ich ihm lassen. Ich habe mich gefragt, wie jemand eine so gute Nase und Zunge haben kann und dabei ein so durchtriebenes Wesen. Unterwandert hat er uns, wie es die Marokkaner mit Spanien tun, bei euch die Türken ...« Don Horacio schnappte deutlich nach Luft. »Mit unserem Kapital und unserer Hilfe hat er die Weinberge unserer Lieferanten verbessert, uns dabei weisgemacht, dass wir den Nutzen hätten, aber er hat nie sein Ziel aus den Augen verloren. Ein Anarchist war das, von der übelsten Sorte ...«

Wieder musste er eine Atempause machen und riss dabei die Augen weit auf. Henry blickte den alten Mann trotz seiner Abneigung besorgt an. Er hatte sich so in Rage geredet, dass sein Gesicht rot anlief. War er noch bei Sinnen? »Bitte, beruhigen Sie sich, Don Horacio.«

»Ja, jetzt schauen Sie ganz geknickt, das haben Ihnen Ihre Freunde von LAGAR wohl nicht erzählt, was? Aber wir haben unsere Leute da, wir wissen alles. Wir haben sie schon einmal in die Knie gezwungen, und wir werden das wieder tun. Aber machen Sie nur weiter, fragen Sie, der Presse glaubt ja sowieso keiner mehr, ist auch von den Sozialisten gekauft. Die Genossen werden sich wundern, LAGAR wird scheitern, da hat sie Jaime Toledo fein an der Nase herumgeführt, wie in dem Märchen ... bei Ihnen, mit dem Mann mit der Flöte ... den Ratten, der die Kinder zu sich lockt ...«

Henry sah keinerlei Veranlassung, Don Horacio auf die Sprünge zu helfen.

»... Rattenfänger, genau das meine ich, Rattenfänger. Die Rioja, das sind wir, wir, die klassischen Kellereien! Wer fragt uns danach, wer die Trauben liefert? Das interessiert keinen, wir haben einen großen Namen, wir! Sie hingegen werden pleite gehen und ihr Land an uns verlieren, ha, ha, an uns ...«

Don Horacio schnaufte, keuchte, griff sich an den Hals, seine Stimme überschlug sich. »Das haben sie ihm zu verdanken. Hätten sie weiter mit uns gearbeitet ... Ah, ah ... Menschlich war er auch ein Schuft, wenn ich an die Sache mit Victoria denke ... bitte! Machen Sie das Fenster auf, ich kriege ... keine Luft mehr, ah ... Hilfe ... *Socorro* ...«

Henry sprang auf und rannte zur Tür. Entweder war es ein Herzanfall oder ein Nervenzusammenbruch, Don Horacio röchelte, er brauchte einen Arzt. Auf Henrys Rufen hin kamen Büroangestellte aus ihren Zimmern, gefolgt von Victoria und Diego Peñasco.

»Was ist passiert, was ist mit meinem Großvater? Was haben Sie mit ihm gemacht?«, schrie er.

»Es geht ihm schlecht, er bekommt keine Luft. Ihr Herr Großvater hat sich schrecklich ereifert.«

»*Abuelo, abuelito*, Großvater, Großväterchen, was hat er mit dir gemacht?« Diego Peñasco zerrte den Großvater vom Sessel auf den Boden, riss ihm den Kragen auf und schob ihm Kissen unter die Beine.

Als Henry helfen wollte, stieß ihn Diego grob beiseite und schnauzte ihn an: »Nehmen Sie Ihre Hände da weg! Sie fassen ihn nicht mehr an! Victoria, die Klinik in Logroño, einen Hubschrauber, oder wir fliegen direkt nach Vitoria ...«

Als der Hubschrauber mit dem Alten und Diego an seiner Seite über der Sierra de Cantabria entschwunden und die Bodega wieder zur Routine des Lesebetriebs zurückgekehrt war, sprach Henry Victoria an.

»Bleibt es bei unserer Verabredung, trotz der Aufregung? Oder musst du hier bleiben?«

»Ach, der Alte, der macht's sowieso nicht mehr lange. Irgendwann ist der weg, der steht nur noch im Weg und gibt Geld aus.«

Henry erschrak vor ihrer Kälte und Distanz. Ihn berührte nicht so sehr, was Victoria gesagt hatte, der Alte war ihm zutiefst unsympathisch, ihn wunderte vielmehr die Kaltschnäuzigkeit. Egal, wie man zu Don Horacio stand, in jenem Augenblick war er auf Hilfe angewiesen. Wem würde ich kein Wasser geben, wenn er am Verdursten war? In diesem Moment erinnerte sich Henry wieder an den Matador auf dem Foto in Don Horacios Büro.

Sie sah wunderbar aus, erwartungsvoll, und sie lächelte; ihr Anblick machte den Nachmittag fast vergessen. Victoria hatte das Haar mondän über den Kopf auf die linke Seite gekämmt, am rechten – freien – Ohr baumelte ein schillernder Ohrring. Die Lippen glänzten, und der Lidstrich verlieh ihren Augen Tiefe. Sie trug eine Art Strickjacke, braun, mit weitem Ausschnitt und vorn mit Pailletten besetzt, die in den Farben des Ohrrings glitzerten. Der ausgestellte, schwingende Rock reichte bis kurz über die Knie. Sie trat einen Schritt zurück und baute sich vor Henry auf, stemmte die Hände in die Hüften, als wollte sie sagen: Na? Zufrieden?

Ja, das war er. Nur, sie war so verdammt jung, viel zu jung für ihn, fürchtete Henry. Sie trat zur Seite und ließ ihn eintreten. Wohnungen verrieten unendlich viel über ihre Bewohner, und neugierig sah er sich um.

Das Appartement schien erst kürzlich renoviert worden zu sein, er meinte, Farbe zu riechen, oder war es die von den abstrakten Bildern zeitgenössischer spanischer Künstler im Flur? Mit ihren Namen konnte Henry wenig anfangen. In der perfekt gestylten Einbauküche hing das Ölbild eines Thunfisches an der einzigen freien Wand. Im Wohnzimmer stand eine bunt gestreifte Sitzgruppe, der Stoff schimmerte kostbar und kühl; die Beleuchtung war indirekt; winzige Lampen erleuchteten die Einbauschränke und Bücherregale von innen. Er hielt sich zurück, es wäre unhöflich gewesen, gleich hinzugehen und zu sehen, welche Bücher sie las, obwohl es ihn interessierte. Der Panoramabildschirm des TV-Geräts war nicht zu übersehen. Je langweiliger die Programme, desto größer der Bildschirm, schoss es Henry durch den Kopf.

Die Wohnung war modern und geschmackvoll eingerichtet, bestimmt wahnsinnig teuer, ohne jeden Zweifel; bequem war sie auch, aber sie wirkte seltsam unbewohnt. Oder hatte Victoria wie verrückt aufgeräumt? Kein aufgeschlagenes Buch, keine Zeitschrift, nicht ein Foto von Eltern oder Geschwistern, nicht eine schmutzige Tasse im Abwasch, nicht mal Kalkflecken in der Spüle, auch keine Gartenkräuter auf der Fensterbank. Die Jacken hingen im Garderobenschrank, die Kerzen auf dem Sideboard waren neu, die Vorhänge vor dem Panoramafenster fielen so glatt herunter wie auf den Fotos der Deko-Zeitschriften. Alles passte zusammen, jedes Ding stand am richtigen Platz – Henry hatte den Eindruck, dass alles von einem Innenarchitekten postiert worden war, der nichts dem Zufall überlassen wollte.

Er versuchte, die Vorhänge beiseite zu ziehen. Victoria lächelte nachsichtig und betätigte einen Schalter. Die Vorhänge glitten auseinander und gaben den Blick auf das Panorama von Logroño frei. Zusammen traten sie auf den Balkon. Ein grandioser Anblick, aber er trat sofort zurück, unwillkürlich suchte sein Fuß nach Halt, und erst als sein Fuß etwas gefunden hatte, wo er sich festhaken konnte, beugte er sich vor. Sieben Stockwerke unter ihm lag die Gran Via Juan Carlos. Es war Samstag, und für eine Stadt von 150 000 Einwohnern herrschte viel Verkehr. Ganz Logroño war auf den Beinen. Rechts lag der erleuchtete Brunnen mit den Skulpturen, auf der anderen Straßenseite links befand sich das Café, in dem er die Journalistin getroffen hatte. War das erst gestern gewesen? Er schmunzelte, als er sich an ihren fluchtartigen Aufbruch erinnerte. Das mit dem Mordverdacht war ja auch schwer zu verdauen. Hatte sie ihren Liebling Diego darüber informiert?

Wann war er selbst angekommen? Erst Montag? Henry hatte das Gefühl, viel länger hier zu sein. Lag es daran, dass er ununterbrochen Menschen um sich hatte, sich in einem Netz von Beziehungen verhedderte, nie zur Besinnung kam, dass ein Ereignis das nächste jagte? Was war heute nicht alles passiert! Er war im Morgengrauen von der Polizei entlassen worden, war nach Laguardia zurückgefahren, hatte einen kurzen Mittagsschlaf gemacht. Danach hatte er mit Sebastián Peñasco Weine verkostet und war Zeuge des Dramas zwischen Vater und Sohn geworden. Dann der alte Peñasco, der Franco-Anhänger, Falangist. Angeblich war Don Horacio in der Franco-Ära zu Besitz gekommen. Wer hatte das erwähnt? Lohnte es, der Frage nachzugehen? Henry seufzte. Wenn man all diejenigen verfolgen würde, die damals reich geworden waren, würde man Jahre damit verbringen.

»Wie geht es dem alten Mann?«, fragte Henry in das Schweigen hinein und blickte nachdenklich auf die Lichter der Stadt.

»Don Horacio soll auf dem Weg der Besserung sein. Den haut nichts um. Sie müssen ihn fürchterlich gereizt haben. Womit haben Sie ihn provoziert? Wieso hat er sich aufgeregt?«

»Haben wir uns nicht geduzt?«

»Dazu können wir gerne wieder übergehen«, sagte Victoria, »*con mucho gusto*«, und hielt Henry die Wange zum Kuss hin. Er spürte ihren Duft, ein teures Parfum, er kannte es, Pour Elle – von Annayake, dezent und doch präsent, auf Dauer leider ermüdend –, und sie blickte ihn an wie beim ersten Treffen oben auf der Sierra.

»Gehen wir gleich essen? Ich habe einen Tisch im Las Cubanas bestellt. Oder soll ich uns erst was zu trinken holen? Ich habe einen schönen Cava. Wie wär's?«

»Für den Anfang wunderbar.« Henry sah ihr nach, wie sie in wiegendem Schritt durch das Wohnzimmer ging. Mitten im Raum blieb sie jedoch stehen und drehte sich um.

»Rechts im Schrank sind Gläser, Henry, im mittleren Fach, *por favor*.«

Er stellte Gläser auf den Tisch, nahm die Flasche entgegen, öffnete sie, schenkte ein und ließ sich in einen Sessel fallen. »Seit wann arbeitest du bei Peñasco?« Erst als Henry die Frage ausgesprochen hatte, erinnerte er sich an die Worte des alten Peñasco, ... *die Sache mit Victoria* ... Welche Sache? Was war damit gemeint? Wenn es heikel war, musste er diskret vorgehen. Verdammt, wieso konnte er die Fragerei nicht lassen? Die Frau war klasse ...

Victoria reagierte unwirsch. »Werde ich jetzt vom Journalisten ausgequetscht?«

Henry fühlte sich ertappt. »Ja und nein. Es interessiert mich wirklich sehr – persönlich – na, und selbstverständlich auch im Rahmen meiner Arbeit.«

»Jaime war bereits bei Peñasco, als ich dort anfing«, antwortete Victoria versöhnlich, »ein interessanter Mann. Wir hatten rasch einen sehr freundschaftlichen Kontakt. Er war überaus höflich, sehr kollegial, äußerst zuvorkommend. Aber bei unseren unterschiedlichen Arbeitsbereichen läuft man sich nicht so oft über den Weg. Ich bin in der Verwaltung, er war in der Produktion, dauernd im Weinberg, unterwegs mit den Weinbauern oder auf Kongressen oder Schulungen mit Sebastián Peñasco.«

»Und sein Verhältnis zu Diego?«

Victoria zögerte. »Geht das nicht ein bisschen zu weit? Das sind schließlich Interna. Ist das für deine Reportage wichtig?«

Henry versuchte es mit einem gelangweilten Gesichtsausdruck. »Nein, sehr wichtig ist es nicht, nur – ich würde mir gern ein Bild von all dem machen können, am meisten interessiert mich natürlich Jaime Toledo und der Aufbau der Kooperative. Bei der Frage ist der alte Peñasco ausgeflippt, entschuldige, regelrecht durchgedreht, wenn ich ehrlich sein soll.«

»Wie hast du von Jaime erfahren – und von der Kooperative? Die verkaufen noch nichts, und er hat nie …«

Henry erzählte ihr von seiner und Jaimes Verbindung zu dem in Bordeaux ermordeten Winzer.

»Und wer hat die Sache aufgeklärt – doch nicht du, oder? Das war dieser Weinhändler?«

»Ja sicher, ich habe erst darüber geschrieben, als alles vorbei war.«

»Hättest du dich so engagiert wie dieser Weinhändler? Dich deshalb in Lebensgefahr begeben, um das aufzuklären? So weit kann doch berufliches Interesse gar nicht gehen.«

Henry betrachtete den Cava, seine strohgelbe Farbe mit dem winzigen Stich ins Grün und die von den Wänden des Sektglases aufsteigenden Perlen. »Für einen Freund hätte ich mich eingesetzt, bestimmt. Man tut, was man tun muss, ich glaube nicht, dass wir die Wahl haben. Es setzt sich immer durch, was in uns ist, selbst wenn es uns vernichtet.«

Victoria blickte Henry erschrocken an, ein bitterer Zug erschien um ihre Lippen.

»Eine grauenhafte Vorstellung. Meinst du … das gilt für jeden, auch für den Peñasco-Clan?«

Was geht in ihr vor?, fragte sich Henry. Anscheinend hatte er einen wunden Punkt berührt. In welcher Beziehung stand sie zum – wie hatte sie es formuliert? – zum Peñasco-Clan? Wer hatte den Begriff in den vergangenen Tagen schon mal gebraucht?

»Wir sollten endlich essen gehen«, sagte Henry. Wohl dosiert musste er an die Sache herangehen, es wollte alles wohl überlegt sein … schon wieder war er auf der beruflichen Schiene, dabei hatte er ein äußerst privates Interesse an Victoria, sie machte ihn verrückt – wie sie ging, wie sie sprach: lockend und gleichzeitig verhalten …

»Wie schrecklich für seine Frau, mit dem Kind alleine dazusitzen«, sagte Victoria, als sie mit dem Fahrstuhl hinunterfuhren. »Der Mann tot, den sie geliebt hat, das Kind ohne

191

Vater, ständig die Erinnerung, die einen nicht loslässt. Grauenhaft, so ein Schicksal. Kennst du Marta?«

»Wer ist das?«

»Na, die Frau von Jaime Toledo, seine Witwe.«

Jetzt ließ sie nicht ab vom Thema. Das würde ein erbaulicher Abend werden. »Kennen wäre zu viel gesagt. Ich war an jenem Abend in ihrem Haus, als die Polizei die Nachricht von seinem Tod brachte.«

»Du warst da?«

»Ja, wieso? Ich war mit Toledo zum Essen verabredet.«

»Und – und wie hat sie reagiert?« In der Frage lag mehr Neugier als Anteilnahme.

»Sie ist zusammengebrochen. Man holte einen Arzt, weil man befürchtete, sie könne das Kind verlieren.«

»*Con razón*, so was ist gut möglich.« Victoria lächelte. »Wirst du sie noch mal besuchen?«

»Das hatte ich nicht vor, aber du bringst mich auf die Idee. Sie kann mir vielleicht einige Fragen beantworten.«

»Ach, lass sie in Ruhe, die leidet genug. Und jetzt sprechen wir nicht mehr davon, ja?«

Sie waren unten angekommen. Henry hielt ihr die schwere Haustür auf, und sie hakte sich bei ihm ein.

Das Las Cubanas war eines der besten Restaurants der Stadt. Aber es wirkte mit den weißen, schmucklosen Wänden und der wagenradgroßen Deckenbeleuchtung kalt und nüchtern.

Victoria hatte einen Tisch weit weg vom Eingang gewählt. Sie setzte sich mit dem Gesicht zum Publikum, so dass Henry mit dem Gesicht zur Wand Platz nehmen musste, was ihm gänzlich gegen den Strich ging. Allerdings entschädigte ihn Victorias Anblick genauso wie der Blick in die Speisekarte.

»Im Baskenland findest du die besten Restaurants und die meisten Sterne-Köche Spaniens«, erklärte Victoria. »Aber gewöhnlich stehen die Besitzer der Restaurants im Vordergrund und nicht die Künstler an den Feuerstellen und

Kasserollen. Spaniens Köche werden wie Angestellte behandelt, wie gut sie auch sein mögen, von Ausnahmen einmal abgesehen. Dieses Lokal ist zum Glück eine Ausnahme.«

Schon möglich. Henry hätte sich gern für den *jamón ibérico* entschieden, aber was mochten das für Schweine sein, wenn eine Portion mit 30 Euro auf der Karte ausgewiesen war? Auch wenn die Redaktion bezahlte, nein, er entschied sich für gebackene Pilze, danach kamen mit *bacalao* gefüllte Paprika auf den Tisch. Was man mit Stockfisch so alles machen konnte!

Victoria nahm *merluza y almejas.* Der Seehecht schmeckte ausgezeichnet, die Venusmuscheln dazu waren ein kleines Festessen. Als Henry mit seiner Gabel über den Tisch langte, um eine von Victorias Teller zu probieren, stieß er gegen das Salzfass. Als es umfiel, zuckte er so heftig zusammen, dass Victoria aufblickte. Salz verstreuen, das hatte ihm gerade noch gefehlt. Etwas Dümmeres hätte ihm nicht passieren dürfen, das bedeutete nichts als Ärger. Was würde heute noch geschehen?

Das Essen versöhnte ihn vorerst, ebenso die Art, wie die Speisen angerichtet waren – eben nicht als fantastische Chiffren einer Nouvelle Cuisine, bei dem der Anblick des fast leeren Tellers weniger an Essen als an eines der wunderbaren Bilder von Juan Miró erinnerte und man hungrig eine überzogene Rechnung zahlte.

58 verschiedene *Crianzas* bot die Weinkarte, Preise von elf bis vierzehn Euro waren im Verhältnis zu deutschen Restaurants geradezu geschenkt, die *Reserva* lag nicht wesentlich darüber. So genannte Autoren- und Lagenweine, die sich mehr am wuchtigen internationalen Stil orientierten und wenig mit einem erdigen, gut strukturierten Rioja zu tun hatten, kosteten mindestens das Doppelte. Der Vega Sicilia Único aus Ribera del Duero, der erst zehn Jahre nach der Lese die Bodega verließ, stand hier mit 200 Euro. Der geschmackliche Unterschied von einem 5-Euro-Wein zu ei-

nem 20-Euro-Wein war gewaltig. Aber von dort aus bis zum Vega Sicilia war es nicht so weit, und die Zahl derer, die den Unterschied schmecken konnten, darin waren sich Victoria und Henry einig, blieb in engen Grenzen. Beide trauten es sich nur unter Vorbehalt zu. Da war es weitaus wichtiger, wer einem gegenübersaß.

Victoria lächelte charmant, hielt sich aber eher bedeckt. Allen Fragen über die Gründung von LAGAR, Jaime Toledo und was seinen Absprung bei Bodegas Peñasco ausgelöst hatte, ging sie elegant aus dem Weg. Er ließ es lächelnd zu, bevor irgendwie eine Missstimmung aufkommen konnte.

Vor dem Lokal roch es nach Holzkohle und gebratenem Fleisch. Sämtliche Tapas-Bars in der Calle Laurel und in der Altstadt blieben bis tief in die Nacht geöffnet, vor den Eingängen drängten sich die Bewohner der Stadt, jeder mit einem Glas Wein in der Hand. In den Geruch mischte sich der von Zigarren, und ab und an wehte ein Hauch Marihuana vorbei. Die Zahl der Vergnügungssüchtigen nahm zu. Es war ein Volksfest, das jedes Wochenende wiederholt wurde.

»Wie lang wirst du bleiben?«, schrie Victoria Henry ins Ohr, anders konnten sie sich bei dem Geschrei und der lauten Musik kaum verständigen.

Die Frage versetzte Henry einen Stich. Er hatte sie zu oft gehört, sie verdarb jede längerfristige Beziehung bereits im Ansatz. Wahrheitsgemäß antwortete er, dass es davon abhinge, wie lange er in der Rioja zu tun hätte.

»Wieso hast du deine Frau nicht mitgebracht?«, wollte Victoria danach wissen.

»Weil ich keine habe!« War das die Sondierung, die einer weiteren Annäherung vorausging?

»Und deine Freundin? Weshalb nimmst du die nicht mit?«

»Weil ich keine habe«, war die lapidare Antwort, wobei der Lärm ringsum die Vertiefung des Themas glücklicherweise unmöglich machte. Sie suchten gegenüber der Kathedrale in der Calle Portales eine ruhigere Bar auf.

Victoria lehnte sich an den Tresen, räkelte sich und spielte wie gedankenverloren mit ihrem Haar. Sehr verführerisch, aber irgendetwas hinderte Henry, sie einfach in die Arme zu nehmen und an sich zu ziehen, obwohl sie sich fast berührten und er hinter ihrem Parfum ihre warme Haut roch.

»Warum hat ein Mann wie du keine Freundin oder Frau?«, insistierte Victoria und blickte mit leicht geöffneten Lippen zu ihm auf.

Wenn nur nicht der verdammte Verstand gewesen wäre und nicht dieses bescheuerte Salzfass. Henry räusperte sich. »Das ist eine längere Geschichte. Vielleicht weil man die falschen Dinge zum falschen Zeitpunkt tut«, sagte er und entschuldigte sich für einen Moment. Als er von der Toilette zurückkam, stand sie draußen vor der Bar und telefonierte. Ihr ernstes Gesicht hellte sich auf, als sie ihn sich durch die Gäste zwängen sah. Sie steckte das Handy ein und kam ihm entgegen. »Eine Freundin.«

Kurz darauf machten sie sich Arm in Arm auf den Nachhauseweg, Henry spürte ihren Körper und ihre Wärme durch die Jacke, ihr Bein, ihre Hüfte, ihren Busen. Die Frage, ob er blieb, war weder gestellt noch beantwortet, und er fühlte sich gespalten. Er wollte bleiben und auch wieder nicht, machte sich Gedanken über das Nachher. Begehrte sie ihn tatsächlich, oder würde man sich nur gemeinsam die Einsamkeit vertreiben?, denn auch sie hatte keinen Freund. Sogar im Fahrstuhl blieb er befangen; eine Frau, der man eine Abfuhr gab, fühlte sich brüskiert – man machte sie sich womöglich zur Feindin.

Wieder standen sie auf dem Balkon, und Henry hatte sich gerade dazu durchgerungen, sich gehen zu lassen und die Nacht hier zu bleiben, als sein Mobiltelefon läutete.

»Hallo? *¿Quién habla?* Ah – Daniel.«

»Sie sind wieder hier, mit drei Lastwagen«, raunte der Monteur. »Wie lange brauchst du? Ich kann sie zehn, höchstens fünfzehn Minuten aufhalten ...«

11.

Victoria Méndez

»Schneller, wir verlieren den Anschluss. Siehst du die Kreuzung? Sie dürfen uns nicht durch die Lappen gehen.« Der Mechaniker blickte konzentriert in die Nacht, Henry hatte den Eindruck, dass er mindestens doppelt so viel sah wie er selbst.

Daniel Pons stützte sich auf dem Armaturenbrett ab. »In Elvillar zweigt eine Straße ab, über die man auch nach Logroño kommt, aber da fahren sie nicht hin – außer sie führen uns an der Nase herum.«

Es war stockdunkel; der Mond sollte erst in einer Stunde aufgehen. Henry hatte die Rücklichter der Lastwagen längst aus den Augen verloren, er musste sich auf den Mechaniker verlassen. »Und wo wollen sie deiner Meinung nach hin?«

»Sicher bin ich mir nicht, aber wenn meine Vermutung stimmt, fahren sie nach Navarra.« Daniel Pons schaute sich um. »Sollten sie tatsächlich Trauben schmuggeln, dann holen sie die von dort, ¿verdad? In Navarra wird Tempranillo in Mengen angebaut und auch beste Qualität. Das wäre also kein Hindernis.«

Die Rücklichter der Kühltransporter kamen gleichzeitig mit den Straßenlaternen von Elvillar wieder in Sicht; im nötigen Abstand folgten die beiden den Fahrzeugen durch das Dorf, das zu dieser Stunde geradezu versteinert wirkte, und ließen sich am Ortsausgang wieder zurückfallen. Die Straße führte weiter durch trockenes, ödes Land. Beide Männer schwiegen, ein jeder von ihnen hing seinen Gedanken nach.

Daniel Pons' Vermutung schien sich zu bestätigen. Irgendein Weinbauer in der Nachbarprovinz produzierte möglicherweise mehr Trauben, als er offiziell angab, das war ohne Schwierigkeit möglich. Wenn die Weinberge genug hergaben, ließen sich einige Tonnen abzweigen und unter der Hand verkaufen, man gab 5000 Kilo an und erntete in Wirklichkeit 8000 oder sogar 10 000 Kilo. Man brauchte loyale Mitarbeiter und jemanden im Büro, der die Dokumente frisierte.

An der Tankstelle hatte Daniel Pons die Lastwagen aufhalten können, bis Henry nach einer halsbrecherischen Fahrt (eigentlich mehr einem Tiefflug) eingetroffen war, woraufhin sie sich sofort mit seinem Wagen an die Verfolgung der Kühltransporter gemacht hatten. Die Fahrzeuge waren offenkundig leer, so schnell wie sie anfuhren und schaukelten. Wenn jeder fünf Tonnen Weintrauben hergebracht hatte, waren das 15 Tonnen oder 15 000 Kilo. Damit konnte man fast den Gärtank neu befüllen, der bei Peñasco wegen der zu hohen Temperatur verdorben war. Henry traute Diego jede Form von Manipulation zu. Bei Sebastián würde er Derartiges nicht vermuten. Außerdem war der gerade erst wiedergekommen, und bei den extremen Spannungen zwischen ihnen würde der Sohn wohl kaum die Anordnungen des Vaters befolgen. Oder spielten sie Theater mit verteilten Rollen?

»He, was ist? Warum fährst du so langsam?« Daniel stieß Henry mit dem Ellenbogen an. »Schlaf nicht ein, *hombre,* wir verlieren sie!«

Es schien Henry, als wache er auf, als käme er erst jetzt zu sich. Plötzlich sah er alles ganz klar und überdeutlich. Er blickte Daniel auf dem Beifahrersitz an, als müsse der von allein darauf kommen, welcher Verdacht Henry wie ein Blitz durchzuckt hatte.

»Was hast du, *hombre*, red schon, los, mach den Mund auf!«

»Könnte ... könnte es sein, dass, äh, dass Jaime Toledo, ich meine, vielleicht war er in derselben Mission unterwegs wie wir jetzt. Vielleicht ist er auf genau denselben Trichter gekommen, hat diese Leute verfolgt und ist dann ...?«

Der Mechaniker reagierte völlig anders als erwartet. »*Ante todo, calma,* immer schön mit der Ruhe. Wundert mich, dass du erst jetzt darauf kommst. Ich habe von dem Augenblick an daran gedacht, an dem wir über seinen Wagen gesprochen haben, und darüber, dass die Polizei ihn weggebracht hat. Man hat nichts untersucht, weder die Leiche noch das Auto, nichts, da fragt man sich schon. Dass du erst jetzt darauf kommst – erstaunlich, *señor reportero* ... Was ist mit deiner Spürnase, deinem siebten Sinn?«

Henry hob die Hand in einer wegwerfenden Geste. »Dummes Zeug, *¡tonterías! Bueno,* ich habe mich natürlich gefragt, ob sein Wagen manipuliert war. Aber ich habe den Gedanken nicht zu Ende gedacht, nicht an einen fingierten Unfall gedacht, an ... Mord? Gestern habe ich es ins Spiel gebracht, als Provokation sozusagen. Aber – nein, das schien mir zu weit hergeholt. So einfach bringt man keinen um. Ein Menschenleben für 15 Tonnen Weintrauben? Niemals!

»Wie viel müssen es denn sein? 25 Tonnen oder 250? Ab wann lohnt es sich? Wie viel Trauben ist ein Leben wert?«

»Leute, die so was machen, sind nicht dumm. Außerdem brauchen sie einen Grund, ein Motiv. Na ja, jetzt haben wir vielleicht eines gefunden, obwohl ...«

»Obwohl – was?«

»Obwohl wir überhaupt nicht wissen, wer da vorne am Steuer sitzt, wer die Trauben bekommt, ob es wirklich Trauben sind ...«

»... ich weiß es.«

»Warst du auf der Ladefläche?«, fragte Henry erstaunt.

Daniel Pons kicherte belustigt. »Was bildet ihr Spezialisten euch ein? Glaubt ihr, dass nur ihr die richtige Nase habt? Ich hab's gerochen.«

»Ich dachte, dass Schmieröl und Abgase einem die Nase verkleben.« Henry hob abwehrend die rechte Hand und zog den Kopf ein, als müsste er gleich einen Schlag abwehren. »Nenn mich jetzt nicht *hijo de puta* ...«

»Genau das wäre angebracht ...«

Sie erreichten Cripán, wo die Transporter mitten im Dorf nach links abbogen. »Es geht rauf auf die Sierra«, sagte Daniel Pons, »wie ich dachte. Jetzt beginnen die Serpentinen, mach die Scheinwerfer aus, sonst sehen sie uns.«

»Bist du wahnsinnig? Sollen wir enden wie Jaime?«

»Es ist hell genug, ich sehe alles.«

»Und wenn uns einer entgegenkommt?«

»Außer uns ist keiner so verrückt. Außerdem sehen wir den zuerst, und dann schaltest du das Licht eben wieder ein.«

Henry war mulmig zumute, und hinter der nächsten Haarnadelkurve forderte er den Mechaniker auf, das Steuer zu übernehmen. »Du bist das Nachtsichtgerät, nicht ich.«

Daniel Pons fuhr so sicher wie andere Menschen bei Tag. Als sie auf dem Kamm der Sierra angekommen waren, hatte sich auch Henry viel besser als erwartet an die Dunkelheit gewöhnt, und sie tauschten erneut das Steuer, damit sich der Mechaniker auf die Beobachtung der Lkws konzentrieren konnte. Sie schlossen auf, schalteten hinter einer Kurve das Licht wieder an, und überholten in halsbrecherischen Manövern kurz hintereinander alle drei Fahrzeuge; Henry riskierte einen Blick auf die Fahrer, aber ihre Gesichter blieben im Dunkel. Im nächsten Dorf hielten sie im Schatten eines Hauses und ließen die Kühltransporter vorbeifahren, um sich dann wieder an sie zu hängen.

Sie waren die ganze Zeit über auf schmalen Straßen dritter Ordnung gefahren, kaum jedoch gelangten sie auf die Regionalstraße, blitzte am Straßenrand ein Blaulicht auf, ein Jeep der Guardia Civil setzte sich vor sie, und Henry blieb nichts anderes übrig, als zu bremsen. Die Rücklichter der Lastwagen verschwanden in der Ferne.

Gespenstisch strich das kalte Blaulicht über vertrocknete Gräser, große Steine, Agaven und Dornengestrüpp. »Das war's dann wohl«, knurrte der Mechaniker, vor Wut kochend. Er öffnete die Wagentür. Stille umfing sie, kroch fast zur Tür rein, dann wurde das silberne Sirren der Zikaden laut. Vor ihnen die beiden Uniformierte stiegen ganz langsam aus und setzten betont gemächlich ihre Mützen auf.

»¡Vaya lío! Das ist ja ein Ding! Ich kenne die Typen.«

»Ich auch«, flüsterte Henry, »kennen ist zu viel gesagt, aber den Beifahrer habe ich schon mal gesehen ...«

»Den Offizier, den Langen?«

»Ja, neulich bei Bodegas Peñasco. Der hat da Wein gekauft.«

»Der hat Wein – gekauft?« Der Mechaniker kicherte. »Wo lebst du eigentlich? Die werden gesponsert, so heißt das, ganz offiziell, so wie Peñasco den Stierkampf sponsert.«

Im Bruchteil einer Sekunde trat Henry das Plakat vor Augen, das er in Logroño gesehen hatte, mit der Ankündigung der corrida am nächsten Sonntag und unten der Schriftzug der Bodega: der wütende Stier frontal, der Matador, wie er ihn hinter seinem Rücken vorbeiführt, und zuletzt in Siegerpose, den Arm hochgereckt, die Mütze in der Hand ... Und ihm fiel ein, dass er den Offizier bereits bei den Aufräumarbeiten nach dem tödlichen Unfall des Vertreters am Berghang gesehen hatte. Er hatte die Fahrzeuge vorbeigewinkt. Der Offizier trug Schnürstiefel – einer davon mit erhöhtem Absatz – und hinkte leicht, als er mit der Hand auf der Pistolentasche auf sie zukam.

Obwohl er Daniel Pons offensichtlich kannte, ließ er ihn nicht zu Wort kommen und verlangte herrisch nach Henrys Führerschein und den Wagenpapieren. Als weder an den

Dokumenten noch am Fahrzeug irgendetwas zu bemängeln war, begannen die Fragen:

»Wo wollt ihr hin?«

»Was soll das, Valerio?«, fragte Daniel Pons aufgebracht. »Du tankst seit Jahren bei mir, und plötzlich spielst du den Sheriff?«

»Ich habe gefragt, wo ihr hinwollt!«

»Was glaubst du, wo Männer in unserem Alter nachts hinwollen, *hombre*. In den Puff nach Estrella natürlich.«

Eine äußerst plausible Antwort und kaum zu widerlegen. Henry musste sich zusammenreißen, um nicht loszuprusten – ihm wäre das niemals eingefallen.

Der Offizier hingegen fand das gar nicht komisch. »Da gibt's gar keinen Puff, in Estrella.«

»Ach. Du kennst sie alle? Welchen empfiehlst du denn?«

Wenn Blicke töten könnten ... Der mit Valerio angesprochene Offizier merkte, dass er sich verrannt hatte. Sein Kollege und Fahrer beherrschte sich nur mühsam, am liebsten hätte er Daniel aus dem Wagen gezogen.

Aber der Mechaniker hatte keine Angst. »Was soll das, eure Straßensperre mitten in der Nacht?«

»Überlass es gefälligst mir, die Fragen zu stellen, dann fährst du besser. Wir haben eine ETA-Warnung. Die Grenze zum Baskenland ist nah.«

»Du bist doch selbst Baske.«

»Und du ein verdammter Katalane, alles Anarchisten. Wir kontrollieren auch dein Fahrzeug, und wenn ich's mit gezogener Pistole mache. Reize mich nicht, *murciélago*.« Also kannte auch er den Spitznamen des Mechanikers.

»Die ETA soll ihre Bomben bei Nacht über diese Hochebene kutschieren? Die wissen doch viel besser ...«

»Was wissen die besser?«, unterbrach der Offizier gefährlich. »Vorsicht, *amigo*! Bei Terrorismus hört jede Freundschaft auf.«

»Was willst du damit sagen?«

»Nichts! Und Sie«, das war an Henry gerichtet, »machen gefälligst den Kofferraum auf!«

Es war kalt. Henry fröstelte und setzte sich wieder in den Wagen, während der Offizier nach der Inspektion des Kofferraums, des Warndreiecks, der reflektierenden Weste und des Verbandskastens mit den Papieren zum Jeep ging und per Funk die Daten überprüfte.

»ETA! Der hat sie nicht mehr alle«, schimpfte Daniel Pons. »¡Cabrón! So eine blöde Ausrede habe ich seit Jahren nicht gehört. Damit wird heute alles gerechtfertigt.«

»Kann doch sein«, meinte Henry zweifelnd. »Sei vorsichtig, wir sind gerade erst raus aus dem Knast ...«

»Oye, amigo, glaubst du tatsächlich, dass die Nummer mit der Kontrolle Zufall war?«

»Ja, wieso nicht?«

»Blödsinn. Für Terrorismus ist die Brigada de Información zuständig. Du weißt, dass ich nicht an Zufall glaube. Die ETA weiß genau, wann und wo sie fährt, dann ist die Straße frei. Alle Fahndungserfolge gingen auf Observierung zurück. Da werden Wohnungen und Leute beobachtet, Telefone und E-Mails abgehört und gespeichert, Bankkonten und Geldbewegungen überwacht, das ist bei euch in Deutschland keinen Deut besser.«

»Ist ja gut. Aber wenn das hier kein Zufall ist, was ist es dann?«

»In erster Linie solltest du darüber nachdenken, ¿verdad? Wer ist hier der Reporter?«

Als die Kontrolle beendet war und Henry sich anschickte, nach Laguardia zurückzufahren, bedeutete der Offizier ihm wieder anzuhalten. »Ist euch die Lust an den Mädchen vergangen?«

»Von mir kriegst du keinen Liter Benzin mehr«, sagte der Mechaniker zwischen fast geschlossenen Lippen. »Und wenn du das Doppelte zahlst.« Bevor der verdutzte Offizier etwas sagen konnte, ließ er die Scheibe hoch. »Gib Gas!«

Henry tat es und sah im Rückspiegel, dass der Jeep ihnen nicht folgte.

Gab es eine Steigerung von menschenleer? Sie waren abseits der größeren Straßen, und obwohl Wochenende war und jedermann ausging, war nicht eine Seele unterwegs, weit und breit kein Licht, kein Scheinwerfer. Henry folgte den Straßenschildern in Richtung Laguardia, immer wieder mit argwöhnischem Blick in den Rückspiegel. Er glaubte, Daniel sei eingeschlafen, aber der starrte schweigend geradeaus.

In Cripán musste Henry abbiegen. Gleich hinter der Kreuzung hielt er jedoch, schaltete die Scheinwerfer aus, wendete, fuhr zurück, drehte erneut und parkte in Fahrtrichtung, so dass er die Straßen überblicken konnte.

»Was soll das, wozu der Unsinn? Es ist zwei Uhr, ich will nach Hause.«

»Wart's ab, Daniel. Du wirst es gleich sehen.«

»Ach, das meinst du. Ausgezeichnet. *Estupendo, hombre,* für dein Alter lernst du ziemlich schnell«, sagte Daniel anerkennend; jetzt hatte er Henrys Absicht begriffen. »Übrigens gibt's da noch was, das habe ich ganz vergessen. Unser *capitán* hat angerufen.«

»Der von gestern? Was will er? Kriegen wir 'ne Anzeige?«

»Nichts dergleichen. Der ist in Ordnung, mag mich anscheinend auch gut leiden, sonst hätte er mir das nicht gesteckt. Nachmittags haben sie jemanden zum Prado Viejo geschickt, um unsere Aussagen, vielmehr deine wegen der Sicherheitsgurte nachzuprüfen. Habe ich dir nicht auf der Wache gesagt, du sollst den Mund halten? Das hast du nun davon . . .«

»Was habe ich wovon? Du kannst einem auf den Wecker fallen mit deinen Andeutungen.«

»Es waren keine Anschnallgurte mehr im Wagen, weder die Gurte noch das Druckschloss unten – auf beiden Seiten ausgebaut.«

Henry stöhnte und strich nachdenklich mit den Fingern den Staub vom Glas der Armaturen. »Dann ist die Sache klar. Jemand hat das Druckschloss manipuliert, die Münzen in die Schlitze gesteckt, damit Jaime die Gurte nicht schließen konnte, und jetzt hat dieser Jemand die Beweise verschwinden lassen.« Henry rutschte tiefer in den Sitz. »*Vaya, vaya,* schau mal, wer da kommt.« In diesem Augenblick bog der Jeep um die Ecke und verschwand in Richtung Laguardia.

Sie warteten fünf Minuten, bevor sie weiterfuhren. Wer hatte von ihrer Aussage erfahren und war dann zum Prado Viejo gefahren? Als Daniel Pons erzählte, dass der *capitán* der Guardia Civil von seinem Fund erzählt und angefragt habe, weshalb sie den Wagen nicht untersucht hätten, war alles so unklar wie zuvor. Was mochten die Policía Municipal und die Guardia Civil mit Toledos Unfall zu tun haben? Und ein defekter Sicherheitsgurt allein war kein Grund für den Sturz über den Abhang.

Kurz vor Laguardia stellte der Mechaniker aus reiner Neugier eine belanglose Frage, die Henry noch tiefer in Verwirrung stürzte: »Wo warst du eigentlich, als ich vorhin angerufen habe? Da war Musik im Hintergrund, aber es war keine Bar. Welche Frau hast du beglückt?«

»Das Glück hat mir dein Anruf vermasselt. Ich hätte es schon gern, aber irgendwas stimmt nicht, wir kommen uns näher und gehen wieder auf Distanz, vom ersten Augenblick an. Einerseits reizt sie mich, andererseits – verliebt bin ich auch nicht, und wenn man schon überlegt, wie es weitergeht oder wie wohl der nächste Morgen wird, dann ist was faul.«

»Mag sein. Ich bin als gut Verheirateter aus dem Thema raus. Wo kommt sie her, deine Flamme? Baskin oder Spanierin? Aus Laguardia?«

»Nein, aus Logroño. Du kennst sie sicher nicht. Méndez heißt sie, Victoria Méndez, sie arbeitet . . .«

». . . bei Peñasco!« Der Monteur schlug sich die Hände

vors Gesicht. »*Qué locura.* Bodegas Peñasco. Wahnsinn. Haben dir die Säfte das Gehirn vernebelt?« Der Mechaniker schien fassungslos zu sein. Er war schlagartig wach und starrte Henry an: »*Hombre,* das ist die Ex-Freundin von Jaime Toledo ...«

Henry hatte sich nach dem Aufwachen noch nicht auf die andere Seite gewälzt, als er bereits wieder Victoria vor Augen hatte. Sie stand neben ihm auf dem Balkon, er hatte den Arm um sie gelegt, hatte ihr Parfum in der Nase. Er würde sie heute anrufen und sich für das abrupte Ende des bis dahin gelungenen Abends entschuldigen. Da fielen ihm die Worte von Daniel Pons ein: Victoria – die Ex-Freundin von Jaime Toledo! Na, Geschmack hatte er. Seine jetzige Frau war auch nicht zu verachten, zwar ein ganz anderer Typ – oh – es war die Witwe – nein, das war gar nicht witzig.

Er sollte sich mit ihr treffen. Ob sie wohl bereit war, über Jaime und sein Leben, seine Arbeit und seine Beziehungen zu sprechen? War es Victoria gewesen, die mit dem Tuch um den Kopf über den Platz vor der Kirche gehuscht war? Vom Gang her war das möglich. Wie lange lag die Geschichte zurück? Weshalb hatten sie sich getrennt? Was wusste sie über die Kooperative, was über das Zerwürfnis mit Peñasco? Als Sekretärin des Juniorchefs musste sie alles mitbekommen haben und bestens informiert sein.

Aus Daniel Pons hatte er kein Wort mehr herausholen können. Also musste er selbst nachforschen. Die geplante Entschuldigung bei Victoria lieferte ihm einen guten Vorwand für einen Anruf, aber es fehlte ihm eine plausible Ausrede für seinen fluchtartigen Aufbruch ... Beim Rasieren fiel sie ihm ein.

Victorias Stimme klang keineswegs vorwurfsvoll. »Hoffentlich war alles so, wie du es dir vorgestellt hast.«

»Mehr oder weniger«, sagte Henry ausweichend und

wollte auf seinen überstürzten Aufbruch zu sprechen kommen, doch Victoria machte jede Erklärung überflüssig. »Ich würde mich freuen, wenn es bei unserem nächsten Treffen ein wenig ruhiger zugehen würde.«

»Selbstverständlich. So was Dummes macht man nicht zweimal.« Glück gehabt, sie schien ihm seinen Abgang nicht übel genommen zu haben. »Wie sieht es heute bei dir aus? Ich habe etwas gutzumachen.«

Zu Henrys Überraschung sagte sie sofort zu, schlug ihm vor, abends zu ihr zu kommen; sie würde kochen, und guten Wein hätte sie selbstverständlich im Haus, das sei sie schließlich ihrem Beruf schuldig.

Hörte sich alles sehr gut an, aber als Henry unter dem Glasdach des Hostals als Letzter das Frühstück einnahm, kamen ihm Skrupel. Wenn er sich wirklich für Victoria interessierte, war alles in Ordnung; wenn nicht, dann benutzte er sie. Bei Interviewpartnern war ihm das gleichgültig. Manager, Anwälte, PR-Leute und Politiker hielt er allesamt für genauso skrupellos. Wenn er als Reporter fragte, wusste sein Gegenüber, mit wem er es zu tun hatte. Wenn er sich aber mit Victoria nur traf, um sie auszuhorchen – über Jaime, über Bodegas Peñasco – und ihr dabei den Lover vorspielte? Nein, das gefiel ihm nicht. Verflucht, er wusste es selbst nicht mehr. Irgendwas lief schief; der Schlag auf den Kopf, die Festnahme, Jaimes Tod, die Genossen, die verschwundenen Beweise, der Rettungshubschrauber für den Alten und zuletzt die Guardia Civil … Existierte alles unabhängig voneinander? Der Mechaniker glaubte nicht an Zufälle, aber für Henry war alles ein heilloses Durcheinander.

In der Chaostheorie benötigte alles einen Anstoß. Das konnte sogar der Flügelschlag eines Schmetterlings sein, der eine Luftbewegung verursachte, die sich aufgrund der weiteren Umstände zu einem Sturm auswuchs. Wann und wo hatte es diesen Flügelschlag gegeben, und – viel wichtiger – was war dieses Ereignis, dieser Flügelschlag gewesen?

Von Laguardia bis zur Bodega Ysios waren es knappe zwei Kilometer. Henry hatte das markante Gebäude im Vorbeifahren gesehen und war fasziniert. Die langgestreckte sonnengelbe Front mit der gezackten Dachlinie inmitten der flachen Rebanlagen erinnerte ihn an ein auf dem Rücken liegendes Brotmesser, dessen Schneide mit dem Wellenschliff nach oben zeigte. Die langen Wellen zogen laut Architekt Santiago Calatrava die weichen Linien nebeneinander liegender Barriques nach – und dahinter die schroffen Züge der Sierra de Cantabria, eine Einheit und ein Gegensatz in einer überwältigenden Landschaft, das Hauptportal wie der Eingang einer Kathedrale.

Als er auf die Bodega zurollte, war er sich sicher, dass der Tod von Jaime Toledo (der Mord an ihm – davon war er mittlerweile überzeugt, aber darüber schwieg er besser) bereits der Sturm war. Der Flügelschlag des Schmetterlings musste lange vorher stattgefunden haben. Wie würde der Orkan sich auswirken, zu dem der Sturm sich auswuchs? Welche verborgene Ordnung lag hinter dem Chaos?

Ysios gehörte zum Pernod-Ricard-Konzern und war genau wie alle anderen mitten im Lesestress. Einen kurzen Blick konnte Henry in die 200 Meter lange und nur 26 Meter breite Halle erhaschen, in der nicht ein einziger Pfeiler die Sicht auf die liegenden Gärtanks verstellte. Liegende Gärtanks? Nein, Arbeitstanks zum Schönen und Kältestabilisieren des Weins, erklärte der Önologe. Liegend hatten sie den Vorteil, dass Schönungsmittel wie Eiweiß die Schwebeteilchen im Wein schneller und damit schonender binden konnten, damit sie zu Boden sanken. Der Önologe verabschiedete sich rasch wieder, Henry war im Wege.

Eigentlich stand er überall im Wege, nur waren bei Heredad Ugarte die Produktionsanlagen klar von den den Besuchern zugänglichen Teilen getrennt; daher kam sein Besuch nicht ungelegen. Victorino Eguren Ugarte, der Enkel des Unternehmensgründers, musste etwas von einem Maulwurf haben, jedenfalls hatte er sich von der Seite her in einen Hügel gegraben und vier Jahre lang ein 2000 Meter langes System von Stollen, Kammern und Grotten in die Erde treiben lassen. Hier lagerten Fässer und Flaschen bei zwölf Grad und achtzig Prozent Luftfeuchtigkeit – ideale Bedingungen für die Reifung des Weins, der erst mit der Zeit die Finesse bekam, die man von einem klassischen Rioja erwarten durfte.

Oberirdisch hatte Ugarte weiter gewühlt, einen See zum Rudern anlegen lassen, dazu eine Kapelle aus Findlingen und einen Turm, der Henry an eine mit dem Griff in die Erde gesteckte Keule erinnerte. Architekten, Bauzeichner und Statiker hatten sich ausgetobt. Maurer, Steinmetze und Fliesenleger hatten infolge der Eitelkeit von Bodegabesitzern und ihres Wunsches, die anderen zu übertreffen, Arbeit gefunden, wie auch Landschaftsarchitekten, Fuhrunternehmen und Installateure. Nahm das hier eine ähnliche Entwicklung wie einst das toskanische San Gimignano? Die Geschlechter-Türme waren so lange in den Himmel gewachsen, bis die Zahl der Todesopfer durch einstürzende Mauern den Magistrat zu einem Baustopp veranlasst hatte.

Die Kellerei Juan Alcorta kurz vor Logroño war Henrys nächste Station. Architektur machte müde – Gebäude als Marketinginstrumente in einer Weinwelt, die sich weniger über Geschmack als über Gebäude, Etikett und Werbeagentur definierten. Wer war bei diesem Komplex der Ecken und Kanten ohne jegliche Rundungen richtungsweisend gewesen? Bauhaus oder le Corbusier?

»Weshalb hast du mir nichts davon gesagt, dass du mit Jaime zusammen gewesen bist?« Henry legte alles Mitgefühl, das er mobilisieren konnte, in die Frage und hatte doch den Eindruck, dass es falsch klang. Ob Victoria das heraushörte? Er setzte sich auf den Balkon, legte die Füße auf die Brüstung und paffte eine Zigarre, die Victoria ihm nach dem Essen angeboten hatte. Er rauchte selten, höchstens mal einen Zigarillo, aber ein *puro* nach dem Essen war nicht zu verachten – leicht, fein und mit einem sehr würzigen Duft, daran konnte man sich festhalten, wie auch an einem guten Cognac. Henry versuchte, Ringe zu blasen, es wurden aber nur Vierecke und Wölkchen. Victoria schaute mehr oder minder interessiert zu und suchte nach einer Antwort.

»Das mit Jaime ist eine Weile her, *¿sabes?* Da war er noch bei uns, äh, bei Peñasco«, verbesserte sie sich. »Er war ein gut aussehender Mann, ein Typ mit einer unheimlichen Wirkung auf Frauen – auch auf mich, wenn ich ehrlich bin. Und dann hat mir sein Ehrgeiz gefallen, seine Kraft, seine Ideen – anfangs. Er hatte einen unheimlich starken Willen. So merkwürdig es klingt – er selbst hat das nie so gesehen. Doch wenn er meinte, dass etwas richtig war, dass es so gemacht werden musste und nicht anders, dann hielt ihn keiner auf. Das wurde immer schlimmer, bis ich dann gemerkt habe, wie er wirklich war.«

»Und wie war er wirklich?« Kam da eine neue Sicht dieses Mannes zum Vorschein, eine, die Henry nicht kannte, oder eine, die das bisher Gehörte unterstützte?

»Wie jemand wirklich ist, weiß man nie. Wir sehen selten das wahre Gesicht, das kennt man kaum von sich selbst, höchstens die Maske darüber. Deine Umgebung erwartet, dass du dich nicht so zeigst, wie du wirklich bist, *¿comprendes?* Man soll so sein, wie sich die anderen einen vorstellen, man muss die Vorstellung bedienen. Und sie nehmen es dir übel, wenn du sie enttäuschst.«

Henry ließ nicht locker. »Das heißt also, Jaime hat dich – getäuscht oder enttäuscht?«

»Nein, hat er nicht!« Die Antwort klang so überzeugend, dass Henry daran zweifelte. »Ich habe es gleich gemerkt, eine Frau spürt so was. Aber ich habe nicht darauf gehört.«

»Weshalb gehen so viele Ehen in die Brüche, wenn Frauen

alles von vornherein wissen? Anscheinend wissen sie besser über ihre Männer Bescheid als diese selbst.«

»Weil sie sich in ein Bild verlieben statt in den Mann, den sie vor sich haben. Sie verlieben sich in ihre Wünsche.«

»Und wenn ihr es nicht tun würdet?«

»Dann würde die Menschheit über kurz oder lang aussterben.«

Das klang verdammt bitter. »Weshalb hast du mir denn nicht gesagt, dass ihr euch so gut, äh ... kanntet?«

Victoria klang ziemlich kleinlaut. »Ach, du bist mir da am Berg begegnet, ich war verwirrt, da waren Leute, die mich kennen, und in ihrer Gegenwart darf sich eine Frau keine Blöße geben. Sofort wird geschwätzt. Männer klatschen und tratschen schlimmer als wir. Weshalb ich nichts gesagt habe? Kannst du es dir nicht denken?« Sie lächelte Henry an und machte ein zerknirschtes Gesicht. »Mach's mir nicht so schwer, Enrique. Es fällt mir nicht leicht, das zu sagen, weil ich mich nicht so recht ...«

Henry hätte ihr längst eine Brücke gebaut, um von der Frage wegzukommen und sich Victoria auf angenehmere Weise zu nähern, die ihn auf eine verhängnisvolle, geradezu unheimliche Weise reizte. Ihre Ausflüchte machten ihn neugierig, und er sah sie auffordernd an. Ihre Worte betrafen ihn und auch wieder nicht, er fühlte sich hingezogen, gleichzeitig beobachtete er ihre verqueren Annäherungsversuche wie ein Außenstehender. Es war ein Film, bei dem man nicht genau wusste, ob er einem gefiel oder ob man besser das Kino verließ.

Gequält ließ sich Victoria nach einer längeren Pause zu einer Antwort hinreißen. »Ich trau mich nicht, weißt du? Hätte es dir nichts ausgemacht, ich meine, wenn ich dir das gesagt hätte, das mit Jaime? Du hättest dich vielleicht nicht mit mir verabredet. Ich wollte dich nicht vergraulen. Ich wusste ja, weshalb du gekommen warst, in die Rioja, meine ich, und – ich wollte dich gern näher ... na, du weißt schon –

oh, Enrique, sei nicht so kompliziert! Was seid ihr Männer schwerfällig.« Mit einem schweren Seufzer setzte sie sich, rückte ihren Stuhl näher an ihn heran und sah ihm offen in die Augen.

Henry fühlte sich ausgehungert, mitgerissen, unsicher. Er wusste nicht, was er wollte. Und wie sie sich mit der Zungenspitze die Lippen befeuchtete, ihren Mund dicht vor seinem, ließ Herzschlag und Temperatur ansteigen. Er stand auf, um Zeit zu gewinnen, um sich klarer zu werden, und lehnte sich mit dem Rücken an das Balkongeländer. Als er dessen gewahr wurde, machte er entsetzt einen Schritt vorwärts.

»¿*Te mareas?*« Victoria lächelte mitfühlend über seine Höhenangst, aber Henry meinte etwas wie Gehässigkeit herauszuhören. Und wieder ärgerte er sich über sich selbst. Was waren das für idiotische, negative Interpretationen? Was unterstellte er dieser Frau? Sie brachte ihn nur total durcheinander, während er versuchte, einen klaren Kopf zu bewahren und die Führung zu behalten, nach seinem Motto: Wer fragt, der führt ... Oder wollte er etwas kaputtmachen? Noch hatte Victoria nicht gewonnen.

»Wie ist das eigentlich so, bei Peñasco zu arbeiten? Wie ist Diego als Chef? Ich habe neulich was mitbekommen zwischen Vater und Sohn ...«

»Derartige Verhältnisse sind immer kompliziert, wenn man in der Familie miteinander arbeitet. Verstehst du dich gut mit deinem Vater?«

»Sehr gut sogar«, sagte Henry. »Wie das allerdings wäre, wenn wir in derselben Firma tätig wären, weiß ich nicht.«

»Ich glaube, da liegt das Problem. Als Sebastián Peñasco in Chile war, klappte alles wie am Schnürchen. Kaum zurück, stellt er seinen Sohn in Frage, kritisiert ihn, hebt seine Anordnungen auf, und Diego wehrt sich verständlicherweise. Sie haben völlig konträre Vorstellungen, wie man ein Unternehmen führt – Welten prallen aufeinander.«

»Sebastían Peñasco ist der Boss, das muss er respektieren.«

»Wieso eigentlich? Diego gehört die Zukunft. Er hat Ideen, er will das Neue. Die Rioja wird irgendwann zu eng für ihn; er sieht mehr, er sieht das Unternehmen im Weltmarkt, die Möglichkeiten, die ihm das bietet. Ich bin sicher, er setzt sich durch. Leider versucht er manchmal mit dem Kopf durch die Wand zu gehen, aber er lernt dazu.«

Henry war nicht dieser Ansicht, aber Victoria bekam einen etwas versonnenen, ja beinahe mütterlichen Ausdruck. »Diego fordert viel, auch von mir; er ist sehr selbstsicher, sehr von sich überzeugt – das muss man auch sein, wie sollte es anders gehen? Er imponiert mir – mit seinen Ideen, mit seiner Art, ja, manchmal wirkt er vielleicht ein wenig arrogant, aber in seiner Position muss man sich die Leute vom Leib halten.«

»Und die Frauen?«

»Die laufen ihm nach. Er ist eine gute Partie.«

Insgesamt hatte sie Jaime Toledo ähnlich beschrieben, obwohl Henry einen anderen Eindruck von ihm gehabt hatte. Als besonders ehrgeizig und rechthaberisch hatte er ihn nicht empfunden. Victoria hatte anscheinend eine Vorliebe für derartige Männer, für die Macher, dachte Henry und schmunzelte. In dieses Schema passte er selbst in seiner eher ruhigen, abwartenden und beobachtenden Art nicht so gut hinein. Hingegen war es für jemanden wie Diego Peñasco sicher schwierig, wenn ein anderer starker Charakter seinen Weg kreuzte.

»Und was hast du vor deinem Job bei Diego Peñasco gemacht?«

»Können wir nicht mal das Thema wechseln, Enrique? Die spanische Version deines Namens gefällt mir viel besser. Was ich gemacht habe? Das war aber die letzte Frage, einverstanden? Ich habe für Sebastián gearbeitet, bin ab und an mit ihm gereist; aber er ist kompliziert – so introvertiert, still und unnahbar; seit dem Tod seiner Frau und dem Auszug seiner Tochter Isabella lebt er eher zurückgezogen. Damals habe ich gerade angefangen. Er ist nicht so dynamisch, nicht das, was man von einem Unternehmer erwartet.«

»Und das wäre?«

»Wir hatten abgemacht, dass es keine weiteren Fragen mehr gibt«, sagte Victoria frech. »Feierabend, *señor reportero.*«

Sie ging ins Wohnzimmer und legte die CD einer kolumbianischen Salsa-Band auf. Victoria stellte die Musik lauter und bewegte sich tanzend auf Henry zu und zog ihn an sich.

»Was für ein komischer Mann. Gestern lade ich dich ein, und du rennst weg. Heute sind wir wieder zusammen, und du stellst lauter dämliche Fragen, quetschst mich aus, über meinen Chef, die Firma ... Sind deutsche Männer immer so – schwerfällig? Hast du keine anderen Themen?«

Sie tanzten, tranken Champagner, gingen Arm in Arm auf den Balkon, und Victoria erklärte Henry, der sich weit vom Geländer entfernt hielt, die nächtliche Stadt. »Ich möchte, dass du bleibst«, flüsterte sie ihm schließlich ins Ohr und rieb ihre Nase an seinem Hals. »Das willst du doch auch?«

Er genoss das Spiel: Victorias Berührungen, ihre Lippen, ihre Zärtlichkeiten, ihre Fingerspitzen, mit denen sie ihm über den Rücken fuhr – sie tranken Champagner, tanzten, flirteten, lachten miteinander und spielten; es wurde eine lange Nacht, und irgendwann verloren sie sich. Aber es war ein ungleichzeitiges Aufbäumen – in dem jeder seine Einsamkeit vor dem anderen verbarg.

12.

Luisa Sánchez

Henry merkte sofort, dass etwas nicht stimmte. Die Arbeiter auf der Baustelle nickten ihm nicht mehr zu, der neue Bauleiter ging ihm aus dem Weg, niemand hielt sich mit ihm auf. Emilio Sotos bog um eine Ecke, und machte, als er ihn sah, auf dem Absatz kehrt, verschwand zwischen Betonmischer und Geräteschuppen. Und es waren bei weitem nicht so viele Männer an der Arbeit wie in der letzten Woche. Lag es daran, dass heute Montag war?

Am Versammlungsplatz saßen drei *compañeros* über eine Zeitung gebeugt; sie winkten schon von weitem ab, so dass Henry verunsichert auf Abstand blieb und nicht einmal zu fragen wagte, was passiert sei. Aber irgendetwas war geschehen, etwas höchst Unerfreuliches. Ein viertes Mitglied von LAGAR, Henry kannte den Mann vom Sehen, knurrte lediglich ein lippenloses *buenos días*. Henry ging zum Rohbau des Hauptgebäudes hinüber, das später einmal die Büros, Verkostungsräume und im obersten Geschoss die Zimmer für die Gäste eines zukünftigen Wein-Tourismus aufnehmen sollte. Er erinnerte sich, dass unten neben dem Labor, wo er Jaime Toledo getroffen hatte, auch Luisa ihr provisorisches Büro eingerichtet hatte. Sie würde ganz bestimmt mit ihm reden. An der Tür klebte ein Zettel mit der großspurigen Aufschrift: *Centro de Administración* – Verwaltungszentrum. Als er ohne klopfen eintrat, schrak sie zurück, als hätte sie einen bissigen Hund vor sich.

»*Hola, Luisa, ¿cómo estás? ¿Mucho trabajo?* Viel Arbeit?« Henry gab seiner Stimme einen fröhlichen Klang und versuchte, ihr ablehnendes Verhalten zu ignorieren. Er hatte Erfahrung darin, Leute auch dann zum Reden zu bringen, wenn sie lieber schwiegen. Man musste sie ansehen, sie lächelnd entwaffnen, sie direkt ansprechen und um Hilfe bitten; das konnten die wenigsten abschlagen.

»Luisa, ich möchte dich um einen Gefallen bitten. Ich komme allein nicht weiter, und du kennst dich ja bestens aus – mit der Bürokratie, mit dem *Consejo Regulador* und all den Leuten. Es geht um die Kontrolle, woher die Trauben stammen, die hier, ich meine nicht bei euch, sondern generell weiterverarbeitet werden, wer das macht, wo man die Unterlagen findet und wer beim Kontrollrat dafür zuständig ist ...«

»Es tut mir leid, aber ich darf ... äh, ich kann dir da nicht helfen«, unterbrach Luisa seinen Redefluss, »außerdem habe ich viel zu viel zu tun. Die Rechnungen, Wiegelisten, jeden Moment kommt der Nächste mit seinen Trauben, wirklich. Kannst du nicht ein andermal wiederkommen?«

Henry setzte nach. »Ach, mir reichen zehn Minuten, *por favor.* Aber eigentlich will ich etwas anderes wissen. Irgendetwas ist passiert, und ich weiß nicht, was. Weshalb weicht ihr mir aus? Du, ihr alle. Die *compañeros* verhalten sich so merkwürdig heute. Was soll das? Mit mir kannst du doch reden ...«

Luisa reagierte böse und empört zugleich: »Reden? Jetzt nicht mehr. Du hast Lagar schlecht gemacht, hast Sachen über uns behauptet, die gar nicht stimmen – und die keiner außer dir wissen kann.«

»*Un momento.*« Henry zog die Pause nach diesen Worten künstlich in die Länge. »Erstens habe ich nichts geschrieben, kein Wort bisher, weder in Deutschland noch in Spanien. Ehrenwort! Und es gibt nichts, was ich weiß, das ihr nicht auch wüsstet.«

»Aber es stand in der Zeitung . . .«

»Das steht so viel Schei . . ., ich meine Unsinn drin. Aber jetzt mal konkret: Was stand in welcher Zeitung? Ich weiß von nichts, *no sé nada.*«

»Du weißt von nichts? Sie sagen, sie hätten dir vertraut, und du hättest sie hintergangen. Du seist auch gegen uns – wie Peñasco«, fügte sie leise und traurig hinzu. »Ich soll nicht mit dir reden, keiner soll mehr mit dir reden.«

Henry starrte zu Boden. Er hatte sich nichts vorzuwerfen, hatte keinerlei Informationen weitergegeben, an niemanden, war mit seiner eigenen Bestandsaufnahme gar nicht weit genug, um großartige Spekulationen anzustellen, hatte gerade mal eine Spur aufgenommen, einen vagen Verdacht ohne jeglichen Beweis – und nun sollte er die Presse informiert haben? Oder war es mit dem . . . Mord, worüber er mit der Ziege vom Lokalblatt geredet hatte, dieser . . . EBJ?

»Du hast ihnen von Miguelito erzählt, von unserem neuen Önologen. Erst empfiehlst du ihn, dann sagst du der Zeitung, dass er nichts taugt, viel zu jung sei und keine Ahnung hätte, *no tiene ni idea,* ich hab's selbst gelesen . . .«

»Was? Das habe ich nie gesagt! Niemals.«

»Dann meinst du, wir würden nur streiten, seien zu uneinig, als dass bei uns was Vernünftiges rauskommen könnte.«

»Auch davon ist kein Wort wahr . . . Zu wem habe ich . . .«

»Der Zeitung. Und dann hast du behauptet, dass es mit den Bauarbeiten nicht voran gehe, dass hier jeder herumfummeln würde, wie er wolle, und wir das Geld, das wir nicht hätten, zum Fenster rauswürfen.«

»Gelogen, Luisa, das ist alles gelogen!«, brauste Henry auf. Zum ersten Mal in seiner beruflichen Laufbahn bekam er einen knallroten Kopf und heiße Ohren. Das, was angeblich in der Zeitung stand, war eine Unverschämtheit und ruinierte seinen Ruf. Da wollte ihn jemand den Genossen gegenüber als unzuverlässig hinstellen, als ihnen gegenüber feindlich gesinnt, und gleichzeitig wurde die Kooperative diffamiert. Man schnitt ihn von der Quelle seiner Informationen ab. Die Frage war, ob das Genannte wortwörtlich so dort stand oder ob man den Text nur entsprechend interpretierte. Jedenfalls konnte das nur EBJ verzapft haben. Er musste schleunigst den Artikel in die Hände kriegen – und diese Frau auch. Aber was würde das nutzen?

Still blickte er durch die fleckige Scheibe. Wenn Diego Peñasco sie gekauft hatte, würde sie Stein und Bein schwören, dass er es so und nicht anders gesagt habe. Zeugen gab es nicht. Sie konnte alles behaupten, sie kam aus Logroño, sie war die Einheimische, auch wenn sie woanders geboren war, ihr würde man glauben. Ihm würde niemand mehr etwas anvertrauen. Er könnte es noch mal versuchen, zumindest bei Luisa schien nicht alles verloren, junge Leute waren oft nicht so brutal in ihrem Urteil. Sie stand so hilflos vor ihm wie er vor ihr und wartete augenscheinlich darauf, dass er ging.

»Glaubst du, ich würde bei euch wieder aufkreuzen, wenn ich das alles gesagt hätte? Ich habe den weiten Weg hierher gemacht, weil Jaime mich darum gebeten hat. Was hätte ich davon, euch mies zu machen? Was, bitte? Seinetwegen bin ich hier.«

Luisa schwieg, blickte sich hilfesuchend im Raum um, als läge dort irgendwo die Antwort auf die Frage, ob man diesem Menschen vielleicht doch trauen könnte. »Die werden sich das nicht ausgedacht haben«, begehrte sie auf, »die dürfen doch nichts schreiben, was nicht stimmt?« In ihrer Frage schwang bereits ein gewisser Zweifel mit.

»Und ob. Im Gegenteil. Zeitungen machen ganz bewusst Politik. Sie schreiben, was sie wollen. Drei Tage später erst korrigieren sie es, wenn überhaupt, auf der letzten Seite, wo es dann kein Aas mehr sieht.«

»Und wer hat das dann geschrieben über uns? Und wozu?«

»Damit genau das eintrifft, was jetzt passiert – damit ihr mir nichts mehr sagt, damit nicht rauskommt, wer euch die Schwierigkeiten eingebrockt hat. Da will uns jemand auseinander bringen. Ich glaube, ich kenne die Frau, die den Artikel geschrieben hat.«

»Eine Frau? Ja, das hat Manuel González Silvero auch gesagt; er hat dich nämlich mit ihr gesehen, in einem Café in Logroño.«

»Wer, verdammt noch mal, ist Manuel González Silvero? Oh, diese Namen. Ich kann mir die alle unmöglich merken.«

»*El barbudo,* er gehört zu uns, der mit dem Bart.«

»Und dem glaubt ihr?«, sagte Henry empört. Der Mann log – oder hatte er ihn doch gesehen? »Kannst du den leiden?«

»Nein, weil er immer stänkert. Er war von Anfang an gegen Jaime und gegen das, was er gemacht hat. Aber er gehört zu uns.« Wieder sah Luisa sich um, nicht mehr so ablehnend wie anfangs, eher hilflos und ein wenig beschämt. »Was wolltest du vorhin fragen, als du gekommen bist?«

Henry wagte einen Vorstoß. Wenn er sie ins Vertrauen zog, konnte er womöglich eine neue Basis schaffen. Er erzählte Luisa vorsichtig, was er und Daniel Pons vorletzte Nacht erlebt hatten und dass sie vermuteten, dass Trauben aus Navarra in die Rioja gebracht wurden, weil Bodegas Peñasco die fehlenden Lieferungen ausgleichen und den Inhalt des verdorbenen Tanks ersetzen musste. »Frag mal Miguelito, ob Diego Peñasco neulich bei ihm war, in Aldeanueva, um Wein zu kaufen. Mir wollte er es nicht sagen.«

»Wer war dabei, neulich Nacht? Daniel, die Fledermaus von der Tankstelle?«, hörte Henry eine Männerstimme hinter sich. Überrascht dreht er sich um. In der Tür stand Emilio Sotos – und lächelte wieder, nein, er grinste.

»Alles gehört. Interessante Theorie, durchaus möglich. Du traust ihm das zu? Ist er so dumm?«

»Es ist nichts bewiesen. Ich glaube nur, dass es Diegos Art zu denken und zu handeln ist. Verbrecher sind nur die, die man erwischt, und Diego hält sich für superschlau. Wir haben die Verfolgung abbrechen müssen – die Guardia Civil kam dazwischen.«

»Wieso das?«, fragte Emilio Sotos, während Luisa die Augen aufriss. »Was hat die Guardia Civil damit zu tun? Hat sie die Lastwagen gestoppt?«

»Im Gegenteil. Uns haben sie gestoppt.« Henry berichtete über das Ende der Verfolgung, und Emilio und Luisa brachten ihn auch dazu, vom Treffen mit der Journalistin zu berichten und von der Verhaftung auf dem Prado Viejo.

Emilio rieb sich nachdenklich am Kinn. »Lass uns mal einen Moment allein, Luisa.«

Das Mädchen wirkte beleidigt. »Ich finde, sie sollte bleiben«, meinte Henry. »Auch sie sollte wissen, woran sie ist. Vielleicht erfährt sie, wer bei euch den Maulwurf spielt.«

Das Mädchen blieb unschlüssig stehen, bis Emilio zustimmte. »Demnach meinst du, dass Jaime . . .?«

»Ich bin darauf gekommen, weil die Gurte nicht funktionieren konnten, und als die Polizei davon erfuhr, waren sie plötzlich ausgebaut. Also kein Beweismittel. Jaime wurde nicht untersucht, bevor man ihn eingeäschert hat. Man wird also niemals einen Beweis für irgendwas finden. Ich fand das seltsam. Aber als wir letzte Nacht gestoppt wurden, da kam mir die Idee, dass er vielleicht genau wie wir jemanden verfolgt hat und dass man ihn deshalb . . . – ein anderes Motiv sehe ich nicht. Sonst wäre es wirklich ein Verkehrsunfall – zwar ein merkwürdiger Zufall, einen Tag nach dem Vertreter, aber doch ein Zufall . . .«

Henry war zu weit gegangen, hatte sich mit seinen Gedanken zu weit vorgewagt. Offenkundig glaubte er nicht mehr an einen Zufall.

»Sollten wir nicht die Polizei verständigen?«, fragte Luisa. »Die können doch – wie nennt man das – Observierungen vornehmen?«

»Ich wusste, dass die Frage kommen würde«, sagte Henry, »deshalb wollte ich lieber nichts sagen. Was hat denn die Polizei in Logroño gemacht, und was die Guardia Civil? Die einen haben Beweise verschwinden lassen, die anderen die Verfolgung vereitelt.«

»Willst du andeuten, dass die mit drinhängen?« Emilio Sotos sah sich stöhnend um. »Ein Glas Wasser ...!«

»Ich bin hergekommen, weil ich Luisa fragen wollte, wie das mit der Abrechnung der Trauben funktioniert, wer die Lese überwacht, wer die Wiegelisten von den Kellereien bekommt, wo alles festgehalten wird, und so weiter. Ich glaube, dass wir auf diesem Weg Diego auf die Schliche ...«

»Wenn es so ist, muss er jemanden beim Kontrollrat haben, der seine Listen frisiert«, unterbrach Emilio Sotos.

»Wusstet ihr, dass Diego seinem Großvater in der Zeit, als sein Vater in Chile war, 25 Prozent der Firmenanteile abgeluchst hat?«

»Dem Alten?« Emilio Sotos schüttelte fassungslos den Kopf. »Ein gerissener Bursche. So ein Lump, trickst sogar den eigenen Vater aus. Dann hat er jetzt mehr als er, als Sebastián? Das habe ich ihm nicht gewünscht. Niemand hat was gegen Sebastián. Wir haben LAGAR nicht *gegen ihn* gegründet, sondern *für uns,* verstehst du? Es lief auch alles, solange der Junge nicht am Ruder war. Das allerdings lässt einiges in einem anderen Licht erscheinen.«

»Ich zeige dir, wie das Abrechnungssystem funktioniert«, sagte Luisa erleichtert zu Henry, auf einmal ganz Feuer und Flamme, und begann Aktenordner hervorzukramen.

»Dann macht mal, ihr zwei«, sagte Emilio Sotos versöhnlich. Er wollte gerade gehen, als Simón Ortega Escobar, der Präsident von LAGAR, wütend die Tür aufstieß.

»Ich suche dich überall, Emilio! Wir haben einen Bescheid vom Anwalt, eine Anzeige von Peñasco wegen Aufrufs zum Boykott und illegaler Absprachen! Unsere Bankkonten sind gesperrt, verstehst du?« Er schrie es fast. »Und *el barbudo,* dieser Dreckskerl, klagt auf Aufhebung des Gesellschaftervertrages; er sei illegal ... Was ist das denn?«, entfuhr es ihm, als er Henry über den Schreibtisch gebeugt sah. »Was macht *der* hier? Der hat Hausverbot! Machen Sie, dass Sie rauskommen, Señor Meyenbeeker! *Lárguense,* verschwinden Sie, halten Sie sich fern von uns ...«

Simón Ortega Escobar war zu erregt, um Argumenten zugänglich zu sein. Henry ließ es besser nicht auf eine Erklärung ankommen. Das Reden überließ er Emilio Sotos; der würde den Präsidenten von seiner Unschuld überzeugen müssen, Luisa ihren Vater und der dann die anderen Genossen. Gleichzeitig merkte Henry, wie ihn die Wut packte. Dieses kleine Arschloch, Diego – dieser aufgeblasene Pinsel würde ihn kennen lernen.

Luisa steckte Henry einen Zettel mit ihrer Adresse zu: »Komm heute Abend zu uns, ich nehme die wichtigsten Akten mit, dann erkläre ich dir, wie die Kontrollen funktionieren.«

Na bitte, es ging doch. Meistens entwickelten sich die Dinge von allein. Henry fand, dass es an der Zeit war, in die Offensive zu gehen, nicht nur in der Rioja, auch in der Redaktion. Er war nicht nur der liebe, nette Kerl, für den ihn die meisten hielten, er konnte ekelhaft werden. Und wahrscheinlich auch gemein. Aber nur, wenn man ihn ärgerte. Er war genau in der passenden Stimmung, um in der Redaktion anzurufen.

Unter den bösen Blicken der »Genossen« verließ er die Baustelle und fuhr nach Elciego. Henry lachte grimmig vor sich hin. *El barbudo,* der Bärtige, musste ein ziemlich krummer Hund sein. Den Vertrag anzufechten war ein juristisch möglicherweise Erfolg versprechender Schachzug. So wollte er aus dem Vertrag kommen, der ihn mit den anderen verband, und der Bank die Weinberge der anderen *cooperativis-tas* in die Hände spielen. Nein, *nunca más,* nie und nimmer hatte der sich das selbst ausgedacht. Er war Weinbauer und kein Jurist. Aber wenn der Vertrag aufgelöst wurde, hing er selbst mit drin, außer er hatte einen separaten Vertrag mit der Bank – oder mit Diego Peñasco und dem Alten. Die Sache war gut eingefädelt. Schade, dass er den Schriftsatz nicht kannte, aber vielleicht könnte er heimlich ... Nein, zu gefährlich. Man müsste *el barbudo* kaltstellen, ihn unglaubwürdig machen. Fehlte nur noch, dass Diego sich an die Redaktion wandte und ihn in Wiesbaden diffamierte.

Henry hatte eine Mordswut, als er Elciego hinter sich ließ und hinauf nach Laguardia fuhr. Aber wenn man sich von der Wut auf andere packen ließ, unterwarf man dann nicht das eigene Denken und Fühlen der Herrschaft eben jener Menschen? Eigentlich eine gewaltige Dummheit.

Die Kollegin in der Redaktion meldete sich nicht. Im Sekretariat sagte man ihm, Dorothea sei unterwegs, und Olaf Winter unerwartet verreist. Eine Entscheidung hinsichtlich des Chefredakteurs stehe nach wie vor aus, und »von oben« sei nichts durchgesickert. Also alles beim Alten. Auch wenn Henry hier zwischen die Fronten geraten war und sich die Debatte um den Chefredakteur vom Leib hielt – unterschwellig ließ es ihn doch nicht los.

Unweigerlich kam er an der Tankstelle vorbei. Daniel war natürlich nicht da, *el jefe,* wie ihn der Mann an der Zapfsäule nannte. *El jefe?* Gehörte Daniel Pons die Tankstelle und die Werkstatt? »*Sí, señor,* ihm gehört auch das Restaurant, aber das hat er verpachtet. Hier stand früher nur eine kleine Zapfsäule.«

Henry staunte. Dann war womöglich die offene Rechnung von 498 000 Peseten, von denen Daniel gesprochen hatte, nicht der einzige Grund, weshalb *el murciélago* ihm bei seinen Nachforschungen über Diego Peñasco half; oder gab es noch andere offene Rechnungen? Was war hier wirklich los? Wer hatte wo eine Leiche oder sogar zwei im Keller? Es war wie in der Wüste: Wo man bohrte, sprudelte Öl.

Nach all dem Ärger wollte er sein Spesen-Konto schröpfen, und Henry bestellte im Restaurant des 4-Sterne-Hotels genüsslich einen Ziegenbraten und dazu einen Altos de Corral von 1998 aus der Rioja Alta. Es war ein rebsortenreiner Tempranillo mit Trauben von ausgewählten Lagen. Der Wein hatte die Farbe von Kirschsaft und zeigte wunderbare Reflexe im Glas. Kirsche und Brombeere meinte er zu riechen und freute sich über den geschmackvollen, reifen und runden Wein. Ab und zu musste er sich auch mal wieder ganz den angenehmen Seiten seines Berufs hingeben. Anschließend fuhr er zum Hostal und schlief einige Stunden – der pure Luxus.

Es war bereits halb fünf, als er sich auf den Weg zur Unfallstelle machte. Die Straßenbaubehörde hatte die fehlende Leitplanke ersetzt. Jetzt konnte niemand mehr abstürzen, außer er raste besinnungslos den Berg herunter und ohne Bremsen – nur waren die bei Jaime in Ordnung gewesen. Was aber war bei ihm nicht in Ordnung gewesen? Weshalb hatte er die Kontrolle über seinen Wagen verloren?

Was war mit der Radaufhängung, was mit der Spurstange? Hatte das Getriebe blockiert? Henry sah sich den Unfallort genau an. Von der vorherigen Kurve bis zu dieser waren es hundert Meter, nur ein Wahnsinniger würde auf der abschüssigen Strecke Gas geben. Ohne Zweifel war Jaime Toledo zu schnell gewesen. Henry lief die Unglückskurve ab, die Nase wie ein Hund am Boden. Nein, keine Bremsspur, weder in der Kurve noch davor. Auch von Ölflecken auf dem Straßenbelag keine Spur. Außerdem hätte man die am Tag des Unfalls längst beseitigt. Also war Jaime ohne äußere Einwirkungen und ohne zu bremsen geradewegs ins Verderben gefahren. Hatte er sich umbringen wollen? Henry verwarf diese Möglichkeit sofort, denn wer im Begriff stand, Vater zu werden, beging nicht Selbstmord.

Der Blick über die Rioja war für Henry genauso reizvoll wie am ersten Tag und er konnte sich kaum satt sehen. Inzwischen kannte er die Namen einiger Orte, doch im Grunde genommen hatte er sich nur im Dreieck Elciego, Laguardia und Logroño bewegt. Die Fahrt nach Aldeanueva war kaum der Rede wert, aber sie war wichtig gewesen. Weiter rechts von seinem Standort lag Haro. Dort arbeitete doch Luisas Vater in der Kellerei bei López de Heredia. Er müsste den Böttcher morgen vielleicht oder übermorgen in seiner Werkstatt besuchen.

Er ging zum Wagen und fuhr weiter bergauf bis zu dem Wald, der ihn mit seinem Grün bereits bei der Ankunft fasziniert hatte; kurz darauf erreichte er das Dorf mit dem unaussprechlichen Namen. In der Bar von Urizaharra war es im Gegensatz zu seinem Besuch vor einer Woche still; nur in der Küche rauschte die Geschirrspülmaschine. Henry rückte polternd einen Barhocker an den Tresen, um auf sich aufmerksam zu machen. Der Gast vor ihm hatte das Lokalblatt aufgeschlagen liegen lassen; es war die heutige Ausgabe, und auf Seite zwei fand Henry den Artikel, der ihm bei LAGAR das Hausverbot eingebracht hatte.

»Eine traurige Sache, ¿verdad?!, das mit den beiden Männern, die hier neulich abgestürzt sind«, meinte die Frau aus der Küche, die Henrys Bestellung entgegennahm.

»Ganz Ihrer Meinung«, seufzte er – allerdings, wie er vermutete, aus anderen Gründen als die Wirtin.

»Der Tod ist schnell. Neulich saß er noch dort, da drüben«, die Wirtin wies auf einen Tisch in der Ecke.

»Wer saß dort? Wo?« Henry war wie elektrisiert. »Der Vertreter, der verunglückt ist?«

»Nein, nicht der. Der andere, der aus Laguardia, dieser Önologe, der aus der Zeitung.«

»Der war hier? In Ihrer Bar? Wann?«

»Am Nachmittag vor dem Unfall, Dienstag glaube ich, ja, *sí, exactamente,* genau an dem Tisch, mit einer jungen Frau. Die beiden haben Kaffee getrunken.«

»Mit einer Frau?« Henry betonte das letzte Wort besonders.

»Sí, mit einer Frau. Was ist so Besonderes daran? Wenn ein Mann normal ist ...«

»Wie sah sie aus?«

Die Wirtin reagierte empört, denn Henry hatte die Frage ziemlich schroff gestellt. »¡Oye! Was für ein Ton? Das scheint Sie ja wirklich sehr zu interessieren. Es war hoffentlich nicht Ihre?«

»Nein, keineswegs, aber es interessiert mich trotzdem«, sagte Henry und entschuldigte sich. »Aber nun sagen Sie mir doch bitte, wie die Frau aussah.«

»Na ja, sie war jung, etwas über Mitte zwanzig, recht elegant – teure Sachen, langes schwarzes Haar, Locken bis über die Schultern, Dauerwelle, nicht gefärbt, und dunkle Augen, schmales Gesicht.«

Henry schwante etwas. »Trug sie viele Ringe an den Händen?«

»Stimmt, ja genau, wo Sie es jetzt sagen; das hat mich gewundert, die stören doch beim Abwasch, oder nicht? Wahrscheinlich haben solche Frauen jemanden, der das für sie macht.« In ihrer Stimme schwang etwas, das man durchaus als Neid hätte interpretieren können. »Einssiebzig ungefähr war sie ...«

Die Beschreibung passte haargenau. Das war Victoria. Sie musste sich hier mit Jaime getroffen haben, kurz vor seinem Tod. Was hatte das zu bedeuten – hatte es überhaupt etwas zu bedeuten?

»Haben Sie gehört, worüber die beiden sprachen?«

Die Wirtin schüttelte empört den Kopf. »Eigentlich höre ich gar nichts – und alles. Aber die beiden? Nein, die sprachen ganz leise, wissen Sie, so als ob keiner was verstehen sollte, man hörte nur so ein Zischeln. Die Frau muss ihn sehr gemocht haben, sie streichelte seine Hand und sah ihn sehr ... verliebt an.«

»Wie kommen sie zu dem Schluss?«

»Na hören Sie mal. Wir haben dieses Lokal seit zwanzig Jahren, da sieht man viel. Allein die Art, wie sie ihm den Zucker in den Kaffee getan hat.«

»Was hat sie? Ihm Zucker in den Kaffee getan? Jaime nimmt keinen Zucker in den Kaffee ...«

»So gut kennen Sie ihn?«

»Ja, ich bin ein alter Freund. Sind Sie sicher, dass die Frau ihm Zucker in den Kaffee getan hat und nicht – etwas anderes?«

»*Calma*, immer mit der Ruhe. Etwas anderes?« Mitleidig schüttelte die Wirtin den Kopf. »Das war so ein weißes Tütchen, wie du es auf deiner Untertasse liegen hast.«

Henry betrachtete das Zuckertütchen. Die Vorderseite war mit dem Namen und der Anschrift der Bar bedruckt, die Rückseite war weiß. Am Ende des Tresens lag noch so ein Briefchen. Von weitem sah es völlig neutral aus.

Die Tour auf dem Kamm der Sierra de Cantabria nach Cabredo in Richtung Osten dauerte länger als erwartet. Die Straße führte durch den Wald am Rio Ega entlang. Die Fahrt wäre unter anderen Umständen sicher wunderschön gewesen. Henry hätte sich liebend gern hier einquartiert und wäre einige Tage gewandert, aber jemand hatte ihn allem Anschein nach in einen Sumpf gezogen, und dieser Jemand war tot. Er selbst musste wieder raus aus dem Sumpf, und wie es aussah, ohne fremde Hilfe.

Am Ortsausgang von Cabredo hielt er. Hundert Meter vor ihm mündete die Straße ein, auf der er die Lkws erwartete, falls sie heute wieder Weintrauben bei Bodegas Peñasco abgeliefert hatten und zurück nach Navarra wollten. Sie mussten unter ihm vorbeikommen; von dieser

Position aus hatte er einige hundert Meter der Straße im Blick. Er wollte den Lkws folgen und herausbekommen, wo sie die Trauben holten. Henry schlug die Straßenkarte auf. Sollten die Schmuggeltransporter auf Grund der Erfahrung vom Samstag einen Umweg machen, um ihr Ziel zu verschleiern, würden sie trotzdem hier vorbeikommen müssen. Sie konnten von Laguardia fünf verschiedene Wege nehmen, aber diesen Punkt konnten sie nicht umfahren. Henry war sich sicher, dass ihm heute niemand gefolgt war; in der Einsamkeit der Bergstraße wäre ihm jedes Fahrzeug aufgefallen, besonders eins der Guardia Civil. Eigentlich ein Trauerspiel.

Kein Unternehmen, nicht eine Institution oder Partei war mehr vor Korruption und Bestechung sicher. In der Wirtschaft regte sich niemand besonders auf, da basierte sowieso alles auf dem Prinzip der Käuflichkeit. Doch wenn vom Allgemeinwohl gepredigt und dabei die eigene Tasche gefüllt wurde, hörte für viele, allerdings beileibe nicht für alle, der Spaß auf. Fragte man sich mittlerweile nicht bei jedem Politiker, wer ihn tatsächlich bezahlte, woher die Nebeneinkünfte stammten? War die Moral völlig auf den Hund gekommen, oder lag es daran, dass er älter wurde, misstrauischer und tiefere Einblicke gewann?

Der Abend senkte sich still über das Land, und langsam folgte die Nacht. Dunst lag in der Luft; der Herbst kündigte sich an. Henry hing seinen Gedanken nach. Woher hatte die Guardia Civil gewusst, dass sie am Samstag dem Kühlwagen gefolgt waren? Sie hatten reichlich Abstand gehalten, waren sogar ohne Licht gefahren; dann heute dieser Artikel, mit dem die Journalistin zwei oder noch mehr Fliegen mit einer Klappe geschlagen hatte: Sie hatte die Kooperative als in Auflösung begriffen dargestellt, einen »objektiven Berichterstatter« als Zeugen benannt, sich selbst den Rücken frei gehalten und Henrys Ruf verdorben. In den Augen von Diego Peñasco war er verantwortlich für den Schwächeanfall seines Großvaters, also konnte er sich auch dort nicht mehr blicken lassen; und was sollte er vom Treffen Victorias mit Jaime halten, so kurz vor seinem Tod? O je, jetzt war er mit Luisa verabredet ...

Als er an Victoria dachte, fiel ihm die aufregende Nacht mit ihr ein, und mehr als eine schöne Erinnerung beschlich ihn das schlechte Gewissen. Sie hatten getanzt, sich umarmt und geküsst, es war immer wilder geworden, immer ungestümer, so als hätten Hände, Beine, Arme, Brüste, ja ihre ganzen Leiber dafür sorgen wollen, dass sie alles andere vergaßen – zwei Wahnsinnige, die den Boden unter den Füßen verloren hatten, über den Teppich gerollt waren beim Versuch, die Welt hinter sich zu lassen. Was machte die Anziehungskraft dieser Frau aus? Wovon wurde sie genährt? Vom Unglücklichsein, schoss es Henry durch den Kopf; er verbannte aber den Gedanken als zu gefährlich sofort wieder aus seinem Gehirn. Heute Morgen war er gegangen – ohne Frühstück. Sie hatten sich nicht verabredet, alles war offen ...

Ein Wagen quälte sich den Berg herauf. Scheinwerfer rissen die Bäume aus der Nacht. Lichtschein zuckte wie ein Stroboskoplicht über die Straße, über die Äste der Bäume – und dann hörte er die Motoren. Es schienen dieselben Lieferwagen zu sein wie vor zwei Tagen, ein kurzes Führerhaus und dahinter ein großer weißer Kasten mit Kühlschlitzen auf dem Dach. Die Fahrzeuge fuhren dicht an Henry vorbei; er sah jeweils zwei Männer in einem Führerhaus, konnte aber die Gesichter der Fahrer nicht erkennen.

Er ließ den Konvoi passieren, stieg in aller Ruhe in seinen Wagen und fuhr langsam hinterher. Die Straße führte bald leicht bergab. Gestern hatte er das nicht bemerkt, aber jetzt nahm er die Hochebene wahr, die ferne Bergkette im Norden; die Sterne leuchteten wie in der Nacht zuvor; und gleich würde er am Übergang zur Regionalstraße sein. Hier hatte die Guardia Civil sie gestoppt. Die Straße führte im

Bogen an Santa Cruz de Campezo vorbei. Trotzdem schaltete Henry die Scheinwerfer wieder ein, um nicht aufzufallen; hinter dem Ort machte er sie wieder aus. Jetzt waren aber Scheinwerfer hinter ihm; die waren vorher nicht da gewesen, und er hatte wirklich alle zehn Sekunden in den Rückspiegel geschaut. Sofort machte er das Licht wieder an. Die Lichter hinter ihm standen hoch und weiter auseinander als bei einem Pkw. War der Wagen aus dem Dorf gekommen?

Der Abstand zu dem hinteren Fahrzeug blieb gleich, der zu den vorausfahrenden auch. Aber dieser Zustand währte nicht lange. Eben war er 90 Stundenkilometer gefahren, jetzt war er bei 75 Stundenkilometern angelangt. Schließlich musste er sogar einen Gang herunterschalten, um nicht zu dicht aufzufahren. Waren die Lichter im Rückspiegel größer geworden? Henry ließ sich weiter zurückfallen, bis er den Fuß fast gänzlich vom Gas nehmen musste. Es sah so aus, als würden die Lastwagen anhalten. Er müsste wohl überholen und weiter vorne auf sie warten. Als er ausscheren wollte, zog der Lkw vor ihm in die Straßenmitte, obwohl, wie Henry bemerkte, kein anderer Wagen davor war. Doch, ein Geländewagen – leicht an dem hinten angeschraubten Reserverad zu erkennen. Neben seinem Verfolger zeigte sich ebenfalls ein weiteres Scheinwerferpaar, das rasch aufholte, es gehörte zu einem Kühlwagen, der sich neben Henry setzte. Hölle, sie nahmen ihn in die Zange, blockten ihn von drei Seiten ab. Der Wagen hinter ihm schloss weiter auf. Kein Feldweg rechts, nur ein Graben, große Steine – keine Möglichkeit zum Abbiegen.

Henry war so wach wie nie zuvor. Sie hätten ihn längst in den Graben gedrängt, wenn sie es gewollt hätten. Offenkundig hatten sie was anderes vor. Womöglich Schlimmeres. Er machte das Fenster auf und bedeutete dem Wagen winkend, an ihm vorbeizufahren; dabei wusste er genau, dass es sich nicht um ein Missverständnis handelte. Sie mussten ihn lange zuvor entdeckt haben und konnten nur so abgestimmt handeln, wenn sie über eine Möglichkeit verfügten, sich untereinander zu verständigen. CB-Funk oder Handy, egal. Man müsste rausbekommen können, wer um diese Zeit telefonierte ... Henry schaffte es noch, die ersten Ziffern einer Autonummer mit einem Kugelschreiber ins Armaturenbrett zu drücken.

Offensichtlich war er den Traubenschmugglern mehr als lästig geworden. Dass es sich um solche handelte, war sonnenklar; wofür sonst hätte jemand einen derartigen Aufwand getrieben? Für einen Koffer voller Kokain reichte ein Fahrradgepäckträger ...

Henry trat hart in die Bremse, denn der Lkw vor ihm stand; der auf der linken Seite hinderte ihn am Überholen, und rückwärts verschwinden war auch unmöglich, denn der hintere Lastwagen berührte fast seine Stoßstange. Rechts war kein Entkommen, denn jenseits des Grabens stand zu allem Übel sogar noch eine Mauer. Anscheinend kannten die Fahrer die Strecke gut. Hatten sie dieses Stück ausgesucht? Wofür? Was hatten sie vor? Henry schloss die Zentralverriegelung.

Die Fahrer stiegen aus und umringten ihn; einer hatte einen großen Schraubenschlüssel, mit dem er ausholte und mit aller Kraft auf die Motorhaube schlug. Es klang hohl – ein blecherner Gong –, und im Metall war eine riesige Beule. Der Mann holte erneut aus, und an der Bewegung wurde sofort klar, dass er mit dem nächsten Schlag die Windschutzscheibe zertrümmern würde. Hier wurde nicht lange gefackelt, hielt sich niemand mit Drohungen auf, es ging direkt zur Sache. Henry sprang aus dem Wagen, um nicht von Glassplittern verletzt zu werden – keine Sekunde zu früh, denn schon platzte die Scheibe.

»Was soll das? Seid ihr wahnsinnig?«, herrschte Henry den Mann mit dem Schraubenschlüssel an. Er mochte zwanzig Jahre alt sein, hatte einen Stoppelhaarschnitt, ein Durchschnittsgesicht, einen leicht klobigen Körperbau; sein

Mund stand offen – und dann lachte er und zertrümmerte den linken Scheinwerfer. Erneut hob er den Schraubenschlüssel, während sich die anderen Männer zu einem weiten Kreis formierten.

Henry sprang auf ihn zu, die anderen aus seinem Bewusstsein verdrängend, und stieß den Angreifer zurück. Der taumelte, und Henry setzte nach und warf ihn zu Boden. Der Schraubenschlüssel fiel dem Angreifer klirrend aus der Hand. Sofort stellten sich Henry zwei andere Männer in den Weg. Jung waren sie alle, höchstens fünfundzwanzig – eine verflucht schlagkräftige Truppe. Jemand stieß ihn von hinten an, so dass Henry nach vorn stolperte und hart mit seinem Gegenüber, einem Kerl in grüner Cordjacke, zusammenprallte.

»He, *amigo*, was fasst du mich an?« Der Mann holte aus, doch Henry sah die Faust früh genug, nahm den Kopf zur Seite, wich dem Schlag aus und zog das Knie hoch. Es traf den Mann in den Bauch, der sich daraufhin krümmte; Henry schlug zu, nur geführt von seinem Instinkt, traf ihn auf die Nase; sein Opfer schrie auf und ging zu Boden, die Hände vor dem Gesicht. Jemand packte Henry am Kragen und riss ihn nach hinten. Er machte sich klein, um das Gleichgewicht nicht zu verlieren, wirbelte mit dem rechten, ausgestreckten Arm wie ein Diskuswerfer herum und knallte die geballte Faust mit Schwung aus der Drehung in das Gesicht des Mannes, der ihn gepackt hatte. Sofort löste sich der Griff. Da traf ihn ein Fußtritt am Kniegelenk, und er trat rasend vor Wut und Schmerz zurück, irgendwohin, ohne zu wissen, wo. Jemand schrie auf. Die Männer formierten sich neu.

Mit einem Gegner, der sich verteidigte, der kämpfte, hatten sie nicht gerechnet; der Kreis um ihn wurde größer – es waren sechs – und Henry begriff, dass er auf Dauer nicht die geringste Chance hatte.

Konnte er irgendwie Zeit gewinnen? War mit irgendeiner

Hilfe zu rechnen? Es musste doch irgendwann ein Auto vorbeikommen ... Sie konnten nicht ewig die Straße sperren. Sollte er weglaufen, hinein ins Dunkel? Das war seine einzige Chance, dachte er. Wenn sie mich kriegen, machen sie mich kaputt – also konnte er nur wegrennen ... da steckte er bereits die ersten Schläge ein – wieder ein Tritt in die Kniekehle, er strauchelte, fiel, ein Tritt in den Rücken, mühsam kam er wieder hoch.

»Macht ihn fertig!«, hörte er jemanden im Hintergrund sagen, dessen Stimme er noch nie gehört zu haben glaubte. »Gebt ihm den Rest, er hat das Maul ja schon am Boden ...«

Henry begriff dies als Kommando für seine Flucht, als letzte Chance zu entkommen; er raffte sich auf und spurtete zwischen den beiden am weitesten Auseinanderstehenden in die Nacht; sie konnten ihm mit den Lkws nicht folgen. Im letzten Moment versuchte er, über das ausgestreckte Bein zu springen, wie er es auf dem Fußballplatz gelernt hatte, doch die Fußspitze blieb hängen, und er knallte mit Ellenbogen und Knien auf den Asphalt. Es schmerzte an vier Stellen gleichzeitig, brannte so höllisch, dass er sich nicht auf eine Stelle konzentrieren konnte. War etwas gebrochen?

Da traf ihn ein Fußtritt in die Rippen; Henry sprang hoch und dem Nächsten an die Gurgel. Er drückte so fest zu, wie er konnte. Der Mann röchelte; jetzt bekam Henry eins über den Kopf – er sah Sterne, stürzte, spürte sein Blut im Mund, spuckte einen Zahn aus. Sie schlugen ihm in die Nieren, doch er ließ nicht los. Da hängten sie sich an seine Arme und entrissen ihm sein Opfer; er hätte den Mann erwürgt. Ziellos trafen ihn Schläge und Tritte; er wurde herumgeworfen, fiel wieder zu Boden; man zog ihn hoch, er taumelte, lief blind in die Schläge hinein, konnte sie nicht abwehren. Ihm fehlte die Kraft, er rollte über den Boden, dann eine Hupe oder Trompete – er wusste nicht, ob er wach war oder ohnmächtig; Motoren heulten auf, er sah Scheinwerfer um sich herum, fast über sich, sah einen Reifen auf sich zurollen, sah das Profil, nahm mit einem Schrei noch mal seine letzte Kraft zusammen und wälzte sich in Richtung Straßengraben.

Der Lkw fuhr nur wenige Zentimeter an seinem Kopf vorbei ...

13.

Isabella Peñasco

Die Hand unter seinem Kopf war warm und weich. Sie hob ihn an und schob sanft etwas darunter, dann ließ die Hand ihn wieder zurücksinken, und Henry spürte etwas Weiches an seinem Ohr. Jemand kniete neben ihm und versuchte ihn auf die Seite zu rollen und eine Jacke oder eine Decke unter seinen Rücken zu schieben, möglicherweise auch eine Plane. Es war keine große Hand, die an ihm herumfingerte, es war eine kleine, eine, die er am liebsten festhalten wollte. Er schnappte nach Luft, jeder Atemzug schmerzte. Er lag jetzt auf der Seite. Der Untergrund war hart, es tat weh, roch komisch, der Duft passte hier nicht her. Gummi, Öl, Asphalt und Abgase – nichts anderes erwartete er hier, aber es roch süßlich und nach Rosmarin, nach etwas Frischem, einem Bach, frischem Moos, und kühl war der Duft ... Tau, ein Morgen im Wald kurz nach Sonnenaufgang. Wo war er?

Er hörte eine Stimme, dann eine zweite. Er wollte nichts hören, er wollte nur weg, schlafen, ohne dieses Flimmern, dieses entsetzliche Zittern am ganzen Körper. Sein Bein ließ sich nicht ausstrecken. Was war mit seinem Mund? Er konnte nicht sprechen. Hatten sie ihm etwas in den Mund gesteckt? Waren die Männer verschwunden? Alles in seinem Mund war dick und schmeckte entsetzlich. Er bekam die Augen nicht auf. Trotzdem blendete ihn die Helle, draußen, vor seinen geschlossenen Augen.

»Hören Sie mich? Können Sie mich verstehen? Sind Sie bei

Bewusstsein? Was ist los mit Ihnen? Was ist passiert? Können Sie sprechen? Wer hat Sie überfallen? Wie heißen Sie?«

Wie ich heiße? Das war die erste Frage, mit der Henry etwas anfangen konnte. Er hieß Henry, das wusste er, röchelnd und spuckend versuchte er seinen Namen zu sagen, aber es gelang ihm nicht, er bekam den Mund kaum auf. »Henry – Hen-ry Mey-en-bee-ker.« Der auf Höflichkeit abgerichtete Teil seines Gehirns wollte noch das »angenehm« hinzufügen, das übliche *encantado,* aber es ging nicht. Er fühlte, dass jemand vorsichtig in seinem Gesicht herumtupfte. Das war schön und kühl, aber plötzlich roch es scharf nach Desinfektionsmittel. Die Berührung brannte, aber das war nicht schlimm, lange nicht so wie die anderen Stellen. Aber eigentlich schmerzte alles. Er durfte sich nicht bewegen.

Da war er wieder, dieser Duft, der ihn ein wenig mit der Welt versöhnte, und er sackte erneut weg, dieses Mal ein kleines bisschen zufriedener.

Als sie ihm ihren Namen sagte, hätte er sich am liebsten wieder in eine Ohnmacht zurückgezogen. Der Name. Wieso hatten ihn diese Leute wieder in ihren Fingern? War diese Familie sein Untergang? Peñasco, Isabella Peñasco! Gab es hier keine anderen Namen als den, der für ihn nur noch mit Katastrophen, Verdacht, Intrigen, mit Mord und Gespenstern verbunden war. Jetzt verstand er Goyas Bilder des Schreckens. Mit diesem Gedanken sank er erneut in den Schlaf.

Henry gelang es, ein erstes Mal an sich herabzublicken; er sah das zerfetzte Hemd, Blutflecken, die zerrissene Hose, aufgescheuerte Knie, spürte die Zahnlücke, einer fehlte, nein, zwei, wenn ihn die geschwollene Zunge nicht täuschte. Die Brücke würde teuer werden. Als er zu sprechen versuchte, zischte die Luft durch diese Lücke und er vermochte zwischen den aufgeplatzten Lippen nur zu lispeln.

»Wie sind Sie hierher gekommen?«

»Mit dem Auto«, antwortete Isabella Peñasco leise. »Wie sonst?« Es klang nicht besserwisserisch, sondern erklärend.

»Und weshalb sind Sie überhaupt hier?«

»Das erkläre ich Ihnen später, wenn Sie sich erholt haben. Da hinten kommt der Krankenwagen. Man wird Sie ins Hospital nach Estrella bringen, das ist das nächstgelegene.«

»Nicht ins Krankenhaus, ich will da nicht hin.« Henry wurde von Angst gepackt, er griff nach ihrer Hand. Mein Gott, diese Hilflosigkeit.

»Machen Sie sich keine Sorgen, die Polizei ist benachrichtigt, die müsste jeden Moment eintreffen.«

»¡Por Dios! Keine Polizei.« Henry röchelte mehr als er sprach, und sein Herz begann zu flattern. Die grässlichen Bilder des Überfalls tauchten wieder vor seinem inneren Auge auf. Er schnappte so heftig nach Luft, dass sich mehrere Personen, die sich am Unfallort (dafür hielten sie es) versammelt hatten, besorgt über ihn beugten.

O Gott, es war wirklich die Hölle. Niemand konnte ihm helfen, außer diese Peñasco, ein Mitglied ausgerechnet jener Familie, die ihm das alles eingebrockt hatte, eine Verwandte von dem irren Diego. Familien, besonders die spanischen, hielten eigentlich zusammen, oder hatte der Fortschritt sie auch schon auseinander getrieben? Dunkel erinnerte er sich, dass er gehört hatte, Isabella sei von der Familie verstoßen worden. War sie Diegos Schwester? Was waren die Gründe? Wenn es den Tatsachen entsprach, stand sie nicht unbedingt auf seiner Seite, und schon gar nicht auf der des Großvaters. Hoffnung? Nein, wenn es hart auf hart ging, hielten sie bestimmt zusammen.

»Sie müssen ins Krankenhaus, man muss Sie röntgen, vielleicht haben Sie sich was ... vielleicht haben die Männer Ihnen was gebrochen; die Wunden müssen desinfiziert werden. Sie können auch gar nicht laufen. Und der Zustand Ihres Wagens?«

»Nichts erklären«, stöhnte Henry, dem es vor seinem eigenen Herzklopfen graute. »Krankenhaus ist o.k., aber Polizei – nein! Ich bin nicht – vernehmungsfähig.« Erleichtert über die gefundene Ausrede entspannte er sich, schloss die Augen und wartete. Er hoffte, dass sie ihm im Hospital so viel Schmerz- und Schlafmittel gäben, dass er endlich Ruhe hätte.

Widerstandslos, fast ein wenig erleichtert, ließ er sich auf die Trage legen und nach Estrella bringen, nachdem er Isabella Peñasco mit letzter Kraft das Versprechen abgenommen hatte, ihn nicht aus den Augen zu lassen, keine Sekunde. Es war ein Risiko, sich ihr anzuvertrauen, aber nur die Nähe von Menschen schützte ihn vor neuen Angriffen.

Da lief ein großes Ding, dachte er, als das Schaukeln des gut gefederten Krankenwagens ihn einlullte (oder wirkte bereits die Spritze?), ein ganz großes Ding. Er musste der Schlange auf den Schwanz getreten sein, sonst hätte sie nicht zugebissen. Er war ein Idiot, ein Knallkopf, er war harten Auseinandersetzungen nicht mehr gewachsen – nach fünf Jahren schöner Worte über Wein. Es wurde Zeit, wieder auf Zeitungspapier zu schreiben statt auf Hochglanzseiten und endlich wieder die angemessenen Begriffe zu benutzen.

Es gab schlechte Weine, billige Weine, kaputte, überalterte, ungenießbare, verbrauchte, muffige, harte. Es gab Weine, die diese Bezeichnung nur unter chemischen Gesichtspunkten verdienten. Weshalb durfte man das alles nicht mehr schreiben? Wer stellte die Regeln auf? Lüge war noch immer Lüge, Betrug war Betrug, Mord war Mord – und er erinnerte sich an die Worte der Wirtin über Victoria: wie liebevoll sie Jaime den Zucker in den Kaffee getan habe. Jaime nahm keinen Zucker in den Kaffee, er hasste Zucker ...

Isabella Peñasco hielt ihr Versprechen. Sie folgte dem Krankenwagen mit ihrem Auto, und sie war in der Nähe, als Henry die Untersuchungen über sich ergehen ließ (sie hatten seine Kreditkarte, weshalb er ein Einzelzimmer bekam). Nichts war gebrochen; für die Kopfwunde reichten drei Stiche und ein Pflaster darüber, aber sein Körper war von oben bis unten mit Prellungen und Hautabschürfungen übersät, ein Zahn fehlte, und die rechte Gesichtshälfte war so stark geschwollen, dass er sie kühlen musste. Gegen die Schmerzen im Mund beim Aufwachen half Eis, das ihm Isabella besorgte. Sie war an seinem Bett eingeschlafen, als er vormittags wieder zu sich kam. Mit Fragen über den »Unfall«-Hergang hielt sich das Krankenhauspersonal zurück.

Wenn diese Person an seinem Bett nur nicht so gut gerochen hätte, wenn sie hässlich gewesen wäre, eine krächzende Stimme gehabt hätte, fettiges, ungepflegtes Haar gehabt oder geschielt hätte, viel zu alt für ihn gewesen wäre, unförmig, abstoßend, dann hätte er einen triftigen Grund gehabt, sich auf Abstand zu halten – aber nichts dergleichen! Von allem das Gegenteil, sogar noch nach einer entsetzlichen Nacht ohne Schlaf. Er wollte diese Peñasco verachten, doch ihr Anblick tat seinen Augen gut, ihr Blick ließ seine Schmerzen vergessen. Er durfte ihr nichts von seinem Verdacht sagen, suchte aber eigentlich das Gespräch mit ihr; sie mussten über die Ereignisse der letzten Nacht reden und darüber, wieso sie ihn gefunden hatte. War sie ihm bewusst gefolgt? Zufälle gab es nicht.

Er konnte sie nichts fragen, ohne selbst etwas von dem preiszugeben, was er wusste. Sie würden Katz und Maus miteinander spielen.

»Ich muss hier raus, und zwar schnell«, sagte Henry zaghaft und dennoch entschieden. »Sie müssen mir helfen.«

»Sie sind ja wahnsinnig, Sie können kaum laufen.«

»Na und? Besser kriechen, als wieder durch die Mangel gedreht zu werden. Das überlebe ich nicht.«

»Glauben Sie, dass die wiederkommen – diese ... Leute?«

»Darf ich Ihnen das ein andermal erklären? Jetzt muss ich jedenfalls hier weg. Ich muss irgendwohin, wo mich keiner vermutet, wo ich sicher bin. Nur weg, irgendwohin, nur nicht hier bleiben, dann sehen wir weiter.«

Henry sank erschöpft zurück in die Kissen, das Bett war ihm zu warm, er hatte Schweißperlen auf der Stirn, er musste raus aus diesem Zimmer, jetzt; er blickte sie wieder an, wollte ihr gern vertrauen, wollte glauben, was er sah, was er in ihren Augen zu sehen glaubte, wollte sich selbst nicht abschreiben. Er erinnerte sich an seinen Großvater, der vor General Franco geflohen war, um dem Gefängnis zu entgehen, der Folter, dem heimlichen Mord. Jetzt war er dran, jetzt hatten sie ihn. Zufall – oder Bestimmung? Aber Henry wollte nicht alles hinschmeißen, sich nicht damit abfinden, dass einzig Geld, Macht und Hass regierten, dass es nichts anderes gab als Neid ohne Bewunderung, Worte ohne Gehalt, und Freiheit nur noch bei der Auswahl von – Kartoffelchips?

Ins Hotelzimmer nach Laguardia durfte er nicht zurück, vorerst jedenfalls. Von der Kooperative hatte er nichts zu erwarten. Er kannte dort niemanden so gut, dass er sich bei ihm hätte verstecken können. Blieb nur noch ...Victoria? Nein. Ihm grauste bei der Erinnerung an die letzte Nacht, ihm grauste vor sich selbst. Wozu hatte er sich hinreißen lassen? Wenn sie tatsächlich ... Blieb nur noch die Fledermaus, das »Nachtsichtgerät«; danach könnte er in Ruhe überlegen. Wieso ließ er sich nicht einfach von einem Taxi nach Bilbao bringen, in ein gutes Hotel, wo ihn niemand kannte, wo er sich erholen konnte, ein Arzt in der Nähe wäre und er dann erster Klasse nach Hause fliegen konnte? Am Geld lag es nicht ... woran sonst? Verdammt, das Krankenhauspersonal hatte seine Kreditkarte.

»Ich wüsste, wo Sie niemand vermutet und wo ich mich um Sie kümmern könnte, bis Sie sich erholt haben.«

Da war er wieder, dieser Blick – der Bootsmann, der das Lot auswarf, um zu prüfen, wie viel Wasser noch unter dem Kiel blieb, wie tief das Vertrauen zwischen zwei Menschen sein konnte: Das Lot sank und sank ...

»Weshalb sollten Sie mir helfen?«

Isabella Peñasco seufzte müde; sie beugte sich vornüber, die Ellenbogen auf die Oberschenkel gestützt. »Das ist eine lange und traurige Geschichte, Señor Meyenbeeker. Sie begann 1936, als General Franco mit seinen Truppen in Spanien einfiel, und sie ist noch immer nicht zu Ende. Es geht um Wiedergutmachung und Gerechtigkeit, ganz praktisch, nicht um moralische Grundsätze oder Prinzipien. Es geht um Weinberge, um Menschen wie Sie, um Familien. Um meine Familie. Haben Sie unsere Kriegerdenkmäler gesehen?«

Henry nickte leicht. Worauf wollte sie hinaus?

»Dann haben Sie sicherlich bemerkt, dass nirgends der Opfer des *Generalísimo,* der Falange oder der von Deutschen getöteten Spanier gedacht wird, nur derer, die auf Francos Seite starben. Aber nirgends derer, die nach Frankreich flohen und von dort an Deutschland ausgeliefert wurden, die von Franco und seinen Leuten ermordet wurden, die in den Gefängnissen starben, verschwunden sind. Ich bin Historikerin. ›*Vae Victis,* wehe den Besiegten!‹, den Satz haben wir im Latein- oder Geschichtsunterricht gelernt. Mein Großvater Horacio zählt sich zu den Siegern, mein Bruder Diego auch, aber der versteht davon gar nichts. Haben Sie die Fotos im Arbeitszimmer meines Großvaters gesehen? In Wirklichkeit wurde unsere Familie besiegt – das wissen aber nur mein Vater und mein Onkel – durch mich. Ich habe immer gefragt und bin allen auf die Nerven gegangen, sogar mein Studienfach habe ich danach gewählt, unbewusst, und irgendwann findet man Antworten, man muss nur auch stark genug sein, sie zu ertragen. Etwas zu wissen kann schrecklich sein.«

War das nun die Beichte einer frustrierten reichen Erbin? Oder ging Henry damit den Worten der Journalistin EBJ über Isabella auf den Leim? Er selbst hatte im Moment nur ein konkretes Ziel, nämlich seinen Arsch zu retten, weshalb er schnell zum ursprünglichen Thema zurückkehrte.

»Und – wo bin ich Ihrer Meinung nach sicher?«

»Meine Tante wohnt in Logroño, sie hat dort ein Appartement; es ist groß genug, ich wohne da, wenn ich zu Besuch bin, so wie jetzt. Wir hätten dort ein Zimmer für Sie und jemanden, der Sie pflegen kann, bis Sie wieder kriechen können.«

»Noch mehr Peñascos?«, seufzte Henry. »Diego kommt da aber nicht zufällig vorbei?«

»Haben Sie einen besseren Vorschlag?«

Gegen 16 Uhr waren sie in der Stadt. Die Rushhour begann, und im Gewühl der Fußgänger auf der Gran Via Juan Carlos konnte Henry aussteigen, ohne aufzufallen. Das Appartement der Tante bestand aus zwei großen Wohnungen, die ineinander übergingen und sich über die gesamte sechste Etage erstreckten. Über den Dächern der gegenüberliegenden Häuser sah er den Kamm der Sierra de Cantabria. Dort war er gestern erst entlanggefahren ...

Die Tante, Sebastián Peñascos Schwester, war ihrem Bruder wie aus dem Gesicht geschnitten: eine Dame von Welt. Man nannte sie La Cantora; sie hatte sich in ihrer Jugend als erstes schwarzes Schaf der Familie exponiert (noch vor dem ausgewanderten Bruder) und als klassische Liedsängerin in Madrid Karriere gemacht. Daher war ihr die Rolle, die Isabella jetzt auf sich genommen hatte, bestens vertraut. Sie unterstützte ihre Nichte sowohl in ihren Ansichten als auch in praktischen Dingen. Von ihr bekam sie, was der Vater ihr offiziell nicht geben konnte, wenn er es mit dem Großvater nicht zu offenen Auseinandersetzungen kommen lassen wollte, die der Kellerei und dem Ansehen der Familie hätten schaden können. (So jedenfalls wurde es Henry erklärt, was aber natürlich nicht unbedingt der Wahrheit entsprechen musste.)

Henry bekam ein Zimmer im rechten Teil der Wohnung zugewiesen, die sechs oder sieben Blocks von Victorias

Appartement entfernt lag, wie er bei der Ankunft bemerkt hatte, und sobald er die Begrüßung mit der zuvorkommenden und sympathischen und offenkundig eingeweihten La Cantora hinter sich hatte, warf er ein paar Schlaf- und Schmerztabletten ein, kroch ins Bett und tauchte ab.

»*Por los cojones de Jesús,* wo steckst du? Wieso ist dein Handy nicht an? Wir machen uns Sorgen um dich!«

Daniel Pons, der Mechaniker, wirkte äußerst beunruhigt. Er hatte sich seit Henrys Verschwinden am vergangenen Abend ernsthaft Sorgen gemacht, besonders als er nachts nicht im Hostal aufgetaucht war. Jetzt war es fünf Uhr morgens und draußen noch dunkel. Henry hatte kurz nach dem Aufwachen angerufen, da er wusste, dass Daniel bis Sonnenaufgang arbeitete; dann kam die Ablösung für den Tag. Henry hatte sich aufgesetzt und sich die Kissen in den Rücken gestopft. Neben ihm auf dem Tisch standen geschältes Obst, Wasser, Kaffee in einer Thermoskanne und klein geschnittene Sandwiches unter einer Frischhaltefolie. Er verspürte Hunger und Durst, und war da nicht wieder der Duft von Wald, Moos und Sommer, so wie gestern, als er da auf der Straße gelegen hatte? Die Schmerzen waren nicht mehr das dumpfe, alles beiseite drückende Einerlei, dieser stechende, ziehende und klopfende Brei, sondern sie hatten sich auf Arme, Beine, Knie, Ellenbogen und auf eine Stelle am Kopf verteilt. Am schlimmsten jedoch waren die nässenden Wunden und die Prellungen am Rücken.

Daniel war heilfroh darüber, dass Henry wieder aufgetaucht war. »Na hoffentlich hast du wenigstens ordentlich ausgeteilt«, meinte Daniel, als Henry ihm von dem Überfall berichtete.

»Zwei habe ich ziemlich heftig erwischt, und einen hätte ich fast erwürgt. Mich haben sie jedenfalls völlig außer Gefecht gesetzt. Also bist du heute Nacht mit der Überwachung dran.«

Es dauerte einen Augenblick, bis der Monteur antwortete: »Ich bin nicht lebensmüde, *amigo*.«

»Du musst es tun. Wir müssen wissen, wer dahintersteckt, ob es tatsächlich ...«

»Wir wissen, wer es ist«, unterbrach der Mechaniker barsch, »zumindest dass sie die Protektion der Guardia Civil genießen.«

»Genießen – das ist gut. Aber bestimmt ist nicht der ganze Polizeiapparat korrupt, es sind immer nur Einzelne.«

»Eine Krähe hackt der anderen kein Auge aus, *¿verdad?* Denk an den berühmten Korpsgeist, da halten alle das Maul, gerade in solchen Vereinen. Wer geht denn da hin?«

»Ihr Katalanen seid wohl auch bürgerkriegsgeschädigt.«

»Wir alle sind geschädigt, die einen so, die anderen so. Auch die Sieger nehmen Schaden.«

»Das habe ich mir gestern erst erzählen lassen. Ich glaube, die Bande würde sich still verhalten, aber sie kann nicht; die Trauben sind reif, sie müssen gelesen und verarbeitet werden, sie vergammeln sonst, der Reifezeitpunkt darf nicht überschritten werden. Sie müssen irgendwie in die Kellerei gelangen. Wir müssen herausfinden, wer genau die Trauben zu Peñasco in die Kellerei bringt, und es muss ja auch Arbeiter geben, die sie entgegennehmen. Alles hinterlässt Spuren. Man müsste sich nur vor der Kellerei verstecken, dann hätte man Gewissheit. Die Autonummer eines Lieferwagens ...«

»Dich sollen sie zusammengeschlagen haben? Macht mir aber gar nicht den Eindruck, wenn man mal von diesem Pfeifen oder Zischen beim Sprechen absieht. Liegt das an deinem Handy?«

»Nein, an den Zähnen. Da fehlt was.«

»Bist du oben im Hostal?«

»Nein, in Logroño, bei ... Isabella Peñasco ...«

Daniel brauchte eine Weile, um die Nachricht zu verdauen. »Bist du von allen guten Geistern verlassen?«, schrie er ins Telefon. »Du verfolgst die Peñascos und lässt dich mit Diegos Schwester ein? Mit der Enkelin von diesem Don Horacio? Willst du reich heiraten? Wieso bist du nicht im Krankenhaus geblieben? Da wärst du sicher.«

»Glaube ich nicht«, zischte Henry, der seine Chancen schwinden sah, den Mechaniker für eine weitere Zusammenarbeit zu gewinnen. »Über kurz oder lang wäre die Polizei aufgetaucht, womöglich sogar die Guardia Civil, um mich zu verhören – oder zu vernehmen. Den Leihwagen haben die Fahrer zertrümmert. Wenn ich der Polizei bisher was erzählt habe, hat es uns nur geschadet.«

»Dir. Und du traust dich jetzt in die Höhle des Löwen?«

»Zumindest frisst mich hier keiner.«

»Wart's ab. Solche Leute lassen sich Zeit. Du weißt besser als ich, wie die Reichen essen, erst ein Amuse-Gueule oder wie das heißt, dann die Vorspeise, sechs Gänge – und einen guten Wein dazu, alles hübsch angerichtet …«

»Könntest du nicht vorbeikommen?«

»Meinst du, die lassen einen schmutzigen Monteur in die Wohnung?«

»Ich denke schon.«

»Haben sie dich bereits eingewickelt – mit dem diskreten Charme der Millionäre?«

»Hast du Vorurteile?«

Daniel räusperte sich. »Nein, nur entsprechende Erfahrung.«

»Dann kann ich nicht mehr mit dir rechnen?«

»Nein, bei diesen Bundesgenossen nicht. Du solltest dich entscheiden.«

»Dann sag mir bitte, weshalb.«

»Ein andermal«, knurrte Daniel und legte auf.

Henry sank erschöpft zurück in die Kissen. Das Gespräch hatte ihn aufgewühlt, und die Aufkündigung der Zusammenarbeit war ein schwerer Schlag für ihn. Das Ding hier war zu groß, zu schwierig und zu undurchsichtig, um allein damit fertig zu werden. Er hatte fest mit Daniel gerechnet. Und jetzt? So war es meistens in kritischen Situationen; wenn es tatsächlich riskant wurde, zogen sich die vermeintlichen Freunde zurück. Zumindest schaffte das Klarheit. Vielleicht hatte er Angst, sicher, er hatte Angst, denn er musste weiter hier leben, mitten unter den betreffenden Personen. Blieb ihm selbst wirklich nur der Flughafen von Bilbao? Für die »Genossen« war er nicht mehr vertrauenswürdig, ja sogar ein – Verräter? Für Diego Peñasco stand er auf der anderen Seite und war schuld am Herzanfall des Großvaters. Für den Alten gehörte er wohl sogar zu den Roten.

Wenn sich das herumsprach, war sein Ruf nicht nur in der Rioja ruiniert. Die Winzer kannten sich, trafen sich bei nationalen Präsentationen und Verkostungen in Bordeaux, in Barcelona, in Düsseldorf oder Verona, und überall tauschte man Informationen aus. Er würde sich nirgends mehr sehen lassen können, und was schwerer wog – noch nie im Leben hatte er eine Aufgabe nur halb erledigt, noch nie ein derartiges Chaos hinter sich gelassen. Es würde ihm den Schlaf rauben, gerade jetzt, wo er zu alten Ufern zurückschwamm ... hoffentlich erreichte er den Strand.

Als er erwachte, war es hell. Er hatte vom Meer geträumt; die Sonne schien, der Himmel war blau, aus dem Nebenzimmer tönte Musik, klassische Gitarre, Narcisco Yepes, wenn er nicht irrte.

Spinne am Morgen bringt Kummer und Sorgen. Der Satz durchzuckte sein Gehirn, als er im Bad die winzige Spinne im Abfluss der Duschwanne verschwinden sah, und er ärgerte sich wieder über diesen dummen, überflüssigen Gedanken. Kummer und Sorgen hatte er bereits genug. Sollten es noch mehr werden?

Von Kissen gestützt, über den Beinen eine leichte Decke, saß Henry, mit einem fremden Morgenmantel bekleidet, auf dem Sofa im Salon. Anders konnte man das Wohnzimmer wegen seiner immensen Größe und der alten, dunklen und schweren Möbel kaum nennen. Er hatte sich bereits so weit erholt, dass er seine Umgebung aufmerksam wahrnehmen konnte. Schräg gegenüber von ihm saß La Cantora, lässig zurückgelehnt, die Beine übereinander geschlagen.

Die Schwester Sebastián Peñascos entsprach in ihrem dunkelblauen Kostüm und mit dem dezenten Goldschmuck dem Bild der klassischen Spanierin. Obwohl sie Jahrzehnte auf verschiedensten Bühnen gestanden hatte und älter war als ihr Bruder, verbarg sie ihre Lebensfalten nicht unter einer dicken Farbschicht. Sie war Henry gegenüber sehr höflich, ernst und von ausgesprochen guten Manieren, und ihre Herzlichkeit wirkte echt. Sie war jedoch äußerst neugierig, und Henry blieb auf der Hut.

Isabella stellte das Tablett mit Kaffee und Mandelgebäck auf die Kristallplatte des antiken Tisches und setzte sich. Sie hatte ihr stufig geschnittenes blondes Haar im Nacken zusammengebunden. Strähnen fielen ihr ins Gesicht, und sie hielt den Kopf ein wenig schräg, so dass eines ihrer zwischen Grün und Hellblau changierenden Augen verdeckt wurde. Ein feiner Lidstrich verlieh ihnen noch mehr Kontur, die Brauen darüber waren leicht gezupft, auf Make-up hatte sie verzichtet – kein Lippenstift, kein Nagellack, was sie jünger machte. Sie war schlank, hatte die moderne Figur der Generation, die ihre Eltern überragte, dabei waren die Peñascos allesamt ziemlich groß. Isabella trug einen roten Kaschmirpullover und Jeans und dazu weiche Mokassins. Sie wirkte besorgt und nervös. War er der Grund dafür?

Er zögerte, ihr direkt in die Augen zu sehen; länger als einige Sekunden hielt er es nicht aus, war befangen und unsicher, was ihr sicher nicht entging – wobei Isabella sich ähnlich verhielt und häufig zu Boden oder aus dem großen Fenster über die Stadt auf die Sierra blickte.

»Sie müssen auch ziemlich fest zugeschlagen haben«,

bemerkte sie mit einem Blick auf Henrys Hände. »Die Knöchel sind aufgeschlagen. Oder wie ist das passiert?«

»Anfangs, als mich der Erste angriff, habe ich versucht, aus dem Kreis auszubrechen. Den weiteren Verlauf weiß ich nicht mehr genau, es ging alles rasend schnell.«

»Wie viele waren es? Ich habe drei Lkws gesehen. Waren mehr Leute drin als nur die Fahrer?«

»In jedem zwei – es waren also sechs; aber einer der Männer hat sich nicht beteiligt, ein dunkler Typ, Nordafrikaner, nehme ich an. Er wollte die anderen eher zurückhalten.«

»Haben sie nicht gesagt, was sie wollten oder worum es ging?« La Cantora beugte sich gespannt vor.

»Nichts, Señora, gar nichts. Nicht einmal beschimpft haben sie mich. Mir war klar, worum es ging: Ich habe sie entdeckt. Wie weit sie gegangen wären – wer weiß? Eine Schlägerei ist immer noch eine Warnung. Die Täter wollen, dass man sie in Ruhe lässt, dass man sich zurückzieht.«

»Und wovon sollen Sie sich Ihrer Meinung nach zurückziehen?«

Henry blickte Isabella Peñasco Hilfe suchend an, und La Cantora folgte seinem Blick:

»Hast du mir tatsächlich alles gesagt, Isabella?«

»Ja, Tante, alles, was ich weiß.«

Jetzt blickte La Cantora wieder zu Henry. »Ich nehme dir das nicht ab, mein Kind. Unser verletzter Gast hier auch nicht, wie es scheint. Ich kenne dich lange, und ich weiß, wann du schwindelst. Da steckt mehr dahinter als Diegos Größenwahn und der Traubenschmuggel.« Sie schwieg, um ihrer Nichte Zeit für eine Ausrede oder eine Antwort zu geben; doch die blieb aus. »Ich kenne dein Verhältnis zu Diego, aber er ist nicht der Chef, und er wird's auch nie.«

»Großvater redet da auch noch mit, oder?«

Henry machte sich klein. Zeuge bei Familiendramen oder Ehekrächen zu sein war stets mit Peinlichkeiten für den

Zuhörer verbunden. Das ging ihn nichts an, er war wegen LAGAR hergekommen – aber jetzt hatte er das Gefühl, dass man ihn geschickt zum Mitwisser machte, damit er … schwieg?

»Mein Vater hat mir von Ihnen erzählt, Señor Meyenbeeker«, sagte Isabella bedrückt und starrte auf den Perserteppich zu ihren Füßen. »Er hat mir erzählt, was Sie mitbekommen haben – den Streit im Büro, das mit dem neuen Viña Celeste, den Diego in ›HP‹ umbenennen will; dann sein Auftritt im Gärkeller, na ja, und wie er Ersatz beschaffen will. Großvaters Anfall, der Hubschrauber, nehmen Sie das nicht ernst! Der spielt sich auf; und wenn …« Sie winkte abfällig ab, als wäre ihr die Gesundheit des Großvaters egal, und fuhr mit schmalen Lippen fort: »Wir haben Mitarbeiter im Hause, die sind mir sehr zugetan, von denen erfahre ich viel. Ich habe mich rausgehalten, das ist jetzt vorbei. Diego will die Firma modernisieren, dabei ruiniert er sie, ruiniert Menschen … Dieser Önologe, Jaime Toledo zum Beispiel, den habe ich kurz kennen gelernt, als er angefangen hat; ein netter Mensch, sehr sympathisch …«

»… darüber gehen die Meinungen weit auseinander«, warf Henry ein.

»Mag sein, ich war nicht hier in all den Jahren, ich habe mich von der Familie fern gehalten. Mein Vater hat mich oft in Barcelona besucht – ich habe Geschichte und Volkswirtschaft studiert …«

»Weshalb haben Sie sich, äh, fern gehalten? Ich würde mir gerne einen Reim darauf machen. Und dann wüsste ich zu gern, weshalb Sie mir gefolgt sind. Das war kein Zufall.«

»Eins nach dem anderen. Sie kennen Großvaters Büro? Diese Ekelbilder mit den toten Kühen, mit General Franco und den Matadoren?«

Henry sah alles vor sich. So wie ein Stier in der Arena hatte er sich in der Nacht gefühlt – der Kreis der *picadores,* die ihn für den *matador* vorbereiteten ... Der Gedanke war zu schrecklich.

La Cantora sah, wie er erblasste: »Ihr Kreislauf? Ich habe da was, das hilft Ihnen.« Sie stand auf.

»Bitte keine Umstände«, wiegelte Henry ab, den die kalte Angst packte, eine Angst, die seine Glieder fast taub machte und die er mit dem Gesicht auf dem Asphalt in jener Nacht nicht gespürt hatte.

»Die Umstände machen wir auch ein wenig aus Eigennutz, Señor. Wir ziehen am selben Strang. Und du, Isabella, rede ruhig weiter, ich weiß, was du sagen willst, ich bin gleich wieder da.« Mit diesen Worten verließ sie den Salon.

Doch beide schwiegen befangen. Isabella starrte zu Boden, Henry versuchte sich zu beruhigen. Ab und zu trafen sich ihre Augen, aber sie schauten sofort wieder weg. Als La Cantora mit den Tropfen für Henry und einem Glas Wasser zurückgekommen war, machte Isabella den Mund auf.

»Für meinen Großvater gibt es nur Gehorsam. Man kann nur für ihn sein oder gegen ihn, Freund oder Feind. Dazwischen liegt nichts, Nord- oder Südpol. Wer nicht gehorcht, den wirft er hinaus. Das Einzige, was er respektiert, ist Macht. General Franco, das war sein Idol. Der Krieg als reinigendes Element. Er kennt nur Schwächere oder Stärkere. Er hat nie akzeptiert, dass es mehr als einen Weg nach Rom gibt. Und er ist hinterhältig. Er ist das Gehirn, Diego der Arm.«

»Bist du nicht zu hart, Isabella?«, warf La Cantora ein. »Ich glaube, dass mein Vater so von Angst besessen ist, dass er sich niemals den leisesten Zweifel erlauben darf.«

»Es fällt mir schwer, darüber zu reden«, seufzte Isabella. »Mich konnte er nie leiden, weil ich eine Frau bin und weil ich tat, was ich wollte. Diego war sein Prinz. Großvater hat mich in dieses ... gottverfluchte Büro mit den entsetzlichen Fotos gesperrt und sich gefreut, ergötzt, wenn ich geschrien habe. Er hat die Tür abgeschlossen, damit ich nicht raus konnte, mich auf seinem Schoß festgehalten, bis die Büroangestellten kamen. Abhärten, aufs Leben vorbereiten, nannte er das, dieses ...«

»Isabella! Mäßige dich!«, sagte La Cantora streng.

Doch ihre Nichte kümmerte sich nicht um die Zurechtweisung. »Ich habe das nie erzählt, weil ich mich geschämt habe, und als mein Vater davon erfuhr, hat er ihm Prügel angedroht für den Fall, dass er das noch einmal machen sollte. Da war alles aus. Mein Vater ging gerade noch als nützlich durch; ein guter Geschäftsmann zwar, mit Sinn für Wein, mit einem Händchen für Weinberge und Rebstöcke, für unsere Kunden und Traubenlieferanten, aber viel zu weich, ein Schlappschwanz. Diego plappert das alles nach. Großvater ist sein Idol. Als ich älter wurde, hat Diego mir dauernd gedroht, Großvaters Spiel fortzusetzen: ›Ich besorge dir schon den richtigen Mann, einen Matador, wirst sehen ...‹ Diego ist ein Angeber, der sich laufend selbst inszeniert, um Großvater zu gefallen.« Isabella schnappte nach Luft; die Erinnerung wühlte sie auf.

»Mein Bruder ist stärker als alle anderen«, sagte La Cantora und sah besorgt ihre Nichte an. »Sebastián ruht in etwas, das ich nicht kenne –, womöglich in seiner Einsamkeit. Er ist in der Lage, Kräfte zu bündeln, er kann sie zusammenfassen; Menschen, egal ob Angestellte oder Geschäftsfreunde, bringt er dazu, offen zu sein; er findet Freunde, er begeistert. Der Konflikt mit LAGAR war längst beigelegt – bis er nach Chile fuhr, zu unserem Bruder, der sich vor zwanzig Jahren davongemacht hat. Diego hat alles wieder aufgekocht, weil Don Horacio es wollte, also mein Vater.«

»Da fehlt aber noch jemand«, sagte Henry, der das Gefühl hatte, dass man ihm einiges vorenthielt, und beide Frauen hoben die Köpfe. »Was ist mit Mutter und Großmutter?«

Die Pause war lang, das Schweigen dicht; für beide Frauen schien es mit schmerzhaften Erinnerungen angefüllt.

Isabella ergriff das Wort: »Meine Mutter war dem allen nicht gewachsen; sie war darauf nicht vorbereitet. Man hat sie erzogen, um dem Mann zu dienen, und nicht, um zu kämpfen. Ich habe nicht zu ihr aufgeschaut. Sie war lange krank, ist verkümmert, was auch Großvaters Werk war. Nach ihrem Tod bin ich nach Barcelona gegangen.«

»Ich hatte meine Musik«, sagte La Cantora. »Ich habe in ihr gelebt und das, was ich laut sagen wollte, in fremden Sprachen gesungen, die niemand verstand – bis auf meine Brüder.« Sie schmunzelte und bekam etwas Verschmitztes. »Das sind die kleinen Fluchten. Isabella hatte nicht so viel Glück, deshalb reagiert sie heute so hart.«

»Ich bin nicht hart«, empörte sich Isabella, »immer wirft man mir das vor. Aber wenn der Gegner es verlangt ...«

»Stimmt, meine Liebe. Nur ich denke da an Johanna – die Wahnsinnige.«

Henry achtete auf die Zwischentöne; die beiden schienen ihm noch immer nicht beim Wesentlichen angelangt zu sein. Es ging um mehr als um Traubenschmuggel und Diegos krumme Geschäfte. Sonst hätten sie ihn nicht in die Sache hineingezogen. Irgendetwas wollten sie von ihm. Doch was hatte Isabella mit *Juana la loca* zu tun, mit Johanna der Wahnsinnigen?

»Sie wissen, dass Johanna die Tochter von Isabella der Katholischen war, der spanischen Königin? Der historische Hintergrund ist Ihnen bekannt?«

Henry nickte: Johanna hatte von ihrer Mutter 1504 das berühmte Reich geerbt, in dem die Sonne nicht unterging: Spanien mitsamt den westindischen Kolonien und den europäischen Besitzungen inklusive der Niederlande. Und da der Vater, der Ehemann und ihr ältester Sohn ihr die Herrschaft entreißen wollten, erklärten sie Johanna, die für ihr eigenwilliges Wesen und ihren starken Willen bekannt war, für wahnsinnig – und damit für nicht regierungsfähig.

»›Du hast den falschen Namen‹, stichelte mein Großvater bei jeder Gelegenheit. ›Du heißt nicht Isabella, du heißt Juana.‹ Meinem Vater warf er allen Ernstes vor, dass ich auf den falschen Namen getauft sei, und er rief mich so, auch Fremden gegenüber ...«

Es kränkte Isabella noch immer, es fiel ihr schwer, darüber zu sprechen. »Im Studium habe ich mich mit Spaniens Geschichte befasst – eine Art privater Vergangenheitsbewältigung, bis ich auf die jüngste Geschichte stieß, auf die Rioja und unseren Bürgerkrieg. Ja, und da bin ich dann über diese andere Sache gestolpert ...«

In diesem Moment klopfte das Hausmädchen: »Beim Portier unten ist jemand, der mit Señor Meyenbeeker sprechen möchte.«

»Das wird Daniel sein, Daniel Pons, ein Freund von mir ...« Henry freute sich, dass er sich anders besonnen und sich aufgerafft hatte, herzukommen.

»Wie heißt der Herr?«, fragte La Cantora.

»José Salgado.«

Henry zuckte zusammen, als hätte er aus Versehen an eine heiße Herdplatte gefasst.

Isabella trat auf den Balkon, um hinunterzusehen. »Wer weiß, dass Sie hier sind? Wem haben Sie es gesagt?«

»Nur Daniel, sonst niemandem. Der hält den Mund.«

»Fragen Sie den Herren, was er will«, befahl La Cantora dem Hausmädchen.

Fünf Minuten später war die junge Frau zurück. »Er sagt, er sei *capitán*, Polizist. Hier, seine Karte. Señor Meyenbeeker würde ihn kennen. Aber er käme ... privat.«

14

Capitán José Maria Salgado

Isabella half Henry, sich aufzusetzen, schob ihm die Kissen im Rücken zurecht, damit er ohne Anstrengung sitzen konnte. Die gut gemeinte Geste machte ihm sehr drastisch seine augenblickliche Hilflosigkeit deutlich; schlimmer jedoch empfand er sein lächerliches Outfit: ein hellblauer, schlabberiger Trainingsanzug aus Fallschirmseide mit überflüssigen Ralleystreifen an den Seiten – Henry kam sich darin so ordinär vor wie ein Zuhälter auf dem Billigflug nach Ibiza. Isabella hatte das »Kleidungsstück« in einer Nebenstraße des Hospitals von Estrella gekauft. Seine eigene Kleidung war zerrissen und voller Blutflecken. Die Lederjacke, die er in jener Nacht getragen hatte, war einigermaßen heil geblieben; nur sie hatte er gegriffen, als er sich aus dem Krankenhaus weggeschlichen hatte, alles andere war zurückgeblieben. Sein Handy hatte Isabella in einem unbeobachteten Moment gerettet.

Als Capitán José Maria Salgado den Salon betrat, wollte Henry sich erheben, aber der Polizist war rasch bei ihm. »Dass es so schlimm ist, habe ich nicht erwartet, Señor Meyenbeeker. Ich bedaure sehr, was Ihnen zugestoßen ist, glauben Sie mir. Sie verstehen, was ich meine?« Dann wandte er sich den Damen zu und stellte sich vor.

»Wir können offen sprechen? Anderenfalls würden Sie sich nach Ihrer überstürzten Flucht wohl kaum hier aufhalten.«

Henry nickte. Sicher, das konnten sie; nur war ihm nicht wohl dabei, die Peñascos noch weiter hineinzuziehen, obwohl es wahrscheinlich um sie ging, um die krummen Geschäfte von Isabellas Bruder. War der Gedanke zu abwegig, dass er womöglich Victoria den Auftrag gegeben hatte, Jaime Toledo zu betäuben, damit dieser sich zu Tode stürzte?

Diesen Verdacht würde Henry vorerst für sich behalten, denn weder verfügte er über Beweise noch durfte er sich erneut in Gefahr bringen. War Victoria so was wie eine »Gottesanbeterin«, dieses langbeinige tropische Insekt, das nach der Kopulation das Männchen fraß?

»Sie wollen sicherlich wissen, wie ich Sie gefunden habe, wo nicht einmal die Presse Ihren Aufenthaltsort kennt.«

Der *capitán* reichte Henry eine aufgeschlagene Tageszeitung.

»Deutscher Journalist aus Hospital verschwunden« stand als Schlagzeile neben dem Foto seines zertrümmerten Wagens, und fett gedruckt darunter: »Ein Racheakt?«

Dem Umstand, dass er nachts auf der Landstraße krankenhausreif geschlagen worden sei, widmete die Zeitung nur wenige Zeilen; wichtiger hingegen schien dem Verfasser des Artikels, den Überfall als Racheakt auf Henrys Enthüllungen über die Kooperative LAGAR darzustellen. Damit wurde die These untermauert, dass die Informationen über die Kooperative von ihm stammten und die Mitglieder nicht vor kriminellen Methoden zurückschreckten.

Perfide, gemein und niederträchtig – da verstand jemand sein »journalistisches« Handwerk. Henry wartete darauf, am Ende des Artikels die Buchstaben EBJ zu finden, aber der Artikel war nicht unterzeichnet. Feige war sie also auch.

»Was halten Sie davon?«, fragte der *capitán*.

Henry reichte Isabella das Blatt. »Bis auf den Umstand, wo und wann ich verprügelt wurde und dass ich aus dem Krankenhaus verschwunden bin, ist alles pure Erfindung, übelste Demagogie.« Henry war laut geworden. »Niemand von der Kooperative war dabei. Die Männer, die über mich hergefallen sind, habe ich noch niemals in meinem Leben gesehen.«

»*Calma*, Señor Meyenbeeker. Das hat niemand behauptet, wir zumindest nicht. Sie haben sich gewehrt?«, fragte Salgado mit Blick auf Henrys Knöchel.

Er nickte. »Bevor ich Einzelheiten preisgebe – was hat es zu bedeuten, dass Sie hier sind und die Guardia Civil die Ermittlungen an sich gezogen hat, wie im Artikel erwähnt?«

»Das kann die Guardia Civil so halten, wenn die anderen Polizeiorgane damit einverstanden sind. Außerdem handelt es sich um eine länderübergreifende Sache. Die Rioja, Navarra und *Euskadi*, das Baskenland, sind involviert. Dass die Guardia Civil ermittelt ist der Grund, weshalb ich hier bin, privat, verstehen Sie? Vertraulich, absolut vertraulich! Bei internen Ermittlungen muss man besonders ... umsichtig sein. Ich will wissen, was wirklich passiert ist. Wir müssen es wissen.«

Isabella reichte die Zeitung schockiert an ihre Tante weiter. »Es ist schlimm, viel schlimmer, als ich dachte.«

La Cantora begann fast ängstlich darin zu lesen. Der Capitán hob den Kopf: »Ich erhielt einen Anruf von Daniel Pons. Er bat mich, etwas zu unternehmen, er macht sich Sorgen, Señor Meyenbeeker; auch er hat eine Drohung erhalten, die ich ziemlich ernst nehme.«

Henry war überrascht. »Mir hat er davon nichts gesagt.«

»Er solle sich um seine Tankstelle kümmern, Wein sei nicht brennbar, aber Benzin!«

»Er läuft aus dem Ruder ...«, sagte La Cantora kaum hörbar zu Isabella.

»Wer bitte läuft aus dem Ruder?«, fragte der *capitán*, dem anscheinend wenig entging.

»Niemand. Es läuft aus dem Ruder, meinte ich ...«

»Und was wollen Sie damit sagen?«

Als ihm niemand antwortete, fuhr der *capitán*, an Isabella

gewandt, fort: »Eine Frage an Sie, Señorita. Wieso befanden Sie sich vorgestern auf der Landstraße nach Estrella? Sagen Sie nicht, dass es Zufall war.«

»Das will ich auch nicht. Das war mit Henry, mit Señor Meyenbeeker, so abgesprochen. Ich sollte ihm in sicherer Entfernung folgen, für den Fall, dass was passiert …«

Schlagfertig und gekonnt gelogen, dachte Henry. Der *capitán* gab sich einstweilen mit der Antwort zufrieden und richtete das Wort jetzt an ihn: »Ich möchte Ihnen noch weiter entgegenkommen. Das erwarte ich allerdings umgekehrt auch. Ich wurde hellhörig, als Sie an jenem Morgen nach Ihrer Festnahme von den Sicherheitsgurten erzählten. Kaum hatten wir die Information an die Guardia Civil weitergegeben, waren sie ausgebaut. Ich habe es mir angeschaut.«

»Reden Sie, Henry, sagen Sie es ihm. Wir müssen der Sache sowieso irgendwann ins Auge sehen.« La Cantora nickte ihm aufmunternd zu.

»Ich vermute, Señora, dass Ihre Familie in gewisser Weise involviert ist. Doch ich möchte den Fall diskret behandeln.«

»… was ganz in unserem Sinne sein dürfte, *capitán*«, warf La Cantora ein.

»Soweit ich weiß, handelt es sich bei der Kooperative um Ihre ehemaligen Lieferanten. Haben Sie sich im Guten oder im Bösen getrennt?«

Als Isabella Henry aufmunternd zunickte, begann er zu erzählen: von Jaime Toledos erstem Anruf, ihrem einzigen Zusammentreffen, seinem Tod und was er von den Auseinandersetzungen zwischen Bodegas Peñasco und Lagar mitbekommen hatte. Dabei vermied er jeden Hinweis auf Diego und unterließ jegliche Spekulation. Vom Traubenschmuggel berichtete er nur das, was er tatsächlich wusste; er sagte also weder, woher die Trauben kamen, noch, wer sie möglicherweise erhielt. Doch der Episode mit der Guardia Civil auf der nächtlichen Landstraße widmete er breiten

Raum. Mit den Worten »Ihre Schlüsse müssen Sie selbst ziehen« endete sein Bericht.

Capitán Salgado legte den Notizblock beiseite. »Sie alle wissen mehr, als Sie mir sagen!«

Das war richtig, aber für Henry galt dieser Satz mehr in Bezug auf Isabella und ihre Tante als für ihn. Doch wer gab gerne alles preis? »Sie machen Ihre Arbeit, Capitán Salgado, ich mache meine. Wir könnten uns ergänzen, das liegt in Ihrer Hand. Bislang allerdings hat mir der Kontakt mit der Polizei nur Prügel eingebracht. Helfen Sie mir, hier mit heiler Haut rauszukommen!«

Der *capitán* atmete tief ein. Es gefiel ihm nicht, was er gehört hatte, es hörte sich fast wie ein Seufzer an. »Es gibt Journalisten, die werden dafür bezahlt, dass sie Informationen veröffentlichen, andere dafür, dass sie schweigen. Ich hoffe nicht, dass Sie zu Letzteren gehören. Können Sie den Offizier beschreiben, der nachts die Verkehrskontrolle durchgeführt hat?«

»Das kann Señora Isabella Peñasco unter Umständen besser. Er holt sich in der Bodega Wein, hinkt leicht, ist sehr blass, groß, schlank, vielleicht kennt sie ihn … von früher?« Es war ein Schuss ins Blaue, aber mit seiner Vermutung traf Henry ins Schwarze.

Isabella wurde bleich. »Valerio? Valerio Nieves? Der mit der Glatze? *¿El calvo?*«

»Keine Ahnung, ob er eine Glatze hat, er trug immer eine Mütze«, antwortete Henry.

Capitán Salgado wusste anscheinend, um wen es sich handelte. »Könnten Sie, Señor Meyenbeeker, mir sagen, wer diesen Zeitungsartikel verfasst hat?«

»Hilft Ihnen in diesem Fall auch eine Vermutung?«

»Durchaus.«

»Vermutlich EBJ, Eugenia Buendía Jiménez. Sie kennen die Dame?«

»*Die* dumme Kuh?«, entfuhr es Isabella, was den *capitán*

257

schmunzeln ließ. »Ja, die kenne ich auch – wir kennen alle Journalisten in der Stadt.«

Während Henry sich nicht anmerken ließ, was er von dieser Art Bespitzelung hielt, brauste Isabella auf: »Seit Jahren ist sie hinter ihm her. Sie schreibt, was er sagt, sie ist meinem Bruder absolut ergeben, seine Sprüche sind Gebote für sie. Sie will ihn unbedingt haben, aber sie ist ihm zu hässlich. Wenn die in die Familie kommt, streitet mein Vater glatt die Vaterschaft an Diego ab.«

»Gibt es eigentlich gar nichts, was Sie an Diego schätzen?«, fragte Henry, verwundert über den heftigen Ausbruch.

»Was glauben Sie, weshalb ich damals nach Barcelona abgehauen bin?«

»Solche Menschen gibt's nicht, an denen gar nichts Gutes dran ist ...«

»Machen Sie mal meinen Job«, widersprach Capitán Salgado. »Was glauben Sie, wer einem da alles begegnet!« Er verzog keine Miene, stand unvermittelt auf, bedankte sich förmlich für das Gespräch und entschuldigte sich erneut für die Störung.

»Halt, ich habe noch eine Frage!« Henrys Befehlston ließ den *capitán* ruckartig stehen bleiben.

»Wenn jemand eingeäschert wird, lässt sich dann später feststellen, ob er vor dem Tod irgendwelche Mittel zu sich genommen hat?«

Salgado senkte den Kopf. »Worauf wollen Sie hinaus?«

»Nur so, rein interessehalber.«

Der *capitán* lachte ungläubig. »Ich werde mich erkundigen, ich bin kein Gerichtsmediziner. Sonst noch etwas?«

»Ja«, rief Henry ihm nach, »eine Autonummer! Ich habe sie ins Armaturenbrett gekratzt, der Kuli schrieb nicht – allerdings – die letzten beiden Zahlen fehlen, oder die letzte, ich konnte sie nicht zu Ende notieren.«

»Wieso das?«

»Weil der Schraubenschlüssel in die Windschutzscheibe krachte ... übrigens, *capitán,* wo ist der Wagen jetzt?«

»Bei der Guardia Civil, in Estrella, soweit ich weiß ...«

Als das Hausmädchen die Tür hinter dem *capitán* schloss, sank Henry erschöpft in die Kissen. Das Gespräch hatte ihn ermüdet, ebenso die Konzentration auf die Bewegungen des *capitán.* Er hatte ihn keine Sekunde lang aus den Augen gelassen und konnte sich daher sicher sein, dass er keine Wanze unter den Sessel geklebt hatte – und andere Möbelstücke hatte er nicht berührt. Paranoia?

Am Nachmittag riss ihn das Telefon aus dem Schlaf. Diesmal war es Emilio Sotos, der im Auftrag des Präsidenten von LAGAR um ein Gespräch bat – allerdings nur, wenn es Henrys Gesundheit erlaube. Der Anruf musste nicht unbedingt auf Daniels Initiative zurückzuführen sein, denn er selbst hatte Emilio seine Handy-Nummer gegeben. Es war nicht gesagt, dass er seinen Aufenthaltsort kannte. Sie verabredeten sich im Café neben dem Hotel Carlton.

Henry hatte etwas gegessen und fühlte sich wesentlich ausgeruhter, aber als er daran dachte, sich menschliche Kleidungsstücke zu beschaffen, fiel ihm ein, dass er weder Geld besaß noch Ausweispapiere, nicht einmal eine Kreditkarte. Damit war Calatravas Flughafen von Bilbao in unerreichbare Ferne gerückt. Die Redaktion würde ihm umgehend jeden Betrag anweisen; aber um ihn abzuholen, musste er sich ausweisen.

Mit dem Wunsch, sich das Nötigste besorgen zu müssen, bat er Isabella beschämt um 300 Euro, steckte diese ein und humpelte aus der Wohnung. Schleichend bewegte er sich in dem himmelblauen Trainingsanzug an den Hauswänden entlang, dabei nahm niemand von seinem geschmackvollen Kleidungsstück Notiz. Im Corte Inglés kaufte er Wäsche, eine Hose, zwei Hemden und einen Pullover, dazu ein Paar billige Slipper und zog alles gleich im Kaufhaus an. Den Trainingsanzug ließ er zurück. Jetzt fühlte er sich halbwegs wiederhergestellt, fehlten nur noch ein paar Drogerieartikel und ein billiges Diktiergerät. Handschriftlich all das zu protokollieren, was sich in den letzten Tagen ereignet hatte, war zu anstrengend. Den Bericht musste er sofort an die Redaktion schicken, er musste ihn in Sicherheit wissen, falls ihm etwas zustoßen sollte.

Erschöpft lehnte er sich an eine Mauer und betrachtete die Taubenmotive und die Weinblätter in den Platten des Fußwegs. Sogar auf dem Bürgersteig Logroños ging es um den Rebensaft. Erfreut stellte er fest, dass er wieder Augen für seine Umgebung hatte; demnach machte die Genesung Fortschritte – erstaunlich, wie rasch ein Körper sich erholen konnte. Gleichzeitig wunderte er sich über die Blicke der Passanten. Vor dem Spiegel im Kaufhaus war es ihm gar nicht aufgefallen, aber auf der Straße musste er, jetzt wieder gut gekleidet, mit seinem verschwollenen und zugepflasterten Gesicht ziemlich befremdlich wirken. Außerdem verfärbten sich die Blutergüsse. Er musste dringend zum Zahnarzt; es pochte in der Zahnlücke, die Schmerzen zermürbten ihn.

Dabei hätte er sich lieber an Isabellas erfrischendem Anblick erfreut, an ihrem Sinn für Kriminalistik, der einer Historikerin durchaus anstand, und an ihrem Widerspruchsgeist. Sie war wundervoll, wenn sie konzentriert zuhörte oder engagiert etwas sagte. Bei ihr war die Kraft hinter den Worten zu spüren, der Wunsch, der dahinterstand. Stattdessen schlenderte er, bemüht, sich unauffällig zu bewegen, auf den Treffpunkt zu und wartete im Hintergrund des Cafés auf Emilio Sotos. Seine gute Laune würde zu seiner Besserung beitragen. Wie würden die »Genossen« reagieren, wenn sie endlich begriffen, dass nicht er für die Zeitungshetze verantwortlich war? Besser, sie handelten jetzt rasch und gemeinsam, die Gegenseite, wer immer da stand, war nicht untätig: fünf oder sechs Lkw-Fahrer – eine kleine Streitmacht. Diego Peñasco konnte in der Kellerei sicher auch auf Arbeiter zählen, die ihm ergeben waren. Die Journalistin EBJ hatte die Propaganda übernommen, sie warf die Nebelkerzen. Dann gab es den Anwalt, der auf juristischer Ebene vorging – bislang nur gegen LAGAR. War es eine Frage der Zeit, wann der auch gegen ihn, Henry, Maßnahmen ergriff? Am gefährlichsten war die Guardia Civil, zumindest einige ihrer Mitglieder, die den Apparat für ihre Ziele nutzten und das Gesetz auf ihrer Seite wussten. Henry konnte nur hoffen, dass sie ihn nicht in die Finger bekamen.

Emilio Sotos grinste heute nicht. Henry krümmte sich, als er ihn umarmte, und als er ihm wohlmeinend auf die Schulter klopfte, ging er in die Knie.

»So schlimm?«, Emilio fuhr erschrocken zurück. »Wie viele waren es?«

»Fünf, aber vergiss es, *por favor, olvídalo*«, zischte Henry durch die Lücke. Er musste sich erst an seine neue Sprechweise gewöhnen.

Luisa, die zwei Schritte hinter Emilio stand, hielt einen Blumenstrauß in der Hand und eine Tüte Weintrauben.

»Wir hoffen alle, dass du Nachsicht mit uns hast, wirklich.« Emilios Gesichtsausdruck nach fühlte er sich an Henrys Zustand mitschuldig. »Ich kann dir nur noch einmal versichern, dass es niemand von uns war.«

»Das habe ich nicht behauptet, niemand hat das …«

»Doch, die hier!« Damit warf er eine Ausgabe der Zeitung, die auch Capitán Salgado mitgebracht hatte, auf die Marmorplatte des Caféhaustisches.

»Macht nicht so viel Lärm. Die Leute gucken schon«, flüsterte Henry, der ungern erkannt werden wollte. Er drückte Emilio auf einen Stuhl. Luisa setzte sich mit demselben schuldbewussten Gesicht wie Emilio dazu, und Henry ließ sich entgegen seiner Gewohnheit ihnen gegenüber mit dem Gesicht zur Wand nieder.

»Sie wollte unbedingt mitkommen«, erklärte Emilio, als Luisa Henry verschämt die Blumen überreichte. »Wir haben heute Morgen mit Entsetzen den Artikel gelesen. Niemand ahnte, was wir mit deinem Rauswurf anrichten würden.«

»Ihr habt nichts angerichtet«, beschwichtigte Henry, »das eine hat nichts mit dem anderen zu tun.«

Emilio ließ sich nicht beruhigen. »Frag jeden Einzelnen von uns, wo er neulich gewesen ist – na ja, bis auf *el barbudo* und seine Freunde. Die verbreiten seit heute, dass uns das Wasser bis zum Hals steht, weil wir zu solchen Mitteln greifen. Kannst du dir vorstellen, wie das nach außen wirkt? Aber Gewalt? Nein, das ist nichts für sie.«

Das war Henry durchaus nicht fremd. Nichts hielt sich hartnäckiger als Gerüchte, kaum etwas hatte mehr Bestand als Lügen. Das beste Beispiel dafür war die Politik. »Ich könnte den Inhalt des Artikels dementieren, leider wird es die Zeitung nicht drucken. Ich müsste die Gegendarstellung außerdem über einen Anwalt veranlassen. Ich kennen allerdings euer Presserecht nicht ...«

Während es Emilio darum ging, LAGAR von jedem Verdacht reinzuwaschen, was nur Aussicht auf Erfolg hatte, wenn die wirklichen Täter benannt werden konnten, brannte Luisa darauf zu erfahren, wer es wirklich gewesen war. »Wer kann so schrecklich gemein sein«, wiederholte sie, »so brutal, so niederträchtig?« Ihre Anteilnahme wirkte rührend.

»Ich habe niemanden erkannt. Es war mal hell, mal dunkel; bei den Lastwagen brannten die Scheinwerfer, die Männer rannten aus dem Licht in die Schatten, gespenstisch anfangs, wie in einer Disco mit Flackerlicht.«

»Sieht mir nach einer Absprache aus«, unterbrach Emilio und winkte der Kellnerin.

»... oder Teamarbeit«, meinte Henry leise. »Aber wir haben auch Verbündete.« Emilio runzelte fragend die Stirn.

»Ja, du wirst es kaum glauben. Isabella Peñasco! Sie hat

mich gerettet. Wenn sie nicht gekommen wäre ... Ich konnte mich nicht mehr wehren. Die hätten mich fast überfahren. Ich säße nicht hier, wenn sie nicht aufgetaucht wäre. Ich glaube, sie hat sich an meinen Wagen gehängt, weil sie meinte, ihr Bruder sei in die Sache verstrickt.«

»Diego? Das wollte ich gerade fragen.« Emilio schüttelte den Kopf, während Luisa ihn mit offenem Munde ansah. »Wie bist du aus dem Hospital verschwunden?«

»Auch mit ihrer Hilfe.« Aber was sollte Henry sagen, wenn sie ihn fragen würden, wo er wohnte? Abwarten ...

Luisa war noch immer mit dem Artikel beschäftigt. »Wenn das alles in diesem Bericht nicht stimmt, wieso dürfen die das dann behaupten?«

»Solange niemand widerspricht, tun sie's einfach. Erst wenn es keinen mehr interessiert, bringen sie möglicherweise eine Gegendarstellung. Dann haben sie längst erreicht, was sie wollten.«

»Und was ist das, deiner Meinung nach?«

»Euch als kriminell hinstellen, mich als Trottel, der den falschen Leuten vertraut, als dummen Ausländer, und die Kellerei Peñasco als von Jaime und euch geprelltes Opfer. Die Zeitung präsentiert sich als Aufklärer und lenkt von den wirklich Verantwortlichen ab. Und von Jaimes Tod kein Wort.«

»Perfekt eingefädelt. Nur – wer sind die Verantwortlichen?«, fragte Emilio, endlich wieder lächelnd.

»Ihr kennt dieselben Leute wie ich, nur fehlen die Bindeglieder zwischen den Einzelnen, übergreifende Motive – Motive, die sie verbinden. Ich glaube, dass Jaime – umgebracht wurde. Ich meine auch zu wissen, von wem und weshalb – niemand stürzt grundlos ab.«

Luisa und Emilio fiel gleichzeitig das Kinn herunter. Henry hob abwehrend die Hand. »Kein Wort darüber! Zu niemandem.« Dabei hatte er seinen Verdacht geäußert, damit das Gerücht möglichst schnell die Runde machte. Was

EBJ konnte, konnte er schon lange. »Wie gesagt. Kein Wort. Viel wichtiger noch: Ihr stopft bei euch die undichten Stellen.«

»¿El barbudo?« Emilio sah sich um, ob ihn jemand hörte. Seit Mord als Möglichkeit ins Spiel gekommen war, war er sichtlich bedrückt. Luisa war die Angst ins Gesicht geschrieben, und die Bestellung hatten beide darüber vergessen.

»Den Bärtigen, ja, – und die anderen.« Damit ließ Henry offen, wen genau er meinte. »Geld verführt, macht angeblich erotisch, aber es stinkt. Ihr braucht nur dem Gestank nachzugehen. Wer hat auf einmal Geld? Wer gibt es aus, macht Anschaffungen?«

»Er hat uns verklagt, el barbudo klagt auf Aufhebung des Gesellschaftsvertrags; er behauptet, wir hätten ihn getäuscht. Unser Anwalt sagt, er käme damit nicht durch, aber man weiß nie – zumindest bricht alles zusammen.«

»Weil die Bank eure Weinberge bekommt?«

»Man munkelt, dass er auch die Bodega will . . .«

». . . du meinst damit Diego«, unterbrach Henry, »da kann nur er dahinterstecken. Oder habt ihr noch mehr Feinde?«

»Nein. Aber du hast recht. Wir trauen ihm inzwischen alles zu, Henry. Alles – und noch mehr. Er denkt nicht geradeaus, bei dem ist alles krumm. Uns würde es helfen, wenn du erklären könntest, dass LAGAR nichts mit . . .«

Jetzt war es an Henry, empört zu sein: »Ihr glaubt dem erstbesten Zeitungsschreiber, werft mich raus, ohne mich anzuhören, und jetzt soll ich euch aus dem Schlamassel ziehen?«

»Es war nur eine Frage . . .«

Luisa stieß Emilio an. »Sag's doch, sag schon. Wir haben auch was in der Hand, gegen el barbudo, und das solltest du wissen.« Als Emilio schwieg, fuhr Luisa fort: »Er hat gegen den Vertrag verstoßen. Ich mache die Abrechnungen von den Trauben. Ich weiß, wie viel Hektar jeder hat, wie hoch die Erntemenge ist, was jeder bei uns abliefert. Ob sie mehr ernten als offiziell zugelassen, weiß ich nicht, aber jedenfalls darf das dann nicht als Rioja-Wein ausgegeben werden. Bei *el barbudo* gab es eine Differenz. Er hat seine besten Trauben anderweitig verkauft, ohne Erlaubnis.«

»Eine Regelverletzung«, ergänzte Emilio. »Die Kooperative hat Vorkaufsrecht. Erst wenn unser Önologe die Trauben freigibt, dürfen sie anderweitig verkauft werden. Verd ... jetzt will ich endlich einen Kaffee ...«

».. . und ich einen Tee und Schokoladentorte.«

Henry überlegte, ob er sich einen Sherry gönnen sollte, lieber wäre ihm noch ein Magno gewesen, ein dreifacher Brandy, wenn er ihn vertragen hätte, und am liebsten wollte er weg hier, nur weg, irgendwo ans Meer, in ein einsames Fischerdorf oder runter nach Andalusien und nur Isabella mitnehmen ... .

»Henry? Wo bist du mit deinen Gedanken«, fragte Emilio. Die Kellnerin war endlich gekommen, um die Bestellung aufzunehmen.

»Einen Sherry für mich, trocken bitte«, sagte er verwirrt. Dann erhob er sich umständlich und wand sich achtsam zwischen den Stühlen hindurch, um bloß nirgendwo anzustoßen.

»So schlimm?«

Genervt verdrehte Henry die Augen und ging zur Toilette. Als er zurückkam, erstarrte er. Ein Fremder hatte am Tisch Platz genommen. Aber Luisa winkte Henry heran. Zu seiner Erleichterung war es nur ihr Vater, der aus Haro herübergekommen war.

»So schlimm?«, bemerkte auch Pedro Arroyo Sánchez. »Emilio hat sich für uns alle entschuldigt, ich schließe mich an, ganz klar. Wir sprechen gerade von *el barbudo*. Ich bin der Meinung, dass wir ihn rauswerfen sollten, besser heute als morgen. Die anderen, die können wir hinbiegen. Außerdem haben wir andere Anwärter, gute Leute.«

»Momentan wohl kaum«, bemerkte Henry, »da wird jeder lieber abwarten, wie das Drama ausgeht.«

»Der Einwand ist berechtigt.« Emilio Sotos hatte heute kaum gelächelt, wie Henry beunruhigt feststellte. »Wir sollten vielleicht noch erwähnen, was unsere Luisa hier entdeckt hat.« Er tätschelte dem Mädchen den Arm. »Mit dem, was sie weiß, könnten wir *el barbudo* loswerden – wenn nicht noch mehr.«

Luisa blickte in ihrer sympathisch-schüchternen Art nicht auf, sie genierte sich unter den viel älteren Männern, fasste sich aber schließlich ein Herz. »Salvador Norella, den einige *el cobarde,* den Feigling, nennen, hat, als er gestern Trauben brachte und sein Trecker in der Einfahrt den Geist aufgegeben hat, einem Arbeiter in der Bodega erzählt, dass er einen neuen Traktor kriegt. Ich habe das so verstanden, dass Diego Peñasco einen Traktor für seine Kellerei kauft und ihm den dann weiterverkauft, natürlich billiger. Er kriegt einen neuen zum halben Preis.«

»*Tranquilo, hombre,* sie hat mir das erst vorgestern erzählt«, beschwichtigte Luisas Vater, als er sah, dass Emilio auffahren wollte. »Sollten wir uns mal erkundigen, wer bei *el barbudo* den Keller umgebaut hat?«

Emilio winkte ab. »Weiß ich längst. Construcciones Civiles del Ebro, dieselbe Firma, die bei Peñasco die neue Halle gebaut hat.«

Henry stieß einen kaum hörbaren Pfiff aus. Er wäre lauter gewesen, wenn an dieser Stelle nicht der Zahn gefehlt hätte. Er war immer wieder verblüfft, wie viele neue Laute er beim Sprechen ausstieß. »Kann man ihn fragen, wie er den Umbau finanziert hat, oder flippt er dann aus?«

»Bei Peñasco müssten sich Aufträge und Rechnungen für die Baumaßnahmen finden.«

»Keine schlechte Methode, um Bestechung zu finanzieren. Das Finanzamt kriegt nichts mit, und Diego setzt die Kosten von der Steuer ab. Solange das Finanzamt nicht die

Arbeitsstunden nachzählt oder die verbrauchten Säcke Zement ...«

»... und niemand das Maul aufmacht. Das ist das Wichtigste.«

»Da fällt mir ein, der andere Freund von *el barbudo,* Javier Leguina, der hat neue Tanks bekommen«, platzte Luisa dazwischen, »kleine, für 5000 Liter; der macht selbst noch Wein, aus den Trauben seiner Nachbarn, nicht aus seinen.«

»Das wäre der Dritte im Bunde«, resümierte Henry. »Wenn ihr das nachweisen könnt, dann habt ihr sie.«

»Und Peñasco auch«, fügte Pedro Arroyo Sánchez hinzu.

In diesem Moment merkte Henry zum ersten Mal, dass ihm die Richtung gegen den Strich ging. Was gegen die Peñascos gerichtet war, richtete sich auch gegen Isabella – und La Cantora, und das war ihm nicht recht. »Was ist mit den gekündigten Krediten?« Henry hielt das für gravierender. Mit der Korruption in der Bodega würde ihm bestimmt was Besseres einfallen als ein anonymer Hinweis bei der Steuerfahndung. Das war link, da wäre bei jedem was zu finden. Behörden und Staat hielt man besser auf Abstand. Man wusste nie, in welche Richtung das losging. Sogar der *capitán* ermittelte privat.

»Wir müssen an die Öffentlichkeit«, schlug Emilio vor, »wir müssen alles an die große Glocke hängen, das ist unser Schutz ...«

Als Henry lachte und seine Zahnlücke entblößte, blickten ihn die andern am Tisch verwirrt an. »Öffentlichkeit, wie sie Jaime gewollt hat? *Ich* sollte dafür sorgen, *ich* komme her, und was passiert? Einen Tag später ist *er* tot. Nein, so geht das nicht. Wir müssen Beweise finden, brauchen Zeugenaussagen, wir müssen wissen, was gespielt wird, endlich herausfinden, wer mit wem auf welche Weise kungelt, an die Drahtzieher herankommen. Bislang gibt es lediglich ...«

Henry hatte eine Idee, aber es war sicherer, sie für sich zu behalten. Er musste seine Gesprächspartner auf andere Gedanken bringen, weshalb er nach Miguelito fragte: »Wie macht sich der neue Önologe? Wird er akzeptiert?«

»Du stellst immer so direkte Fragen.« Pedro Arroyo Sánchez winkte ab. »Er wird akzeptiert und auch nicht. Aber von unseren drei Widersachern hat er einen schon auf seine Seite gezogen, weil er ihm im Weinberg geholfen hat.«

»Und seine Methoden?«

»Ach, der hat ganz was Neues eingeführt, und zwar will er einen besonderen Wein machen.« Emilio schien Feuer und Flamme.

Nichts Neues für Henry. Er wusste aus Erfahrung, dass jeder neue Önologe sofort mit ausgefallenen Ideen kam, aber gut, dass endlich mal wieder ein Gedanke an den Wein verschwendet wurde, denn darum ging es letztlich.

»Miguelito will die frisch gelesenen Trauben im Kühlraum innerhalb von 12 Stunden von 25 auf 5 Grad herunterkühlen. Dann erfolgt eine neue Selektion – und die Vorgärung bei 5 Grad. Dadurch erhält man angeblich die ganz frischen, fruchtigen Aromen. Erst dann wird die normale Gärung eingeleitet, mit 29 bis 31 Grad. Danach will er den Wein in neue Eichenfässer füllen, wo auch der biologische Säureabbau stattfinden soll. Das Tannin vom Eichenholz schützt angeblich die fruchtigern Aromen ...«

Auf den Klingelschildern des Hauses Gran Via Juan Carlos 324 standen keine Namen. Henry klopfte lange an die Scheibe des Portals, bis der Pförtner erschien und die schwere Tür öffnete. Henry erkundigte sich nach Señora Victoria Méndez; soweit er wüsste, wohne sie im siebten Stock.

Der Pförtner erinnerte sich an keine Dame dieses Namens, selbst als Henry eine Beschreibung gab, die jeden Zeichner von Phantombildern in Entzücken versetzt hätte. Sogar der Pförtner schmunzelte bei der Beschreibung der Lippen, des Haars, der Augen. Ja, eine derartig gut aussehende Frau habe er hier zwar ab und zu gesehen, er meinte, sich zu erinnern, aber dass sie hier wohne? *¡No!* Alles wisse er jedoch nicht, da er nur tagsüber hier arbeite, und nachts sei die Pförtnerloge nicht besetzt. Er schlurfte zu seinem Schreibtisch, zog eine zerfledderte Liste aus einer Schublade und ging mit dem Zeigefinger die Namen der vier Mietparteien des 7. Stocks durch, während Henry zurücktrat und nach oben schaute. Er war sich absolut sicher, dass Victoria hier wohnte. Er würde in seinem Notizbuch nachsehen, dort hatte er die Hausnummer notiert. Da fiel ihm ein, dass er gar nicht wusste, wo das Notizbuch war. Etwa im Wrack seines Wagens, bei der Guardia Civil in Estrella?

»Wir haben im siebten Stock nur einen Villalobos, dann die Familie González und zwei alte Damen, Schwestern; die heißen Peral. Das vierte Appartement kann es nicht sein, das gehört einer Firma.«

»Und welcher«, fragte Henry verärgert.

»Peñasco, Bodegas Peñasco.«

Es war der Blumenstrauß, der Isabella die Stirn runzeln ließ. Henry schaltete schnell. »Er ist für dich, für euch!« Dabei war der Strauß für La Cantora, die auf der Bühne ganz andere Buketts erhalten hatte, viel zu mickerig, und um seine Gefühle Isabella gegenüber auszudrücken, fehlten die Rosen, zumindest gelbe. Für ihn war er aber gut genug; er kam von Herzen, war als Entschuldigung der »Genossen« gemeint, und so war es egal, dass sich der Strauß in der zu großen Vase auf dem Beistelltisch im Salon völlig verlor.

Henry trat ans Fenster. Vor ihm lag die Stadt, links war der Himmel feuerrot – es war kurz nach Sonnenuntergang, und in Logroño gingen die Lichter an. Hinter sich hörte er Isabella kramen. Er bat sie, das Telefon benutzen zu dürfen, um in der Redaktion anzurufen. Es wurde höchste Zeit, dass er sich dort meldete. Sie schien sich über irgendetwas geärgert zu haben, wies wortlos auf den Apparat und verließ den Raum. War der Blumenstrauß ihr sauer aufgestoßen? Es war wie ein Katz-und-Maus-Spiel zwischen ihnen, bei dem die Katze nicht wusste, ob sie eine Maus war, und die Maus sich für eine Katze hielt, oder war es umgekehrt? Isabella hätte nicht gehen müssen, denn Henry würde das Telefonat auf Deutsch führen.

Seine Kollegin Dorothea schrieb gerade den schlecht recherchierten Artikel eines freien Autors um und hatte dementsprechend schlechte Laune. Aber sie war erleichtert, endlich von Henry zu hören. Sein Bericht jedoch begeisterte sie nicht im Geringsten. Sie schlug ihm vor, zurückzukommen. Außerdem könne er hier seine Sache, nämlich Chefredakteur zu werden, am besten vertreten. Die Nachfolge sei von der Unternehmensleitung noch immer nicht entschieden.

Als er aufgelegt hatte, trat er auf den Balkon und betrachtete die Sierra. Die gezackten Spitzen leuchteten so rot wie die blutige Schneide eines Messers. Henry fühlte eine unbekannte Beklemmung. Seine Brust war zu eng, er konnte nicht frei atmen, hatte einen Kloß im Hals; wenn er tief Luft holte, tat es ihm weh, wenn er sich setzte, schmerzte der Rücken, und das Stehen strengte nach kurzer Zeit bereits an. Aber die fehlende Luft war das Schlimmste. Eigentlich traute er sich nicht, es sich einzugestehen, aber letztendlich hatte er Angst, Schiss wie nie zuvor, auch jetzt wieder, nach der Feststellung, dass er Victoria im Firmenappartement getroffen hatte. Weshalb diese Farce? Egal was dahintersteckte, er war ihr auf den Leim gegangen. Deshalb hatten die Räume so leblos gewirkt, so unbewohnt und steril. War das mit Wissen Diegos geschehen – oder womöglich sogar im Auftrag von Sebastián Peñasco? Und was war das hier bei seiner Tochter? Welche Rolle spielte Isabella tatsächlich?

Er wollte verflucht noch mal nicht wieder unter einer Leiter hindurchgehen, kein Salz mehr verstreuen, keine schwarzen Katzen über die Straße flüchten sehen. Daniel, das »Nachtsichtgerät«, musste ihn in Sicherheit bringen. Sie würden sein Gepäck aus dem Hostal herausbekommen; die Wirtin war irgendeine Verwandte von ihm, und im Hospital in Estrella lagen seine Dokumente. Und dann auf nach Bilbao ... sollten doch alle machen, was sie wollten. Was zwischen Peñasco und LAGAR geschah, passierte andernorts auch, täglich, hundertfach. Leute stürzten von Felsen, starben im Auto, geschmuggelt wurde überall, täglich wurden Menschen verprügelt, in allen Kriegen starben Reporter – aber er nicht! Nicht er. *Basta* – es reichte, er hatte die Schnauze voll, was er Isabella mitsamt seinem Entschluss auch mitteilte.

»Hast dich zu weit vorgewagt, nicht wahr? So ist das bei euch Journalisten. Ihr schreibt, wofür man euch bezahlt. Ihr schreibt das, was eure Herren Chefredakteure wollen, oder? Die eigene Meinung wird im Interesse der Anzeigenkunden abgeschafft. Hat dein ganzer Berufsstand unter dem Druck von Auflage und der Macht eurer Anzeigenkunden seine Seele verkauft? Wenn es brenzlig wird, wenn der A..., der Hintern in Gefahr ist, dann zieht ihr ihn aus der Schusslinie. Immer die Kreditkarte in der Tasche, *¿verdad?* So einfach ist das. Aber wir, die Menschen, über die ihr schreibt, die bleiben – mitten im Orkan, in der Überschwemmung, im Krieg, in den Lagern. Der Stier, der bleibt in der Arena, wie wir, du aber gibst deine Eintrittskarte zurück, kriegst wahrscheinlich sogar noch dein Geld wieder und gehst. Habe nicht gedacht, dass du so einer bist. Feige. Nichts riskieren!« Isabella kochte, Verachtung sprach aus ihren Worten, und ihre Augen, die Henry wütend anblitzten, waren schmal geworden. (Er fand sie wunderschön, fasziniert hing er an ihren Lippen.)

»Du bist nicht anders als Diego – der denkt auch nur ans Geld, an Macht, an Einfluss. Werd mal schön Chefredakteur bei deinem Blatt (Henry hätte ihr besser nichts davon erzählt). Wunderbare Empfänge, geiler Smoking, du siehst ja blendend aus; wundert mich sowieso, dass du keine Freundin hast – oder hast du irgendeine Neurose? Immer ein Türchen offen? Immer wichtig, immer gefragt, von allen hofiert und geachtet, Señor Henry Meyenbeeker – oder besser Don Enrique?«

Was sie sagte, war nicht mehr faszinierend, und bei ihren letzten Worten war alles Blut aus seinem Gesicht gewichen, Henry war starr vor Schreck und starrte Isabella mit offenem Mund an. Seine Lippen wurden trocken; er schluckte. Noch nie hatte jemand gewagt, in dieser Weise mit ihm zu reden, ihm derart brutal die Meinung zu sagen. Alles das hatte er sich bereits schon einmal selbst gesagt, irgendwann, verschwommen, aber in dieser Konzentration wirkte es lähmend auf ihn. Die Frau hatte recht, hundertprozentig.

Nur – wie würde sie argumentieren, wenn sie an seiner Stelle auf dem Asphalt gelegen hätte, umgeben von Männern, die auf sie einprügelten, nach ihr traten, in den Bauch, ins Gesicht? Henry merkte, dass er mit verzerrtem Gesicht den Schorf von seinen Handknöcheln abnagte. Er ließ die blutende Hand sinken, sah Isabella wieder an und blickte zu Boden.

Müder, kläglicher Widerstand regte sich in ihm: »Kluge Sprüche sind das, Binsenweisheiten einer verwöhnten Tochter, die nichts riskiert, die mit der Kellerei für den Rest ihres Lebens ausgesorgt hat und außerdem reich heiraten wird!« – Nein, das waren keine wirklichen Gegenargumente, Isabellas Situation änderte nichts an der Sachlage, er war sein eigener Maßstab.

»Es geht nicht um mich«, fuhr Isabella ungerührt fort. »Meine Entscheidung ist längst getroffen; ich wollte es dir heute Morgen bereits sagen, aber dann kam dieser *capitán* dazwischen. Es geht um dich, um deine Arbeit. Von uns verlangt ihr saubere, ehrliche und gehaltvolle Weine, bei denen man die Hand des Winzers spürt. Dann verlange ich von dir dasselbe: sauberen, ehrlichen und tiefgründigen

Journalismus, einen, der sich nicht mit oberflächlichen und durchsichtigen Antworten zufrieden gibt. Eine Marketingabteilung haben wir selbst, dafür brauchen wir dich nicht.«

»Dann sag mir, verflucht noch mal, die Wahrheit, weshalb du dich in die Sache reinhängst!«, schrie Henry, in die Enge getrieben.

15

La Cantora

»Ich würde dir das gern erklären, aber glaub mir, es ist zu früh. Wenn die Presse davon Wind bekommt, zerreißt sie uns. Es wäre ein Skandal, aber anschließend würde alles im Sande verlaufen; dabei betrifft es nicht nur uns. Wenn irgendetwas vorab durchsickern würde, wäre es das Ende von Bodegas Peñasco.«

»Weshalb machst du dann Andeutungen, wenn das Risiko so hoch ist?«

Nachdem Henry sich von den Vorwürfen einigermaßen erholt hatte und ihre Berechtigung nach genauer Betrachtung für sich zu einem guten Teil verwerfen konnte, ertrug er Isabellas zornige Augen.

»Weil du insistierst, weil ich dir entgegenkommen will. Aber ich muss wissen, auf welcher Seite du stehst.«

»Auf meiner, wenn du das meinst.«

Isabella winkte ab. »Das meine ich nicht. Auf welcher Seite der Wahrheit? Wenn wir als Erste damit an die Öffentlichkeit treten, dann sind wir die Schrittmacher, mutig und aufrichtig. Man wird uns möglicherweise sogar mit Respekt begegnen. Und genau das will ich, Respekt.«

»Und mir mutest du zu, dass ich warte, bis ich irgendwann von dir einen Brocken Information hingeworfen bekomme?«

»Musst du wohl.« Isabella zog sehr langsam die Achseln

hoch und breitete ergeben die Arme aus. »Ich muss zuerst an meine Familie denken.«

»Und da gehören Don Horacio und Diego mit dazu?«

»Selbstverständlich, wieso nicht? Was kann unsere Familie dafür, dass es bei uns einige schwarze Schafe gibt?«

»Und zwar ganz schwarze.« La Cantora hatte auf Zehenspitzen den Salon betreten. »Wenn die Sache zufällig bekannt wird, was beim chaotischen Geschäftsgebaren meines Neffen und seinem stümperhaften Umgang mit Menschen leider möglich ist, oder bei seinem Privatkrieg gegen LAGAR, kann es uns die Firma kosten, unsere Zukunft, die Arbeitsplätze, unser Einkommen.«

»Sie wissen also auch Bescheid?« Es war mehr eine Feststellung als eine Frage, und Henry seufzte resigniert; er fühlte sich düpiert und machte sich auf weiteren Ärger gefasst.

Die Schwarzen rannten auf die meterhohen Zäune zu, selbst gebastelte Leitern in den Händen. Sie warfen Decken über den Stacheldraht, alte Teppiche; einige blieben im Zaun hängen, rissen sich die Kleidung vom Leib, schnitten sich die Hände auf, die Arme, die Beine. Blutverschmiert landeten sie auf der spanischen Seite von Melilla, brachen sich beim Aufprall die Knochen. Die Unversehrten halfen anderen herunter; wer konnte, rannte weg, humpelte in die Nacht, von Scheinwerfern aus der Dunkelheit gerissen –

»Sie holen sich das Elfenbein wieder und die Diamanten zurück.«

»Was holen Sie?«, fragte Henry verständnislos. »Das sind Flüchtlinge.«

»Ja, sie wollen den Kakao wiederhaben, das Eisenerz, das wir Europäer aus Afrika herausholen«, bemerkte Isabella lakonisch, »sie wollen ihre Vorfahren zurück, die Millionen Menschen, die als Sklaven für uns geschuftet haben.«

»Stell dir vor, die Südamerikaner würden auch kommen, die Peruaner aus Potosí, wo unser gesamtes Silber herstammt – das in der Kathedrale von Sevilla zum Beispiel.« La Cantora lachte zwar, aber dahinter schwang eine verhaltene Angst mit. Sie wusste zu gut, welcher Zündstoff in Isabellas Sarkasmus lag.

Jetzt fesselte eine andere Szene im Fernsehen ihre Aufmerksamkeit: Ein Afrikaner lag regungslos auf dem Bauch, Polizisten um ihn herum. Da hielt ein Wagen. Ein Offizier der Guardia Civil stieg aus, ging schnurstracks zu dem am Boden Liegenden – und trat ihn, trampelte mit seinen Stiefeln auf ihm herum. Der Mann wehrte sich nicht, die Polizisten ringsum verharrten, ohne einzugreifen. Dann stieg der Offizier, als sei nichts geschehen, ins Auto und fuhr ab.

Die Szene wurde wiederholt, das Gesicht des Offiziers dabei unkenntlich gemacht. Henry griff nach der Fernbedienung, wollte das Gerät ausschalten. Unerträglich. Er sah sich selbst dort liegen; die Bilder jener grauenhaften Nacht kamen zurück – ein Albtraum war eine Vergnügungsreise dagegen. Mit dem Fernsehbericht tauchte jedoch eine ganz andere Erinnerung auf, nämlich die an ähnliche Stiefel, die er, auf dem Asphalt liegend, gesehen hatte – und das Besondere an ihnen war, dass die Absätze verschieden hoch gewesen waren.

Isabella hielt die Fernbedienung längst in der Hand und schaltete den Apparat aus: »In der Kaserne der Guardia Civil von Roquetas del Mar haben sie kürzlich einen Gefangenen totgeschlagen, bei Almería, am Meer. *Roquetas-Syndrom* nennen es die Medien, dann brauchen sie es nicht mehr Sadismus zu nennen, Brutalität … oder Grausamkeit. Ich hasse solche Berichte«, sagte sie angewidert und verzog das Gesicht. »Es kotzt mich an. Da wird gejammert, werden die Afrikaner bemitleidet, wird für sie gesammelt; dabei stammen die Leute aus Ländern, mit denen wir beste Beziehungen pflegen, deren Politiker wir hofieren, die wir bestechen. Und das Gerede von Globalisierung, als wäre sie was Gutes und eben erst erfunden«, ereiferte sie sich. »Als würden die Segnungen der Industrieländer auf die anderen Länder verteilt! Dabei wollen sie auch in Europa Verhältnisse wie in Afrika ... Liberalismus, Handelsfreiheit, Globalisierung – das fordern immer die Nutznießer, nie die Opfer ...«

»Warst du mal da?«, fragte Henry vorsichtig, um nicht wieder in die Schusslinie zu geraten.

»Wo, in Afrika? Ja, in Melilla und in Ceuta. In Südamerika war ich auch. In Chile. Wir sollen Wein zu Preisen anbieten wie die Chilenen, mit ihnen konkurrieren, drei fünfzig die Flasche. Sag mir mal, wie das gehen soll!«

»Wenn man alles abschafft, was Europa in den letzten fünfzig Jahren an Errungenschaften gewonnen hat, kriegt man das hin. Was verdient ein Pflücker bei euch? Sechs Euro die Stunde?«

Isabella nickte. »Diego wollte vier zahlen; fast wären deshalb in unseren Weingärten die Trauben hängen geblieben. Glücklicherweise kam mein Vater zurück ...«

»In Deutschland machen Polen die Arbeit«, antwortete Henry, mittlerweile überzeugt, dass Isabella genau wusste, was im Betrieb geschah. »Aber wenn sie in Hütten leben«, fuhr er fort, »ohne Strom, mit Petroleumlampen und nur die Hälfte essen, müsste es für zwei Euro die Stunde gehen – es leiden sowieso zu viele Leute an Übergewicht ...«

»Werden alternde Journalisten immer zynisch?«

»Einige. Vielleicht haben sie das mit Historikern gemein? Es ist eine Möglichkeit, mit dem umzugehen, was man so sieht – und denkt. Aber bitte keine Neuauflage der Diskussion von vorhin. Bist du eigentlich streitsüchtig?«

»Süchtig nicht, aber ich weiche dem Streit nicht aus. Was gibt es sonst noch für Möglichkeiten, ich meine, um den Frust abzubauen, falls man noch menschlich denkt und fühlt?«

»Essen, ein Garten, oder verreisen, ein schöner Wein mit guten Freunden ...«, das was Henry danach hatte sagen wollen, nämlich mit einer schönen Frau zu schlafen, verkniff er sich im letzten Moment. Nein, keinen Sex, bitte nicht, obwohl er sich das mit Isabella sehr gut vorstellen könnte (und es sich auch wünschte), aber von dieser Frau wollte er mehr: Er wollte SIE, und er wollte mit ihr leben. Und als ihm das in dieser Sekunde klar wurde, erinnerte er sich an Victoria, daran, wie er sie geküsst und umarmt hatte, und daran, dass er möglicherweise mit einer Mörderin geschlafen hatte. Wenn sich Verdacht und Misstrauen erst einnisteten, wurde man sie kaum los. Dabei gab es nichts weiter als jenen vagen Hinweis der Wirtin in Urizaharra auf das Zuckertütchen. Henry wurde schlagartig ernst.

»Was ist? Geht's dir nicht gut?« Isabella stand auf, ging zu ihm und strich ihm leicht über die Wange.

Für einen Moment, einen flüchtigen Augenblick, hielt er ihre Hand, wartete auf eine Reaktion, ob sie die Hand wegziehen würde ... sie tat es nicht, aber er ließ sie trotzdem los. Es war zu früh, für vieles noch zu früh, obwohl die Zeit drängte. Wieder erinnerte er sich an Victoria – mit einem verdammt schlechten Gewissen. Nichts ließ sich wieder gutmachen; beurteilt wurde man immer nach der Vergangenheit. Aber es gab noch so etwas wie Zukunft ...

Zwanghaft brachte er das Gespräch wieder ins vorherige Gleis. »Du hast einen Onkel in Chile, ¿verdad? Der müsste die chilenischen Arbeitsbedingungen gut kennen. Der zahlt sicher auch nur Löhne von 180 Euro. Dabei ist Chile nicht viel billiger als Spanien.«

»Ich weiß, ich habe meinen Onkel besucht. Von seinen Arbeitern geht es keinem schlecht, aber er hat auch qualifiziertes Personal, macht ganz andere Weine, die viel Arbeit erfordern, Investitionen, Mühe, Wissen, Erfahrung; das alles kostet bedeutend mehr. Mein Bruder hingegen faselt ständig von Globalisierung, aber er meint damit was ganz anderes; er will Wein machen ...«

»... den er weltweit in jedem Supermarkt verkaufen

kann, der sich in nichts mehr von anderen unterscheidet, in jedem Jahr gleich schmeckt, Massenware, undefinierbar, entweder dünn oder klobig, Hauptsache er hat den Geschmack von Eichenholz – von Barrique –, den man dadurch erreicht, dass man Eichenspäne in durchlöcherten Plastiksäcken wie Teebeutel in den Tank hängt. Die Leute merken es sowieso nicht, ist sein Lieblingsargument. Glaubst du das auch?«

»Das Niveau wird allmählich abgesenkt. Brotshop statt Bäckerei, Glutamat statt eines klassischen Fonds. Schau dir an, wen oder was die Leute wählen, dann weißt du alles.«

»Wir sind froh, dass wir überhaupt wählen dürfen, dass man uns lässt, seit zwanzig Jahren wieder. Davor gab's die kurze republikanische Episode – und davor nur katholische, arabische oder sonst welche Despoten. Das Mittelalter hat bei uns erst 1975 aufgehört, vergiss das nicht. General Franco war der letzte ›von Gottes Gnaden‹.«

Victoria war nicht zu erreichen. »Der Teilnehmer ist vorübergehend …« Henry drückte die Aus-Taste, streckte sich auf dem Bett aus, starrte an die Decke und versuchte sich auf die Ereignisse der letzten Tage zu konzentrieren. Montag vor einer Woche war er angekommen; da lag der erste Tote schon am Weg, und am Tag darauf der nächste.

Der Zettel mit der Aufforderung zu verschwinden war bei der Polizei, die Liste, die er in der Kneipe in Aldeanueva begonnen hatte, befand sich wer weiß wo. Er stellte eine aktuelle auf, fügte neue Namen hinzu, Ereignisse, brachte sie mit Personen in Verbindung, mit den bruchstückhaften Informationen, die er besaß. Es fehlten die Verbindungen, die Motive; niemandem war direkt etwas nachzuweisen, alles beruhte auf Hörensagen; Zeuge war er nur geworden, wenn er selbst der Leidtragende gewesen war. Wen gab es, den man unter Druck setzen konnte?

In welcher Verbindung stand der Guardia-Offizier zu den

Peñascos? Sponsoring oder Bestechung? Waren die Grenzen fließend? Dass Diego die Konsolidierung der Kooperative sabotierte, war sonnenklar, und auch, dass EBJ ihm assistierte. Wie würde der Machtkampf zwischen Vater und Sohn Peñasco ausgehen? Und nicht vergessen durfte man auch Don Horacio, der längst wieder aus dem Krankenhaus entlassen war, wie La Cantora berichtet hatte. Anscheinend kannte sie das Theater. Und wessen Spiel trieb Victoria im Appartement der Firma Peñasco? War sie Toledos Freundin gewesen, seine Geliebte, oder hatten die beiden lediglich ein Bett-Verhältnis gehabt? Seit wann war es zu Ende? Seit Jaime geheiratet hatte und wusste, dass er Vater würde? Was hatte sich tatsächlich in der Kneipe von Urizaharra zugetragen?

Um das herauszufinden, musste er diskret vorgehen. Isabella durfte um Himmels willen nichts von seiner Affäre mit Victoria erfahren; sie würde ihn verachten – wahrscheinlich wäre alles aus. Über das, was bei Bodegas Peñasco geschah, war sie anscheinend bestens informiert, und sicherlich kannte sie die wichtigen Mitarbeiter weitaus besser, als sie zugab.

Um 21 Uhr endlich erreichte er Victoria. Sie sei zu Hause, sagte sie; und als er fragte, wo das sei, reagierte sie verschnupft. Wieso er das frage, schließlich sei er doch dort gewesen. Als er ihr vorschlug, schnell noch auf einen Sprung rüberzukommen – er sei ganz in der Nähe und benötige einige Informationen –, reagierte sie nervös und redete sich mit Müdigkeit raus, mit Stress im Büro; er wisse doch, dass ihre Chefs fürchterlich seien. Aber morgen könne man sich treffen, morgen sei alles besser – und wo er überhaupt sei, man hätte von den schrecklichen Ereignissen gehört, ob das denn stimme. Diego sei sehr bestürzt, sehr, wiederholte sie; er fühle sich in gewisser Weise verantwortlich, er habe sich zu wenig um ihn gekümmert, »und außerdem schuldet er dir noch eine Einladung zum Essen.«

»Ich würde lieber mit dir ausgehen«, sagte Henry. Bezüglich der Informationen, die er brauchte, war dies ehrlich gemeint, bezüglich Victoria eine Lüge.

»Das eine schließt das andere nicht aus. Aber ich fände es schöner, wenn du ... zu mir kämest. Mit Diego können wir Samstag ausgehen. Nun sag schon, wo du steckst, wir machen uns alle schreckliche Sorgen.«

Er sei bei Freunden, die sie nicht kenne, um sich auszukurieren; doch sie akzeptierte seine Antwort nicht, wurde ärgerlich, dann ungehalten, bis sie merkte, dass aus ihm nichts herauszubekommen war. Erst da verlor ihre Stimme den harten, fordernden Klang und wurde wieder schmeichlerisch; aber es klang aufgesetzt, anders als vor ihrer gemeinsamen Nacht. Die Vertraulichkeit jenes Rausches hatte sich offenbar verflüchtigt; die Umarmungen waren nicht vergessen, aber verblasst. Lag es an seinem Verdacht oder an der Weigerung, seinen Aufenthaltsort zu verraten? War es der Umstand, dass Isabella Peñasco in sein Leben sickerte, dass sie einfach da war und er es auch gar nicht anders wollte?

Das »Nachtsichtgerät« erreichte Henry in der Tankstelle. »Du hast Salgado verraten, wo er mich findet!«

»Wer soll denn sonst auf dich aufpassen? Nicht auszudenken, wenn dir was passiert.«

Zumindest einer denkt geradeaus, freute sich Henry, auch wenn es ironisch gemeint war. Er hätte jedoch zu gern gewusst, welche Rechnung Daniel mit Diego offen hatte. Ob Isabella es wohl wusste?

»Ich brauche dich morgen, Daniel. Wir müssen mein Gepäck aus dem Hostal holen.«

»Du reist ab?«

»Ich bin mir noch unschlüssig.«

»Alles klar. Wann? Wegen der Rechnung mach dir keine Sorgen, die Wirtin ist meine Schwägerin.«

Waren hier alle miteinander verwandt und verschwägert?

Er erwachte, als jemand eine Decke über ihn breitete. Er hatte vom Ebro geträumt; er stand unterhalb von Elciego am Ufer zwischen Pappeln. Der Fluss war ausgetrocknet, und jemand hielt ihm eine Decke vors Gesicht, damit er die Toten im Flussbett nicht sah. Die Decke war wirklich, er spürte Fusseln im Gesicht und wandte den Kopf. Er war angezogen, das Licht brannte, auf dem Bett verstreut lagen Papiere; seine Hand umklammerte das Diktiergerät, es hatte sich abgeschaltet. Henry ließ es fallen und ergriff die Hand, die seine Decke zurechtzog. Es war eine feine Hand, eine mit schlanken Fingern. Er erkannte sie, führte sie an die Lippen. Da war er wieder, der Duft, der Wald, das Moos ganz nah – und da waren Isabellas Lippen, zurückhaltend, verwirrt und hilflos. War sie das oder bin ich so?, dachte er, bevor er wieder im Schlaf versank.

Isabella brachte Henry nach Laguardia. An der Tankstelle sprach sie mit Daniel. Henry beobachtete die beiden von weitem. Das Gespräch begann ziemlich distanziert; es zog sich in die Länge, wurde erregter. Beide unterstrichen ihre Worte mit heftigen Gesten, und beim Händeschütteln lächelten sie. Zufrieden kam Isabella zurück zum Wagen. Als sie hinterm Steuer saß, setzte sie eine große Sonnenbrille auf und löste ihr hochgestecktes Haar, damit es ihr auf die Schultern fiel. Auf diese Weise war weniger von ihr zu erkennen. »Eine reine Vorsichtsmaßnahme«, meinte sie.

Im Vorbeifahren warf er einen Blick nach rechts auf die Kaserne der Guardia Civil, den hässlichen, dreistöckigen Betonbau. Was Henry veranlasst hatte, Isabella gegen seine Gewohnheit die westliche Auffahrt nach Laguardia nehmen und den Wagen oben am Brunnen stehen zu lassen, wusste er später nicht zu sagen. Wären sie zum östlichen Stadttor gefahren, wäre der Fußweg bedeutend kürzer gewesen – sie hätten fast vor dem Hostal halten können –, aber der längere Fußweg sollte sich als der bessere herausstellen.

Sie kamen später als gedacht ins Biazteri – an Stelle von Daniels Schwägerin stand eine junge Frau hinter dem Tresen der Bar, der Rezeption des Hostals. Als Henry nach der Rechnung verlangte, meinte die junge Frau, dass sein Gepäck noch oben sei. Er sollte bitte erst das Zimmer räumen und dann zahlen. Als er sich beim Hinaufgehen umdrehte, bemerkte er, dass die Frau unter seinem Blick zusammenzuckte – sie sprach mit vorgehaltener Hand in den Telefonhörer und schlug die Augen nieder.

Das Zimmer war durchsucht worden. Demjenigen, der für das Durcheinander gesorgt hatte, musste es gleichgültig gewesen sein, dass man es bemerken würde. Bis auf die Liste über Personen und Zusammenhänge, die er in Aldeanueva aufgestellt hatte, fehlte auf den ersten Blick nichts. Beim Packen ärgerte sich Henry, dass er Isabella nicht gefragt hatte, was sie mit Daniel besprochen hatte; aber direkt darauf ansprechen mochte er sie auch nicht.

Es dauerte vielleicht zwanzig Minuten, bis er alles beisammen hatte – von Minute zu Minute wütender darüber, dass man zusätzlich zum Überfall auch seine Intimsphäre auf diese entwürdigende Weise verletzt hatte. Mit dem Wunsch, die Frau an der Rezeption zur Rede zu stellen, schloss er den Raum ab. Er nahm die große Tasche, Isabella die kleine mit den Unterlagen. Als sie im Parterre angekommen waren, um den Schlüssel abzugeben, sah er den grünen Uniformärmel: Alle Alarmsirenen heulten – die Guardia Civil war im Haus.

Ruckartig blieb Henry stehen; dieser Besuch konnte nur ihm gelten, Isabella prallte gegen ihn. Glücklicherweise begriff sie, was seine erhobene Hand bedeutete. Jetzt machte sich die Lage des Gebäudes bezahlt und dass der zweite Ausgang links auf die Gasse führte. Leise zogen sie sich nach oben zurück, ließen den Schlüssel auf einer Konsole und verließen unbemerkt über die Hintertreppe und den Nebenausgang das Hostal. Während Henry geduckt an der

Mauer entlanghumpelte – die Hüfte schmerzte wieder –, machte sich Isabella hinter ihm so breit wie möglich, und ungesehen erreichten sie die Calle de Paganos. Von hier aus waren es nur hundert Meter bis zum Stadttor, wo der Wagen stand.

Trotz der Anspannung war es ein grandioser Anblick, als sie aus den engen Gassen heraus durch die Stadtmauer ins Freie traten. Rechts die lang gestreckte, majestätische Sierra, vor ihnen die Hügellandschaft mit den eingesprenkelten Dörfern. Links das Ebrotal, der grüne Saum der Bäume entlang des Flusses, und ringsum das herbstlich leuchtende Weinlaub.

»Irgendwer mag dich nicht leiden, Henry«, frotzelte Isabella, als sie im Wagen ihre Frisur in Ordnung brachte und die Lippen nachzog. Henry beobachtete sie dabei. Er liebte es, einer Frau beim Schminken zuzusehen – besonders dieser hier, die ihm täglich besser gefiel –, und sie wurde rot, als sie es bemerkte.

»*Sí, Señora,* es stimmt, ›sie‹ mögen mich nicht. Journalisten sind nur beliebt, wenn sie gut über einen selbst schreiben und schlecht über die anderen.«

»Du hast doch noch gar nichts über sie geschrieben?«

»Noch kein Wort, aber ich tu's, darauf können sie sich verlassen.«

»Aber du musst mit deinen Nachforschungen vorsichtig sein, so geht es nicht weiter, Henry, du wirst dich mit der Polizei zusammensetzen *müssen.* Es ist *ihre* Aufgabe, die Bande zu finden, die dich zusammengeschlagen hat und den Traubenschmuggel betreibt.«

»Es ist Salgados Job. Aber auch andere Leute arbeiten daran«, wobei er an die »Genossen« dachte, an Emilio, den er inständig darum gebeten hatte.

»Davon hast du mir nichts gesagt.«

»Du sagst mir auch nicht alles. Sicher, *seguramente,* irgendwann rede ich mit der Polizei, aber nur im Beisein eines Anwalts, dessen Wagen mit laufendem Motor vor dem Präsidium wartet und wenn ich sofort, nachdem ich meine Adresse angegeben habe, das Hotel wechsle. Jetzt holen wir meine restlichen Sachen aus Estrella, und du erzählst mir, was du mir gestern nicht sagen wolltest.«

»Nein. Erst wenn der richtige Zeitpunkt gekommen ist ...« Es klang, als sei jeder Versuch, Isabella umzustimmen, zwecklos. »Ich werde es dir sagen, als Erstem, verlass dich darauf.«

Das war für Henry das Schwierigste überhaupt.

Das Hospital fanden sie dank der Wegweiser ohne Komplikationen. An die Brieftasche heranzukommen, stellte sich jedoch als schwierig heraus. Dass sie überhaupt noch hier war, und nicht in Händen der Guardia Civil, war einzig dem Umstand zu verdanken, dass die Krankenschwester in der Aufnahme sie in der Hektik verlegt hatte. Zufällig hatte sie Dienst und erinnerte sich daran, wo sie lag. »Glück für dich«, sagte sie. »Mir wurde gesagt, dass wir sofort die Polizei verständigen sollen, falls jemand nach den Dokumenten fragt. Hat das damit zu tun, dass du verschwunden bist?«

Henry ließ es bei einem knappen »*Sí, Señora, así es ...*«, zahlte mit der Karte, steckte die Brieftasche ein und setzte sich zu Isabella in den Wagen. »Lass uns zurück einen anderen Weg nehmen«, schlug er vor.

»Und weshalb die Vorsicht?«

»Wenn die Guardia Civil bereits im Hostal auf mich gewartet hat, kann sie sich ausrechnen, was ich als Nächstes tun werde, die brauchen nur an der Landstraße zu warten.«

»Übertreibst du nicht? Aber wenn es dich beruhigt.«

Nur fanden sie aus der Stadt nicht heraus. Sie kurvten mehrmals um das historische Zentrum, bis sie sich aus dem Gewirr der Einbahnstraßen befreit hatten, irrten durch ein gesichtsloses Neubaugebiet, suchten nach Wegweisern und landeten schließlich in einem Industriegelände.

»Halt!« Henry fuhr von seinem Sitz auf. »Halt an, sofort. Das sind sie!«

Isabella trat vor Schreck auf die Bremse. Der Fahrer hinter ihr konnte im letzten Moment das Steuer herumreißen.

»*Hombre!* Was soll das?« Isabella schnaufte. »Wer ist wo?«

»Die Lastwagen von neulich; der da, mit dem weißen Aufbau und dem roten Chassis und dem Kühlaggregat oben. Hinten müsste er einen Kratzer haben. Ich bin mir sicher, absolut. Der andere Wagen, der Mercedes Sprinter, der steht an der Rampe. Und alle haben eine Kühlanlage.«

»Solche Lkws gibt's zu Tausenden«, entgegnete Isabella. »Außerdem trugen die in der Nacht keine Aufschrift auf den Türen. Ich hätte es gesehen. FRUTEXPO S. A. – es ist dieselbe wie auf der Wand von dem Gebäude.«

»Die waren mit Folie überklebt. Die Klebereste kann man an den Rändern sehen. Das muss ich aus der Nähe ...«

»Nichts wirst du aus der Nähe.« Isabella hielt ihn am Ärmel fest. »Wenn sie dich erkennen – lass mich das machen, ich kann mich im Gegensatz zu dir gefahrlos umsehen ...«

Sie schritt ohne Zögern durch das Tor auf das Gebäude der FRUTEXPO S. A. zu und wandte sich nach rechts, wo die Lastwagen rückwärts an die Laderampe herangefahren waren. Sie war eine Peñasco, dazu erzogen, zu entscheiden und zu bestimmen – es war ihr in die Wiege oder ins Elternhaus gelegt. Nur Großvater Horacio hatte versucht, ihr Selbstvertrauen zu untergraben. Bis zu welchem Grad ihm das gelungen war, würde Henry erst wissen, wenn er sie länger kennen würde. Der Schmerz über zugefügte Verletzungen und der Hass, den sie in sich trug, nahmen ihr jedoch die Kraft für anderes.

Das Schlimme an Hass ist, dass er noch mehr Hass erzeugt, dachte Henry in einem Anflug von Resignation. Sind wir alle so geartet, dass wir uns für einen Dreck verkaufen? Henry seufzte gequält, dachte an sein Verhalten

Victoria gegenüber und das gewachsene Misstrauen. Sogar an Isabella zweifelte er. Ob sie ihn für persönliche Ziele benutzte? Aber – hatte er andere als persönliche Ziele, worum ging es denn ihm? Jetzt aber nahm Isabella wieder seine Aufmerksamkeit in Anspruch.

Während sie mit einem Fahrer sprach, der in der offenen Fahrzeugtür saß, eine Zigarette rauchte und die Beine baumeln ließ, durchlebte Henry fast schlimmere Momente als in der Nacht auf der Landstraße. Er beobachtete, wie sie den Wagen begutachtete, die Aufschrift an der Tür; sie ging zur Heckklappe, der Fahrer öffnete sie sogar, und sie kletterte auf die Ladefläche. Diese Frau hatte entweder keine Nerven, oder sie war so von sich überzeugt, dass für Zweifel kein Raum blieb. Er setzte sich ans Steuer, wendete und stellte den Wagen so, dass er rückwärts auf den Hof setzen, Isabella da rausholen und mit ihr verschwinden konnte.

Sie kam zurück. »Wie du gedacht hast. Sie sind es. Klebereste an den Fahrertüren, der Kratzer – sie haben nicht einmal die Laderäume gefegt. Jede Menge zerquetschte Trauben, außerdem riecht man es. Wenn ich mir vorstelle, dass Diego unseren Wein aus derart schlechtem Material keltert, wird mir schlecht.«

»Es ist nicht gesagt, dass Diego ...«

»Nein? Wieso sollten andere Leute nicht mehr wissen als du? So – jetzt haben wir ein weiteres Stückchen in unserem Puzzle. Schau dir die Fahrer an. Erkennst du einen wieder?«

»Die sind fast zu weit weg, aber ich glaube schon ...«

Isabella setzte Henry bei einem Autoverleih ab, wo man nichts von dem Debakel mit dem vorherigen Wagen wusste, und er mietete ein neues Fahrzeug. Er brauchte Handlungsfreiheit. Er konnte sich nicht von Isabella herumkutschieren lassen; außerdem ging es ihm gegen den Strich, dass sie über alle seine Schritte im Bilde war. Zu allem Unglück rief Victoria genau in dem Moment an, als sie mit La Cantora beim Mittagessen saßen. Henry verließ zwar sofort den Raum, aber als er wiederkam, wusste Isabella bereits, mit wem er telefoniert hatte.

»Es geht mich zwar nichts an, was du mit ihr hast«, sagte sie spitz, »aber ich warne dich.«

Henry erschrak. »Bist du etwa – eifersüchtig?«

»Ihretwegen?« Isabella rümpfte die Nase. »Unsinn. Aber du solltest dich vorsehen. Diese Frau bringt sie alle um – um den Verstand, sie ist ein Aas, sie ist berechnend. Sie zockt, sie ist eine hervorragende Spielerin – sie stand mit vierzehn bereits an den Spielautomaten in den Kneipen und hat abgesahnt. Überall hat sie inzwischen Spielverbot. Jetzt hat sie sich darauf verlegt, mit Menschen, mit Männern zu spielen.«

»Woher weißt du das?«, fragte Henry verärgert. Merkwürdigerweise fühlte er sich bloßgestellt, vorgeführt, zwar nur vor sich selbst, aber das war besonders schlimm.

»Ständig fragst du, woher ich etwas weiß, wieso ich dieses oder jenes frage, wer mir was gesagt hat. Dann sag du mir lieber, wem du überhaupt glaubst!« Sie legte ihr Besteck laut auf den Teller. »Kann man so leben? Ich zweifle im Gegensatz zu dir nicht an dem, was du mir sagst. Wie lange braucht man eigentlich, und was muss man tun, um ... um dein Vertrauen zu erringen?«

Eine halbe Stunde später hatte Henry gepackt. Isabella hielt ihm die Wohnungstür auf. »Ich finde, dass du überzogen reagierst. Ansonsten meine ich das ernst, was ich vorhin gesagt habe. Wenn du willst, dass man dir hilft, musst du einem vertrauen.«

»Das hört sich an wie in einem billigen amerikanischen Film.«

»Auch da wird manchmal die Wahrheit gesagt. Ich habe dir lediglich eine Information gegeben über eine mir bekannte Frau, die bei uns arbeitet und die mit deinem toten

Önologen ein Verhältnis hatte. Soweit ich weiß, war er nicht der Einzige. Es sollte eine Warnung sein und kein Rauswurf; aber wenn du das so auslegst? Ich komme auch ohne dich weiter – zusammen wäre es allerdings einfacher, mit Sicherheit etwas lustiger und womöglich auch sicherer gewesen. Aber, wie du meinst.«

Die Stimmung, die von Henry Besitz ergriff, entsprach der düsteren und stickigen Tiefgarage, aus der er den Wagen holte. Mit zusammengebissenen Zähnen fuhr er los, hatte eine unerfreuliche Auseinandersetzung mit der Mietwagenfirma, deren Auto als Totalschaden bei der Guardia Civil stand, und verließ die Stadt. Er überquerte den Ebro, und erst, als Laguardia hinter einer Kurve hoch oben auf dem Hügel in sein Blickfeld trat, besserte sich seine Laune. Heute stieg er aus strategischen Gründen oben im Hotel Marixa ab. Es lag der Stadtmauer direkt gegenüber. Er hatte den Wagen vor der Tür, konnte in zwei Richtungen entkommen, die Wache der Guardia Civil ließ sich von der rückwärtigen Terrasse des Hotels aus beobachten, und zu Peñasco und zu LAGAR in Elciego war es etwa gleich weit. Er fuhr zur Letzteren, nachdem er Capitán Salgado über die FRUTEXPO in Estrella informiert hatte, der die Lieferwagen vermutlich gehörten. Für ein offizielles Dementi über die Kooperative sei es zu früh, meinte der *capitán;* die Drahtzieher würden sich einstweilen sicher fühlen, sich frei bewegen, und man käme leichter an sie ran. Henry war heilfroh, dass die Polizei ermittelte. Seine Chancen stiegen, mit heiler Haut aus der Sache herauszukommen;

Miguelito war hoch erfreut, ihn wiederzusehen, nachdem er geglaubt hatte, ihn im Krankenhaus besuchen zu müssen. »Meine Schwester war fürchterlich aufgeregt (das war sie immer), und die *compañeros* sind in heller Aufregung, kannst du dir denken, na, jedenfalls waren sie es, bis Emilio mit der Nachricht kam, dass du wieder obenauf bist und niemandem was nachträgst – den Rauswurf meine ich.«

Henry ging nicht darauf ein. »Wie klappt es mit den Trauben, mit der Lese, mit den Genossen?«

»Besser als erwartet. Anfangsschwierigkeiten gibt es immer – *el barbudo* nervt, alle haben Angst wegen des Prozesses. Krach gibt's auch, aber nur, wenn einer schlechte Trauben bringt.«

»Keine Diskussionen, kein Lamento?«

Miguelito schüttelte den Kopf. »Hält sich in Grenzen. In dem Fall hole ich sofort Verstärkung. Glücklicherweise gibt's klare Regeln. Andererseits sind wir noch nicht so weit, dass wir eine Grape-Scan-Technik einsetzen könnten.«

Henry wusste nur so viel, dass mittels dieses Verfahrens Mostgewichte, Glucose, verschiedene Säuretypen, dann gewisse Stickstoffverbindungen und der Tanningehalt schnell und sicher gemessen werden konnten. Wozu dann noch Menschen, wozu die Nase, wozu Geschmacksnerven?

»Die US-Winzer benutzen Computer, die aus chemischen Stoffen Wein mischen – geschmacklich wie gewünscht.«

»Das sind keine Winzer, das sind Getränkehersteller, die machen aus allem Coca-Cola. Na ja, wenn es sie glücklich macht, Gott durch Technik zu ersetzen? Wahrscheinlich sind das die größten Feiglinge von allen. Dumm nur, dass Computer keinen Wein kaufen. Deshalb haben sie uns auch diesen Agenten geschickt, Hobart Barker, damit er die Europäer mit seinen 100 Punkten auf den US-Geschmack trimmt.«

Eine neue Fuhre Trauben wurde gebracht. Der Winzer auf dem Traktor schüttelte Henry die Hand, Miguelito musste ins Labor. Von den anderen »Genossen« war leider niemand anwesend. Henry hätte einen der ganz alten Winzer gebraucht oder den Vater oder Großvater, um das zu fragen, was ihm seit dem Gespräch mit Isabella unter den Nägeln brannte. Was war in der Firmengeschichte von Peñasco so wichtig und brisant, dass eine Historikerin sich damit beschäftigte und die Öffentlichkeit heftig darauf reagieren würde? Entscheidend für sein weiteres Vorgehen würde das Zusammentreffen mit Victoria sein – und wozu sie bereit war. Es war ihm neu, dass er das Spiel mit dem Feuer liebte.

Als er vor ihrer Wohnung (vor dem Peñasco-Appartement) stand, hatte er das Gefühl, sich zu einer Tigerin in den Käfig zu begeben. Nur gut, dass er neulich nicht gewusst hatte, was sich in der Bar von Urizaharra ereignet hatte. Aber – was wusste er überhaupt? Rein gar nichts, alles Vermutungen, reine Spekulation. Zumindest war das Verhältnis mit den »Genossen« geklärt, mit Daniel – allerdings sollte er sich schleunigst mit Sebastián Peñasco aussprechen, mit dem Mann würde er sich verständigen können.

Victoria kam mit gefrorenem Lächeln auf ihn zu – den Mund zu auffällig geschminkt, die Augen dabei kalt wie Glas. Hatte er das vorher nicht bemerkt? Sie trug hauteng schwarze Hosen, eine weit und weich fallende weiße Bluse und darüber eine mit Silberfäden durchwirkte schwarze Weste. Dicht und glänzend fielen ihre schwarzen Locken auf die Schultern. Eine Frau, bei der man leicht seine Seele verlieren konnte, und den Verstand dazu. Henry verglich sie mit der Frau von Jaime Toledo, so wie er sie von jenem unglückseligen Abend her in Erinnerung hatte. Irgendwann musste Jaime begriffen haben, dass er sich in Victorias Nähe in Lebensgefahr befand.

Sie umarmten sich. Victoria küsste ihn vorsichtig, berührte sacht seine aufgeplatzte Oberlippe. Er ließ es geschehen und dachte an Isabella – so, wie man dem Vampir, um sich vor seinem Biss zu schützen, das Kruzifix entgegenhielt. Victoria strich mit den Fingerspitzen über die noch immer geschwollenen Stellen, über die Wunde an der Augenbraue. Sie drängte sich ihm entgegen, er spürte ihre Schenkel an seinen Beinen, ihren Busen an seiner Brust. Verdammte Hölle, wie sollte er den Abend durchstehen?

Die Wohnung sah bewohnter aus als beim letzten Besuch;

eine Zeitschrift lag aufgeschlagen neben dem Sofa, ein Kissen war eingedrückt, auf dem Sideboard stand ein Glas mit Saft. Hatte der Hausmeister eine Bemerkung gemacht?

Victoria hatte gedeckt. Es gab zuerst einen Weißwein von 1995, einen jener berühmten Rioja aus den Rebsorten Viura und Malvasía die im Holzfuder vergoren wurden, wo sie für lange Zeit auf der Hefe blieben, *sur lieu,* wie die Franzosen sagten, dann ins Barrique kamen und häufig erst nach drei oder mehr Jahren Ausbau abgefüllt wurden.

»Dieser Wein ist ein Fest«, sagte Henry bewundernd. »Wer war als Önologe verantwortlich?«

»Damals leitete Sebastián Peñasco die Kellerei. Er ist eindeutig der Weißweinspezialist in der Familie.«

»Jaime war da nicht so gut?«

Victoria dachte nach, wie sie antworten sollte, und entschied sich für ein kurzes »nein!«.

»Wenn du mit ihm befreundet warst, weshalb habt ihr euch getrennt? Von einer Frau wie dir trennt man sich eigentlich nicht.«

Ein gefährliches Glimmen trat in ihre Augen. »Das finde ich auch. Ich habe es nie verstanden; Männer sind sowieso undurchschaubar. Wieso trennen sie sich? Ich weiß es nicht.« Das Glimmen erlosch, sie griff nach den *alcachofas,* den Artischocken, vermutlich, um Henrys Blick auszuweichen. Egal, was da oben in der Bar geschehen sein mochte – mit Jaime war sie längst nicht fertig.

Zu den großen *gambas,* in Olivenöl mit Knoblauch gebraten, blieben sie beim selben Wein, und unvermittelt kam das Thema auf Diego. Victoria sprach über sein aufbrausendes Wesen, schnitt vorsichtig seine Herrschsucht an, die der des Großvaters in nichts nachstand, den er immer häufiger zu imitieren schien. Diegos Wutanfälle machten die Zusammenarbeit kompliziert, seine unkluge Art verderbe auch das Verhältnis zu den Mitarbeitern der Kellerei. Diego sei ein passabler Önologe, ein guter Geschäftsmann, weitblickend (das sah Henry anders), nur leider mache ihm sein Naturell häufig einen Strich durch die Rechnung. Da Henry nur sehr verhalten darauf einging, steigerte sie ihre Angriffe gegen Diego und bezog auch Don Horacio mit ein; ihre Kritik wurde heftiger, ihre Argumente härter, ihr Ton weniger zurückhaltend. Victoria suchte nach Zustimmung.

Henry hielt das alles für vorgeschoben, um ihn auszuhorchen, seine Meinung über Diego zu erfahren, und er stimmte ihr zu. Als sie sich so sehr ereifert hatte, dass sie bei Diego sogar unlautere Geschäftsmethoden nicht ausschloss, hielt er den Moment für gekommen, sie um Hilfe zu bitten.

»Ich glaube, sie schmuggeln Trauben; möglich, dass sie auch die Einkaufslisten fälschen, die Wiegeprotokolle, die Bezugsnachweise. Könntest du mir Zugang ...?«

Entrüstet sah ihn Victoria an und fuhr, gespielt oder nicht, empört fort: »Wie kommst du auf die Idee, ich würde dir ...? Nein, niemals, bei aller Liebe! Du musst nicht denken, dass ich, auch wenn ich dir diese Dinge sage ... Ich bin meinem Arbeitgeber gegenüber loyal.«

Erst nach dem Seehecht und dem Nachtisch und als die erste Rioja-*Crianza* geleert war, erklärte Victoria sich bereit, Henry die eine oder andere Tür der Kellerei offen stehen zu lassen, und nach dem Nachtisch und einem doppelten Cognac verriet sie ihm sogar, wo er möglicherweise die gesuchten Unterlagen finden könne.

Während Victoria sich in der Küche ums Geschirr kümmerte, nutzte Henry ihre Abwesenheit, um vom Balkon aus, weit weg vom Geländer, Daniel anzurufen.

»Du musst mich retten«, flüsterte er, »ruf mich bitte gleich auf meinem Handy an«, und Daniel verstand.

Als es eine halbe Stunde später klingelte, meldete er sich mit einem kurzen »Ja?« und fragte dann, mit deutlicher Empörung: »Die Polizei? Wieso? – Jetzt gleich? – *¡Joder!* Unmöglich, nicht in der Nacht. – Das geht aber nicht, auf keinen Fall. – Mich einsperren? – Die spinnen, das ist Schikane. – Unbedingt? – Sie würden mich bestrafen? – Na gut, dann komme ich.«

Ob Victoria es glaubte oder nicht, war Henry gleichgültig. Er hatte einen Vorwand, um sich davonzumachen. Wenn Victoria ihm glaubte, würden morgen Nacht ab 24 Uhr bei Peñasco einige Türen offen stehen, wenn nicht, würde schon jemand auf ihn warten. Also musste er vorher da sein. Das Risiko war hoch, aber nur so kam er weiter.

»*Es una locura, hombre,* der reine Wahnsinn. Stell dir vor, die Schläger von dieser FRUTEXPO sind da, oder jemand hält dich für einen normalen Einbrecher und ruft die Polizei, und die schießt …«

Daniel hockte neben Henry auf den Stufen des Restaurants an der Tankstelle, jeder ein Weinglas in der Hand; die Nacht war lau, noch hatte der Herbst sich nicht mit seiner frischen Kälte übers Tal gesenkt, und die Sterne leuchteten wie neulich, als Daniel die Lage der Ortschaften erklärt hatte.

»Das Risiko muss ich eingehen. Und was die Schläger angeht – es gibt ja noch den *capitán.*«

»Verlass dich nicht zu sehr auf ihn. Außerdem bist du unwichtig, du bist Ausländer; erst einmal gehört die Sympathie den Landsleuten, das ist überall so. Was allerdings für ihn spricht ist, dass er ein Demokrat ist, einer, dem seine Arbeit was bedeutet, das neue Spanien. Das hat auch mit der Geschichte seiner Familie zu tun – Franco-Gegner.«

»Ihr steckt anscheinend alle noch bis zum Hals in eurer Geschichte, und in eurem Krieg, nicht wahr?«

»Gibt es in Deutschland eine Familie, die vom Zweiten Weltkrieg *nicht* betroffen war? Bei euch gehörten allerdings die meisten zu den Tätern …«

»Und bei euch waren die meisten Mitläufer, haben das Maul gehalten … Was weißt du in diesem Zusammenhang eigentlich über den alten Peñasco?«

»Nur, dass er im Bürgerkrieg und unter Franco die Roten gehasst hat. Die Sozialisten, damals Felipe González und heute Zapatero, sind für ihn nichts anderes: Kommunisten, Juden, Anarchisten. Er hat damals seinen Landbesitz beträchtlich erweitert. Man munkelt viel in diesem Zusammenhang.«

»Und was munkelt man so?«

»Er soll Leute denunziert haben, bei der Geheimpolizei, bei der Guardia Civil – Oppositionelle und Unterstützer der Guerilla –, die wurden dann abgeholt ...«

»... und er hat sich deren Weinberge angeeignet? So wie die Deutschen das danach mit den Möbeln und Fabriken der Juden gemacht haben? Das muss sich doch nachprüfen lassen.«

»Manche kamen nie wieder, und wenn doch einer zwanzig Jahre und einen Tag Gefängnis überlebte und nach Hause kam, verschwand er kurze Zeit später ...«

»Wieso nach zwanzig Jahren und einem Tag?«, fragte Henry.

»Wer zu so einer Strafe verknackt wurde, durfte weder begnadigt noch vorzeitig entlassen werden ...«

»Geschickt eingerichtet. Und Don Horacio hat ...?«

»Gerüchte, *¿comprendes?*, nur Gerüchte.«

»Dann wird es möglicherweise das sein, was Isabella herausgefunden hat ...«, murmelte Henry.

»Also hast du mit der doch was angefangen?«

16.

Valerio Nieves

Den Tag über hatte Henry die Mitglieder der Kooperative und besonders deren Väter und Großväter, sofern sie noch lebten, nach ihren Erinnerungen an den Bürgerkrieg befragt und was sie aus der Zeit des Übergangs zur Demokratie nach Francos Tod wussten. Viel hatte er nicht aus ihnen herausbekommen, lediglich eine gewisse Haltung hatte sich abgezeichnet. Niemand sprach gern über dieses dunkle Kapitel spanischer Geschichte. Wessen Eltern die Diktatur unterstützt oder von ihr profitiert hatten, hielten das Thema für längst überholt und bedeutungslos. Wer sich wenig oder gar nicht um Politik scherte, war der Ansicht, dass man die Akten geschlossen halten und alles möglichst vergessen sollte – der Alltag mit seinen Sorgen und Nöten, die Arbeitslosigkeit, das sei heute wichtig, und die Franco-Ära, sie nannten es nicht Diktatur, interessiere niemanden.

Aber die Angehörigen der Opfer, der Verschwundenen oder der in den Gefängnissen Umgekommenen, zeigten ein brennendes Interesse. Einer von ihnen war Simón Ortega Escobar, des Präsident von LAGAR. Er brachte Henry am Nachmittag mit einem Mann im selben Alter zusammen, dessen Onkel, ein Weinbauer, wie Simóns Vater nach der Entlassung aus dem Gefängnis nie zu Hause angekommen war. Der Besitz beider Männer war lange vorher konfisziert worden, und eines Tages hatte Don Horacio Peñasco ihre Weinberge gekauft, zu einem Spottpreis. Man hörte von zwei ähnlich gelagerten Fällen, aber es gab Dinge, über die man besser nicht offen sprach.

Über diese Gespräche nachdenkend, umkreiste Henry zuerst großräumig Elciego und die Bodegas Peñasco. Danach fuhr er ein letztes Mal am Revier der Guardia Civil vorbei. Die drei zur Kaserne gehörenden Fahrzeuge standen auf dem Parkplatz. Er durfte sich keinesfalls überraschen lassen. Victoria rief ihn gegen 21 Uhr an und riet ihm, die Bodega nicht vor Mitternacht zu betreten; man wisse nie, wer noch einmal die Runde mache – der neue Önologe vielleicht, nach dem Debakel mit der Kühlung, oder jemand, der einfach etwas vergessen habe ... Der Nachtwächter sei zwar mit seinem Hund unterwegs, aber Henry könne ihn ja abpassen und dann ins Bürogebäude gehen.

Daniels Worte kamen ihm in den Sinn; niemand kannte die Nacht so gut wie er: Wer in dieser menschenleeren Gegend herumkurvte, fiel auf; zum anderen blieb er Victorias Hilfsangebot gegenüber misstrauisch. Was versprach sie sich davon, dass er etwas gegen ihren Arbeitgeber unternahm? Ihr Verhalten schien ihm am wenigsten durchschaubar. Ließ sie ihn bewusst in eine Falle laufen, oder ging sein Misstrauen wieder mit ihm durch? Andererseits – war nicht er derjenige, der sie für seine Zwecke benutzte, ihre Sympathie, ihre Zuneigung oder ihre Gutwilligkeit?

Seine Kreise um die Bodega wurden enger. Zuletzt beobachtete er den Nachtwächter: Zurück von seiner Runde band dieser den Hund draußen fest und setzte sich in seine Pförtnerloge. Jetzt war es an der Zeit, den Wagen auf dem Feldweg neben einem Schuppen abzustellen und dem Trampelpfad zu folgen, der zu der angeblich offen stehenden Pforte im Zaun führte. Die Nacht war hell, der Mond nahm zu – ein gutes Zeichen nach all den Katastrophen mit schwarzen Katzen. Ein zunehmender Mond setzte Kräfte frei, ideal für jeden Neuanfang oder den Abschluss, das Finale. Wenn er die richtigen Unterlagen fand, ließen sich sowohl Diegos Traubenschmuggel als auch seine Bestechungsversuche aufdecken, womit er die Kooperative vor dem Zusammenbruch bewahren könnte.

Er rechnete nicht damit, dass er Hinweise auf mögliche Machenschaften Don Horacios finden würde, dazu war alles zu lange her. Auf welchem Wege hatte er die Lagen der verhafteten Regimegegner kaufen können? Oder hatte er Unbeteiligte denunziert und darauf hingewirkt, dass sie nicht wiederkamen – vorsichtig ausgedrückt –, oder hatte er die Freigelassenen nach ihrer Rückkehr sogar verschwinden lassen? Wer hatte ihm dabei geholfen? Stand die blanke Gier dahinter, das immer wiederkehrende Motiv – gepaart mit irgendeiner Ideologie?

Was hatte Jaime Toledo damit zu tun, ein Mann, der nichts zu bieten gehabt hatte, keine Weinberge, keine Kellerei? Hatte er davon erfahren und dummerweise den Mund aufgemacht? Es gab zu viele Ungereimtheiten, und Henry wusste viel zu wenig.

Er fand das beschriebene Tor – verdammt, es war verschlossen oder eingerostet, jedenfalls ließ sie sich nicht öffnen. Was jetzt? Gab es ein zweites? Hatte er Victoria falsch verstanden, oder hatte sie ihn reingelegt? Er stolperte am Zaun entlang und fand hundert Meter weiter eine Pforte, die sich ohne große Anstrengung öffnen ließ; der Pfad, der zu einem überdachten Parkplatz führte, war von vertrocknetem Unkraut überwuchert, aber hier war lange niemand gegangen. Geduckt lief Henry zwischen zwei kleineren Hallen auf die Rückwand des Bürogebäudes zu, schlich im Schatten der Mauern weiter und suchte die nächste Tür. Hoffentlich erging es ihm damit nicht genauso wie eben – er blieb stehen, lauschte, hielt den Atem an, schnupperte sogar, alle Sinne bis zum äußersten gespannt. Seine Augen hatten sich längst an die Dunkelheit gewöhnt.

Da war die steile Treppe; unten lag Laub, er sah es im Schein der Taschenlampe, die er kurz aufblitzen ließ. Die

Tür musste kürzlich geöffnet worden sein, denn das Laub davor war zur Seite geschoben. Sein Schluss war richtig, die Tür ging nach außen auf, und er befand sich in einem stickigen Keller. Er fand sich leicht zurecht, folgte den Pfeilen Richtung Notausgang in umgekehrter Richtung und passierte jede Menge Türen mit Aufschriften wie Werkstatt, Material, Gläser, Dekoration, und dann, direkt vor der Treppe zum Hochparterre, war die Tür mit dem Schild Archivo. Jetzt würde es sich zeigen! Sie sollte offen sein, Henry hatte weder Einbruchswerkzeug dabei noch beabsichtigte er, sich gewaltsam Zugang zu verschaffen, und mit dem Taschenmesser würde er nicht viel ausrichten können.

Victorias Angaben stimmten. Knarrend ging die Tür auf. Dahinter zogen sich mit Akten gefüllte Regale den Raum entlang. *Madre de Dios,* wie sollte er hier was finden? Er blickte auf die Uhr. Es war kurz nach zweiundzwanzig Uhr, viel Zeit blieb nicht, in spätestens anderthalb Stunden musste er hier raus sein.

Nach einer halben Stunde gab er die Suche auf. Nichts als alte Rechnungen, Schriftwechsel, Weinexpertisen und Bodenanalysen – alles zu alt, und die aus den Fünfziger- oder Sechzigerjahren mit irgendwelchen Hinweisen auf Grundstückskäufe waren sicher längst im Reißwolf verschwunden. Oder bewahrte der Alte sie in seinem Stahlschrank auf? Immer wieder tauchten bei Prozessen Unterlagen über illegale Geschäfte auf – die gezahlten Schmiergelder und die Empfänger erstaunlicherweise minuziös aufgezeichnet.

Es gab zwei Treppen zum Hochparterre. Eine Tür ließ sich nicht öffnen, die andere erst, als Henry sich dagegen stemmte, sie kratzte so entsetzlich laut über den Boden, dass er erschrocken innehielt und jede Sekunde mit dem Erscheinen des Nachtwächters oder dem Bellen von dessen Hund rechnete. Aber alles blieb still, und Henry stand im Flur zu den Büros der Peñascos. Hier kannte er sich aus; nur musste er vorsichtig sein – man würde den Schein seiner Taschenlampe eventuell sehen. Glücklicherweise waren die Rollläden heruntergelassen, und dass der Nachtwächter jeden Raum kontrollieren würde, hatte Victoria verneint, »nur die Außentüren«.

Zuerst durchsuchte Henry Diegos Schreibtisch: Der zukünftige Chef von Bodegas Peñasco hielt nur äußerlich Ordnung und Victoria war anscheinend eine schlechte Sekretärin. Briefe, Rechnungen und Notizen lagen wild durcheinander – ein Wunder, dass Henry nach langem Suchen fündig wurde. Als Erstes fiel ihm in einer Klarsichthülle die Rechnung für den Traktor in die Hände; direkt dahinter lagen Notizen zu dem Geschäft mit den für Peñasco zu kleinen Gärtanks. Anscheinend hatte ihm ein Steuerberater diktiert, wie er zu argumentieren hatte, um Kauf und Verkauf steuerlich geltend machen zu können, und Diego hatte alles in seiner wüsten Handschrift notiert. War er so dumm, oder fühlte er sich unantastbar?

Nach weiterem Suchen entdeckte Henry in der untersten Schublade eine Kopie vom Gesellschaftervertrag von LAGAR. Es war die Ausfertigung für Manuel González Silvero, genannt *el barbudo*. Also war er der Maulwurf. In Stichpunkten war der Weg skizziert, wie LAGAR zerschlagen werden sollte, auch der Name des Bankiers und eines Anwalts tauchten darin auf.

Als Henry ein Blatt Papier in die Hand nahm, blickte er plötzlich in ein angespanntes Gesicht – es dauerte eine Schrecksekunde lang, bis er merkte, dass es sein eigenes war, das er in einem kleinen Spiegel sah. Deshalb also schnäuzte sich der Bengel ständig, deshalb rieb er sich die Nase, daher sein übersteigertes Selbstbewusstsein, der mangelnde Sinn für die Wirklichkeit und sein Gefühl der Unantastbarkeit. Er lebte in einer Welt, in der sonst niemand existierte, eingesponnen in den Kokon seiner Droge. Diego spielte sich auf – wie Graf Koks von der Gasanstalt, dachte Henry und schmunzelte bei dem Vergleich, den heutzutage kaum noch jemand verstehen würde.

Er wollte mit dem Finger über die Spiegelfläche streichen, um zu sehen, ob Kokainreste haften blieben, zuckte jedoch im letzten Moment zurück – er hätte Fingerabdrücke hinterlassen. Mit den Rechnungen und dem Schreiben des Anwalts ging Henry zum Fotokopierer im Flur. Doch nachdem er einige Kopien gemacht hatte, erschien ihm das Gerät zu laut, und er versteckte die wichtigsten Dokumente in Victorias Büro im Ordner »Wein-Bewertungen Ausland«. Den Ordner würde man ihm auf seine Bitte hin jederzeit geben. Wenn man ihn jedoch jetzt mit den Papieren erwischte – nicht auszudenken.

Das Gruselkabinett des Don Horacio – wie grauenhaft es in diesem Raum für ein kleines Mädchen sein musste, begriff Henry, als der Lichtstrahl seiner Taschenlampe über die Fotos der getöteten Stiere geisterte. Ihn schauderte. Macht, Gewalt und Blut, der Tod, Verachtung jeglichen Lebens – war das der Triumph des Matadors? Wie krank war der Alte wirklich? Hatte es ihm irgendeine Art von Befriedigung verschafft, das schreiende Mädchen auf seinem Schoß, das sich gegen seine Umklammerung gewehrt hatte?

Ein Foto – es war Henry beim ersten Besuch aufgefallen – fesselte erneut seine Aufmerksamkeit: ein toter Stier, ein Matador, zwei Männer – Don Horacio und ein anderer. Sie hielten jeder einen kleinen Jungen an der Hand, von denen der eine entsetzt zu fliehen versuchte (war das Sebastián – oder sein Bruder?), während der andere stolz seinen Kinderfuß auf den Kopf des toten Tieres stellte. Das Kind kam ihm weniger bekannt vor als der Vater. Das war unmöglich, das Foto war 1965 gemacht worden – es stellte den Offizier der Guardia Civil dar.

»Irgendwann kriegen wir euch immer«, sagte plötzlich jemand hinter ihm, und das Licht im Raum ging an. Henry wusste, ohne hinzusehen, wer dort stand: der Mann, den er vor sich als Kind auf dem Foto sah.

»Es heißt, man lernt auf der Straße, aber für Intellektuelle gilt das anscheinend nicht. Dreh dich um! Stell dich an die Wand! Hände nach oben, Beine auseinander!«

Bevor Henry reagieren konnte, wurde er von einem zweiten Mann an die Wand gedrückt; der ihm die Hände auf den Rücken riss und die Arme verdrehte, Henry stöhnte. Er hörte das metallische Einrasten der Handschellen, jemand trat ihm die Füße auseinander – und als Henry wütend nach unten blickte, sah er die verschieden hohen Absätze der Schnürstiefel. Was würden sie mit ihm machen? Das Gefühl einer entsetzlichen Leere überwältigte ihn. Gab es jetzt noch ein Entkommen?

Ja. Er war dem Nachtwächter unendlich dankbar, der mit dem bellenden Dobermann zur Tür hereinkam und den Hund, der mit gefletschten Zähnen auf den Offizier losging, mit aller Kraft zurückriss.

»Nimm deinen gottverdammten Köter da weg, *¡maldito!*«, schrie ihn der Offizier an. »Den da« – er wies auf Henry –, »den kann er fressen« und knallte Henrys Kopf gegen die Wand.

Hilflos rutschte Henry an der Wand herunter. Hinter sich hörte er das Gurgeln des Tieres, glaubte in einem Moment der Todesangst, dass der Hund die Zähne in seinen Hals schlüge, dann knallte ein ohrenbetäubender Schuss, und röchelnd fiel der Dobermann zu Boden.

»Du Mörder!«, schrie der Wachmann entsetzt und ging auf den Offizier los.

»Ich habe dir gesagt, nimm die blöde Bestie weg!«

Henry rollte sich auf die Seite und sah, wie der Offizier die Pistole auf den Wachmann richtete: »Noch ein Schritt . . .«

»Ich habe den Chef benachrichtigt.« Der Nachtwächter keuchte vor Wut, sehr zu Henrys Erleichterung. »Er wird jeden Moment hier sein. Die Polizei auch.«

»Diego Peñasco?«, fragte der Offizier grinsend.

»Nein, noch ist Sebastián Peñasco hier Chef«, meinte der Nachtwächter spitz. »Wer hat euch eigentlich verständigt?«

»Was geht dich das an?«, sagte der Begleiter des Offiziers. »Es gibt Leute, die im Gegensatz zu dir, nicht bei der Arbeit schlafen ... Ich werde Diego sagen, er soll dich morgen rausschmeißen«, fügte der Offizier lachend hinzu.

Henry war geradezu froh, dass es den Nachtwächter gab und dass er den Offizier von ihm ablenkte. Was hätte ihm sonst geblüht? Dann hatte ihm also Victoria diese Falle gestellt. So ein Luder. Nein, der Idiot war er selbst. Er hatte es geahnt, er hatte gepokert, geblufft und verloren ...

Er wand sich wie ein Regenwurm, aber was er auch versuchte, er kam nicht ohne Hilfe auf die Beine. Hinknien konnte er sich auch nicht – die Wunden an den Knien waren zwar verschorft, taten aber noch ziemlich weh. Sein Hals wurde vor ohnmächtiger Wut trocken. Er bemerkte, wie der Wachmann zu ihm herüberblickte, als die beiden Guardias ihm unter die Achseln griffen und ihn auf die Beine stellten.

»Was hat der hier verbrochen? Das ist kein Einbrecher, das ist dieser Journalist – der war ein- oder zweimal hier.«

Gebannt, als sei er Zuschauer und als würde es nicht um seinen Hals gehen, verfolgte Henry den Wortwechsel.

»Halt die Fresse«, fuhr der Offizier den Wachmann an, »kümmere dich um deinen Dreck. Geh deinen Hund begraben, der Köter stinkt!« Noch immer hielt der Offizier die Waffe auf den Mann gerichtet.

Der gab nicht auf. »Das mit dem Hund, das wirst du mir bezahlen. Der hat dir nichts getan ...«

»Hältst du endlich dein blödes Maul? Hast du es noch immer nicht kapiert? Das hier ist unsere Angelegenheit.«

»Wie ist der Journalist hier reingekommen?«

Der Wachmann gefiel Henry immer besser; solange er

sich einmischte, war er sicher. Anscheinend hatte er begriffen, dass es um weit mehr als um einen Einbruch ging.

»Was zum Teufel geht dich das an?«, schrie der Offizier.

»Da ist nichts aufgebrochen, keine Tür, kein Schrank – wie ist der Kerl reingekommen? Wie seid ihr überhaupt reingekommen?«

Der Offizier gab seinem Begleiter einen Wink; der schloss daraufhin die Tür des Bürotraktes und trat dann mit solcher Kraft dagegen, dass sie aus den Angeln brach. »So ist er reingekommen! Und wenn du nicht das Maul hältst, geht's dir wie deinem Köter!«

Henry kämpfte gegen den Brechreiz. Die Toilette war ein offenes Loch ohne Deckel – tagelang nicht gesäubert –, und die Zellenwände waren beschmiert und zerkratzt. Er hockte auf der Pritsche, zitterte vor Kälte und rieb sich wie in jener Nacht vor genau einer Woche die schmerzenden Handgelenke. Er verstand nicht, was im Wachzimmer gesprochen wurde, aber er kannte die Stimmen. Da war Sebastián Peñasco. Er meinte auch Isabella gehört zu haben. Ein Unbekannter sprach laut und deutlich, und der Wachmann ließ sich nicht einschüchtern und schimpfte. Guardia-Offizier Valerio Nieves und seine Kollegen sagten wenig.

Müdigkeit und Schmerzen machten Henry zu schaffen. Er krümmte sich zusammen, suchte nach einer halbwegs bequemen Lage, wollte schlafen, aber die Kälte ließ ihn nicht. Das Zittern war doch nicht etwa Angst? Wieso war er nach Jaime Toledos Tod nicht nach Hause gefahren, um Chefredakteur zu werden? Er sollte an sich denken, an seine Zukunft. Weshalb musste er seine beschissene Arbeit so ernst nehmen? Was gingen ihn diese Spanier und Basken und Katalanen und ihr Wein überhaupt an? Nichts hatte er mit ihnen zu schaffen. Niemand würde ihm seine Bemühungen danken, kein Aas sich drum kümmern. Auto kaputt, Knochen kaputt. Vielleicht käme er in den Knast, vielleicht aber auch mit einer Geldstrafe davon. Wenn er aber jedenfalls noch länger hier blieb, war die Aussicht auf einen besseren Job in jedem Fall dahin.

Als sie ihn holten, um seine Fingerabdrücke zu nehmen, konnte er vor Kälte (oder Anspannung) kaum die Hände ruhig halten. Das Foto, das sie dann von ihm machten, war mit Sicherheit das Schlimmste seines Lebens. Mit diesem Gesicht bekäme er höchstens in einer südafrikanischen Diamantenmine in tausend Metern Tiefe einen Job.

Dann entließen sie ihn, da Sebastián Peñasco keine Anzeige erstattete, was Diego zu einem Tobsuchtsanfall veranlasste. Obwohl Henrys neues Hotel in Sichtweite lag, bestand Sebastián Peñaso darauf, ihn hinzufahren. »Sie hätten sich das alles ersparen können, lieber Henry. Wieso haben Sie uns nicht informiert? Weshalb kooperieren Sie nicht mit uns?«

»Wen bitte meinen Sie mit ›uns‹, Señor Peñasco? Ihren Herrn Vater? Ihren Sohn Diego? Seine Freunde von der Guardia Civil? Ihre Tochter – oder Ihre Sekretärin Victoria? La Cantora vielleicht? *¿El barbudo?*«

»Stellen Sie sich nicht dümmer, als Sie sind.«

»Nun gut. Am besten, Sie fahren sofort in die Kellerei. Schauen Sie in Victorias Büro im Ordner »Wein-Bewertungen Ausland« nach. Aber machen Sie mir später keine Vorwürfe. Und den Spiegel im Schreibtisch Ihres Sohnes sollten Sie die Polizei nicht sehen lassen. Von diesem Spiegel zieht er seinen Größenwahn in die Nase. Und keine Sorge, die anderen Sachen kriege ich auch noch raus!«

»Wie Sie wollen, Sie könnten es einfacher haben.«

»Einen Tipp noch. Hüten Sie sich vor Victoria Méndez.« Henry stieg grußlos aus und schlug die Tür des Wagens heftig zu, obwohl auch Isabella mit im Wagen saß. Er hatte genug von den Peñascos.

Glück gehabt, richtig Schwein, es hätte auch anders ausgehen können. Das war Henrys erster Gedanke nach dem

Aufwachen. Er genoss das weiche Bett, die Wärme unter der Decke, die er sich wieder über den Kopf zog. Aber dann war er doch neugierig, wie spät es war, denn helles Licht fiel durch die Vorhänge. Genau zwölf Uhr. Lange genug geschlafen, dachte er. Ich muss nachdenken, was ich weiterhin unternehmen werde, wie weit ich gehen werde. Von jetzt an würde er äußerste Vorsicht walten lassen, jeden Schritt abwägen – und er sah den toten Dobermann mit heraushängender Zunge und Loch im Kopf vor sich liegen. Jetzt fiel ihm der Name des Offiziers wieder ein: Valerio Nieves – der mit der Glatze, *el calvo*. Ein verdammt guter Schütze, ein verflucht guter sogar, wenn er in dem Durcheinander den Hund genau in die Stirn getroffen hatte.

Er betrachtete die Striemen an seinen Handgelenken. Sie schmerzten noch immer, und er schlug die Decke zurück und betastete vorsichtig den Schorf an den Knien und Ellenbogen. An einigen Stellen war er aufgeplatzt und nässte wieder. Diese Andenken würde er eine Weile mit sich herumschleppen, Andenken an die verschieden hohen Hacken. Jetzt endlich konnte er alles zuordnen. Der Traubenschmuggel stand also unter dem Schutz der Guardia Civil beziehungsweise unter dem von Valerio Nieves. Dieser Unmensch war so ein Monster wie dieser Kollege im Fernsehen. Waren solche Menschen so veranlagt, dass sie sich für den Dienst in Spezialtruppen entschieden? Oder machte die Institution sie erst zu Ungeheuern? Er hatte wohl auch dabei zugesehen, als Henry zusammengeschlagen worden war. Damals hatte er auch denselben Begleiter dabei gehabt. Sie gaben sich gegenseitig ein Alibi, und wenn beide profitierten, waren sie wahrscheinlich zu jedem Meineid bereit. Dumm nur, dass der Wachmann vorbeigekommen war.

Diego war der Schlüssel zu allem. Diego brauchte Trauben, nachdem er es sich mit den meisten Lieferanten verdorben hatte. Diego wollte die Weinberge der »Genossen« haben, anscheinend über *el barbudo*. Hatte der die Traubenschmuggler aufgetrieben? Nein, mit Kleinkram würde sich Diego nicht befassen. Jaime Toledo wird es mitbekommen haben, oder er hatte von Don Horacios Machenschaften während der Diktatur erfahren. Und Victoria, die typische Giftmischerin?

Nackt stellte sich Henry vor den Badezimmerspiegel und betrachtete seine Blessuren. Blau, Rot, Violett, Grün und Gelb, und das in allen möglichen Schattierungen. Die Schwellungen klangen ab, aber wenn er sie berührte, taten sie noch weh. Am ekelhaftesten waren die Hautabschürfungen, die an den Gelenken nur schwer verheilten.

Henry wusch sich mit einem Lappen, betupfte die schmerzempfindlichen Stellen und zog sich an. Jetzt fühlte er sich besser. Er schlich jedoch fast heimlich aus dem Hotel und hinüber in die Bar gegenüber der Kirche, wo er nach der Trauerfeier für Jaime Toledo gewesen war. Er musste unter Menschen bleiben – sie waren seine einzige Sicherheit. Allerdings würde sich auch dort niemand einer Verhaftung durch die Guardia Civil in den Weg stellen. Wie weit war es mit ihm gekommen, dass er sich als vogelfrei betrachtete, als zur jederzeitigen Verhaftung oder zum Abschuss freigegeben?

Er setzte sich an die Bar, weit weg vom Eingang, den er im Auge behielt. Da er dummerweise sein Handy vergessen hatte, stand er wieder auf und ging zu dem Telefon neben dem Spielapparat, um Isabella anzurufen, um sich mit ihr für den Abend in Logroño zu verabreden. Er hatte sich Entschuldigungen und Argumente zurechtgelegt, um sie zu dem Treffen zu überreden, doch sie willigte ohne jede Diskussion sofort ein. Sie machten aus, sich in der Bar Ibiza zu treffen, am Platz gegenüber des Reiterstandbilds El Espolón.

Was bedeutete diese rasche Zustimmung? War es ihr Interesse an ihm, oder lag dahinter wieder eine Absicht? Musste er eigentlich hinter allem etwas vermuten? Er war sich momentan selbst im Wege. Genauso könnte er glauben, dass der Lammbraten vor ihm vergiftet sei. Entsetzlich, schon wieder war er mit seinen Gedanken bei Victoria. Wie konnte er ihr beikommen, wie ihr den Mord (ja war es überhaupt einer?) an Jaime Toledo nachweisen? Man müsste ihr Motiv kennen. Sie sollen ein Paar gewesen sein. Liebe und Hass waren oft nicht weit voneinander entfernt, hieß es zumindest. Vielleicht steckte Obsession dahinter, Besessenheit, Rache für verschmähte Liebe – weil er eine andere geheiratet hatte?

Wofür brachte man eigentlich jemanden um? Eine müßige Fragen für Henrys vollen Magen. Das sollten die Mörder beantworten. Er beschloss, sich auszuschlafen – dann hätte er mehr vom Abend mit Isabella –, und verließ die Bar. Sie hatten viel zu besprechen, und er würde ihr auf den Kopf zusagen, was er über ihren Großvater …

Mit einem Schlag wurde es dunkel. Henry merkte, dass ihm jemand einen Sack oder etwas Ähnliches über den Kopf gestülpt hatte. Er bekam einen Stoß in den Rücken, taumelte vorwärts – ein neuer Stoß, er strauchelte, wurde aufgefangen, streckte blind die Arme aus. Jemand drehte ihm die Arme auf den Rücken, er hörte unklare Worte, eine genauso unverständliche Antwort. Er stolperte vorwärts. Als er schrie, hielt man ihm den Mund zu. Es ging nach rechts einige Stufen hinauf, durch eine Tür; der Kühle und dem Hall der Schritte auf unebenen Steinplatten entnahm er, dass sie ein Haus betreten hatten. Er strauchelte. Man riss ihn hoch und stieß ihn jetzt nach links eine Treppe hinunter. Er rutschte aus, schlug hin; glücklicherweise waren seine Hände wieder frei und er konnte den Fall abbremsen. Dann ein dumpfes Krachen, als würde eine schwere Klappe über ihm zugeschlagen, und wie betäubt lag er auf kalten Treppenstufen.

Voller Schrecken riss er sich die Kapuze oder den Sack vom Kopf, aber es wurde nicht hell. Um ihn herum war es dunkler als vorher, stockdunkel – nicht der leiseste Schim-

mer, kein einziger Lichtstrahl, einfach nur Finsternis ...
Henry riss die Augen weit auf.

»Hilfe – Hilfe!«

Seine Rufe hallten schauerlich. Der Raum, in dem er lag, musste groß sein. War es einer der berüchtigten Gewölbekeller unter Laguardia? Die Stadt war unterirdisch fast gänzlich ausgehöhlt ... alte Speicher, Weinkeller, Lagerräume, Brunnen. Brunnen? O Gott, nur nicht bewegen, dachte Henry entsetzt und machte sich auf den ausgetretenen Steinstufen so flach wie möglich. Wenn er in eine dieser alten Gärkammern fiele ...

»Hallo? Hört mich keiner? –«

Stille. Wenn er vorher keinen Begriff davon gehabt hatte, was Stille war, so erfuhr er es jetzt; es war so still, als ob er gar nicht existierte, und es war so dunkel, als wäre auf der Erde niemals Licht gewesen. Es war, als würde die Finsternis Worte in sich aufsaugen wie ein schwarzes Loch ... Unvorstellbar, dass es draußen hell war, dass es irgendwo etwas wie Sonne geben sollte. Um ihn herum blieb alles schwarz, er war *ciego,* blind, war *el ciego,* der Blinde unten vom Ebro. Es war egal, ob er die Augen öffnete oder nicht, ob er nach oben blickte oder nach unten, rechts oder links – Schwärze! Ihm war kotzjämmerlich zumute. Wieso hatte er bloß sein Handy nicht eingesteckt?

Doch – da gab es etwas –, er hörte seinen Atem, seine eigene Stimme. Er räusperte sich, und fühlte die harten Stufen, fühlte seine schmerzenden Knochen, die Schmerzen an der Hüfte, am Ellenbogen, am Rücken – er setzte sich, streckte tastend die Hände nach beiden Seiten aus und fuhr die Stufen entlang. Er erschrak, als die linke Hand ins Nichts fuhr, und wieder presste er sich an die Stufen, klammerte sich beinahe daran. Was war auf der anderen Seite der Treppe, was war rechts? Vorsichtig fuhr er mit den Fingern über den Stein, spürte Sand, Kiesel, winzige Risse. Die Stufe war ausgetreten, abschüssig und rissig. Da gab es eine Fuge, nein, es war ein anderes Hindernis, und er glitt mit den Fingerspitzen darüber, immer höher, unüberwindlich – es war eine Wand, es konnte nur eine Wand sein, gemauert, dicke Steine, ja, jetzt spürte er Fugen, da war Zement, er kratzte daran, es rieselte. Die Welt der Finsternis war auch eine Welt – er hatte zwei Ebenen gefunden, eine unter sich, eine rechts davon; nach links durfte er keinesfalls rutschen.

Sollte er nach oben kriechen oder weiter nach unten? Von oben war er gekommen, über ihm war die Tür zugeschlagen, vielleicht mehr eine Klappe – es hatte sich nach einer aus schweren Bohlen angehört. Also kroch er aufwärts. Es machte ihn fast wahnsinnig, nichts zu sehen. Er tastete sich weiter bis zu einem Absatz, dann stieß er gegen etwas, die Tür, grobes Holz, sehr grob und faserig; sofort hatte er einen Splitter im Finger. Er musste sich langsamer bewegen. Er tastete die Tür ab, wagte sich aber nicht weit von der Wand weg, in der Furcht, auf der anderen Seite in die Leere zu stürzen, und klopfte gegen die Klappe. Er zog einen Schuh aus und schlug mit dem Hacken gegen sie, drückte, stemmte sich wie wahnsinnig dagegen, nahm alle Kraft zusammen. Die Klappe bewegte sich keinen Millimeter, und durch die Ritzen fiel kein Licht.

Wie war es unten? Was war da überhaupt? War das hier ein Weinkeller? Es musste doch Strom geben, eine Lampe, einen Schalter, irgendwelche Kabel. Wenn er die finden könnte – ach, hätte er nur die Stufen gezählt, die er heraufgekrochen war, dann wäre das Hinunterschleichen einfacher gewesen. Jetzt war er auf seine Füße angewiesen. Es ging langsam abwärts, zentimeterweise, bis plötzlich auch rechts die Wand aufhörte. Seine Hand kroch über den sandigen Boden. Er stieß gegen etwas Glattes, Kaltes. Es klirrte; er erschrak zutiefst und dachte an die Blindenschrift auf den Weinetiketten von Valdelana. Es war nur eine Flasche; sie rollte, stieß gegen andere, als er den Arm ausstreckte. Also war da ein Hohlraum, eine Tür. Er konnte sich aufrichten, betastete die Türeinfassung. Es gab einen Rundbogen über ihm und dahinter eine Nische, in der Flaschen gestapelt waren, volle Flaschen – etwas anderes als Wein würde kaum darin sein, also würde er nicht verdursten, höchstens einen Rausch bekommen. Vielleicht merkte er dann auch nicht so viel von dem, was sie mit ihm vorhatten.

Wer hatte eigentlich was mit ihm vor? Und wann? Hatte man ihn eingesperrt, um ihn bei Nacht aus der Stadt zu bringen und irgendwo zu erledigen? Wozu dieser Wahnsinn? Wer versprach sich was davon, und lohnte es überhaupt? Sicher eine neue Teufelei des Guardia-Offiziers. Er, Henry, hatte seine Entführer nicht verstanden, demnach hatten sie baskisch gesprochen, genau wie die Fahrer, die ihn zusammengeschlagen hatten. Wer würde nach ihm suchen, würde überhaupt jemand nach ihm suchen oder ihn vermissen? So schnell bestimmt nicht. Isabella erst am Abend, wenn er nicht aufkreuzte. Aber in diesem mittelalterlichen Verlies würde ihn überhaupt niemand suchen. Er konnte verschimmeln, bevor die 500 Keller Laguardias durchsucht waren.

Henry hatte einen trockenen Mund, trocken wie Sandpapier, aber wie sollte er die Flaschen öffnen? Den Hals abschlagen, um sich beim Trinken die Lippen aufzuschneiden? Er kroch weiter, kam an einen Absatz, tastete um sich herum, aber nirgends ging es weiter in die Tiefe. Er war also am Boden angekommen. Eine Nase wie ein Hund müsste man haben … er stieß etwas um, dann knallte ihm etwas auf den Kopf und rollte weg. Verflucht, er hatte sich zu schnell bewegt. Er brauchte einen Moment, bis er den Besenstiel wieder fand – seinen zukünftigen Blindenstock; mit ihm konnte er tastend seine Reichweite verlängern und lief keine Gefahr, in etwas Gefährliches oder Ekliges hineinzugreifen. Wie lange er brauchte, um die nähere Umgebung zu erkunden, hätte er nicht sagen können – seine Armbanduhr hatte keine Leuchtziffern, und in der Dunkelheit hatte auch sein Zeitempfinden ausgesetzt. Er erinnerte sich, dass im Dunklen Rotwein kaum von Weißwein zu unterscheiden war, obwohl beide so verschieden dufteten.

Bei diesem Gedanken fuhr ihm ein eisiger Schreck in die Glieder: Kohlendioxid. Bei der Gärung entstand Kohlendioxid. Man roch es nicht, es war schwerer als Luft, sank nach unten – wenn dieser Keller in Betrieb war, dann stand hier irgendwo vielleicht Kohlendioxid. Er würde es nicht spüren, er würde hineingeraten und einfach ohnmächtig werden und verrecken ...

Wo es Kohlendioxid gab, gab es aber fast immer Kerzen, die im Gas erloschen – die Rettung? Unten an den Wänden war eine kleine, schmale Konsole, auf die man sie stellte, und wenn die Kerze ausging, wusste man Bescheid. Die Hoffnung beflügelte ihn, seine Finger wurden zu Augen.

Es dauerte eine Ewigkeit, bis Henry sie fand. Glatt und kühl waren sie, fast ölig, aber es war Wachs – die merkwürdig geformten Tropfen brachten ihn darauf. Mit dem Besenstiel hatte er die größeren Räume erkundet, einen Gang mit einer Abzweigung nach links neben der Treppe und einen etwas weiter rechts zwischen der glatten Wand eines gemauerten Gärtanks und einem Flaschenlager. In dem Raum hinter ihm lagen Fässer, Dauben und Körbe. Er wunderte sich, was man durch Tasten alles erfahren konnte. Und dann war da diese Erhebung gewesen. Sofort hatte er den Stock beiseite gelegt und mit der Hand gefühlt. Glatt, kalt, irgendwie ölig, weich und doch hart, rund, außen niedriger, innen sich auftürmend. Und als er dreißig Zentimeter darüber den Kerzendocht ertastete, stieß er ein Freudengeheul aus.

Aber was sollte er mit einer Kerze ohne Streichhölzer? Sofort sank sein Mut wieder. Nein – Henry zwang sich zum Weitermachen. Wo würde er Streichhölzer hinlegen? Direkt oben drüber, falls es dort eine Ablagemöglichkeit gab. Dreimal hatte er die Mauer abgetastet und sich dabei so groß wie möglich gemacht. Fast wollte er aufgeben, als er die Streichhölzer in einer Aushöhlung fand, wo ein Stein herausgebrochen war. Hilf Himmel, dass sie nicht feucht sind, dachte er – sie waren nicht feucht. Sie hatten Köpfe, waren demnach nicht abgebrannt; er zählte zwölf Stück. Jetzt kam es darauf an – von dem aufflammenden Blitz geblendet, schloss Henry die Augen.

Unvorstellbar, wie viel Licht eine Kerze verbreiten konnte; mit ihr ließe sich eine ganze Stadt wie Laguardia erhellen, freute sich Henry und begann mit dem Bau der Falle für seine Feinde, nachdem er die Wände abgeklopft und nirgends ein Loch oder einen Durchgang gefunden hatte. Eine Stunde später war er fertig. Es war fast 18 Uhr. Er blies die Kerze aus. Auf halber Höhe der Treppe setzte er sich in die Nische und wartete. Nur nicht einschlafen. Um 20 Uhr würde es dunkel werden, dann würden sie ihn sicher holen. Er hielt sich jedoch zurück, verkniff sich ein weiteres Streichholz, um auf die Uhr zu sehen, vielleicht konnte man es riechen.

Irgendwann hörte Henry Schritte – sie kamen! Jetzt würde es sich entscheiden. Er hörte, wie etwas von der Klappe weggerückt wurde. Eisen klirrte, möglicherweise ein Riegel, dann fiel Lichtschein auf die Treppe: »*Eh, alemán, ¿dónde estás?* Wo bist du?«

Henry gab keinen Laut von sich.

Jetzt besprachen sich die beiden, flüsterten auf Baskisch. Die Klappe ging gänzlich auf, der Schein einer Taschenlampe geisterte über die Stufen und blieb unten am Fuß der Treppe an dem dunklen Fleck hängen, wo Henry absichtlich Wein verschüttet hatte. Wieder hörte er einige Worte, und einer von beiden schickte sich an, mit der Taschenlampe herunterzukommen. Der zweite Mann stand geduckt hinter ihm – eine kurze Pistole in der Hand. Henry war nicht überrascht; er hatte nicht erwartet, dass sie unbewaffnet kämen.

Als der erste die siebte Stufe erreicht hatte, ging es rasend schnell. Er trat auf die Flasche, die dort lag und die Henry mit Steinchen am Herunterrollen gehindert hatte, verlor das Gleichgewicht, ruderte mit den Armen, trat auf die nächste Flasche, fiel hintenüber, schlug mit dem Kopf auf die Treppe, schrie, rutschte ein Stück, überschlug sich zweimal inmitten klirrender Flaschen und blieb dann am Fuß der Treppe regungslos liegen, vom Schein der Taschenlampe, die ihm aus der Hand gefallen war, matt beschienen ...

»Ricardo? – Ricardo!«

Jetzt kam es darauf an. Der zweite Mann hatte die Pistole, und er war gewarnt. Er schien allerdings nicht begriffen zu haben, weshalb sein Kumpan gestürzt war. Die Hand mit der Pistole weit vorgestreckt, kam er langsam herunter. Henry stand noch immer im Schatten, hatte die Fassdaube mit beiden Händen über den Kopf gehoben, und als die Hand mit der Pistole in seine Reichweite kam, schlug er zu.

Er traf nicht die Hand, er traf den Arm. Der Schrei des Traubenschmugglers und der Schuss waren eins – die Pistole kullerte die Stufen hinab. Henry sprang aus seinem Versteck, stieß den Mann von der Treppe, rannte nach oben, warf die Bodenklappe zu und schob den Riegel vor. Um sicher zu gehen, zog er drei Zementsäcke auf die Klappe.

Alles Weitere musste er Capitán Salgado überlassen, den er vom Hotelzimmer aus anrief. Nach dem Gespräch stand er auf und steckte die Hand in die Hosentasche. Als er merkte, mit welcher Befriedigung er die Streichholzschachtel hervorholte und ansah, erschrak er vor sich selbst.

17.

El torazo, der Kampfstier

»Ist das nicht Diego?« Henry, der sich in den Lärm und den Qualm der völlig überfüllten Tapas-Bar drängte, machte sich sofort kleiner, denn er überragte fast alle Gäste an dem dicht umlagerten Tresen. Diego hätte ihn um ein Haar entdeckt, denn er wandte sich in diesem Augenblick dem Eingang zu.

»*Mi caro hermano*«, sagte seine Schwester mit allem Sarkasmus, »er ist es, mein teurer Bruder – und seine neue Flamme, Geliebte oder Freundin, was weiß ich. Eine nach der anderen, man verliert die Übersicht. Jetzt ist anscheinend Victoria dran. Als Sekretärin ist sie ziemlich gut, das meint zumindest mein Vater; über ihre sonstigen Qualitäten wird Diego besser Bescheid wissen.«

Henry schluckte. Wieder war er der Letzte, der von allem erfuhr, der gar nichts kapierte. Zum Kotzen. Ihm wurde kalt und heiß. Er fühlte sich an der Nase herumgeführt und schämte sich, kam sich vor wie Betrüger und Betrogener zugleich. Klar, es war Victoria. Heute hatte sie ihr Haar hochgesteckt; es wurde von einem Kamm mit glitzernden Steinchen oder Spiegeln zusammengehalten. Mehr sah man in dem überfüllten Lokal nicht von ihr.

Victoria – Diegos Geliebte! Seit wann? Weshalb hatte sie dann mit ihm geschlafen? Wusste Diego davon? Hatte er sie womöglich …? Dann steckte er hinter ihrem Treffen mit Jaime Toledo, oben in der Sierra? Hatte er sie geschickt?

Henry konnte nur hoffen, dass Isabella nicht merkte, wie sehr ihn Victorias Anwesenheit verstörte, aber das Lokal wechseln wollte er auch nicht. Er musste wissen, was da vorging. Andererseits durfte man ihn nicht mit Isabella sehen, zumindest nicht im Augenblick – zu vieles war offen. Am Tresen wurde Platz. Er drängelte sich durch, Isabella im Schlepptau, und wandte Diegos Gruppe den Rücken zu.

Die Tapas in der Vitrine brachten ihn auf andere Gedanken. Frisch, appetitlich, farbenfroh – eine Schüssel neben der anderen auf drei Metern Breite. Von Jacobsmuscheln über frische Krebse bis zu *bacalao*-Kroketten in Kokoskruste – Tortillas in allen nur möglichen Variationen, und aus der Küchenklappe reichte ein nackter Arm unablässig Nachschub. Im Regal hinter den vier Barkeepern, die für jeden Gast einen guten Spruch bereit hatten, standen die Riojas in Reihen übereinander. Von jedem konnte man auch nur ein Glas bestellen. Die Flaschen flogen von einem Barkeeper zum nächsten, von einer Hand in die andere, es war eine Freude, den Männern zuzuschauen, wenn nur . . . .

Isabella stand dicht vor Henry. Jede Bewegung der Menge drückte sie gegen ihn, was die beiden gleichermaßen verlegen wie auch ein bisschen glücklich machte. Die Situation hatte etwas sehr Prickelndes, wenn auch Henry ständig den Kopf nach Victoria reckte. Vor einer Woche hatte er hier mit ihr gestanden.

Plötzlich vibrierte sein Handy, gehört hätte er es nicht. Es war Capitán Salgado, und Henry drängelte sich rücksichtslos zum Ausgang durch.

»Was haben Sie denn mit den *muchachos* gemacht?«, fragte kaum verständlich der *capitán*. »Die haben gesungen wie Kanarienvögel; die haben sogar gestanden, was sie in ihrer Firma geklaut haben.«

»Mussten Sie die beiden lange bearbeiten?«

»*Al contrario, Señor,* im Gegenteil. Die Arbeit scheinen Sie schon erledigt zu haben. Die waren froh, dass wir kamen –

und der Krankenwagen. Der eine hat eine Gehirnerschütterung, der andere einen gebrochenen Unterarm. Wie haben Sie das hingekriegt?«

»Ich bin Weinjournalist, *capitán;* ich weiß, welche Kraft im Wein liegt, na ja, manchmal auch mehr in der Flasche … und nach vier Stunden Dunkelhaft kommt man auf grässliche Ideen. Aber Haftbedingungen sind ja mehr Ihr Metier.«

»Haben alle Journalisten was gegen die Polizei?«

»Korpsgeist, *Señor capitán.* Der Ihre ist gewiss anders.«

»Ich bin nicht bei den Politischen, Sir Henry. Der jüngere von beiden will Sie anzeigen wegen schwerer Körperverletzung.«

Henry lachte. »Der mit dem Wuschelkopf? Haben Sie seine Pistole gefunden? Habe ich das vergessen zu sagen?«

»Vielleicht hab ich's überhört.«

»Dann suchen Sie, stellen Sie den Keller auf den Kopf. Sie muss da sein. Einmal wurde geschossen; er müsste Schmauchspuren am Arm haben, wenn der nicht längst eingegipst ist.«

»Das ist er, aber dann finden wir was an der Jacke. Recherchieren Sie immer auf, äh, auf diese Art?«

»Nur unter Zwang, *capitán,* nur dann«, antwortete Henry maliziös. »Und – was haben die beiden gesagt: Wer hat sie beauftragt? Diego Peñasco?«

»Sie werden lachen, nein, eine gewisse Victoria Méndez.«

Kopfschüttelnd steckte Henry das Mobiltelefon weg. Als er den Kopf hob und sich anschickte, in die Bar zurückzukehren, sah er das nächste bekannte Gesicht, was ihn den Kopf unten behalten ließ. Waren heute alle seine »Freunde« unterwegs? Was trieb EBJ nachts auf die Straße? Sicher nicht die Suche nach Lügengeschichten. Sie steuerte direkt auf ihn beziehungsweise auf die Bar zu und blieb suchend im Eingang stehen. An ihrer Seite war ein junger, gut aussehender Mann, überkorrekt im dunklen teuren Anzug – weißes

Hemd, rote Krawatte, sein Aufzug erinnerte an den von Diego am Tag der Trauerfeier. EBJ dagegen wirkte im Schottenkostüm aus schwerem Wollstoff wie ein Hausmütterchen auf Stadtgang. Diego, falls sie sich noch immer mit Heiratsabsichten trug, würde sie damit nicht bezirzen. Aber der winkte.

Da bemerkte sie Isabella an der Bar und steuerte auf sie zu; die beiden Frauen grüßten sich eisig und wechselten ein paar Worte, bevor EBJ weiterging. Das würde ein reizender Abend für Diego werden: Er scharte seinen Stab um sich, und nun würde er auch wissen, dass seine Schwester hier war. Es würde nichts anderes übrig bleiben, als das Lokal zu wechseln.

»Ich frage mich, was dieses Elefantentreffen zu bedeuten hat«, sagte Isabella nachdenklich, als sie gemeinsam die Bar gegenüber aufsuchten, von wo aus sie »Diego and friends« im Auge behalten konnten.

»Wer war der Begleiter dieser Journalistin? Was hat sie dir gesagt?«

»Floskeln, die man so sagt, wenn man sich nichts zu sagen hat. Geht's gut, ob ich meine Semesterferien hier verbringe und so weiter. Unverschämt. Der Typ an ihrer Seite heißt Francisco, Francisco Salceda, ein *gestor* und Steuerberater – er kümmert sich um Grundstücksfragen, Grundbücher, arbeitet mit Maklern und Notaren zusammen, und beide wiederum sind mit Diego befreundet. Der Sohn eines unserer großen Privatbankiers gehört ebenfalls zu der Clique, seit der Schule ...«

»Dann planen die da drüben wohl die nächsten Schritte, um LAGAR zu zerschlagen?«

»Das haben sie vor? Wieso weiß ich nichts davon?« Isabellas Augen blitzten ärgerlich.

Henry legte ihr begütigend den Arm um die Schulter »Dafür habe ich herausgefunden, was du gerade ausgräbst, nämlich die Leichen der Vergangenheit.« Isabella riss die

Augen auf und machte sich los. »Sagt dir der Name Simón Ortega Escobar etwas? Oder Javier Olavides?«

»Ja, äh, nein, nein. Kenne ich nicht.«

Es war offensichtlich, dass sie nicht die Wahrheit sagte. »Unsinn«, meinte Henry und berichtete ihr vom Ergebnis seiner Recherche hinsichtlich der von Don Horacio erworbenen Weinberge und den verschwundenen Eigentümern.

»Ich dachte, dass ich mich bei meinen Nachforschungen unauffällig benommen hätte«, murmelte Isabella verschnupft.

»Du hast mich mit deiner Geheimniskrämerei erst auf die Idee gebracht. Es kommt nicht darauf an, was man sagt, sondern was man nicht sagt.«

»Bist du eigentlich von Geburt an so misstrauisch?«

Henry grinste. »Ich war's schon vorher.«

In diesem Moment traten Diego und sein Gefolge aus der Bar. Victoria hakte sich bei ihm ein; er aber entzog ihr unwillig seinen Arm, schob sich zwischen die Journalistin und den *gestor* und ließ Victoria stehen. Bis Henry gezahlt hatte, war die Gruppe um eine Ecke gebogen. Als sie dieser folgten, wären sie fast mit Diego zusammengeprallt, der mit jemandem sprach, den Henry im Dunkeln nicht erkannte. Er näherte sich im Schutz einer Gruppe junger Leute ein wenig und blieb im nächsten Hauseingang stehen. Diego stritt jetzt – mit jemand anderem, einem Mann, den Henry erkannte.

Die beiden gestikulierten. Der Kontrolleur schimpfte lautstark; es fielen Worte wie »... Abmachung ... versprochen ... link ... mein Geld ...«; er wirkte aggressiv, wurde fast handgreiflich. Diego jedenfalls beschwichtigte ihn, sah sich um und zückte schließlich die Brieftasche, woraufhin einige Scheine den Besitzer wechselten.

Isabella beugte sich zu Henry: »Wickelt mein Bruder seine Geschäfte neuerdings auf der Straße ab? Weißt du, worum es geht?«

Henry nickte. »Der Typ ist vom *Consejo Regulador,* vom Kontrollrat, er war dabei, als Trauben geliefert wurden. Wahrscheinlich ist er es, der die Mengenangaben im Computer des *Consejo* manipuliert.« Henry schüttelte den Kopf. »Um Kokain geht's nicht; da hat Diego bestimmt diskretere Lieferanten ...«

»Du hast es meinem Vater gesagt, ¿verdad?«

Statt einer Antwort zuckte Henry mit den Achseln.

»Das ist alles sehr peinlich«, murmelte Isabella verlegen.

»Soll sich doch jeder so viel Gift reinknallen, wie er will. Wer es nicht verträgt, fällt eben tot um. Natürliche Auslese.«

»Du kannst widerlich sein. Mein Bruder war nicht immer so; Großvater hat ihn ...«

»Da, sieh ihn dir an!«, sagte Henry ärgerlich, denn Diego war in einen Hausflur getreten, beugte sich leicht vor, hob kurz darauf den Kopf und rieb sich die Nase. Jetzt trat Victoria zu ihm, redete auf ihn ein, schimpfte. Er stieß sie zurück, sie rief ihm etwas nach, er drehte sich um; der Wortwechsel wurde heftiger, er schaute sich um – und schlug ihr mit der flachen Hand ins Gesicht.

»Er ist mies, er ist so mies ...« Isabella traten die Tränen in die Augen, und Henry zog sie weg. Beide hatten genug gesehen, und als Henry sich noch einmal umdrehte, sah er, dass Victoria Diego wieder nachlief. Auch Isabella hatte es bemerkt. Es tat ihr weh, und sie schämte sich. Dann hielt sie Henry eine längliche Karte hin: »Und jetzt die Krönung! Soll ich dir von meinem Vater geben.«

Es war eine Ehrenkarte für den morgigen Stierkampf. Am unteren Rand stand in Großbuchstaben BODEGAS PEÑASCO, der Sponsor des grausigen Spektakels.

»Kommst du auch? Gehen wir zusammen hin?«, fragte Henry unsicher, denn ihn schauderte bei dem Gedanken, dem Töten von sechs Stieren beiwohnen zu müssen.

»Nein, ich will mich nicht vor allen Leuten übergeben. Abends, zur Siegesfeier in unserer Bodega kommst du mit dieser Karte auch rein. Du musst kommen! Unbedingt! Ich bin da, alle sind da. Es gibt eine Überraschung. Es wird das letzte Mal sein, dass wir die *corrida* unterstützen.«

»Das wird sich Don Horacio nicht verbieten lassen.«

»Wir werden sehen, Henry ...«

In der übernächsten Kneipe trafen sie wieder auf Diego nebst Anhang, holten sich verstohlen ein Glas Wein und gingen wieder hinaus – noch war die Nacht nicht zu kühl. Victoria machte ein Gesicht wie auf einer Beerdigung. Sie trank viel, und Diego schien sie aufzuziehen, oder er übersah sie. Sie jedoch bettelte um seine Aufmerksamkeit, zog ihn am Arm; er gab nach, und als sie draußen waren, zwischen wimmelnden Menschen, ging der Streit weiter. Passanten schauten kurz hin, lachten und schlenderten weiter. Aber etwas hatte sich verändert. Die beiden standen sich jetzt böse gegenüber, wutschnaubend Diego, hasserfüllt Victoria, das Gesicht verzerrt, hässlich – dann knallte sie ihm eine, hart und kurz, eiskalt, genau kalkuliert, dann noch eine.

Er zog den Kopf ein, rieb sich die Wange.

»Das wirst du bereuen, Diego!«, schrie Victoria, wandte sich ab und verschwand im Strom der Menge.

Diego starrte ihr benommen nach, fast wie abwesend, fassungslos, griff dann langsam, wie in Zeitlupe, in die Tasche, nahm ein Mobiltelefon und tippte konzentriert langsam eine Ziffer nach der anderen ein. Nach jeder Nummer sah er auf und stierte in die Richtung, in der Victoria verschwunden war, als würde er ihr Pfeil auf Pfeil hinterherschießen. Er sah ihr noch immer nach, obwohl sie längst außer Sichtweite war, und hob an zu sprechen, langsam, seine Lippen bewegten sich, als hätte er Mühe, und so langsam, wie er das Mobiltelefon hervorgeholt hatte, ließ er es wieder in der Tasche verschwinden.

Isabella und Henry hielten den Atem an – so geistesabwesend stand Diego mitten in der Altstadt, im Schatten der düsteren Kathedrale. Nachtschwärmer zogen singend an ihm vorbei, kümmerten sich nicht um ihn, er nicht um sie. Vor ihm teilte sich die Menge, hinter ihm schloss sie sich, wie bei einem großen Stein im Flusslauf, und fünf Schritte später wusste niemand mehr, dass er jemals dort gestanden hatte.

Henry zog Isabella weiter. Beide versuchten zu vergessen, was sie eben gesehen hatten: einen total verlorenen Menschen unter hunderten, die sich nicht kannten aber trotzdem zusammengehörten. »*Está perdido*«, murmelte seine Schwester kaum hörbar und sah sich um, »er ist verloren.«

Sie zogen weiter, von einer Kneipe in die nächste, aufgesetzt fröhlich, über alles redend, nur nicht über Diego, über Bodegas, und erst recht nicht über Don Horacios Vergangenheit. Henry sprach über die Sinnlosigkeit der Karriere, die Opfer, die man dafür bringen musste, Isabella von einer möglichen Doktorarbeit über die jüngste Geschichte Spaniens. Viele Ereignisse waren ihr zu nah, schmerzten, griffen nach der Gegenwart. »Will überhaupt noch jemand wissen, was von 1946 bis 1975 geschehen ist?«, fragte sie entmutigt und gab sich selbst die Antwort. »Wenn man das Unkraut nicht ausreißt, vergiftet es den neuen Acker.«

»Das Böse gehört zu uns«, philosophierte Henry, »wie die Möglichkeit, uns dagegen zu entscheiden. Nur leider sagt man uns das nicht. Meistens lernen wir zu spät.«

Sie tranken Wein, weißen, Viña Tondonia. Henry hatte einen Barmann beschwatzt, und der hatte die seltene Flasche aus dem Keller geholt, eine von 1986. Neunzig Euro die Flasche, das war es ihm wert – einer der besten Weißen, den er je getrunken hatte: die Rebsorten Viura und Malvasía, sechs Jahre im Holzfass ausgebaut und gelagert, seitdem auf der Flasche, und dabei eine Frische fast wie bei einem Wein aus dem letzten Jahr. Diese Cuvée zeigte, was Harmonie bedeuten konnte. Nicht eine Eigenschaft stand im Vordergrund – sie war nicht schwer, nicht leicht; nichts hätte er benennen können oder mögen, nicht die zarte Kraft, kein einzelnes Fruchtaroma, kein Hauch mehr vom Barrique. Der Wein war rund wie eine Kugel. Gab es eine perfektere Form? Es gab kein Säurespiel, die Säure war einfach da, verschmolzen mit der Süße, ein einziger Stoff, verbunden mit – er blickte über das Glas hinweg Isabella an und empfand etwas, das sich vielleicht anfühlte wie Glück, aber wie ein noch längst nicht erreichtes.

Vor ihrer Haustür auf der Gran Via Juan Carlos blieben sie lange stehen und küssten sich.

»... meine Tante ist oben.« Atemlos wand sich Isabella aus der Umarmung. »Verstehst du?«

Henry verstand; sie hatten Zeit, viel Zeit. Er ging beschwingt, federnd – nichts tat mehr weh –, drehte sich um und winkte. Sie verschwand gerade im Hausflur, als sein Handy klingelte.

»Henry!« Victoria schrie seinen Namen. »Henry, hilf mir! Er ist hier, er ist draußen an der Tür, er hat einen Schlüssel, Henry ...« Das Gespräch brach ab, Henry spurtete los.

Im Laufen alarmierte er Salgado. Zwei Häuserblocks vor ihrer Wohnung hörte er die erste Sirene, dann die zweite – Polizeiwagen mit quietschenden Reifen. Ein verdrehter Körper auf dem Boden, Blut auf dem Traubendekor des Straßenpflasters, Menschen, entsetzte Blicke nach oben gerichtet:

»Von da ist sie gesprungen.« – »Von wo?« – »Aus dem dritten Stock?« – »Nein, von weiter oben.« – »Hast du's gesehen?« – »Nein, hab' sie schreien gehört ...«

Von dort wurde sie runtergestoßen, du Trottel, dachte Henry verzweifelt und hilflos vor Wut. Er war zu spät gekommen. Er bückte sich keuchend, um seine Socke hochzuziehen, die beim Laufen in den Schuh gerutscht war.

Da sah er ihn, hinten an der Hauswand, zwischen den Beinen der Schaulustigen – den Mann, der sich bemühte, nicht zu hinken. Heute trug er Straßenschuhe statt der Militärstiefel mit den verschieden hohen Hacken. Henry richtete sich auf. Der Mann hatte statt der üblichen Mütze einen Hut aufgesetzt, um seine Glatze zu verbergen.

Die Plaza de Toros lag im Zentrum Logroños an der Avenida General Primo de Riviera – Henry brauchte nur dem Strom der Menschen zu folgen. An allen Kassen der Arena hatten sich Schlangen gebildet. Die Besucher hielten Sitzkissen unter den Arm geklemmt und hatten Taschen mitgebracht, prall gefüllt mit Proviant und Weinflaschen. Man schaute nicht nur zu, wie eine vielköpfige Mannschaft aus *picadores, banderilleros* und *toreros* die Stiere zu Tode hetzte, man haute sich dabei auch den Wanst voll, schäkerte, lästerte über andere, zeigte Mode – sehen und gesehen werden …

Henry hatte Isabellas Eintrittskarte nicht benutzt, er hätte die Gesellschaft von Diego und Don Horacio nicht ertragen: Diego, der vermutlich Victoria den Auftrag erteilt hatte, Jaime Toledo umzubringen. Weshalb fanden solche Menschen immer wieder ihre Helfer? Mit Geld allein war das nicht zu erklären.

Die Plätze mittlerer Preislage waren noch im Schatten, und inmitten der Menge war Henry kaum zu sehen. Dafür erspähte er mit seinem kleinen Fernglas Don Horacio – neben einem gleichaltrigen Mann, dem vom Foto – beide rührend umsorgt von Diego. Mit von der Partie der *gestor* von gestern, dann EBJ sowie drei weitere Gäste und ein Kellner. Zuschauer grüßten die beiden Alten; freundliches Zuprosten und Händeschütteln nach allen Seiten, Don Horacio hielt Hof. *Puros* wurden verteilt, Männer rauchten bei der *corrida* nun mal Zigarre. Jeder Neuankömmling erhielt ein Glas, und Diego ließ großzügig die Weinflaschen kreisen.

Der *paseo* begann, der Einzug der Toreros – dann ein Schrei in der Menge, die Zuschauer stöhnten auf, und aus der Dunkelheit des Eingangs löste sich ein Schatten: *el torazo,* der Kampfstier.

Wie aus glänzendem schwarzen Marmor gemeißelt stand das gewaltige Tier im gelben Sand, von der Sonne geblendet und vom Johlen der Menge verwirrt. Er verharrte für Sekunden, richtete sich witternd zur vollen Größe auf, mächtig, gewaltig – ein Koloss, elegant und voller Kraft und Leben, den Kopf hoch erhoben, weit ausladend die Hörner, nach vorn gerichtet und spitz wie Dolche. Henry war starr vor Bewunderung. Und den wollten sie töten? Nicht nur ihn, sondern noch weitere fünf an diesem Nachmittag? War die ganze Welt ein Irrenhaus? Henry hatte immer viel für Ernest Hemingway übrig gehabt. Allerdings fragte er sich, wie der Schriftsteller am Stierkampf hatte Gefallen finden können. Aber zeugten seine Romane nicht von einem eigenartigen Hang zu archaischen Gefühlen?

Henry fürchtete sich vor dem, was kam, wusste nicht, wie er reagieren würde, aber als faszinierend konnte er sich die *corrida* beim besten Willen nicht vorstellen. Doch sogar radikale Tierschützer sollen sich ganz plötzlich für den Kampf begeistert haben. Ein Tier, ein hilfloses Tier, auch wenn es ein wilder Stier war – ausgewählt, um nach fünf oder sechs Jahren auf riesigen Weiden in fünfzehn Minuten in dieser Arena zu sterben, zur Gaudi der Anwesenden. Auf solche Ideen konnte nur der Mensch in seinem grenzenlosen Wahn kommen, die Krone der Schöpfung zu sein – wie dieses Kerlchen, das sich gegenüber in seinem Flitteranzug hinter der Bande hervorwagte und ein Tuch schwenkte.

Den Torero sehen und mit gesenktem Kopf auf ihn losstürmen war eins. Die Muskeln des Stiers traten beim Laufen hervor, seine Kraft, die Geschmeidigkeit der Bewegung, und das Männlein in Silber verschwand wieder im Durchlass hinter den Holzbohlen. Dafür tauchte auf der gegenüberliegenden Seite der Arena ein ähnlicher Geck auf. Der Stier raste hin, suchte ein Opfer, einen Gegner, den Feind.

Als auch dieser Torero verschwand, bevor der Stier ihn erreichte, blieb er suchend stehen, scharrte, schnaufte, blickte hinauf auf die Ränge, riss den gewaltigen Kopf hin und her und drehte sich um, von einer flüchtigen Bewegung in seinem Rücken alarmiert. Henry saß genau in der Richtung, die der Stier einschlug; eine *capa*, ein geschwungener Umhang hatte ihn gereizt, nein zwei waren es, außen kirschfarben, innen gelb, man sah das Tier fast leichtfüßig heranjagen, wachsen, größer werden. Jetzt waren es zwei Toreros, die flohen, als *el toro* auf sie zustürzte. Er musste begriffen haben, dass *capa* und Mann zwei Wesen waren, das machte ihn besonders gefährlich. Einem Torero schnitt er den Weg ab und zwang ihn zum Kopfsprung über die Bande; dann krachte der Stier selbst dagegen.

Die Szene erinnerte Henry an eine von Goyas Zeichnungen, auf der ein Stier über die *barrera* gesprungen war und unter den panisch fliehenden Zuschauern aufräumte. Aber diesem Stier gelang das nicht. Wieder lockte ihn eine Bewegung weg, von seiner Wahrnehmung belogen, die *capa* und den Menschen doch als ein einziges Wesen zu sehen. Er drehte eine Runde, galoppierte, trabte, griff an, immer auf der Suche nach denen, die wohlweislich Abstand hielten. Das war ein Stier nach dem Geschmack der Masse, einer, der sich anbot, den Kampf suchte und aufnahm, der etwas zu zeigen versprach, angriffslustig, obwohl dem vergeblichen und jetzt schon deutlich langsameren Herumjagen nichts Lustiges innewohnte. Sein Ende war beschlossen, das des Matadors nicht; der war freiwillig hier und konnte jederzeit gehen – er würde zwar sein Gesicht verlieren, aber nicht sein Leben.

Mit einem Mal waren die *picadores* in der Arena, zu Pferd, die Lanze mit der Vierkantspitze unter dem Arm. Der Stier rannte wieder, nicht mehr so kopflos wie anfangs; er hatte begriffen, dass was faul war. Der *picador* trieb sein gepanzertes Pferd an, um der Wucht des Hornstoßes zu entgehen. Früher wurden alte Pferde geritten, ausgediente Klepper, denen der Stier bei seinen Angriffen die Gedärme aus dem Leib riss. Jetzt griff er das Pferd schräg von der Seite an, hob es hoch – eine halbe Tonne – nur mit der Kraft des *morrillo,* seines Muskelhöckers im Nacken, der dem Stier die Kraft gab, schnell und gezielt alles auf die Hörner zu nehmen. Und genau in diesen Höcker bohrte der *picador* die Stahlspitze. Welchen Schmerz musste der Stier fühlen, um im Moment höchster Spannung in eben diesem Muskel verletzt zu werden? Wahrscheinlich denselben Schmerz wie ein 100-Meter-Läufer, dem man mitten im Sprint ein Messer in den Oberschenkel rammte.

Das Pferd zappelte auf den Hörnern und fuhr mit den Vorderbeinen durch die Luft. Der Stier ließ ab und griff wieder an (leider nicht den *picador,* dachte Henry), bis ihn ein Torero vom Pferd ablenkte, doch nur, um das mörderische Spiel von neuem zu beginnen.

Da, ein Torero strauchelte; das rote Tuch blähte sich, der Stier war darunter, erfasste den Mann, warf ihn hoch. Er kam zwischen die Hörner, rollte über den Rücken des Stiers und fiel zu Boden; doch sofort waren vier Kollegen da und lockten den Stier fort, während der Gefallene unterhalb von Don Horacios Loge hinter die Bande humpelte.

»Eh, *hombre,* da drüben sitzt *el calvo,* die Glatze«, hörte Henry eine Stimme hinter sich sagen.

»Glaube ich nicht. Der lässt sich hier nicht blicken«, meinte der Zuschauer neben ihm.

»Doch, er ist es. Drüben, in der Loge von Peñasco.«

»Kann ich mir mal dein Fernglas leihen, *compañero?*«, fragte der Nachbar.

Henry, der den Guardia-Offizier sofort erkannt hatte, reichte es dem Mann, der es kurz an die Augen hielt. »Stimmt, in Zivil, das ist er. Dass der sich hierher wagt.«

»Woher kennen Sie ihn, Señor?«, fragte Henry erregt.

»Ach, der war früher auch Matador.«

»Nein, kein *matador,* ein *matatoros,* ein Stierschlächter«, korrigierte der Freund. »Durchschnitt.«

Der Freund protestierte. »Nein, eine Flasche; er wurde bei einer *corrida* verletzt – hatte sich in die *muleta* verwickelt, ins rote Tuch. Der Stier hat ihn erwischt. Danach kam er wieder, aber feige wie ein Hund, Schwanz eingezogen, hat nichts mehr gebracht, ihm fielen vor Angst die Haare aus, du konntest zusehen. Wer da unten mal verletzt wird, der fürchtet den Stier – sein Leben lang.«

»Wurde er schwer verletzt?«

»¿El calvo? Ja, ziemlich. Eine *cornada* ins Bein, einen Hornstoß, innen, *¿sabes?* Da sitzt die Schlagader – eine oder zwei Minuten, dann ...« Er machte die Geste des Deckelzuschlagens. »Später ging er zur Guardia. Sein Vater war da, hat ihm die Stelle besorgt. Weil er für Stiere nicht mehr taugte, haben sie ihn auf Menschen losgelassen.« Der Mann lachte verächtlich. »Ich habe ihn ewig nicht mehr in Logroño gesehen. Guardias werden alle zwei Jahre versetzt, damit sich keiner mit dem Volk verbrüdert, *¿sabes?*, wie bei einer Besatzungsarmee ... du bist nicht von hier, oder?«

»No, *soy alemán,* ich bin Deutscher. Diesen *calvo* hat es auf diese Weise erwischt?«

»Exactamente. Damals ist er dem Teufel entkommen, aber der holt ihn eines Tages doch.« Der Zuschauer hinter ihnen stimmte gehässig zu: »Garantiert!«

Möge sein Wunsch in Erfüllung gehen, dachte Henry grimmig, hoffentlich bald, bevor er mich erwischt, und sah den Stier auf einen *banderillero* losstürmen. Der Mann in Blau und Silber erwartete ihn ruhig, wich zur Seite, lief wieder schräg auf ihn zu, erhob sich auf die Zehenspitzen. Der Körper mit den vorgestreckten Armen bildete fast einen Halbkreis, die beiden blau-weißen Spieße in Händen – und stieß sie dem vorbeirennenden Stier genau dort in den *morrillo,* wo rotes Blut das schweißnasse Fell glänzend färbte.

Der Stier riss den Kopf hoch, schlug mit den Hörnern nach dem Peiniger. Der sprang zurück, der Stier hinterher. Zwei Toreros lenkten das wütende Tier ab, und der *bande-*

rillero entkam. Schon war ein zweiter erschienen – wieder zwei geschmückte Stangen mit Widerhaken in Händen. Das eklige Spiel wiederholte sich. Der Stier inzwischen müde, abgehetzt, verwirrt. Der Blutverlust, die vielen Gegner – und immer wieder die kurzen Wendungen, von den *capas* um die Männer herumgeführt, damit er sich die Wirbelsäule verrenkte und unbeweglich wurde. Das war kein Stierkampf, das war ein Schlachtfest – das war es wohl immer gewesen. Nur früher, da sollen die Stiere größer gewesen sein, wilder, gefährlicher.

Der Stier wandte sich um, bemerkte im Rücken die wippenden *banderillas,* konnte sie nicht abschütteln, blieb stehen, müde, verzweifelt, immer wieder gerufen, gereizt, beschimpft. Der *matador* wollte seinen Auftritt, er war zum Töten bestellt.

Er führte das Tier mit der *muleta* rechts um sich herum, dann links, die *muleta* in der Rechten, dann in der Linken – eine Abfolge verschiedener *suertes,* wie Henry von seinem Hintermann erfuhr, im Voraus bestimmte Manöver nach festgelegten Regeln. Der Stier schäumte. Blut lief an seinen Flanken herab, Blut im Sand der Arena. Die Menge johlte, grölte, stampfte, klatschte bei jeder Wendung – das Volk bei einer Hinrichtung. Der Kopf des Stiers kam herunter, immer weiter, immer tiefer; der Matador wandte ihm den Rücken zu, stolzierte blasiert durch den Sand und schaute in die Ränge. Der Stier bebte, hechelte, wollte nicht mehr, suchte den Ausgang oder wollte sterben. Der Matador schrie ihn an, mit wutverzerrtem Gesicht; er wollte seine Show, Henry sah es im Fernglas genau. Der Stier kam, sein Angriff verhalten, lief, stieß ins Tuch, es wurde ihm um die Ohren geschlagen. Er wandte sich langsam um ... die Menge wollte seinen Tod ...

»... der hat das Maul schon am Boden ...«, hörte er jemanden hinter sich rufen. Wütend schoss Henry von seinem Sitz hoch, sich an den Satz aus der Nacht erinnernd, als er selbst am Boden gelegen hatte, und starrte außer sich vor Wut in die Reihen. »He, *hombre*, hinsetzen«, fluchten die Zuschauer, und völlig außer Fassung sank Henry entgeistert zurück. Sie hatten es mit ihm wie die da unten mit dem Stier gemacht, ihn verwirrt und gehetzt, ihn angeschlagen, ihn in alle möglichen Richtungen laufen lassen, dann zugeschlagen, getreten, bis er mit dem Maul am Boden lag – und dann sollte die Entführung wohl der letzte Akt sein, der sich unten in der Arena für den Stier vollzog.

Der Matador stand unbeweglich, die *muleta* in der Linken quer vor der Brust, ein leichtes Schlagen vor dem Maul, der rechte Arm mit dem Degen gerade ausgestreckt, darüber das Tier anvisierend. Verzerrtes Gesicht, zwei Schritte auf ihn zu ... noch zwei, der Stier stürzte vor, die Hörner tief unten, der Torero beugte sich oben weit über das Tier – und stieß ihm den Degen zwischen die Schulterblätter.

Johlen, schreien – aber der Stier läuft weiter, den Degen im Körper. Blut bricht aus dem Maul, blutiger Schaum, die Lunge ist getroffen, der Stier knickt ein, rafft sich auf, begreift, sucht seinen Mörder, läuft ihm nach. Der rennt weg, andere Toreros kommen, drei, vier, fünf in glitzerndem Silber, das Tier taumelt, rafft sich wieder auf, greift den am nächsten Stehenden an, eine Blutspur hinter sich. Noch immer stirbt der Stier nicht, weigert sich, greift wieder an. Die Menge reagiert mit Schweigen, der Matador kommt mit einem neuen Degen zurück. Als würde der Stier sich neue Hörner holen können ...

Henry fühlt Brechreiz, Ekel, Wut, grenzenlosen Hass auf die Zuschauer, Verachtung für die Männer in der Arena – menschliches Mordgesindel, Bestien. Der Stier lehnt an der Bande, sie stützt ihn, ein letzter Verbündeter, ein Hinterbein versagt den Dienst, knickt ein, der Matador geht wieder vor, eine Hornbewegung lässt ihn zurückspringen; dann knicken die Vorderbeine weg, der gewaltige Körper, zerstochen, gefoltert, verrenkt, sackt zusammen – ein neuer Stich mit dem langen Dolch in das fast leblose Tier befreit es endgültig vom Menschen ...

Henry springt auf, drängelt durch die Reihe, läuft zur Treppe, will zur Toilette, schafft es nicht mehr, übergibt sich auf dem Weg nach unten, Gelächter um ihn herum. »*Eh, hombre, musst nicht so viel saufen, hombre* ...«

Erst am Ebro, am Wasser des Flusses, unten bei Elciego, zwischen den Pappeln, wo einst der Blinde wirkte, kam Henry zur Ruhe. Er starrte ins langsam fließende Wasser, in dem sich der Himmel spiegelte und die Menschen, die er erst seit vierzehn Tagen kannte. Sie bestimmten jetzt sein Leben, und zwei oder drei von ihnen wollten seinen Tod: Diego, Don Horacio und der Matador, den sie auf Menschen losgelassen hatten.

Am liebsten hätte Henry nicht an der Siegesfeier teilgenommen. Doch Isabella hatte gesagt, sie hätten etwas geplant. Die Feier sollte statt um 21 Uhr bereits um 20 Uhr beginnen. Ehrung der drei Matadore – sie sollten in Wein aufgewogen werden, mit einem Rioja, der Gran Reserva von Bodegas Peñasco von 1994, einem phantastischen Jahrgang. Es würde ein wichtiger Event, zu dem die Presse erscheinen würde, die Stierkampfszene, Geschäftsfreunde, Lokalpolitiker – und das nur wenige Stunden nach dem Mord an Victoria. Aber wahrscheinlich war er mal wieder der Einzige, der das so sah. Für alle anderen war es Selbstmord. Aber Henry hatte Capitán Salgado benachrichtigt und ihn gedrängt, die Telefonkontakte zwischen Diego und dem Guardia-Offizier zu überprüfen. Ansonsten wusste er nicht, wie es weitergehen würde.

La Cantora hielt ihm die Wange zum Kuss hin. »Darf ich Ihnen meinen Bruder vorstellen?«

Henry runzelte erstaunt die Stirn. »Ihren Bruder? Ich kenne Sebastián doch ...« Der Mann im Türrahmen des Festsaals der Bodega, wo er mit Isabellas Vater den Wein verkostet hatte, sah diesem recht ähnlich.

»Mein Onkel aus Chile«, sagte Isabella, offensichtlich froh darüber, dass er gekommen war. Henry freute sich, ihre Stimme zu hören; glücklich drehte er sich nach ihr um, nahm sie vorsichtig in den Arm, küsste sie erst förmlich auf die Wangen, dann auf den Mund.

»Henry, wir sind nicht allein«, flüsterte sie und machte sich los. Aber ihre Augen blieben an ihm hängen.

»Sie sind durch uns in schlimme Auseinandersetzungen verwickelt worden, wie mir meine Nichte erzählte«, sagte Sebastiáns Bruder freundlich, »aber keine Sorge, das wird ab heute vorbei sein. Ihr Auftauchen in der Rioja hat vieles beschleunigt, wie auch der Tod unseres Freundes Jaime Toledo.«

»... und wohl auch der von Victoria Méndez«, unterbrach ihn Henry. »Die näheren Umstände werden Ihnen nicht gefallen, Ihrer ganzen Familie nicht.«

»Uns gefällt hier vieles nicht, Señor Meyenbeeker, glauben Sie mir, niemandem von uns, am wenigsten Isabella, die uns gezwungen hat, die Augen zu öffnen. Aber ich will den Ereignissen nicht vorgreifen. Wo ist ...«

»... Diego?«, fragte Henry.

»Woher wissen Sie ...?«

»Henry weiß viel, wenn nicht gar alles«, warf Isabella verdrießlich ein.

»Von dir?«, fragte der Onkel.

»Nein, er hat es – zum Teil unter schmerzlichen Erfahrungen – selbst herausgefunden.« Isabella zuckte zusammen. »Oh, da sind sie! Drei Jahre habe ich auf diesen Moment gewartet. Jetzt habe ich Angst. Mir schlottern die Knie.« Sie war blass geworden.

Diego hatte sich herausgeputzt, als würde er heute den Orden wegen seiner Verdienste um den Weinbau verliehen bekommen. Den Großvater schob er im Rollstuhl vor sich her, eine Krankenschwester an seiner Seite. Ist ihm der Stierkampf nicht bekommen?, dachte Henry böse. In der Arena schien der Alte noch ziemlich munter.

»Was hat dieser Schmierenschreiber hier verloren?«, blaffte Don Horacio los und zeigte auf Henry. »Ein Dieb, ein Verleumder! Bricht bei uns ein und wird auch noch eingeladen? Ins Gefängnis gehört der! Holt die Guardia!«

»Die holt niemand mehr! Guten Tag, Vater!«

Jetzt bemerkte Don Horacio seinen ältesten Sohn. Er erkannte ihn sofort, obwohl er ihn 20 Jahre lang nicht gesehen und in dieser Zeit auch kein einziges Wort mit ihm gewechselt hatte. Sein Gesicht verzerrte sich.

»Was willst du hier?«, röchelte er und griff sich an den Hals. Er versuchte, die Krawatte zu lösen, wozu er halb wütend, halb verängstigt die Augen aufriss. »Kein Erfolg in unseren Kolonien gehabt? Warum bleibst du nicht auf deinem elenden Kontinent?«

»Weil noch Rechnungen offen sind, alter Mann! Und weil du ständig neue aufmachst. Ich hätte längst kommen müssen. Es war klar, dass du in deinem Leben nur Unheil anrichtest. Du verstehst es nicht anders.«

Sein Gefühl sagte Henry, dass diese beiden, der Vater und der älteste Sohn, Feinde waren, dass es niemals ein anderes Verhältnis zwischen ihnen gegeben hatte, denn der Chilene war der Stärkere von beiden, und der Vater hatte es immer gewusst. War der Sohn gegangen, weil er sich vor seinem eigenen Zorn gefürchtet hatte?

Don Horacio ächzte unter einer Last, die ihn erdrücken würde. »Du weißt, dass ... in Spanien ... nicht genug Platz ist ... für uns beide.«

»Ich weiß, du gehst ja auch bald.«

Jetzt ging Diego drohend dazwischen: »Was erlaubst du dir – deinem Vater gegenüber? Ich verlange Respekt! Kommst nach Jahrzehnten wieder und spielst dich auf ...«

»Du Koksnase hältst den Mund, klar? Dich geben wir nachher beim Entzug ab, falls die Polizei dies erlaubt, was ich bezweifle. Da wird dir die Guardia Civil auch nicht helfen. Im Gegensatz zu dir, lieber Neffe, hat dein Großvater

...gar Format – wenn auch das übelste, das man sich denken kann. Noch einen Schritt, Diego ... und ich vergesse mich!«

Diego entglitten die Gesichtszüge. Wut und Angst wechselten ab; er hielt inne, begriff den Ernst der Situation und dass er diesmal von seinem Großvater keine Rückendeckung zu erwarten hatte. Aber ein in die Enge getriebenes Tier war besonders gefährlich.

»Was wollt ihr?«, fragte Don Horacio tonlos und sah seine Kinder entsetzt an. Erst jetzt bemerkte er, dass die Tische im Raum, im Gegensatz zu den Vorjahren, nicht gedeckt waren. »Was bedeutet das? Meine Gäste kommen jeden Moment.«

»Nicht die Gäste, die du erwartest, Don Horacio!« Isabella schob sich in den Vordergrund. »Es kommen andere beziehungsweise die Kinder und Enkel derer, die *wir* gern eingeladen hätten, die du aber denunziert hast, als Republikaner, Sozialisten und angebliche Feinde General Francos. Du hast sie ans Messer geliefert. Sie sind tot, weil du ihre Weinberge wolltest. Ihr Tod geht auf dein Konto. Und die beiden, die zwanzig Jahre Gefängnis überlebt haben, hat dein Freund von der Guardia umgebracht – Guillermo Nieves, der Vater von deinem sauberen Guardia-Offizier Valerio. Wir werden deine Gäste nicht empfangen. Heute sprechen wir darüber, wie wir das, was du angerichtet hast, wieder gutmachen können.« Mit einer Kopfbewegung bedeutete Isabella der Krankenschwester zu gehen.

»Du warst schon immer verrückt, Juana«, knurrte Don Horacio abfällig. »Und ihr anderen, ihr Nichtsnutze? Ihr zerstört alles, was ich aufgebaut habe!« Don Horacios Stimme wurde hysterisch: »Alles andere, das ist längst vorbei!«, kreischte er. »30, 40 Jahre. Ihr habt's nur nicht begriffen, ihr Idioten!«

»Nichts ist vorbei, Großvater, wenn es auf einer falschen Basis beruht, auf Lügen, auf falschen Voraussetzungen aufgebaut ist.« Isabella nickte La Cantora zu, und die öffnete die Saaltür.

Als Erste betraten Emilio Sotos und Pedro Arroyo Sánchez von der Kooperative LAGAR den Raum; ihnen folgte Javier Olavides, der Mann, den Henry in dieser Sache befragt hatte, und ein Unbekannter.

Don Horacio duckte sich in seinem Rollstuhl, was es Diego schwer machte, sich länger hinter ihm zu verkriechen. Vor ihnen das Strafgericht – wie am Jüngsten Tag, dachte Henry und fragte sich, ob es nicht undramatischer ginge.

Sebastián Peñasco erklärte den Neuankömmlingen, weshalb man sie eingeladen habe, dass Isabella während ihres Studiums auf Zusammenhänge gestoßen sei und zu graben begonnen hätte. Unglücklicherweise sei sie dabei auf Tote gestoßen und hätte herausgefunden, was die eigene Familie damit zu tun hatte.

»Um Verzeihung bitten können wir nicht, die gibt es nicht. Aber wir können uns zusammensetzen – die Kinder der Geschädigten und die Kinder der Täter –, um Ihnen Ihre Weinberge zurückzugeben, die Ihnen unser Vater und Großvater abgenommen hat, und um für den Schaden aufzukommen.«

»Ihr wollt die Kellerei zerstören, mein Lebenswerk?«, meldete sich Don Horacio wieder und seine Lippen zitterten blau. »Ihr habt nichts zu melden. Eine Schande, rotes Gesindel in der eigenen Familie. Verräter, ein Judas bist du, Sebastián, ein Judas!«

»Du scheinst dich mit jemandem zu verwechseln, Vater.«

»Um eure Rachegelüste abzukühlen: Das ist alles längst verjährt, seit Jahrzehnten …«

»… aber damit nicht ungeschehen, alter Mann.« Der Sohn aus Chile blieb ruhig. Das Familiengericht schien ihn kalt zu lassen.

Don Horacio lächelte böse, er hatte die Hände vorgestreckt wie ein Skorpion seine Scheren. »Du vergisst die Amnestie, Junge, sie schützt uns …«

»... aber nicht Ihren Enkel Diego, Señor Peñasco«, mischte Henry sich jetzt ein.

»Wer hat Sie überhaupt gefragt?«

»Ihr Enkel, Señor, gab Victoria Méndez den Auftrag, den Önologen Jaime Toledo umzubringen. Sie sollte ihm oben in der Bar von Urizaharra ein Schlafmittel in den Kaffee tun. Wer jedoch die Sicherheitsgurte des Wagens manipuliert ...«

»Damit habe ich nichts zu tun«, schrie Diego, von Panik gepackt. Seine Stimme überschlug sich, die großspurige Art war verschwunden. »Niemand hat der Schlampe gesagt, dass sie Jaime umbringen soll, ich war's jedenfalls nicht! Sie hat sich das ausgedacht, sie! Weil sie Jaime gehasst hat. Sie war schwanger von ihm, und er hat sie zur Abtreibung gezwungen. Und jetzt, als er Vater wurde, ist sie durchgeknallt. Damit wollte sie auch mich erpressen. Sie wollte, dass ich sie heirate. Ich – sie heiraten ...« Diego begann zu lachen, aus vollem Herzen, zum ersten Mal ehrlich – in seiner Bosheit und Selbstüberschätzung, den Kopf von der Droge zugedröhnt. Er hätte besser LSD eingeworfen, dachte Henry grimmig. Das soll erweiternd wirken – dann hätte er wenigstens was von dem Trip.

Die Anwesenden wirkten wie gelähmt. Der Saal war von ungläubigem Entsetzen erfüllt; die Peñascos starrten von Henry zu Diego. Sebastián betrachtete verzweifelt seinen Sohn, biss die Zähne aufeinander und schluckte die aufsteigenden Tränen herunter. Dann schlug er beschämt die Augen nieder. Isabella wirkte verloren. Die Kinder oder Enkel der Opfer von Don Horacios Habgier bewegten sich in Richtung Ausgang. La Cantora hatte sich gesetzt. Der chilenische Bruder stand neben ihr, seine Hand auf ihrer Schulter.

»... eine Lösung, habe ich Victoria gesagt, eine endgültige Lösung.« Diego wandte sich Hilfe suchend an seinen Großvater, der eisig geradeaus blickte. »Wenn sie das so versteht, was kann ich dafür? Und der Unsinn von wegen schwanger – von mir. Die hat sie ja nicht mehr alle. Hat schon bei Jaime nicht geklappt.«

»Du wusstest davon? Du wusstest das?«, schrie Isabella und stürzte sich auf ihn.

Diego begann wieder zu lachen, überdreht und krank, wobei er die Handgelenke seiner Schwester festhielt. Als er den tiefschwarzen Blick seines Vaters auffing, erschrak er und ließ los. Henry schwante, dass noch mehr passieren würde.

Aber Diego hatte offenkundig nichts kapiert: »Was mischt die dumme *puta* sich da ein?« Jetzt stieß er Isabella von sich. »Wühlt da in der alten Scheiße und macht die Familie rebellisch, versaut unser Ansehen. Ohne dich wäre alles ruhig weitergegangen. Wieso bist du nicht in Barcelona geblieben – du blöde – *puta!*?«

Der Faustschlag seines Vaters traf ihn unvorbereitet. »Meine Tochter ist keine Hure, klar?« Diego taumelte und fiel auf einen Stuhl, der krachend unter ihm zusammenbrach.

»Was ist mit Victoria? Was hast du mit ihrem Tod zu tun?« Sein Vater baute sich drohend über dem am Boden Liegenden auf.

»Er hat wahrscheinlich den Mörder geschickt«, sagte Isabella, »wir haben ihn telefonieren sehen ...« Henry war ihr zutiefst dankbar, dass sie es auf sich nahm.

»Das beweist nichts«, schrie Diego voller Angst, »ich habe ein Alibi, ich war mit Eugenia und unserem *gestor* ...«

»Das sollten wir der Telefónica und der Polizei überlassen«, meinte Isabella leise und zeigte auf Henry. »Er kennt den Mörder, hat ihn gesehen. Vielleicht erfahren wir ja auch noch, weshalb Victoria gerade ihn vorher angerufen hat.«

Verdammt. Henry stieg das Blut in den Kopf. Wie sollte er Isabella das erklären? Wenn sie erfahren würde, dass er ...

Aber Sebastián rettete ihn. »Unwichtig. Es ist alles meine Schuld.« Er wandte sich an seinen Vater. »Ich hätte hier längst aufräumen müssen.«

»Du hast in der Firma nichts mehr zu sagen, mein Sohn, die Anteile liegen ...«

»... da vor dir auf der Erde«, unterbrach Sebastián und blickte auf seinen Sohn zwischen den Trümmern des Stuhls. »Laut Gesellschaftervertrag verliert derjenige sein Stimmrecht, der sich geschäftsschädigend verhält, und was ist das anderes?« Damit holte er die Unterlagen, die Henry gefunden hatte, und hielt sie in die Höhe. »Diego hat die Bodega durch Bestechung geschädigt – Steuerbetrug –, also ist er draußen; er verliert nicht sein Eigentum, aber sein Stimmrecht. Das geht zu gleichen Teilen an alle anderen Beteiligten.«

Henry bemerkte, dass die vier Geladenen den Raum verlassen hatten; aber zwei schienen doch zurückzukommen, denn die Tür wurde mit einem Ruck aufgestoßen:

»Wo bleibt der Rioja für den Matador?«

Die Anwesenden erstarrten, denn dort erschien Valerio Nieves, Offizier der Guardia Civil, Ex-Matador, Mörder von Victoria Méndez, Sohn des Mannes, der für Don Horacio die Winzer hatte verschwinden lassen. Und ebendieser Mann betrat, gestützt auf seinen Sohn, mit ihm den Festsaal.

»Wo sind die Gäste, wieso ist nicht gedeckt, was ist das hier? Eine Beerdigung?« Erst jetzt sah er Diego, noch immer am Boden sitzend, dann gewahrte er Henry. Sein Blick war wie ein brutaler Schlag ins Gesicht.

Henry erwiderte ihn. »Ja, deine Beerdigung!« Er wusste später nicht mehr, was zwischen ihnen geschehen war, denn Valerio Nieves baute sich sofort drohend vor ihm auf. »Hast du was zu sagen, *maricón*?«

Grenzenlose Verachtung, tiefste Feindschaft und einen nie gekannten Vergeltungsdrang fühlte Henry dem Mann gegenüber, der allem Anschein nach Menschen genauso hasste wie Stiere.

»*Sí, Señor,* ich habe was zu sagen. Wo waren Sie letzten Montag um 23 Uhr? Waren Sie da nicht auf der Landstraße nach Estrella? Und letzte Nacht um 1.14 Uhr, nachdem Diego Sie angerufen hatte? Der Schlapphut hat nichts genutzt – Sie müssten sich das Hinken abgewöhnen. Der Stier damals hat Sie leider nicht richtig erwischt ...«

Das zu sagen war ein Fehler. Valerio Nieves Augen irrten zur Wand, wo die gekreuzten Degen hingen, die *estoques* zum Töten der Stiere, und so behände, wie man es ihm nie zugetraut hätte, sprang er auf den Tisch, riss einen an sich und stand jetzt ihnen allen gegenüber, die mörderische Waffe vor sich. Er hatte gelernt, damit umzugehen.

»Du hast dich zweimal geirrt, Offizier«, sagte Henry flüsternd. »Der Stier, der dich damals erwischt hat, hatte das Maul so wenig am Boden wie ich. Nur Dummköpfe lernen nicht aus Fehlern.« Henry wusste, dass er ihn bis aufs Blut reizte. Es war wie in der Arena: Nie durfte ein Stier zweimal hinein, denn er lernte zwischen dem Mann und dem roten Tuch zu unterscheiden.

Der Chilene warf einen Hocker, dem der Offizier gekonnt auswich. Als Nächstes griff er sich einen Stuhl, drehte ihn um und ging auf ihn los. Doch Valerio Nieves' Reichweite, verlängert durch den Degen, war größer. Er schlug damit in die Luft, hielt alle auf Abstand und separierte die Meute von Henry.

»Dich will ich haben!«

Als er den Degen hob, fletschte er die Zähne, wie der Matador am Nachmittag vor dem Todesstoß. Nichts blieb Henry zu seiner Verteidigung, und zwischen die Tischreihen konnte er nicht ausweichen – dort wäre er eingekeilt gewesen. So stand er ohne Deckung im Raum, nur einen Pfeiler im Rücken, und an einen Stuhl kam er nicht mehr heran. Sebastián hatte sich schützend vor seine Tochter gestellt, La Cantora drückte sich entsetzt an die Wand. Diego hatte sich wieder aufgerappelt, das Gesicht wutverzerrt. Er wollte

Henrys Tod. Nur anders als der Stier hatte Henry das Maul nicht am Boden ... da rückte von der Seite her der Chilene vor.

Aus den Augenwinkeln bemerkte Henry die rote Tischdecke – sie vom Tisch reißen und dem Matador, der nach vorn sprang, ins Gesicht zu schlagen, waren eins. Da, nur in dieser Sekunde, sah er die Angst in den Augen von Valerio Nieves. Die Klinge blitzte, Henry sah sie kommen, wich aus, beide Füße am Boden, drehte den Oberkörper nach rechts, das Tuch wie die *capa* bei einer *verónica* in der Hand. Die Klinge fuhr an seinem Bauch vorbei. Valerio Nieves war heran, riss Henry die *capa* aus der Hand – und stürzte ... ein klingender, singender, das Ohr zerreißender Ton. Die Klinge brach, Valerio Nieves schrie – und krümmte sich unter dem roten Tuch.

Als Henry es vorsichtig mit dem Fuß wegzog, sah ihn der Offizier an, ein lautloser Schrei im aufgerissenen Mund – die gebrochene Klinge unter der Leiste tief im Bein. Henry konnte später nicht sagen, ob sein Fuß da gestanden hatte, ob er ihn im richtigen Augenblick bewusst vorgeschoben hatte oder ob der Matador nur unglücklich gestolpert war. Wer wollte das in diesem Chaos beurteilen?

Noch vor dem Krankenwagen trafen Capitán Salgado und weitere Polizisten ein.

»*Venga*, Großväterchen«, sagte Diego, als wäre nichts geschehen.

Der Alte in seinem Rollstuhl rührte sich nicht; er war eingeschlafen. Als Diego ihm übers Haar strich, fiel der Kopf zur Seite. Der Alte mit dem vertrockneten Gesicht hatte sich heimlich davongemacht.

Die eintreffenden Gäste wurden nach Hause geschickt und entfernten sich still – die Familie Peñasco hatte einen Toten zu beklagen.

Das Bild mit dem alten hässlichen Winzer war von der Wand gefallen, erinnerte sich Henry.

Epilog

Isabella hatte ihren Vater schließlich überredet, mit ihr zusammen die Bodega LAGAR zu besichtigen. Es war der letzte Schritt, das Verhältnis zu normalisieren. Dabei war Sebastián längst überzeugt, dass eine Zusammenarbeit für beide Seiten nützlicher wäre.

Sebastián hatte den Wechsel Jaime Toledos zu LAGAR nur vor dem Hintergrund unterschiedlicher Auffassungen mit Diego verstanden, obwohl er im Stillen die wahren Gründe kannte. Der Bruder und die Tochter hielten ihm schonungslos den Spiegel vor: Er hatte die Machtübernahme versäumt, sich nie wirklich gegen Don Horacio gestellt und Diego nicht die Grenzen gezeigt.

Die *cooperativistas* von LAGAR hielten ihm zugute, dass beide Sebastiáns Abwesenheit zum Angriff genutzt hatten – ein alter Mann, in der Vergangenheit lebend, und ein junger, dem die Phrasen von Professionalität und Globalisierung zusätzlich zum Kokain den Geist vernebelt hatten.

Mit den Opfern von Don Horacio versuchten Sebastián und Isabella eine Regelung über Abfindungen, Rückgabe der Weinberge oder Entschädigungen zu finden. Henry moderierte bei den nächtelangen Gesprächen. Statt über Schuld oder Vergeltung zu streiten, suchte man eine Lösung, die die Existenz von Bodegas Peñasco nicht gefährdete. Eine stille Teilhaberschaft schien der beste Weg. Das alles geschah mit absoluter Diskretion. Einen Skandal wollte niemand; aber für andere, die unter ähnlichen Umständen zu ihrem Vermögen gekommen waren, stand das Drama noch aus.

Miguelito kam der Besuch auf der Baustelle sehr gelegen; er hatte ein fachkundiges Publikum für seinen Garnacha und hatte eigens dazu einige Flaschen abgefüllt.

Während er über die Machart sprach, erinnerte sich Henry an den Vormittag bei Miguelito und seiner verrückten Schwester und den Zettel mit der ersten Warnung. Seine Höhenangst hatte sich seit dem Mord an Victoria verstärkt – er mied jeden Balkon und kletterte auf keinen Gärtank mehr.

Heute jedoch konnte er Miguelitos Wein genießen – was für ein seltenes Gewächs. Sebastián allerdings empfand den Garnacha als längst nicht trinkreif, was Henry bestätigte, obwohl der Wein weicher geworden war und sich die Spitzen in der Säure abgeflacht hatten. Isabella zuckte etwas hilflos mit den Achseln. Es würde lange dauern, bis sie das richtige Gespür entwickelt hätte, dazu ein Duft- und Geschmacksgedächtnis – und um über die Entwicklung des Weins Prognosen abzugeben, fehlte ihr die Erfahrung. In Produktionsabläufe, Verwaltung und Verkauf hingegen würde sie sich schnell einarbeiten. Was blieb ihr anderes übrig? Diego war aus dem Verkehr gezogen. Mildernde Umstände wegen seiner Drogensucht kamen nicht zum Tragen, obwohl Valerio Nieves ihm den Schnee besorgt und ihn, wie auch einige andere, damit erpresst hatte.

Die Guardia Civil hatte Valerio Nieves sofort ausgeschlossen; man rechnete mit einer Strafe von mindestens zwanzig Jahren, die er bei seinem Alter kaum überleben würde – und als ehemaligem Guardia-Offizier würden die Mitgefangenen das Gefängnis für ihn zur Hölle machen.

»Ich werde den Garnacha demnächst abfüllen«, meinte Miguelito nach der Probe.

Sebastián Peñasco hielt das für falsch: »Der gehört zum Ausbau ins Eichenfass. Wie viele Barriques brauchst du? Du hast 20 000 Liter ...«

»Einen Teil will ich auf jeden Fall als Jungwein abfüllen, mindestens 5000 Flaschen.«

»Reichen 70 Fässer für den Rest? Die könnten wir dir geben, leihweise. Noch besser – wir kaufen dir alles ab. Wir brauchen etwas zum Vorzeigen, einen Wein für die Presse, jetzt, wo wir den Viña Celeste nicht mehr haben – einen ›Journalisten-Blender‹, was Großartiges, damit ihr über uns schreibt.« Sebastián schielte grinsend zu Henry. »Es muss ein *perro de presa* sein, ein Bluthund für den US-Weintester Hobart Barker: 97 von 100 möglichen Punkten!«

Miguelito war fast gewonnen. »Unter einer Bedingung: dass ich den Wein betreue und als Önologe genannt werde, er ist *mein* Kind ...«

Ein Handschlag besiegelte das Abkommen.

Die Gruppe um Sebastián Peñasco und den Präsidenten Simón Ortega Escobar stieg eine Etage nach unten. Henry und Miguelito blieben zurück.

»Es heißt, deine Zeitschrift habe dich rausgeschmissen? Ich dachte, du solltest Chef werden.«

»Ich habe von Anfang an daran gezweifelt. Ich bin nicht dafür geschaffen. Klar, reizvoll ist das – Geld, Einfluss, Titel. Es gibt Menschen, die eignen sich zum Chefredakteur. Aber wenn sie eine Zeile schreiben sollen, bricht ihnen der Schweiß aus. Und andere schreiben phantastische Geschichten, aber kaum leiten sie eine Redaktion, herrscht Chaos.«

»Ich habe deine Reportage gelesen. Ziemlich pfiffig, eine Fortsetzungsgeschichte daraus zu machen.«

»Ich hatte einiges bei eurer Zeitung gut – nach dem Unsinn, den diese EBJ verzapft hat. Alles ist ungeprüft gedruckt worden, und Diego hat sie bezahlt.«

»Schreibst du weiter für das Blatt?«

»*Probablemente no,* wohl kaum. Ich gehe nach Barcelona, mit Daniel – aus Laguardia, du kennst ihn? Er verkauft seine Tankstelle, das Hotel und die Werkstatt. Er und seine Frau wollen wieder ans Meer, und ich gründe einen Pressedienst für Weinnachrichten, den Namen habe ich schon: WPS, Wine-Press-Service, soll der heißen, deutsch, spanisch und englisch ...«

»Du auch auf Globalisierungstrip?«, lachte Miguelito.

»Nein«, sagte Henry gedehnt. »Kennst du das Café de la Ópera auf den Ramblas, schräg gegenüber der Markthalle?«

Miguelito schüttelte den Kopf. »*No, ni idea.* Bin nie da gewesen.«

»Es ist göttlich, dort zu frühstücken oder um Mitternacht den letzten Kaffee zu trinken. Proppenvoll der Laden, gute Leute, irre, und die Tapas sind genial.«

»Und sie?« Miguelito wandte sich suchend nach Isabella um. »Sieht ja ein Blinder, was bei euch abläuft. Sei vorsichtig, sie ist und bleibt eine Peñasco.«

»Die steht hier, hinter dir.« Isabella trat ins Licht. »Wir fliegen nächste Woche nach Chile, zu meinem Onkel, die Lücke zwischen Theorie und Praxis füllen.«

»Wie soll ich das verstehen?«, fragte Miguelito.

»Ich mache da so 'ne Art Praktikum«, antwortete Henry schmunzelnd, »Zeit habe ich, die Abfindung war gut.«

»Ich muss leider in vier Wochen wieder her«, seufzte Isabella, »aber Henry bleibt einige Monate, er wird mit meinem Onkel arbeiten. In Chile beginnt gerade der Wachstumszyklus, es wird Frühling, der Wein ...«

»Keine schlechte Idee«, pflichtete Miguelito bei. »Über Wein zu schreiben ist einfach, aber ihn zu machen – das ist was völlig anderes ...«

Danksagung

Mein besonderer Dank gilt Herrn Thomas Perry aus Logroño, der mich bei den Recherchen unterstützte und die Besuche der Kellereien und Winzer koordinierte – ebenso wie dem *Consejo Regulador* der D. O. Ca Rioja.

Winzer Eduardo Garrido (Bodegas Garrido) bewirtete mich mit seinem Wein, mit *chorizo* und *manchego* und machte mich mit ganz Àbalos bekannt. Ohne Victorino Ugarte (Bodegas Heredad Ugarte) an meiner Seite hätte ich mich in den Katakomben seiner Bodega verloren. Mit Alberto Serrano (Bodegas Alavesas) lauschte ich hingerissen dem Sound der malolaktischen Gärung, während Pablo Sampedro (Vínicola Lapuebla de Labarca) mich in das Wesen der Kooperativen einführte. Einen der besten Weißweine überhaupt präsentierte Julián Osses, genannt Pepe (Bodegas López Heredia), und die Önologin Ana Barrón (Remelluri) nahm sich Zeit für spannende Gespräche über die technische Seite der Weine aus der Rioja.

Für die Corrida stärkte mich Señora Bittner (Bodegas La Rioja Alta) mit einer Flasche Barón de Oña, während Señor Martínez' (Bodegas Corral) Wissen um weinbäuerliche Schläue sich als äußerst hilfreich erwies. Guillermina Roldán und Víctor de Manzanos (Bodegas y Viñedos Fernández de Manzanos) zeigten die spanische Seite der Gastfreundschaft, während Cristina Ruiz (Bodegas Viñas Nuevas) mich zu mancher Szene inspirierte.

Schließlich bewiesen Jurriaan Smulders (Bodegas El Coto) und Philipp Ott (Bodegas Ysios), dass auch Holländer und Deutsche mit dem Rioja umgehen können. Ihnen allen meinen herzlichen Dank.

Paul Grote

Veit Heinichen im dtv

**Gib jedem seinen
eigenen Tod**
Ein Proteo-Laurenti-Krimi

ISBN 978-3-423-20516-0

Eigentlich hat sich Kommissar
Laurenti auf einen ruhigen
Triester Sommer eingestellt.
Doch nach einem merkwürdi-
gen Yacht-Unfall bekommt er
es mit Mord, Geldwäsche und
Menschenschmuggel zu tun.
»Spannend und lesenswert.«
(Klöner Stadt-Anzeiger)

Die Toten vom Karst
Ein Proteo-Laurenti-Krimi

ISBN 978-3-423-20620-4

Ein grausiger Ritualmord auf
dem Karst: der zweite Fall für
Kommissar Laurenti. »Proteo
Laurenti ist ein leidenschaftli-
cher Ehemann mit Macho-
allüren, viel Sinn für gutes
Essen und ein scharfsinniger
Aufklärer im Kampf gegen
das Böse. Man möchte noch
öfter mit ihm auf Spurensuche
gehen!« (Maike Albath in der
›SZ‹)

Tod auf der Warteliste
Ein Proteo-Laurenti-Krimi

ISBN 978-3-423-20756-0

Proteo Laurenti ermittelt in
einer Triester Schönheits-
klinik. Hier werden nicht nur
Gesichter geliftet, sondern auch
illegale Operationen vorge-
nommen – und Schlimmeres …

Der Tod wirft lange Schatten
Ein Proteo-Laurenti-Krimi

ISBN 978-3-423-20994-6

Auch in Laurentis viertem Fall
führen Spuren in die unruhige
politische Vergangenheit
Triests. Außerdem stören die
Hochfinanz des Balkans und
der Geheimdienst Laurentis
Kreise …

Totentanz
Ein Proteo-Laurenti-Krimi

ISBN 978-3-423-21161-1

Wieder tauchen alte Feinde
von Proteo Laurenti auf. Und
diesmal wollen sie vor allem
eins: den Tod des Kommissars.

Paul Grote im dtv

»Wer spannende Krimis und gute Weine liebt,
kommt bei Grote voll auf seine Kosten.«
Sonntagsblitz

Rioja für den Matador
Kriminalroman
ISBN 978-3-423-20930-4

Eine Reportage über eine junge Weinbauernkooperative führt den deutschen Journalisten Henry Meyenbeeker in die Rioja. Kaum ist er dort eingetroffen, verunglückt der Önologe der Weinbaugenossenschaft tödlich. Meyenbeeker ist alarmiert ...

Verschwörung beim Heurigen
Kriminalroman
ISBN 978-3-423-21018-8

Eine Lüge, eine zerrüttete Ehe und der tödliche Unfall der Winzerin Maria – oder war es Mord? Kein guter Start für den Urlaub am Neusiedler See. Dabei ist Carl Breitenbach, Mitglied des Stuttgarter Weinclubs, nur wegen Maria nach Österreich gefahren. Als er ins Visier der Polizei gerät, begreift er, dass er den Fall selbst lösen muss.

Der Portwein-Erbe
Kriminalroman
ISBN 978-3-423-21082-9

Der Tod seines Onkels bringt den Berliner Architekten Nicolas Hollmann in Bedrängnis: Weshalb erbt gerade er sein Weingut am Rio Douro? Wie gefährlich die Reise nach Portugal wird, ahnt Hollmann noch nicht ...

Der Wein des KGB
Kriminalroman
ISBN 978-3-423-21160-4

Für einen dubiosen französischen Investor soll Martin Bongers in Rumänien ein Weingut kaufen. Der Winzer will dem Duft des rumänischen Weins folgen, doch gerät er bereits in Bukarest zwischen die Fronten aus korrupten Beamten und ehemaligen Securitate-Agenten.

Bitte besuchen Sie uns im Internet: www.dtv.de

Friedrich Ani im dtv

»Mein Name ist Jonas Vogel.
Ich jage Mörder,
und ich bin blind.«

Wer lebt, stirbt
Kriminalroman

ISBN 978-3-423-20988-5

Mit seinem Orientierungssinn führt er Einsätze auf unbekanntem Terrain zu überraschenden Erfolgen. Sein räumliches Vorstellungsvermögen hat seine Ausbilder schon auf der Polizeischule verblüfft. Genauso wie seine Gabe, Stimmen zu sezieren wie ein Pathologe eine Leiche. All das hat Hauptkommissar Jonas Vogel einen Spitznamen eingebracht: Der Seher. Doch dann hat er bei seinen Ermittlungen im Mordfall an dem Wachmann Falk Sieger einen folgenschweren Unfall …

Wer tötet, handelt
Kriminalroman

ISBN 978-3-423-21061-4

Der blinde Jonas Vogel ist gerade auf einem Nachtspaziergang mit seinem Hund, als ihn die Hilferufe eines am Straßenrand liegenden Verletzten hochschrecken lassen: Ein Einbrecher hat dessen Freundin in ihrer Parterrewohnung als Geisel genommen. Als er den Namen der jungen Frau hört, ahnt der ehemalige Kommissar Vogel, dass er der Polizei trotz seiner Behinderung von Nutzen sein kann, denn er kennt Silvia Klages gut …

Die Tat
Kriminalroman

ISBN 978-3-423-21198-7

Eine einfache gelbe Kordel aus Strohseide, bis auf die Farbe identisch mit den Kordeln aus den vorherigen Mordfällen: Ist die 38-jährige Sonja Piers das dritte Opfer eines Serienmörders? Die Ermittlung nimmt eine überraschende Wendung, als Jonas Vogel sich einschaltet …

Bitte besuchen Sie uns im Internet: www.dtv.de

Friedrich Ani im dtv

»Ich halte Friedrich Ani für einen der besten, wenn nicht für
den besten deutschen Kriminalschriftsteller.«
Tobias Gohlis in der ›Zeit‹

Idylle der Hyänen
Roman
ISBN 978-3-423-**21028**-7
und <u>dtv</u> großdruck
ISBN 978-3-423-**25302**-4

Eine Tiefgarage, ein Keller-
abteil, ein alter Schrank. Darin
zusammengekrümmt eine Tote
in einem grünen Sommerkleid.
Die Frau ist schnell identifi-
ziert, doch wo ist ihre kleine
Tochter? Für Hauptkommis-
sar Polonius Fischer gibt es
keine Routine. Nicht erst seit
er seine Mönchskutte abgelegt
hat, zählt für ihn vor allem
eines: das Rätsel des Bösen.

Hinter blinden Fenstern
Roman
ISBN 978-3-423-**21167**-3

Cornelius Mora, Besitzer eines
kleinen Fotoladens, ist tot.
Gefesselt und blutig hängt er
an einem Kreuz im Hinter-
zimmer eines SM-Studios. War
es Mord? Die Bordellinhabe-
rin Clarissa Weberknecht streitet jede Schuld am Tod ihres
Kunden ab. Hauptkommissar
Polonius Fischer ahnt, dass er
belogen wird …

Bitte besuchen Sie uns im Internet: www.dtv.de